Frieda, freiberuflich arbeitende Grafikerin, wünscht sich nichts mehr als einen liebevollen Partner, doch bisher hat es nie geklappt. Nun, mit Mitte fünfzig, macht sich eine immer lauter werdende Sehnsucht in ihr breit. Und nur an die Macht des Schicksals zu glauben, führt zu gar nichts. Als ihre pragmatische Freundin Yvonne sich und Frieda kurzerhand bei ›Herzmatch‹ anmeldet, bringt sie damit deren Seelenfrieden gründlich durcheinander. Arrangierte Dates sind ihr ein Graus. Viel lieber würde sie die Katze aufnehmen, die seit einiger Zeit regelmäßig auf ihrem Balkon auftaucht. Friedas Versuche, den Mann fürs Leben zu finden, lösen eine Reihe komischer wie tragischer Situationen aus, die sie beinahe verzweifeln lassen. Doch Frieda ist nicht so allein, wie sie zu sein glaubt, denn es gibt jemanden, der ihr den richtigen Weg weist.

Tessa Korber, 1966 geboren, hat Literaturwissenschaften und Geschichte studiert. Seit ihrem Bestseller ›Die Karawanenkönigin‹ ist sie freie Schriftstellerin. Ihr Roman ›Alte Freundinnen‹ erschien 2021 bei DuMont. Sie lebt mit ihrem Mann in Nürnberg.

Tessa Korber

Das Leben
im Großen und Ganzen

Roman

DUMONT

Von Tessa Korber ist bei DuMont außerdem erschienen:
Alte Freundinnen

Das bei der Produktion dieses Buches entstandene CO_2 wurde
durch die Finanzierung von Klimaschutzprojekten kompensiert:
climate-id.com/17531-2110-1001/de

Oktober 2024
DuMont Buchverlag, Köln
Alle Rechte vorbehalten
© 2023 DuMont Buchverlag, Köln
Umschlaggestaltung: Lübbeke Naumann Thoben, Köln
Umschlagabbildung: Sophia Radionov
Satz: Fagott, Ffm
Gesetzt aus der Adobe Caslon
Druck und Verarbeitung: GGP Media GmbH, Pößneck
Gedruckt auf säurefreiem und chlorfrei gebleichtem Papier
Printed in Germany
ISBN 978-3-7558-0511-3

www.dumont-buchverlag.de

Für Luzie,
die Schwarz-Weiße.

I

Das Leben im Großen

1

Geduld

Die Katze war da. So, wie nur eine Katze da sein kann. Die anderen Katzen in der Straße und dem umliegenden Revier waren sich dieser neuen Anwesenheit wohl bewusst und hielten einen von intensiven Blicken durchkreuzten Abstand. Die Vogelwelt war ebenfalls im Bilde, schwieg und ließ Raureif auf den letzten zu Boden schwebenden Tönen wachsen. Die Eichhörnchen turnten höher in die kahlen Straßenbäume und erwogen den kühnen Notsprung ins Nachbargeäst. Nur die Mäuse in den Kabelschächten raschelten weiter. Sie waren Fatalisten und kannten ihren Platz in der Nahrungskette. So viele, wie sie waren, würden sie weiterbestehen. Vielleicht hatten sie auch bemerkt, dass das Interesse des fremden Tieres in diesem Moment nicht ihnen galt.

Die schwarz hingeduckte Silhouette lag locker federnd auf vier vornehm weißen Pfoten. Der weiß belatzte Hals war leicht vorgereckt. Die Schwanzspitze zuckte. In der schwarz-weißen Maske des Gesichts saßen Augen, die bei Bedarf grün wie unreife Pflaumen leuchten konnten oder bernsteinfarben wie ein Spätsommernachmittag. Jetzt allerdings, an diesem blassgoldenen Märzmorgen, wirkten sie eher quittengelb; die Pupillen waren im hellen Licht der Spätwintersonne eng zusammengezogen. Ihnen entging nichts. Auch das war den anderen Katzen klar, ebenso den Vögeln, den Eichhörnchen und selbst den Mäusen.

Nur Frieda Fuchs, Voltastraße 47a, zweiter Stock links, in deren Blumenkasten das Tier an diesem Morgen zwischen abgestorbenen Son-

nenblumenstängeln und lange erfrorenen Primeln hockte, diese Frieda bemerkte nicht, dass ein intensiver Blick jeder ihrer Bewegungen folgte.

Frieda war es gewohnt, unbeobachtet zu sein. Sie war Single und lebte allein. Frieda wusste alles über das Alleinsein, auf ihrem Nachttisch lagen die maßgeblichen Werke dazu. Sie hatte gelesen, dass Alleinsein nicht dasselbe zu sein brauchte, wie einsam zu sein. Dass man auf niemanden warten musste, um die schönen Dinge des Lebens in Angriff zu nehmen. Dass man sich Duftbäder gönnen, Kerzen auch ohne Anlass anzünden und sich selbst Blumensträuße schenken durfte. Und sie wusste, dass dies in manchen Momenten sogar zwingend notwendig war, um den Tag zu überleben. Außerdem stand in Friedas Büchern, dass das Alleinsein als Chance begriffen werden sollte, sich selbst mal so richtig zu finden.

Frieda fand sich nun seit beinahe fünf Jahren selbst. Und sie hatte viel aus ihren Büchern gelernt. Zum Beispiel morgens nach dem Aufstehen, wenn sie ins Bad tapste, das Radio anzustellen, damit die Wohnung sich nicht so leer anfühlte und die Musik ihre Lebensgeister in Schwung brachte.

Im Bad angekommen, zog Frieda ihrem Spiegelbild eine Grimasse und rieb sich die Wangen, auf denen die Falten in ihrem Laken so viele traumverwirrte Abdrücke hinterlassen hatten. Das reinste Labyrinth, durch das man erst einmal zurückfinden musste in den Tag. Als freie Grafikerin, die zumeist daheim arbeitete, musste sie in keinem Büro auftauchen, wo andere beurteilten, ob das »innere Leuchten ihrer Persönlichkeit«, das für Frauen ihres Alters gerne als relevant gepriesen wurde, durch ihre Krähenfüße nun beeinträchtigt wurde oder nicht. Ihre Freundin Yvonne meinte »Ja« und hatte ihr zum letzten Geburtstag ein Set aus teuren Tuben und Tiegeln geschenkt, dem Frieda noch nicht näher gekommen war. Staub sammelte sich auf der Geschenkfolie.

Frieda mochte es einfach. Am längsten dauerte an ihrer morgendlichen Toilette das Kämmen, denn ihre dunkle von zahlreichen silbernen Fäden durchzogene Krause war lang und widerspenstig.

Es ist nicht bekannt, ob es der zitternde Tanz dieser Kringellocken war, der die Katze so faszinierte. Doch sie betrachtete Frieda mit einer leichten, einer ganz leichten Bewegung des Kopfes – die in der Winterluft unsichtbare Energiewellen von höchster Dichte schuf –, um ihr mit Blicken in die Küche zu folgen. Dort setzte Frieda, noch im Schlafanzug, Teewasser auf und suchte einen anderen Sender, weil das fröhliche Morgengeplauder der Moderatoren sie jetzt, da sie sich im selben Raum wie das Radio befand und die Worte verstehen konnte, zunehmend nervte. Sie wählte einen Klassiksender, Barock, sprudelnd wie Schlossparkfontänen, passend zu dem Wintersonnenlicht, das durch die hohen Altbaufenster hereinfloss und den Raum prachtvoll leuchten ließ wie eine weiß gedeckte Geburtstagstafel.

Wenn sich die Katze in die andere Richtung wenden würde, zu der großen Tür direkt vor ihrer Nase, würde sie das Wohnzimmer von Frieda sehen, das eher ein Arbeitszimmer genannt werden musste. Friedas großer Grafikerinnen-Schreibtisch war dort aufgebaut, mit all den Bildschirmen, mit der freien Fläche fürs Zeichnen, den Stiftebechern, Messern, Scheren und Linealen. Frieda bastelte noch immer gerne von Hand. Das Sofa machte sich dagegen klein an der Wand aus, es war durchgesessen, aber gemütlich, das typische Möbel eines Menschen, der überwiegend selbst darauf sitzt. Ob die Katze erwog, wie es wohl wäre, sich dort in einer der Kuhlen zusammenzurollen? Es ließ sich nicht sagen.

Der Quittenblick ließ Frieda keine Sekunde los, verfolgte ihr Hantieren, das kurze Frühstück – bestehend aus einer Tasse Schwarztee mit Milch –, und schien sich, als Frieda in das auf der Nordseite der Wohnung liegende Schlafzimmer wechselte, durch die Wände zu bohren, sodass ihm nichts entging, bis Frieda bekleidet zurückkam. Sie verschwand in den Flur. Die Katze blinzelte einmal. Dann wandte sie sich um und reckte den Hals über die Brüstung zum Eingang.

Als Frieda in Mantel, Mütze und Handschuhen unten aus der Tür trat, lag der fremde Blick bereits in ihrem Nacken. Er folgte dem Flattern ihres villakunterbunten selbst gestrickten Schals, bis er um die Ecke mit dem Friseurladen verschwand.

Jetzt kam Leben in die Katze. Zwei Sprünge, etwas Geraschel, ein wenig Schwerkraft und ein Beben in dem Spalier, das der alten Glyzinie Halt gab, die den Ziegelbau umklammerte. Dann war die Katze auf der Straße. Die Eichhörnchen atmeten vorsichtig auf.

Katzen gehen nicht Gassi. Aber sie könnten. Sie sind in der Lage, sich durchgängig und kontinuierlich durch Straßen zu bewegen, auch an der Seite eines Menschen, falls die Neugier oder etwas anderes sie dazu treibt. Es ist nur eine andere Art des Gassigehens. Keines, das sich an Gehsteige hielte jedenfalls. Keines, das zwei Punkte durch eine Gerade auf kürzestem Wege verbindet. Wozu Geraden gut sein sollen, und Kürze vor allem, das sehen Katzen nicht ein. Vielleicht sollte man sich ihre Argumente dagegen einmal anhören.

Die schwarze Katze tat, was alle Katzen tun: Sie mäanderte. Um ihr Ziel herum, das sie keinen Moment aus Augen oder Sinn verlor, kreuzte sie Vorgärten, querte sie Hinterhöfe und schlich über Dächer; sie umkurvte Mülltonnen, glitt durch Kellerfenster hinab und schnürte Hintertreppen wieder hinauf. So kam sie voran, selbst unsichtbar wie ein Geist, manchmal so dicht hinter Frieda vorbeihuschend, dass sie sie beinahe berührte, manchmal als sachtes Rumoren hinter der Wand. Aber niemals, niemals auf dem ganzen verschlungenen Weg verlor sie Frieda auch nur einen Moment von ihrem Radar.

Die Katze mit der schwarz-weißen Maske verpasste keinen Satz des kurzen Gesprächs, mit dem Frieda den Obsthändler in seinem rot-weiß gestreiften Zelt zum Lachen brachte, ehe er sich wieder abwandte, um sich die Hände an seinem kleinen Maroni-Ofen zu wärmen. Sie bekam genau mit, wie Frieda dem Autofahrer fröhlich dankend zuwinkte, der an der Mündung der Falkenberger Gasse anhielt, um sie queren zu lassen, und wie ihr Schritt sich beschwingte, als der Fahrer zurückwinkte. Sie hörte genau, wie Frieda der Dame am Bankschalter ein Kompliment für ihr Seidentuch machte. Hörte sie es durch die Glasfront der Filiale? Oder las sie die Lippen? Vielleicht schloss sie auch nur alles aus dem verspäteten Lächeln, dass das trockene Gesicht der Dame überzog, als Frieda bereits auf dem Weg zur Tür war und ihre Auszüge ein-

steckte. Möglich auch, dass alle relevanten Nachrichten wie Telefonsignale einfach und unverschlüsselt an den mentalen Fäden entlangliefen, mit denen die Katze Frieda fest umsponnen hielt, dieses Tier, das leise vor sich hin schnurrend unter einem geparkten Wagen hockte, während Frieda auf der Bugwelle der guten Laune, die sie um sich verbreitete, mit vollen Segeln dahinschipperte. Sie befand sich wieder auf dem Heimweg.

Die Katze wusste das längst und kürzte ab. Als Frieda in der Straße mit den vierstöckigen Jahrhundertwendefronten auftauchte, den heruntergekommenen Torbogen durchschritt, der 47a von 47b und c samt ihren Torbögen trennte, und die Haustür aufschloss, die Wangen von der Kälte winterapfelrot, die Krauslocken feucht, die Hände zu klamm, um sofort zum Stift zu greifen, da kauerte die Katze bereits wieder im Blumenkasten, unbemerkt und ungeahnt. Sie betrachtete mit ihrem Raubvogelblick, wie Frieda sich eine Tasse von dem lauwarm gewordenen Tee holte, sich auf das Sofa setzte und unvermittelt in Tränen ausbrach.

Die Katze sah nicht erstaunt aus; sie blieb sehr gelassen. Aber sie beobachtete, beobachtete alles ganz genau. Ihre schwarze Silhouette ließ sich federnd ein wenig tiefer auf den vier vornehm weißen Pfoten sinken. Den Schwanz legte sie so ordentlich darüber wie einen Hut auf die Garderobe. Die Katze hatte ihren Posten eingenommen, und sie würde nicht weichen.

Die anderen Katzen, die Eichhörnchen und die Vögel begriffen, dass Geduld angesagt war.

Zwei Frauen, zwei Wege

Yvonne kam direkt aus dem Labor. Eine nur langsam nachlassende professionelle Kühle umwehte sie wie ein schwaches Nachbild ihres weißen Kittels. Sie sagte, noch während sie sich setzte: »Ich habe mich jetzt übrigens entschieden.«

»Natürlich hast du das«, erwiderte Frieda, die zusah, wie Yvonne das sandblonde Haar energisch aus dem Blusenkragen strich. Die Geste war so typisch für sie. »Sich entscheiden zu können gehört zu deinen größten Talenten.«

Aus Friedas Sicht war die beste Entscheidung, die Yvonne je getroffen hatte, die, dass sie beide Freundinnen waren.

Frieda war noch Studentin an der Hochschule für Gestaltung gewesen und hatte nebenher in der Kunsthandlung Schrüfer gearbeitet und schüchtern von einer Zukunft als Zeichnerin geträumt. Der schrüfersche Laden war nicht einfach ein Geschäft gewesen, vielmehr eine Institution. Hier gab es alles, was die lebhafte Szene der Stadt dem Inhaber ins Haus schleppte. Da der alte Schrüfer außerdem ein Weintrinker von Gottes Gnaden gewesen war, hatte er für Stammkunden immer eine Flasche parat gehabt. Daraus wuchs im Lauf der Zeit so etwas wie ein Gastronomiebetrieb. Irgendwann schleppte jemand eine topmodische italienische Kaffeemaschine an, die keiner bedienen konnte. Bis Yvonne auftauchte. »Euren Kunstscheiß könnt ihr behalten«, hatte sie forsch erklärt und stattdessen aus der Wein- und Kaffeeecke ein gut besuchtes Bistro gemacht.

»Nur bis zu meiner Hochzeit«, hatte sie Frieda erzählt, die damals noch ein wenig schüchtern gewesen war, ein wenig ätherisch und ganz der Kunst ergeben. Sie hob den Kopf nur selten von ihrem Zeichenblatt. Bei dem Wort »Hochzeit« dachte Frieda zu der Zeit ausschließlich an Bilder von Chagall.

»Du heiratest?«, hatte sie erstaunt gefragt und endlich einmal aufgeschaut.

»Klar«, hatte Yvonne gesagt und einen Espresso durch die Maschine gejagt, den sie sich selbst gönnte. »Sobald ich mit der Ausbildung durch bin. Hier jobbe ich nur für das Kleid. Apropos« fuhr sie nach einem zweiten Blick auf ihre stille Kollegin fort. Und in der Sekunde schien ihre Entscheidung zu fallen. »Hättest du nachher Zeit, es mit mir aussuchen zu gehen? Ich brauche eine zweite Meinung.«

»Okay«, hatte die staunende Frieda gestammelt. Und war mit der beinahe Unbekannten mitgegangen. Über Satin und Spitzen, Meerjungfrau- und Empire-Silhouetten hatte ihr Gespräch miteinander eingesetzt, so unmittelbar und lebhaft, als wäre es immer schon da gewesen. Und seither war es nicht verstummt. Es hatte Yvonnes Ehe und Scheidung hindurch angehalten, hatte das Aufwachsen ihrer Töchter und Friedas Trennungen begleitet, ihre beruflichen Träume verfolgt, ihre Niederlagen. Es hatte sich ausgeweitet auf alle Aspekte ihres Lebens, sogar auf den Kunstscheiß, wenn nötig. Dafür waren Freundinnen eben da.

»Ich habe beschlossen, mich bei ›Herzmatch‹ anzumelden«, sagte Yvonne. Eine zweite Meinung benötigte sie dafür offenbar nicht.

»Onlinedating, im Ernst?«, fragte Frieda aus der sicheren Entfernung der Küche. Sie betrachtete den Wasserstrom, der langsam in den Kessel floss, und nahm sich Zeit.

»Ich weiß auch von hier aus, was du denkst«, ließ Yvonne sich aus dem Wohnzimmer vernehmen. »Herrje, diese Couch hat aber auch schon bessere Tage gesehen. Sind das Sprungfedern?«

»Eine ist nach unten durchgebrochen. Ich hab erst mal zwei Bände vom Lexikon druntergeschoben.« Frieda drehte das Gas an und stellte den Kessel auf das Metallgestell des Herds. »Rutsch einfach nach links.«

»Hattest du nicht diesen großen Möbel-Versandkatalog-Auftrag?«, fragte Yvonne, als Frieda ins Wohnzimmer kam, um zwei Tassen und eine Milchflasche auf den Couchtisch zu stellen.

»Ach, die Sofas dort gefallen mir nicht. Und Prozente bekäme ich als freie Mitarbeiterin wahrscheinlich auch keine.«

»Du könntest das Geld auch woanders ausgeben.« Yvonnes Hartnäckigkeit war ein weiteres ihrer Talente.

»Ich hab mir diesen Band mit den Landschaftsbildern von Hopper gekauft.« Frieda lachte, als Yvonne in gespielter Verzweiflung die Arme hochwarf. »Ich bin im Museumsshop über ihn gestolpert; es musste einfach sein. Keine Sorge, das passende Sofa kreuzt schon auch noch meinen Weg.«

»Es würde sich eher ergeben, wenn du mal in ein Möbelhaus gingst«, rief Yvonne ihr nach, als Frieda wieder in die Küche verschwand. Sie zog ihr Kamerahandy heraus und prüfte ihr Aussehen. Als Frieda mit der Kanne wiederkam, versenkte sie alles in der Handtasche. »O Gott, stell den Zucker weg!«, rief sie. »Hab ich nicht eben gesagt, dass ich mich auf den Fleischmarkt begeben werde? Ich hab mich schon im Fitnessstudio angemeldet.«

»Für ›Herzmatch‹, ja?« Schon bei dem Wort zuckte es in Frieda. Für sie klang das nach zermatschten Herzen. Vor ihrem inneren Auge erblickte sie einem gewalttätigen Stiefel, der durch einen roten Sumpf marschierte, am Rand ein paar krümelnde Herzen, wie die Reste vom Muttertagskuchen. Sie nahm sich Zucker.

»Ich hab schon angefangen, die Fragebogen für das Profil auszufüllen«, erklärte Yvonne. »Die sind wirklich umfangreich, weißt du. Wer ich bin. Was ich suche.«

»Das sind ja gleich zwei Probleme auf einmal«, meinte Frieda, die sich nach all den Jahren immer noch nicht so ganz sicher war, wer sie denn war. An den meisten Tagen ergab sich das nach dem

Aufstehen irgendwie. Und was um Himmels willen *suchte* sie? Das Ende der Einsamkeit? Den Himmel auf Erden? Irgendwas dazwischen? Ihre Mutter hatte immer gesagt: »Dir muss man erst noch einen backen.« Ziemlich erschreckend, wenn man weder kochen noch backen konnte.

»Du darfst nicht so eine Sache daraus machen«, meinte Yvonne, die ihre Freundin kannte. »Du weißt, dass dir Dunkelhaarige lieber sind als Weißblonde. Du fährst nun mal nicht Ski, und du willst ab und zu ins Theater. Das schreibst du da alles rein. Und dann sieht man weiter.« Sie nahm einen Schluck von ihrem Tee. »Man formuliert klar seine Ansprüche.«

»Schon daran würde ich scheitern«, behauptete Frieda.

»Weil du keine Ansprüche hast.«

Frieda seufzte. So viel zum Thema, wer sie denn war: jemand, dem man erst einen backen musste oder jemand Anspruchsloses. Wollte sie nun also zu viel oder zu wenig? Und wie sollte sie in Worte fassen, was sie sich ersehnte? Nichtraucher, Wintersportvermeider, kulturell interessiert – sollte das den Mann ihrer Träume beschreiben? Sie versuchte, ihn vor sich zu sehen, aber es gelang nicht. Im Geiste malte sie mit einem Bleistift ein großes Fragezeichen auf Packpapier.

Käme sie nicht auch mit einem Raucher wunderbar zurecht, notfalls sogar mit einem Skifahrer, wenn er nur dieselbe Begeisterung wie sie empfinden könnte – etwa beim Anblick einer Welle, die mit letztem Schwung den Sand hinaufläuft, eben noch da, ein dünner Spiegel, im nächsten Moment versickert?

Aber wäre ein Mann, der diesen Moment mit ihr zu teilen vermochte, auch automatisch ein warmherziger Mensch, der Kassiererinnen im Supermarkt zulächelte und einsame Freunde zum Abendessen einlud? Und war sie wirklich sicher, was ihr am Ende am wichtigsten war? Gab es vielleicht ein Bedürfnis, an das sie gar nicht dachte, etwas, das sie sogar vor sich selbst verbarg? Kannte man sich dafür je gut genug?

Frieda seufzte. Vermutlich hörte sich das verrückt an. Sie konnte seit jeher solche Dinge nicht wirklich ausdrücken. Sie kehrte zu ihrem geistigen Zeichenblock zurück, skizzierte auf das Packpapier einen Mann, der mit einem hochgekrempelten Bein im Wasser stand, mit dem anderen vor einer Supermarktkasse, über die er lächelnd der Kassiererin ein Herz reichte. Das Fragezeichen schwebte darüber in der Luft.

Niemand war doch durch einen Claim beschreibbar. Oder durch ein noch so ausgetüfteltes Raster von Begriffen. Wenn Frieda zeichnete, dann legte sie vorher auch keine Liste an von Dingen, die in dem Bild vorkommen sollten, von den Farben, die sie verwenden würde, von den Wirkungen, die sie damit zu erzielen wünschte. Sie sagte sich nicht: Ich werde etwas erschaffen, das dies und das ausdrücken wird. Sie saß einfach da. Wartete auf innere Bilder, folgte Eingebungen. Sie hatte die Erfahrung gemacht, dass ihre gelungensten Werke entstanden, wenn sie in ihrem Kopf nicht allzu viel Ordnung schaffte und alles ein wenig unscharf eingestellt ließ. Aber darüber redete sie nicht gerne.

Yvonne zupfte eine Fussel vom Sofaüberwurf. »Bei ›Herzmatch‹ werde ich jedenfalls eine große, wohlsortierte Auswahl finden. Die meisten Akademiker. Und alle geben zu, dass sie auf der Suche sind. Schluss mit den albernen Fassaden, der aufgesetzten Bedürfnislosigkeit, diesem verklemmten Herumeiern um den großen Skandal.« Sie hob die Hände und ließ sie wackeln. »O weh, o weh, ich bin alleine und will es nicht sein.‹«

Frieda versuchte, das Wort »alleine« nicht allzu tief in ihre Seele sinken zu lassen.

»Weißt du noch«, fuhr Yvonne fort, »die ›Ü-40-Partys‹? Wo alle so taten, als wollten sie bloß tanzen?«

»Na, manche taten auch so, als wollten sie nur vögeln«, erwiderte Frieda. Ihr Lächeln wurde ein wenig kriegerisch. »Und bei einigen war es nicht einmal gelogen.«

Dirk. Yvonne formte den Namen nur mit den Lippen und zog

dann eine Grimasse, als hätte sie in eine Zitrone gebissen. Das war nun wirklich eine unschöne Erfahrung gewesen für die arme Frieda. »Ich habe es dir gleich gesagt.«

»Hast du nicht.«

»Du hättest nicht zugehört. Jedenfalls beweist es, dass ich recht habe: Besser, man schafft eine sorgfältig von einem Algorithmus geprüfte Vorauswahl, als sich einfach seinen von schlechter Musik aufgepeitschten Hormonen zu überlassen. Los aufs Ziel, fokussiert und ohne Umwege.« Sie hob ihre Tasse, als wiese die den Weg.

Frieda allerdings quälte der Verdacht, dass es in der Liebe ausschließlich Umwege gab. Dass am Ende gar keine Wege existierten. Nur Sprünge ins Unterholz, Tänze im Nebel, das Balancieren auf einem Seil über einen Fluss, dessen anderes Ufer nicht zu sehen war. Sie behielt ihre Überlegungen für sich, das tat sie meistens. Ihr war schon klar, was Yvonne davon hielt. Wie hatte sie die Annäherung zwischen Mann und Frau einmal ironisch genannt? Den »Tanz der sieben Schleier«, eine zwangsläufige Täuschung, an deren Ende nur eine Enttäuschung stehen konnte. »Auch Salome hatte Orangenhaut«, würde Yvonne vermutlich sagen.

Vielleicht war es wahr, war alles wahr, was Yvonne vorbrachte, und ihre eigene Sehnsucht nach dem Zauber, nach einem nachhaltigen, lebenslang immer neu gewebten Zauber, war vergebens. Wenn es keinen Weg zurück in das Paradies gab, dann blieb vielleicht nur die Flucht nach vorne in die kalt ausgeleuchteten Gefilde des idealen Supermarktes. Sie schüttelte sich bei dem Gedanken.

Yvonne verstand die Regung falsch. »Bei Herzmatch gibt's was Besseres als einen One-Night-Stand, glaub mir.«

»Danke«, sagte Frieda, »aber mein Leben ist toll, wie es ist.«

Yvonne nickte vielsagend. »Klar. Es sollte nur nicht so weitergehen.«

Frieda öffnete den Mund. Und schloss ihn wieder.

Yvonne hatte den kleinen Schreck in ihren Augen gesehen und lachte. »Gib zu, dass ich recht habe.«

»Ach, Yvonne, wieso bist du nur immer so …«, Frieda suchte nach einem Wort, »so furchtbar meinungsstark.« Ihrer Ansicht nach wurden Meinungen überschätzt.

Yvonne nippte leicht verstimmt an ihrer Tasse. Die ungesagten Sätze stapelten sich um sie herum auf dem Sofa und machten ihre Bewegungen eckig. Ihrer Ansicht nach war Meinungsstärke ein Vorzug, dazu bitter nötig für eine Frau, ein Ausgleich für fehlende Körperstärke und mangelnde sozioökonomische Repräsentanz. Wie sollte man vorwärtskommen, wenn man nicht einmal genau wusste, wohin man wollte? Frieda, fand sie, würde es kein Stück schaden, es auch einmal mit Zielstrebigkeit zu versuchen. Sie sah so gut aus, aber sie wusste es noch nicht einmal. Und sie machte sich nichts daraus. Sie war so enervierend richtungslos. Es hätte Frieda ganz gewiss eine Menge der Männer erspart, die Yvonne hatte kommen und gehen sehen, und jedes Mal hatte sie gleich Bescheid gewusst. Ihre eigenen Missgriffe waren ein anderer Fall. Es waren keine Katastrophen gewesen wie bei Frieda. Und sie litt auch nicht so, wie ihre Freundin das immer tat. Sie verarbeitete ihre Beziehungen ordnungsgemäß. Frieda war da ein wenig altmodisch. Frieda war überhaupt so anders. Aber sie mochte Frieda. Trotzdem. Oder gerade deshalb?

Versöhnlich legte Yvonne Frieda die Hand aufs Knie. »Keine Sorge. So wie du aussiehst, wird das ein Spaziergang. Wir schreiben einfach: unbelehrbares Schneewittchen. Mit Kirschaugen und Rabenlocken.« Sie tastete nach ihren eigenen, sorgsam blondierten Haaren, die schon ein wenig dünn, aber tadellos geschnitten und gepflegt waren. Wenn ihre Freundin nur etwas aus sich machen würde, dachte Yvonne. Dann könnte sie umwerfend aussehen. Aber sie hatte Frieda im Verdacht, sich die Haare selbst mit einer ihrer Bastelscheren zu kürzen. Dabei fiel ihr ein, dass sie vor dem Fotoshooting für ihr Profilbild auch einen Friseurbesuch brauchen würde. Sie holte ihr Mobiltelefon aus der Tasche.

»So. Bei Domenica, morgen um zehn. Willst du gleich mitkommen?«, fragte sie.

Keine Antwort.

Yvonne schaute vom Display auf. »Was ist jetzt? Frieda?«

»Da ist eine Katze.«

3

Lebenszeichen
vom Balkon

»Was?« Das Mobiltelefon noch in Händen drehte Yvonne sich auf dem hubbeligen Sofa herum und folgte dem Blick ihrer Freundin nach draußen auf den Balkon.

Da saß die Katze, ein regloser schwarzer Umriss zwischen dem überfrosteten Grün des Balkonkastens, fast wie eine der mehr oder weniger lebensechten Dekofiguren aus Kunststoff, die Friedas Nachbarn so liebten. Ebenso starr und doch unübersehbar lebendig. Die Spitzen ihrer Pfoten leuchteten so weiß wie der Schnee, der dieses Jahr ausgeblieben war. Ihre Augen waren geschlossen, als schliefe sie oder lausche tief nach innen.

Sphinx, dachte Frieda. Schön und unerbittlich. Sie würde sich mit nicht weniger als der Lösung des Rätsels zufriedengeben.

Eine kleine Bewegung ging durch den Katzenkörper, ein Beben, ein fast unmerkliches Rollen der Muskeln, ein Spiegeln des Fells. Frieda war, als wäre das eine Reaktion auf ihre Gedanken; sie musste lächeln.

Yvonne dagegen betrachtete das Tier kritisch. »Sie sieht irgendwie krank aus«, sagte sie und machte rasch ein paar Belegaufnahmen. Als sie Friedas betroffenes Gesicht sah, begriff sie, dass das die falsche Bemerkung gewesen war. »O nein«, sagte sie etwas lauter. »Nein! Du wirst sie nicht hereinlassen, um sie gesund zu pflegen.«

»Aber ich hab doch gar nicht ...«

»Du hast im Geiste schon überlegt, womit du sie fütterst, und einen Platz für das Körbchen gesucht, gib's zu.«

»Ich habe mich nur gefragt, wie sie hier hochgekommen ist«, verteidigte Frieda sich und griff erneut nach der Teekanne.

»Das ist ein Streuner, die kommen überallhin. Aber im Ernst, Frieda.« Sie zeigte auf die Balkontür, hinter der das Tier ungerührt hockte. »Öffne diese Tür, und du wirst nie wieder Sex haben.«

Frieda, mitten im Einschenken getroffen von dem Satz ihrer Freundin, vergoss ein wenig Tee.

»Du weißt schon, dass es gegen die Genfer Konvention verstößt, Frauen über fünfzig mit so etwas zu drohen.«

»Hast du keinen Lappen?«, fragte Yvonne, die bereits nach ihrer Handtasche griff und ein Kosmetiktuch herausholte. »Das gibt Wasserringe auf dem Holz.« Sie wischte, ein automatisierter Vorgang, der sich nicht stoppen ließ von der Überlegung, dass die Liebesmüh an Friedas heruntergekommenem Mobiliar verschenkt war, auf dem mehr Flecken prangten als Sternbilder am Himmel.

»Das sind Lebenszeichen.« Frieda blies auf ihre Tasse und vernebelte mit dem Dampf die Umrisse der schwarzen Katze, die plötzlich von der Balkonbrüstung glitt wie ein Strom schwarzen Wassers und ihre Gestalt auf den Fliesen neu aufbaute, diesmal als ägyptisch angehauchte Sitzfigur mit langem, schlankem Hals und gespitzten Ohren. Jetzt konnte man sehen, dass die Hinterläufe ebenfalls weiß bestrumpft waren. Brust und Hals strahlten schwanengleich. »Sie ist wirklich wunderschön.«

»Es ist mein Ernst, Frieda. Männer mögen keine Katzenfrauen. Die sind in ihren Augen erotisch ausgelastet.« Yvonne nickte vielsagend. »Außerdem lässt eine Katze eine Frau eigenwillig aussehen, launisch und labil. Und rein statistisch gesehen: Die Hälfte von den Typen sind heutzutage Allergiker. Kannst du es dir erlauben, auf fünfzig Prozent der Auswahl zu verzichten?«

Frieda fand, dass sie es sich erlauben könnte, auf alle zu verzichten. Bis auf einen. »Nein, im Ernst, Yvonne …«

»O, es ist mein Ernst. Du bist viel zu jung für eine Katze.«

Frieda betrachtete das Tier. »Sie ist nicht krank«, sagte sie. »Ich glaube, sie hat ein Zuhause.«

Yvonne neigte kritisch den Kopf. »Woran willst du das erkennen?«

»Sie wirkt nicht wie jemand, der auf der Suche ist. Eher ... Entschuldige.« Sie vollendete ihren Satz nicht, sondern machte sich auf die Suche nach ein paar Stiften und einem Block. Mit beidem kehrte sie zurück an den Couchtisch, wählte einen harten Bleistift für die Umrisslinien und machte sich daran zu zeichnen. »Das sind die Ohren. So. Und so ...« Sie hob den Kopf, um noch einmal genau diesen unnachahmlich eleganten Schwung zu betrachten, mit dem der Kopf in den Rücken überlief.

Für einen Moment dachte sie, ihr Modell wäre verschwunden. Dann entdeckte sie die zitternde Schwanzspitze über dem Rand des großen Terrakottatopfes, in dem ihr Olivenbaum sich ums Leben bemühte. Ein totes Blatt wehte herab, eine Pfote schoss hervor und fixierte es, entschlossen und doch beinahe zärtlich. Frieda spürte, wie ihr eigenes Herz vor Freude klopfte.

»Du solltest es wirklich mit ›Herzmatch‹ versuchen«, sagte Yvonne hinter ihr. »Komm, wir machen ein Foto von dir.« Frieda spürte, wie die Freundin ihr in die Haare fasste und eine ihrer widerspenstigen Locken lang zog. Unwillkürlich schüttelte sie den Kopf frei.

»Du musst mal wieder färben«, stellte Yvonne fest und ließ die Strähne los, die wie eine Feder zurücksprang. »Das ist schon mehr Silber als Schwarz. Das müsstest du in Photoshop nachbearbeiten.«

»Ich habe überlegt, das Färben ganz zu lassen«, murmelte Frieda, in ihr Bild vertieft. Sie wechselte zu einem weicheren Stift für die Bauchpartie. »Diese Fernsehmoderatorin hat das doch auch gemacht.«

»Die ist älter«, sagte Yvonne und begann, an den Fingern abzuzählen. »Sie ist reich. Und prominent. Sie hat einen festen Partner. Und außerdem ...« Dabei streckte sie den letzten Finger. »Sie wird es nie zugeben, aber sie wird es bereuen.«

Frieda hob kurz den Kopf und lächelte.

Yvonne neigte sich vor. »Komm, du und ich. Ich entwerfe dir auch ein Profil. Frieda Fuchs, Grafikerin, das klingt künstlerisch, aber nicht zu sehr. Und auch nicht zu qualifiziert. Ich nenn mich jetzt MTA. Bei ›Laborleiterin‹ hat keiner angebissen. Das Alter ist neunundvierzig, eine Fünf vorne kommt für Frauen nicht infrage. Und es sind doch auch nur ein paar Jahre, das merkt eh keiner. Wir machen ein hübsches Foto. Und dann …«

Aber Frieda hörte nicht mehr zu. Der Balkon war leer. Nur einen Moment lang hatte sie nicht hingesehen. Sie konnte nicht erkennen, ob das Tier noch da war. Als hätte er ihre Gedanken erspürt, ließ der Olivenbaum ein weiteres Blatt fallen.

4

Natürlich und perfekt?

Frieda kannte Bernd seit einer Ewigkeit, genau wie Yvonne. Sie hatten gemeinsam die Hochschule für Gestaltung besucht, sich mal mehr, mal weniger gesehen, aber nie aus den Augen verloren. Er hatte eine Weile in einer Kommune in den Pyrenäen verbracht, sie war von der einen oder anderen Beziehung aufgesogen worden. Unweigerlich liefen sie einander immer wieder über den Weg, und jedes Mal war es, als wäre dazwischen keine Zeit vergangen. Bernd gehörte zum Urgestein des Stadtteil-Kinovereins und hatte dafür gesorgt, dass Frieda ihnen seit einiger Zeit die Plakate entwarf.

Sie arbeiteten oft und gerne zusammen, ihr gemeinsamer Geschmack, ihre unaufgeregte Freundschaft waren dafür ideal. Im Moment saßen sie im Auftrag des Kulturamtes an einem Image-Fotoband über ihren Stadtteil, zu dem Bernd als Fotograf die Aufnahmen beisteuerte. Sie hatten sich für den späten Vormittag verabredet, um letzte Abstimmungen am Computer vorzunehmen. Frieda nahm ihm seine Pelzmütze ab, als er hereinkam. Das gute Stück sah aus, als hätte er sie aus einem überfahrenen Nagetier selbst gefertigt.

»Schau nicht so. Die leistet mir gute Dienste.« Lachend wickelte er sich aus seinem Schal. »Sie passt zu meinem Bart. Und sie kommt nie aus der Mode.«

»Das ist ja das Problem. Käme sie nur genug aus der Mode, käme sie irgendwann auch mal wieder in Mode, und man könnte sie als Vintage-Teil groß rausbringen.«

Aber Bernd wollte gar nicht groß rauskommen. Er war völlig zufrieden mit seinem Halbtagsjob bei der Zeitung, seinen Aufträgen zwischendurch und den Bildern, die er privat aufnahm und manchmal an jemanden verkaufte, manchmal nicht. Klick, schon hatte er ein Bild von ihr mit seiner Mütze in den Händen gemacht, auf dem es vermutlich so aussah, als hielte sie ein mutiertes Vogelnest.

»Sei froh, dass ich keine Haustiere habe«, sagte sie, warf das Ding auf die Garderobe und ging an den Computer. »Sie würden darin eine Familie gründen.«

»Wär doch nett«, meinte Bernd und holte sich einen Stuhl, um sich neben sie zu setzen. »Ich bin im Grunde ein Familienmensch. Allerdings Allergiker.«

Frieda, die wusste, dass Bernd noch immer in einer WG lebte und eine Reihe von turbulenten Kurzzeitbeziehungen hinter sich hatte, bei denen Familiengründung nie ein Thema gewesen war, vermutete, dass es sich um eine Bindungsallergie handelte. Aber sie sagte lieber nichts dazu. Mit Bernd redete man nicht, man ging in tschechische Filme der Sechziger oder installierte neue Fotobearbeitungsprogramme. Mit Bernd *tat* man Dinge. Auch das gemeinsame Nichtstun mit Bernd machte Spaß. Würde sie Bernd von dem erschreckenden Spruch ihrer Mutter erzählen, würde er nicht mit ihr über Selbstfindung diskutieren. Er würde ihr einen Pfefferkuchenmann backen. Und ihr würde es besser gehen. Es ging Frieda immer besser, wenn Bernd da war. Er war auf seine Weise ein fester Pfeiler ihres Lebens, ebenso wie Yvonne.

Er gab ihr den Stick mit seinen Bildern. »Dann wollen wir mal.«

Seine Aufnahmen der alten Häuser im Viertel waren voller Atmosphäre. Er hatte die totfotografierten Ecken gemieden und dafür Details in Szene gesetzt: einen von Efeu fast erdrückten Torbogen, Trauben aus gemeißeltem Sandstein mit vergoldeten Blättern unter einem Fenster, alte Bäume, die sich an Jugendstilfassaden schmiegen. Sogar aus dem abgeschabten kleinen Park mit den meist überquellenden Mülleimern hatte er das Beste herausgeholt. Die vielen Hunde dort waren im echten Leben ein Ärgernis, aber auf seinem Bild strahlten sie Lebensfreude aus. Ebenso wie die kichernden Mädchen, die die Sitzplätze und die Lehne einer Bank in dichter dynamischer Traube besetzt hatten. »Weiß ja keiner, dass du bei denen jederzeit gebrauchte Sonnenbrillen und Handys kaufen kannst«, meinte er.

»Oh, das weiß jeder«, erwiderte Frieda. »Aber sie sind so schön und wild. Wir nehmen das Bild. Allerdings wirst du nicht drumherum kommen, noch einen klassischen Schuss von der Wasserschlossfassade hinzuzufügen. Wir dürfen die musealen Höhepunkte nicht vernachlässigen. Tee?«

»Wenn ich dich nicht hätte.«

Frieda fand es schön, mal wieder einen Menschen in der Wohnung zu haben, eine andere Stimme, andere Bewegungen, die dem gesamten Raum neue Schwingungen verliehen und unwillkürlich ihren eigenen Gang leichter und lebhafter machten. Sie konnte selbst in der Küche noch fühlen, dass jemand nebenan saß. Alles war anders, und sie genoss es. Bernd war größer als sie, massiv gebaut, mit einem lustigen kleinen Bauch unter seinem Karohemd. Er hatte Hände wie Schaufeln, in denen die Maus fast verschwand, die sich aber weich anfühlten. Groß, breit, vertrauenerweckend.

»Mist!«, rief er gerade. »Ich hab irgendwo falsch geklickt. Der Textrahmen hat sich verschoben. Dieses InDesign ist echt die Hölle.«

»Kein Problem.« Sie kam mit Tee und einem Teller Biskuits zurück und löste das Chaos mit ein paar Arbeitsschritten wieder auf. »Hier. Kekse.«

Er tat geknickt und barg den Kopf an ihrer Schulter. Ein fremder, starker grellgrüner Geruch stach ihr in die Nase. Kam der aus seinen Kleidern? Aus dem Bart? Die verdächtige Mütze war doch weit weg? Sie schob ihn ein wenig fort und tarnte es als gespielte Strenge. »Kusch, aus«, kommandierte sie.

Er imitierte ein betrübtes Jaulen. Frieda musste lachen.

Als das Telefon klingelte, war es Yvonne. Sie bat um Hilfe bei ihrem Profilbild für »Herzmatch«, weil Frieda doch »ein Auge für so was« besäße. Selfies hatten sich als nicht ausreichend erwiesen. Es musste schon professionell wirken, meinte Yvonne, aber wieder nicht so professionell wie von einem Studiofotografen geschossen. »Schön, aber nicht glatt«, suchte Yvonne nach Worten. »Vielmehr richtig aus dem Leben. Mehr so intim. Und authentisch.« Sie machte eine Pause. »Aber natürlich perfekt.«

»Natürlich und perfekt ist ein Widerspruch in sich«, sagte Frieda, trocken.

»Ach, du weißt doch, was ich meine. Wann hast du Zeit?«

Frieda seufzte. Heute und morgen war sie mit dem Buch beschäftigt, übermorgen hatte sie einen Termin bei einem neuen Kunden, keine Ahnung, wie lange das dauern würde.

»Frieda, meine biologische Uhr tickt.« Die Stimme aus dem Hörer klang ungeduldig.

Frieda lachte. »So schnell wirst du schon nicht unvermittelbar.« Ihr Blick fiel auf Bernd, der immer noch mampfend Hündchen spielte und sie mit schief gelegtem Kopf anhechelte. Aber natürlich! Authentisch und aus dem Leben. Er war zweifellos kein Anblick für die perfektionsgewohnten Sucheraugen der »Herzmatch«-Kunden. Aber er würde doch prima zu Yvonne passen! Bernd war der Berge-Typ und würde sich gut in ihrer Wochenend-Wandergruppe machen. Außerdem konnte er tanzen, das wusste Frieda aus erster Hand. Vor Festivalbühnen entwickelte Bernd eine unbekümmerte, ungewohnt explosive Energie. War das nicht ideal für Yvonne, die mittwochs immer ihre Tango-Gruppe besuchte?

Donnerstags ging Yvonne dann zum Yoga. Und sommers segelte sie alljährlich mit einer Gruppe von Freunden in der Ägäis. Ob Bernd dabei auch mithalten könnte, da war sich Frieda nicht sicher. Aber man konnte nicht alles haben. Für ihren Geschmack waren das sowieso ein bisschen viele Gruppen. Warum nicht einige davon durch einen Spaziergang zu zweit ersetzen? Und Zweihandsegeln gab es doch auch. Da hätte dann jeder der beiden noch eine Hand frei.

Der Gedanke elektrisierte Frieda: Bernd und Yvonne. Und es würde der Freundin die demütigende »Herzmatch«-Erfahrung ersparen, wo man sich doch nur anbot wie billig Butter, gefärbt, trainiert, verjüngt. War das nicht ein einziger Albtraum?

»Du«, sagte sie zu ihrer Freundin, »ich hab da eine Idee. Hast du gleich in deiner Mittagspause Zeit?«

Bernd bellte, sie gab ihm einen Klaps. »Platz, Bernd.«

»Hast du da einen Hund?«, erkundigte Yvonne sich.

Frieda lächelte. »Etwas Besseres«, sagte sie. »Moment.« Sie wandte sich an Bernd: »Wir müssen was dazwischenschieben. Machen wir einen kleinen Spaziergang.«

»Eine Runde durch den Park, und du wirfst mir das Bällchen?«, fragte Bernd. »Komm schon, wir wollen das hier fertigkriegen.«

»Wir müssen zu einer Freundin«, erklärte Frieda. »Einer guten. Sie sucht einen Mann.«

Bernd hob die Brauen. »Und wie komme ich da ins Spiel?«

»Du machst die Fotos.« Vorerst, dachte Frieda. Aber sollten Yvonne und Bernd Gefallen aneinander finden, könnten sie später die Profilfotos, die er von ihr schießen würde, als erste Bilder in ihr gemeinsames Album kleben. Das wäre doch mal eine Kennenlern-Story, die sich erzählen ließe. Und Frieda würde keinen ihrer zwei besten Freunde aus den Augen verlieren.

Gutmütig, wie Bernd war, erklärte er sich einverstanden. Aber er schlug vor, Yvonne im Stadtpark zu »shooten«, weil dort das Licht besser wäre. »Drinnenbilder werden nicht wirklich gut, wenn du kein Studio zur Verfügung hast. Ich hole meine Mütze.«

Die Mütze war ein Problem. Aber Frieda beschloss, dass sie ein Problem nach dem anderen lösen würde.

»Selbst um diese Jahreszeit findest du hier schöne Stellen«, sagte Bernd wenig später, während sie durch die einsame Anlage stapften. Der Atem stand ihm wie Rauch vor dem Mund. Frieda lief neben ihm her, zu tief in Mütze und Schal vergraben für eine Antwort. Es waren mindestens zwei Grad unter null. Für das zweite Rendezvous würde Bernd sich etwas Besseres einfallen lassen müssen. Etwas Gemütlicheres. Aber er hatte recht, die Ecke war perfekt. Es gab dort das immergrüne Laub alter Rhododendren, von Reif überzuckertes Schmiedeeisen, alten Sandstein.

Zufrieden schaute er sich um. »So, da wären wir. Hier kommen auch die Hochzeitsfotografen immer her.«

»Fehlt nur noch die Braut«, meinte Frieda, stopfte die Hände tiefer in die Taschen und zog die Schultern hoch.

Yvonne kam zu spät, einen riesigen Ikea-Plastikbeutel in der Hand. »Verschiedene Schals«, erklärte sie den beiden. »Diverse Mützen. Eine alternative Jacke.«

»Dann mal los«, sagte Bernd, der ganz in der Aufgabe aufzugehen begann. »Versuchen wir es zuerst dort drüben, Viertelprofil. Und heb die Schulter.«

Frieda verkroch sich in ihren Mantel und wickelte den Schal dreimal ums Gesicht. Sie bemühte sich, ihren Enthusiasmus für dieses hoffnungsvolle Kennenlernen nicht einfach dahinfrösteln zu lassen, während Bernd mit der Geduld seiner Profession Bild um Bild machte, nach links winkte, dann nach rechts, dann näher ran und gerade zum gefühlt tausendsten Mal vorschlug, »doch noch etwas anderes auszuprobieren«.

Wenn es der Sache diente. Frieda hoffte sehr, Bernds Ausdauer wäre persönlich motiviert, damit das Leiden sich lohnte.

»Cheese«, rief Bernd in diesem Moment und drehte sich plötzlich zu ihr herum, um auch sie abzulichten. Frieda markierte einen Fluchtversuch, musste aber lachen.

Yvonne entspannte sich für einen Moment. Klick. Schon war auch sie erneut eingefangen. »Reingelegt«, meinte Bernd und überprüfte das Objektiv. »Die ungestellten Bilder sind einfach die besten.«

Endlich war er zufrieden; die beiden tauschten ihre Nummern aus, Yvonne tippte seine in ihr Smartphone und sandte gleich eine Probe-SMS, die er bestätigte. »Prima, dann schick ich dir die Fotos.«

»Bearbeite sie nicht zu sehr«, neckte Frieda sie. »Ich hab mir die Richtlinien von ›Herzmatch‹ durchgelesen; sie haben sich zu Safer Daten verpflichtet. Dazu gehört Authentizität.«

»Ach was, kein Mensch hat heute mehr Poren.« Yvonne lachte unbekümmert und streckte ihr die Zunge heraus, Bernd drückte ein letztes Mal ab. Es wurde ein toller Schnappschuss, aber natürlich kam er für die Suche nach dem Mann fürs Leben nicht infrage.

»Willst du deins auch haben?«, fragte Bernd Frieda. »Schau, ist toll geworden.« Er klickte herum, um es aufs Display zu bringen.

Frieda schüttelte abwehrend den Kopf. »Ich seh doch nie gut aus auf Fotos.«

»Schick es an mich«, meinte Yvonne. »Ich bearbeite es dann und …«

»O nein«, protestierte Frieda.

»… schenke es ihr zu Weihnachten«, ergänzte Yvonne ihren Satz.

5

Der Filmmoment

»Gehen wir alle zusammen noch was trinken?«, schlug Frieda vor.

Aber Bernd, der ahnungslose Idiot, wollte die Gelegenheit lieber nutzen, um noch beim Wasserschloss vorbeizuschauen, um es für ihr Buchprojekt aufzunehmen. »Wo ich schon mal draußen bin.«

Frieda würde also auf den SMS-Austausch der beiden setzen müssen.

Auf dem Heimweg gingen die beiden Freundinnen friedlich nebeneinanderher durch den kalten, klaren Februartag. Bernd hatte recht gehabt, der Stadtpark war auch um diese Jahreszeit erlebenswert. Der gefrorene Boden trug ein Spitzenmuster aus Reif und knisterte unter ihren Schritten, die Zweige bildeten Scherenschnittmuster vor dem emailleblauen Himmel. Alles wirkte in der Kälte klar und kompakt wie eine genau gezeichnete Miniatur, in die man gerne eintrat. Fast fühlte man sich selbst wie jemand, den ein Zeichner mit sicherem Stift festgehalten hatte, Linie um Linie, Kringel um Kringel, genau so, wie alles sein sollte.

Aus dem Stadtparkcafé duftete es verlockend nach Kaffee, und ihre Füße waren Eisklötze. »Lass uns reingehen«, schlug Frieda vor. Sie liebte Kaffeehäuser, dort konnte man in das Leben eintauchen, wurde davon umspült und hatte doch sein eigenes Tischrevier, dazu noch umsorgt von einer freundlichen Bedienung. Manchmal, wenn ihr zu Hause die Decke auf den Kopf fiel und sie die Stille nicht aushielt, packte sie ihre Sachen zusammen, Notizblöcke und Laptop, und ging für Stunden in ein Café arbeiten. Außerdem könnte sie Yvonne gleich noch ein paar begleitende Informationen zur richtigen Haltung und Pflege von Bernd geben.

Yvonne jedoch winkte ab. »Ich muss für die verlängerte Mittagspause eh schon eine Stunde nacharbeiten. Es wird finsterste Nacht sein, wenn ich heimkomme. Ciao.« Schon war sie fort.

Frieda fühlte noch den Kuss der Freundin auf der Wange. Dann eben nur sie.

Sie öffnete die Tür und ließ die Geräuschwoge des Lokals über sich hereinbrechen. Als sie sich in dem kleinen von Wintersonne erfüllten Glasaquarium orientiert hatte, steuerte sie einen freien Tisch am Fenster an. Die anderen Besucher waren zumeist Mütter mit Kindern oder Rentner. Eine spannende Begegnung schien nicht auf sie zu warten. Dafür aber Entspannung. Sie hob den Arm, um die Bedienung auf sich aufmerksam zu machen.

»Sie wünschen?«, fragte die Bedienung.

Tagträume und einen Klecks Seelenfrieden, dachte Frieda. Laut bestellte sie: »Latte macchiato und eine Zimtschnecke, bitte.«

Aus der Küche kamen Rufe und Geklirr. Eine Tür knallte. Die Kaffeemaschine zischte und gurgelte. Im Hintergrund lief Musik, durch den Nebel der Gespräche kaum mehr auszumachen. »Wie oft hab ich ihm schon gesagt …« »… zwei Stunden gewartet, nur für ein Rezept …« »… lass das sein, Sophie …« »… und mein Fersensporn …« »… echt? Also, ich finde ja …«

Frieda wollte nicht wissen, was die Person fand, verdrängte die Stimmen und schaute sich um. Ihre Hände strichen über die Tischdecke. Wie schön das ungebrochene Weiß doch war. Als Kind hatte sie gern mit der Gabel Spuren hineingezogen oder -gepikst, die sie als Schlittenspuren ausgab, als Mäusespuren – ganze Geschichten hatte sie sich auf diese Weise erzählt. Einmal mit der Messerschneide drüber, und alles war wieder fort. Tabula rasa. Fast wie im Leben. Aber da war ein Kaffeefleck. Und das hier sah nach Ei aus.

Während sie ihre Zimtschnecke aß, schweifte Friedas Blick weiter durch die klaren Scheiben, das kalte Grün, den Raureif auf den Moospolstern zwischen den Steinplatten draußen, über die ein paar rotnasige Kinder hüpften, deren Mütter irgendwo hinter ihr saßen. Frieda sah einen Schwarm brauner Spatzen, der durch einen Busch tobte, sie entdeckte eine Maus, die eilig eine Rille entlangwieselte, zurück in ihr Versteck. Dann bemerkte sie den Specht. Grün wie ein Edelstein, Grün und leuchtendes Rosenrot. Zum Atemanhalten. Unwillkürlich schaute sie sich nach jemandem um, dem sie es erzählen könnte. Der Impuls war so stark, fast hätte sie den Arm gehoben, den Finger ausgestreckt. »Guck doch mal, Mami.« Es war niemand da.

Frieda kramte in ihrer Tasche herum, fand ihren Notizblock und das Kästchen mit ihrem Zeichenzubehör. Nach wenigen Versuchen gelang es ihr, einen ziemlich guten Umriss des Spechts festzuhalten. Noch fehlten die Farben; der rote Stift war stumpf, und Frieda griff zu ihrem Messerchen, um das Holz um die Mine herum zurechtzuschneiden. Sie mochte Spitzer nicht, das Zuschneiden ermöglichte viel lebendigere Linien. Als sie die Holzspäne auf dem Tischtuch sah, begriff sie, wo das Problem lag. Sie hätte etwas unterlegen sollen. Hinter ihrem Rücken erklang plötzlich Gelächter.

Ertappt schaute Frieda auf.

Am Tisch schräg gegenüber saß ein Pärchen. Die beiden wirkten völlig ineinander versunken und schauten sich über ihren Kaffeetassen mit einem Ausdruck in die Augen an, der bedeutete, dass sie sich gleich vorneigen und küssen würden. Es war genau der Moment, den sie in Filmen immer in Großaufnahme brachten. Unwillkürlich zuckte es um Friedas Lippen, und sie schloss die Augen.

So saß sie eine Weile da, das Messerchen in der Hand. Die Bedienung kam und fragte, ob sie noch etwas wünschte.

»Die Rechnung«, sagte Frieda und wischte verstohlen die Späne zusammen. Auf dem Tischtuch blieb ein roter Schatten zurück, fast wie von Lippenstift. Frieda stellte den leeren Teller drauf und floh. Es wurde Zeit, dass sie wieder an die Arbeit ging.

6

Indian Summer
mit Laubbläsern

Laubbläser am Morgen bringt Kummer und Sorgen, dachte Frieda anderntags und betrachtete etwas unglücklich das Warensortiment der Firma Stuhmpf.

Wenn man den Ausführungen des Salesmanagers glauben durfte, handelte es sich um Geräte in Profiqualität, genau wie bei den Elektrosägen, Rasenmähern, Akkuschraubern und Baumschneidern, die Frieda für einen Katalog ins rechte Licht rücken sollte. Seine Augen leuchteten, während er ihr stapelweise Abbildungen von seinen Waren vorlegte und deren Eigenschaften aufzählte. Extrem leistungsstark, kompakt, unbegrenzt aufladbar. Für harte Einsätze geeignet.

Frieda fühlte sich dieser Welt unterlegen.

Außerdem sahen die Sachen alle gleich aus. Und sie trugen Bezeichnungen wie 8732-1X. Mit Sorge betrachtete Frieda, wie der Stapel Bilder vor ihr wuchs und wuchs. Irgendwann gab sie das Mitschreiben auf. Sie würde schon irgendwie klarkommen. Aber was für eine Fitzelei, bis sie das alles auseinandersortiert und auf den Katalogseiten verteilt hätte! Frieda hoffte inständig, dass der extrastarke Schwarztee noch seine Wirkung entfalten würde, aus dem ihr Frühstück bestanden hatte. Mehr hatte sie um die Uhrzeit nicht runtergebracht. Sie schaute zu der großen Digitalanzeige über der Tür. Kaum acht. Handwerker standen wirklich früh auf.

37

Frieda bemühte sich, mit einigermaßen interessiertem Gesichtsausdruck allem zu folgen, was der Verkaufsleiter ihr zu sagen hatte. Er wirkte wie die Männer auf seinen Prospektfotos: quadratisch, praktisch, gut. Gleich nach der Begrüßung hatte er das Jackett abgelegt und die Ärmel aufgekrempelt. Sicher besaß er eine beneidenswert unkomplizierte, positive Lebenseinstellung. »Kein Problem« war sein Standardsatz. Und er wusste genau, was er wollte.

Frieda dagegen gingen gerade jede Menge Probleme im Kopf herum. Warum mussten Gewerbegebäude immer so hässlich sein? Wieso servierten sie hier nur Kaffee, der noch dazu grässlich schmeckte? Wozu brauchte die Welt Vertikutierer? Und wieso in aller Welt nur tat sie sich das an?

Nun, sie war alt und brauchte das Geld, ganz einfach. Also nickte sie tapfer zu allen Ausführungen. Wie ein Wackeldackel auf der Autoablage, dachte sie und skizzierte heimlich zwischen ihre Notizen eine Frieda mit einem an einem Häkchen aufgehängten Kopf und heraushängender Zunge. Als Nächstes zeichnete sie sich eine Motorsäge in die Hand. Mit großen Zähnen. Und drumherum unternehmungslustige Lärmlinien. Brumm, brumm. Was könnte sie denn als Erstes zerlegen?

»Stimmen Sie mir da zu?«, fragte Patrik Igel.

Frieda zuckte zusammen. Schnell schob sie das entstehende Bild unter ihre Mappe. »Kein Problem«, sagte sie. Sie hatte schon nach den ersten fünf Minuten beschlossen, dass es sinnlos wäre, hier eigene Vorschläge zu machen. Keine Einwände, keine Differenzierungen, keine kreativen Volten. Gott, würde die Arbeit langweilig werden. »Wir halten also das Layout sauber und sachlich.«

Sie überlegte gerade, ob sie es wagen sollte, statt der eintönigen weißen Hintergründe hellgrüne vorzuschlagen. Angesichts des letztjährigen Katalogs wäre das vermutlich eine Revolution. Sie wollte es gerade ansprechen, damit wenigstens irgendwas passierte, als ihr Mobiltelefon vibrierte. Unauffällig warf sie unter dem Tisch einen Blick auf die eingegangene Nachricht.

»Vier Smileys, ein Eisbrecher und eine Gesprächsanfrage«, lautete die kryptische Botschaft. Sie stammte von Yvonne. »Nicht schlecht für den Anfang, oder?«

Was sollte das heißen? Frieda runzelte die Stirn. Dass gleich am ersten Tag auf der Dating-Plattform sechs Männer Kontakt mit ihrer Freundin aufgenommen hatten? Der arme Bernd, war Friedas erster Gedanke. Sie liebte ihren Freund heiß und innig, aber er war irgendwie nicht der Typ, der mit sechs anderen konkurrieren konnte. Er war der eine oder keiner. Schade drum. Vielleicht wenn der Boom erst mal abgeflaut war? Denn abflauen musste er ja wohl.

Prompt kam eine Aktualisierung. »Sechs Smileys!« Armer Bernd. Und überhaupt: sechs Smileys, sechs? Yvonne konnte doch nicht mehr als ein paar Stunden online sein! Hatte sie etwa die ganze Nacht dort verbracht?

»Alles in Ordnung?«, fragte Patrik Igel.

»O ja«, erwiderte Frieda. »Ich finde das Thema Rasenkantenschneider sehr, äh, anregend.«

Sie versuchte, sich wieder zu konzentrieren. Aber irgendwie war ihre ohnehin schwache Konzentration jetzt endgültig dahin. Dafür konnte sie sich bei Yvonne bedanken.

Sie warf Patrik Igel einen Seitenblick zu. Unter dem Anzug war er sportlich gebaut für sein Alter, viel Fleisch, aber selbst der Bauch wirkte straff. Er hatte sich ein nur leicht verblühtes Gutaussehen bewahrt, mit vollem Silberhaar und auffallend wasserblauen Augen. Dazu eine leichte Neigung zum Bluthochdruck. Er würde bestimmt keine Sekunde zögern, einen tropfenden Wasserhahn zu reparieren, anschließend ein Bier nicht ausschlagen und grundvernünftige Ansichten äußern, während er es trank. Nach dem zweiten Bier würden seine Wangen sich röten, und er würde sie vielleicht ein wenig genauer betrachten. Möglicherweise besaß er sogar ein gutes Herz.

»Weiß also«, wiederholte sie mit etwas weicherer Stimme. »Schönes, reines Weiß für die Hintergründe.« Auf Grün, tröstete sie sich, konnte sie immer noch den Heraussteller setzen, einen pro Seite. Und rote Balken für die Sonderangebote. Rot und Grün waren Komplementärfarben, die immer etwas zueinander – hinzog.

»Dann kommen wir jetzt zu den Kärchern«, sagte Patrik Igel. Er holte weitere Fotos hervor. »Da ergibt sich folgendes Problem.«

Wann, überlegte Frieda, war sie zum letzten Mal im wirklichen Leben von einem fremden Mann einfach so angesprochen worden? Das war in dieser neu eröffneten Cafébar gewesen. Sie hatte an der Theke gestanden und darauf gewartet, dass ihr Iced Chai fertig wurde. Ihr Blick war nach draußen geschweift, wo die Alleebäume rot und gelb leuchteten. Und plötzlich hatte der Mann hinter ihr in der Schlange leise gesagt: »Indian Summer.«

»Interessant, dass Sie das sagen«, hatte sie gemeint. »Ich habe mich nämlich immer gefragt, was dieser Ausdruck bedeutet: Indian Summer?« Der Fremde hatte sich geräuspert und erwidert, dass er das nicht wisse, und dann für den Rest der Wartezeit ungut geschwiegen. Frieda erinnerte sich noch so genau an den Vorfall, weil Yvonne sie dafür gescholten hatte, als sie davon erzählte. »Du hast ihn verschreckt. Der Typ wollte flirten, keine etymologischen Debatten führen. O Mann, Frieda.«

»Was hätte ich denn sonst sagen sollen?«, hatte Frieda sich verteidigt. »Es hat mich eben interessiert.«

»Ja«, hatte Yvonne geblafft. »Du hättest einfach ›Ja‹ sagen sollen. Oder: ›Ach ja, wie interessant.‹ Du solltest überhaupt viel öfter Ja sagen, weißt du? Es kann so einfach sein.« Ob Yvonne Ja sagte zu diesen »Herzmatch«-Männern?

»Frau Fuchs?«

»Ja?«, sagte Frieda. »Ja, kein Problem.«

»Wir haben markiert, welche Geräte wir mit einem Anwender fotografiert haben möchten.« Der Salesmanager fuhr in seinem Vortrag fort. »Sehen Sie? Hier.«

»Ich dachte, das wäre das Zeichen dafür, dass das Angebot nur im Onlinekatalog stehen soll?« Ich sollte mich jetzt wirklich auf diese

Sache hier konzentrieren, dachte Frieda, während sie nach einer ihrer Locken griff und begann, sie sich um den Finger zu wickeln. Sie unterließ die Geste, als sie ihr bewusst wurde, und setzte sich aufrecht hin.

»Nein, das sind die mit dem roten Kreuz, sehen Sie?« Patrik Igel legte seinen rechten Zeigefinger auf die entsprechende Stelle. Er trug, wie sie bemerkte, keinen Ring. »Die grünen Kreise bedeuten: Da kommt ein Foto mit Anwendungssituation hin. Und wenn blaue Rauten dabei sind, lassen Sie Platz für ein Testimonial.«

»Aha. Und was bedeuten die gelben Rahmen hier?«

»Das sind die Artikel, die in die spanische Ausgabe kommen.«

»Es gibt auch eine spanische Ausgabe?«, rief Frieda entsetzt.

»Eine spanische, eine finnische und eine tschechische«, erklärte Patrik Igel stolz. »Wir sind international aufgestellt.«

Na wunderbar. Die Sache begann, sie zu überfordern. Das Mobiltelefon vibrierte erneut.

Siehe da, Yvonne hatte mit einem der Kandidaten gechattet und sich prompt verabredet. Wie viele Männer waren das jetzt, acht? Frieda selbst war in ihrem ganzen Leben gerade mal mit sechs Männern intim gewesen. Ein ganzes Leben, überrollt an einem einzigen Tag!

»Sie schaffen das schon«, sagte Patrik Igel.

Unglücklich starrte Frieda auf die Bilder. Sie würde Stunde um Stunde am Computer sitzen, um briefmarkengroße Fotos zu sortieren, Stunde um Stunde, in denen sie verwelkte, alt und kurzsichtig wurde und keine Chance hatte, irgendjemanden kennenzulernen.

»Die lilafarbenen Markierungen können sie vorläufig ignorieren«, sagte Patrik Igel tröstend. »Da warten wir noch auf Rückmeldung vom Vertrieb. Litauen ist ein etwas schwieriger Markt.«

»Ich verstehe.« Frieda schluckte. Ihr Blick fiel auf das Frieda-Figürchen mit der fröhlichen Kettensäge. Sie nahm den Stift und skribbelte ihr in die andere Hand eine Fahne. Darauf schrieb sie: Litauen.

Schwierig zu vermarkten? Was konnte sie tun?

Sie räusperte sich. »Was halten Sie davon«, fragte sie, »wenn wir die verschiedenen Sortimente durch atmosphärisch gestaltete Auftaktseiten voneinander trennen? Da zögen wir dann jeweils ein schönes großes Farbfoto dahinter.«

Patrik Igel lehnte sich zurück und verschränkte die Arme. »Hm«, sagte er schließlich. »Was schwebt Ihnen vor?«

Was schwebte ihr, was schwebte ihr vor? Sie tastete im Durcheinander ihres Gehirns nach einer Idee. »Für die Laubbläser zum Beispiel ... prachtvoll verfärbte Laubbäume in einem Park. Indian Summer.« Sie hielt inne. Wo war das denn nur hergekommen?

Patrik Igel wiegte den Kopf. »Und für die Rasenmäher?«

Frieda versuchte, sich die Panik nicht anmerken zu lassen. »Für die Rasenmäher ein idyllisches Gartenbild mit Blumenwiese. Oder vielleicht eine Laube.« Frieda glaubte, ein wenig durchatmen zu können.

»Und für die Sägen?« Der Salesmanager ließ nicht locker.

»Holz vor der Hütte?«, bot Frieda mit letzter Kraft an. »Einen wild bewaldeten Berghang?« O Gott. Am liebsten hätte sie sich irgendwo versteckt.

Patrik Igel klopfte mit den Fingerknöcheln auf den Tisch. »Das ist es. Berghang mit Wald. Was für die Förster. Genial. Ich wusste, Sie sind die Richtige für den Job.« Sein Blick schien sie zum ersten Mal, seit sie im Raum war, richtig wahrzunehmen.

Frieda schaffte es, ein unverbindliches Lächeln aufzusetzen. Sie spürte ihr Telefon vibrieren. Vermutlich war Yvonne beim nächsten Date angekommen. Aber auch sie hatte hier ein Smiley zu verzeichnen. Einen Eisbrecher geradezu, wenn sie so sah, wie Patrik Igel plötzlich an seinem Hemdkragen herumruckte. Das hatte sie jetzt davon.

»Ich denke, jetzt ist alles klar«, sagte Frieda und stand auf.

Er erhob sich ebenfalls. »Hätten Sie vielleicht Lust, in unserer Kantine noch einen Kaffee zu trinken?«

Sie bräuchte nur noch ein letztes Mal Ja zu sagen: Ja klar, kein Problem. Für einen Moment war Frieda sogar ein klein wenig in Versuchung. Sie stellte sich Patrik Igel und sich selbst vor, erst in der Kantine, danach in einer gemütlichen Pizzeria, mit einer Laubbläserkapelle, die nur für sie spielte.

Sie beugte sich vor, um die ganzen Fotos zusammenzuschieben und in ihre Mappe zu packen. »Ich mache mich besser sofort an die Arbeit.« Seinen Blick vermeidend, fügte sie hinzu: »Es ist ja eine Menge Holz.«

»Vielleicht ein andermal.« Patrik Igel räusperte sich.

»Ein andermal«, sagte Frieda. »Warum nicht?«

»Ich hab ja Ihre Nummer«, sagte er.

Während sie nach Hause fuhr, überlegte Frieda, dass Patrik Igel nicht nur ihre Telefonnummer hatte, sondern auch ihre Anschrift, ihr Bankkonto und ihre Steuernummer. Was sollte sie tun, wenn er sich wirklich meldete?

7

Mitternachtsgedanken

Zurück im Kokon ihres Heims zündete Frieda Kerzen und Räucherstäbchen an und legte nach kurzer Überlegung als Hommage an das stuhmpfsche Sortiment ein finnisches Jazzduo auf. Litauen war nicht im Angebot. Sie ließ sich in ihren Bürosessel fallen. Da lag die prall gefüllte Mappe. Frieda sprang wieder auf und schenkte sich in der Küche ein Glas von dem guten Soave ein, den Maja und Tobias ihr neulich mitgebracht hatten. Die beiden verstanden wirklich etwas davon, dachte sie nach dem ersten Schluck. Sie setzte sich wieder in den Sessel, lehnte sich zurück und schloss die Augen. Mit einem kleinen Stoß brachte sie den Stuhl dazu, sich sanft mit ihr zu drehen.

»Niemals am Wein sparen«, das hatte ihr Freund Thomas immer gesagt. »Lieber am Wohnen oder am Auto.« Damals waren sie Studenten gewesen, die sich weder Haus noch einen teuren Wagen hätten leisten können. Aber getrunken hatten sie gut. Sie hatte mit ihrem Glas auf der linken Seite ihres Ein-Zimmer-Apartments auf dem Boden gehockt und ihre Bilder gezeichnet, er hatte mit der Flasche am Schreibtisch gesessen, an seiner Staatsexamensarbeit. Manchmal hatten sie eine zweite Flasche aufgemacht und sich auf dem Teppich geliebt.

Dann war er Referendar geworden und von einem Tag auf den anderen mit einer Lehrerkollegin zusammengezogen, in ein Reihenhaus am Stadtrand, das ihren Eltern gehörte. Und sie hatten

Kinder bekommen, die er in einem SUV herumfuhr. Frieda und er waren »Freunde geblieben«, wie man das damals so machte, obwohl sich herausgestellt hatte, dass die Sache mit der Kollegin schon fast ein Jahr neben ihrer Beziehung gelaufen war. Bei ihren anfänglichen Freundschaftstreffen, die bald versickerten, hatte er Frieda anvertraut, er trinke nicht mehr und treibe viel Sport.

»Niemals an der Gesundheit sparen«, hatte er verkündet. Und dass er an seiner jetzigen Partnerin so schätze, dass sie in dieser Beziehung »auf ihn aufpasse«. An ihr hatte er seinerzeit geschätzt, dass sie ihm seinen Freiraum ließ. Es gab wohl für alles eine Saison.

Frieda nahm einen zweiten Schluck. Sie hatte ewig nicht mehr an Thomas gedacht. Wo kamen nur diese Erinnerungen auf einmal her? Irgendwie hatte Yvonne mit ihren »Herzmatch«-Aktivitäten etwas in ihr ins Rollen gebracht. Frieda öffnete die Augen. Besser, sie machte sich an die Arbeit.

Es war schon dunkel draußen, als Frieda das nächste Mal aufschaute. Erst jetzt fiel ihr auf, wie steif ihr Rücken war. Sie sollte besser auf sich achten, langsam wurde sie zu alt für diese Marathonsitzungen. Die LP war offenbar schon lange zu Ende, kratzige Stille erfüllte den Raum. Frieda stand auf und stellte den Plattenspieler ab. Vom Soave war nicht mehr viel übrig, als sie die Flasche prüfend anhob. Nur ein kleiner Rest floss in ihr Glas; er war schal geworden. Sei's drum. Sie hatte die deutsche Onlineversion halb und die Papierversion zu einem Drittel geschafft. Blieben Spanien, Tschechien und Finnland. Und Litauen.

Mit Litauen hatte es angefangen. Frieda spürte leichte Kopfschmerzen kommen und ging nachschauen, ob sie noch Mineralwasser hatte. Sie trank es und hörte sich selbst schlucken. Dann schaute sie auf die Uhr. Beinahe Mitternacht. Wo war nur die Zeit geblieben?

Frieda trat an die Balkontür. In einigen der Fenster gegenüber war ebenfalls noch Licht, hier stylische Ikea-Deckenleuchten, da Neonröhren, trübgelbe Birnen, hinter manchen Scheiben das blaue Geflimmer eines Fernsehers, lauter Leben, die so aus der Ferne auf den Betrachter fast verführerisch wirkten, sympathisch, niedliche Miniaturen, mit denen man gern spielen wollte. Wie mit den vielen, vielen Leben, die sie sich früher für ihre Barbiepuppen ausgedacht hatte. Jetzt stand sie hier, in ihrer Wohnung, in diesem einen Leben, das ihres war und sich aus Gründen so gestaltet hatte, die ihr nicht alle ganz klar waren. Manches war gut, anderes nicht. Frieda schaute zu den Lichtern hinüber, Positionsleuchten von Booten auf hoher See. Wie kamen die anderen klar?

Schwach reflektierte die Scheibe ihr Spiegelbild. Frieda legte ihre Hände darauf. Sie würde das Vertrauen bewahren, beschloss sie. Unbekümmert bleiben. Dann würde alles sich fügen. Stand es nicht so auch in all den klugen Büchern? Und auf Millionen von Kühlschrankmagneten.

Für einen Moment überfiel sie doch die Angst, dass es am Ende aller Fügung genau das sein könnte, was das Schicksal für sie vorgesehen hatte: für immer allein zu bleiben. Dass es für sie einfach nicht möglich war, gefunden zu werden. So etwas kam vor. Vor Kurzem hatte sie den Satz einer Dichterin gelesen, dass jede Seele danach strebe, gesehen zu werden, wenigstens ein Mal im Leben. Der Dichterin war ihr Ehemann gestorben, und sie schrieb ihm ins Grab, dass es nun niemals mehr jemanden geben würde, der imstande wäre, ihre Seele zu sehen. Dass sie für den Rest ihres Lebens ungesehen bliebe.

Und der Rest meines Lebens, dachte Frieda, ist der Teil, in dem ich alt werde.

Etwas in Frieda bäumte sich auf. Es musste doch jemanden geben, der sie sah? Genau so, wie sie war? Nicht »alt« oder »jung«, »extrovertiert«, »introvertiert« oder »kulturell interessiert«, was bedeutete das alles schon?

Plötzlich glaubte Frieda, draußen auf dem Balkon etwas wahrgenommen zu haben, eine dunkle Bewegung, dicht hinter dem Glas. Unwillkürlich trat sie von der Scheibe zurück. Doch keine

Fratze drückte sich gegen das Glas, keine dunkle Gestalt zeichnete sich drohend ab. Natürlich nicht, dachte Frieda, ich wohne im zweiten Stockwerk. Bestimmt war es einfach nur ein Vogel gewesen. Oder die Katze hatte sie wieder besucht. Frieda wartete, bis ihr Herz nicht mehr klopfte, dann hob sie die Hände wie Scheuklappen ans Gesicht, um möglichst viel Licht auszusperren. So gerahmt, drückte sie ihr Gesicht an die Scheibe und starrte hinaus.

Der Himmel war von einem tiefen Pfauenblau, vor dem der Saum der Dächer schwarz wie ein Scherenschnitt stand. Sie erkannte die dunkle Brüstung, den Umriss des Olivenbaums, ihre rostige Sommerliege, die drinnen keinen Platz hatte, und in den Schatten unter der Wand leere Blumentöpfe und vergessene Windlichter, die auf den Sommer warteten. Frieda ging in die Knie und ließ ihren Blick über den Boden gleiten. Da lag die Fußmatte, von Raureif bedeckt, und in ihrer Mitte erhob sich ein kleines schwarzes Dreieck.

Mit klopfendem Herzen rappelte Frieda sich auf, um die Tür zu öffnen. In dem Lichtband, das aus dem Wohnzimmer auf den Balkon hinausfiel, sah Frieda den Kopf. Einsam lag er da, abgetrennt und auf die Schnittfläche gestellt, sodass der Blick der schwarzen Beerenaugen, die völlig intakt und geöffnet waren, direkt auf Frieda fiel. Für einen Augenblick starrten sie einander an: Frieda und das tote Mäusehaupt.

8

Ein Geschenk
vom Univerum

»Das ist kein Geschenk, das ist widerlich«, sagte Yvonne anderntags am Telefon.

Frieda, die den Hörer zwischen Ohr und Schulter geklemmt hatte, um nebenbei ein paar Bilder auf dem Computerlayout zu verschieben, versuchte vergebens, Yvonne für den Gedanken zu erwärmen, dass die Streunerkatze von neulich ihr eine Gabe auf den Balkon gelegt hatte.

»Ich weiß nicht, wie du auf den Gedanken kommst«, widersprach Yvonne ihr heftig. »Das Ding könnte sonst wie dahin gelangt sein.« Sie suchte nach überzeugenden Vorschlägen. »Eine Krähe könnte es fallen gelassen haben, es könnten die Überreste einer Rattenmahlzeit sein. Sogar ein Suizid wäre wahrscheinlicher.«

»Es war drapiert«, beharrte Frieda. »Es lag da, wie mit Absicht hingelegt.« Und nicht ohne gestalterisches Talent, fügte sie in Gedanken hinzu. Ihr eigenes versagte allerdings gerade, und sie ließ die Computermaus ruhen, um sich ganz dem Disput über die analoge Maus zu widmen. Sie begann, eine Maus zu zeichnen, die sich einen Revolver an die Schläfe hielt.

Yvonne fand das alles nicht lustig. Im Gegenteil, es war ekelhaft, unordentlich und unhygienisch. »Du hast hoffentlich Handschuhe getragen, als du es entsorgt hast.« Yvonne empfahl im Umgang mit Mäuserelikten zudem einen Mundschutz und zählte eine lange Liste von Krankheiten auf, angefangen beim Hantavirus, die von Mäusen übertragen werden konnten.

Frieda, die sich die Fußmatte geschnappt und einfach über die Brüstung geschüttelt hatte, nicht ohne ein vage adressiertes »Danke« in die Welt zu rufen, äußerte sich dazu lieber nicht. Als Nächstes zeichnete sie eine Maus mit Mundschutz, die laut Sprechblase an einer Katzenhaarallergie litt. Nicht gut, sie zerknüllte die Zeichnung.

»Frieda, man bekommt keine mysteriösen Botschaften von fremden Katzen. Wie sollte die auch lauten?«

Ich sehe dich, dachte Frieda. Es gibt jemanden in der Welt, der dich sieht, so wie du bist. Sie sprach es aber nicht laut aus. Der Gedanke hätte Yvonne womöglich Angst gemacht. Angst um Friedas geistige Gesundheit. Vielleicht sollte er ihr selbst Angst bereiten, doch seltsamerweise tat er das nicht. Sie begann eine neue Zeichnung, eine Katze, die aus Mäuseteilen ein Wort legte. Was sollte sie schreiben: Guten Appetit? Hello, Kitty? Liebes Tagebuch? Zu Yvonne meinte sie laut: »Ich sagte nicht Botschaft, ich sagte Geschenk.«

Yvonne fand, das wäre kein schönes Geschenk. Und dass man sich nicht abgeben sollte mit Kontakten, die derart unangenehme Präsente brachten. Das wäre bei Menschen genau dasselbe. Es fing schon in der Kindheit an mit den Tanten, die immer grauenvoll kratzige selbst gehäkelte Pullis mitbrachten, und ging dann weiter mit Freundinnen, die einen bei jeder Gelegenheit mit geschmacklosen Deko-Gegenständen überhäuften. »Wenn du nicht höllisch aufpasst, endest du mit einem Hautekzem in einem Meer von Kitsch.«

»Du bist wirklich gnadenlos«, sagte Frieda, die auf ihren Regalbrettern so einige Präsente aufbewahrte, die wegzuwerfen sie nicht übers Herz gebracht hatte.

»Mit Männern ist es dasselbe«, fuhr Yvonne unbeirrt fort. »Ich kannte mal einen, der schenkte immer grauenvoll billiges, grell riechendes Parfum. Irgendwann gingen mir die Ausreden aus, warum ich es nicht nahm. Da hab ich die Beziehung beendet.«

»Lässt sich bei ›Herzmatch‹ denn nicht eingeben, dass man keinen Partner mit einem Hang zu geschmacklosen Präsenten wünscht?«

»Wenn es so einfach wäre.« Yvonne entrang sich ein Seufzer. »Uwe gestern, zum Beispiel. Du weißt, ich hatte ein Date.«

»Wer wüsste das nicht.« Frieda dachte an die vielen SMS, die sie die letzten Tage zu diesem Thema erhalten hatte. Ob Katzen auch online dateten? Vielleicht auf einer Wäscheleine?

»Also, dieser Uwe.« Yvonne war in ihrem Element. »Er hatte tatsächlich ein Präsent dabei: drei Rosen. Rote natürlich. Offensichtlich fertig gebunden gekauft. Vermutlich von der Tankstelle. Mit Flitter dran.«

Frieda grinste und murmelte vor sich hin: »Er hat sich stets bemüht.«

»Was sagst du?«, fragte Yvonne.

Frieda räusperte sich und sagte lauter: »Er hat sich doch wenigstens Mühe gegeben.« Und das sollte jetzt besser sein als ihr geschenkter Mäusekopf. Sie zeichnete einen Kater, der seiner Angebeteten einen Strauß überreichte, lauter Mäuseköpfe, wie Gerberablüten auf Draht, mit Grünbeigabe und Karte.

Yvonne machte ein abfälliges Geräusch. »Du findest, ich hätte mich freuen sollen, ja?«

»Wie ging es denn weiter?«, fragte Frieda und griff nach den Buntstiften, um die Skizze zu kolorieren. Das Bild wäre was für den Blog, überlegte Frieda. Es wurde Zeit, dass sie wieder etwas Neues einstellte. Yvonne würde schon nicht beleidigt sein.

Man war den Konventionen gemäß verfahren, erfuhr sie derweil von Yvonne. Man hatte etwas getrunken, war dann in ein Restaurant übergewechselt für das Abendessen. Anschließend kam das Kino. »Und dann der Kaffee bei mir.«

Frieda hielt im Zeichnen inne. »Beim ersten Mal schon?« Ihrer Stimme war die gehobene Augenbraue anzuhören. »Und wie war es? War es gut?«

Nach einer Pause antwortete Yvonne: »Ich hatte nach zwei Jahren zum ersten Mal wieder *Kaffee* verstehst du? Nach zwei Jahren, vier Monaten und einundzwanzig Tagen.« Sie atmete einmal tief durch. »Also, das war schon mal gut.«

Frieda wartete.

Jetzt war es Yvonne, die losprustete. »Was soll ich sagen? Er hat sich sehr bemüht.«

Sie lachten beide.

»O mein Gott«, rang Yvonne irgendwann nach Luft. »Zum Glück seh ich ihn niemals wieder. Aber wir haben uns sehr nett verabschiedet.« Langsam kam sie wieder zu Atem.

»Tut mir leid«, sagte Frieda nach einer Weile. »Es ist wohl doch nicht alles echt bei dieser digitalen Partnersuche.«

»Im Gegenteil«, widersprach Yvonne. »Sein Profil war völlig korrekt. Ich wusste, dass er konservativ, wohlerzogen und eher passiv sein würde. Für den letzten Rest an Gewissheit muss man eben die Probe aufs Exempel machen. Den Labortest.«

»Labortest?«, fragte Frieda.

»Wie würdest du es denn nennen?«

Frieda zögerte einen Moment, ehe sie vorschlug: »Die Sprache der Liebe?«

»Große Worte«, meinte Yvonne, und Frieda biss sich auf die Lippen. »Dir ist schon klar, dass man da nicht viele ›Gesprächspartner‹ findet.«

Das war Frieda klar. Die letzten Jahre waren der Beweis dafür. »Schon gut, entschuldige, ich hab vergessen, dass du Naturwissenschaftlerin bist.«

»Ich bin vor allem keine Asketin«, sagte Yvonne stolz. »Jetzt nicht mehr. Nach zwei Jahren, vier Monaten und …«

»… einundzwanzig Tagen«, fiel Frieda in den Satz mit ein. »Schon kapiert.« Es reichte, das war doch kein Leistungssport. Und sie würde jetzt nicht ihrerseits nachzählen.

»Du«, fiel es Yvonne im letzten Moment ein, als sie sich schon verabschiedet hatten, »wag es nicht, sie zu füttern. Wenn diese Mäusegeschichte eines beweist, dann doch wohl, dass sie ihr Fressen selbst findet.«

»Ciao«, sagte Frieda, legte auf und schaute hinaus in den Flur, wo noch die Tasche mit ihren Einkäufen stand. Darin Kuhmilch, die sie diesmal statt der üblichen Hafermilch gekauft hatte. Natürlich nur für ihren Tee.

9

Konzentration

Es hatte lange gedauert, bis die Geduld der Schwarz-Weißen belohnt wurde. Endlich war die Maus unvorsichtig geworden und hatte die Mauerspalte verlassen, um an der Wand des Kellerabteils entlangzuhuschen in Richtung des Holzregals, von dem der Duft nach Äpfeln und Kartoffeln kam, der den Raum erfüllte, ein wenig muffig schon, gemischt mit Feuchtigkeit, altem Staub und einem Hauch von Vergorenem. Die Katze nahm all das nur wahr, weil es ihr signalisierte, dass ihre eigentliche Beute nicht weit sein konnte. Das einzige Aroma, das ihr selbst das Wasser im Munde zusammenlaufen ließ, war Blut. Und dort pulsierte es, warm und lebendig, noch eingehüllt von Haut und Fell in einem trippelnden Bündel, das jetzt zwischen die alten Teppichrollen huschte und am anderen Ende wieder hervorkam, jede Deckung ganz natürlich nutzend. Aber die Katzenaugen hatten sie eingefangen, unsichtbare Scheinwerfer, Magnetstrahlen, und ließen sie nicht mehr los. Die Katze hatte bereits antizipiert, wohin ihre Beute unterwegs war. Sie wusste, wo die Maus wieder auftauchen würde. Sie brauchte ihr nun nicht mehr zu folgen. Sie brauchte nur noch zu warten, dass es geschah. Alles, was zu tun blieb, war, sich zu konzentrieren, den Moment aufsteigen zu lassen, die Muskeln gespannt, die Energie zusammengezogen, ausgerichtet auf den Punkt. Der Sprung war unabwendbar. Jetzt.

Die Katze trug den weichen Mäusekörper quer im Maul, als sie auf den Balkon kletterte. Ihr Atem wehte über das samtige Fell, braun mit einem silbergrauen Schimmer. Hinter dem Olivenbaumtopf angekom-

men, legte sie den Leichnam vorsichtig ab, beleckte ihn liebevoll von der Schnauze bis zur Schwanzspitze, stupste ihn mit der Pfote, um ihm erneut den Schein von Leben zu verleihen, hieb dann besitzergreifend zu. Sie spielte lange mit ihm, voller Hingabe, endlich ließ sie sich neben der erkaltenden Leiche nieder, nur eine weiße Pfote ruhte auf der Maus, wie eine Erinnerung, eine kleine Notiz. Die grünen Augen stellten sich jetzt auf andere Dinge ein.

Die Frau war da. Reglos saß sie im gelben Schein des Lampenlichts, das ihre Wohnhöhle erleuchtete. Reglos, bis auf wenige Bewegungen ihrer linken Hand. Die Katze registrierte es ihrerseits ohne sichtbare Bewegung. Nur von Zeit zu Zeit blinzelte sie. Die Frau war ihr verwandt, die Katze spürte es deutlich und empfand Wertschätzung dafür. Diese Menschenfrau war ein guter Jäger. Stundenlang vermochte sie vor ihrer Beute zu verharren, wenn sie auch nicht vor einem Mauseloch saß, sondern vor dieser seltsamen flachen Kiste, die sie offenbar als ihr Revier betrachtete und auf der sich ihre Beute bewegte.

Wie jeder gute Jäger beobachtete die Frau genau, mit machtvollen Augen, ohne zu zucken, ohne überflüssige Regung, lauernd auf die spärlichen Geräusche und Bewegungen, die aus der Tafel drangen. Nur hier und da fuhr ihre Linke vor und tat, was notwendig war. Geduld und absolute Konzentration. Die Katze war stolz auf Frieda. Sie war des Geschenks würdig, das sie ihr gemacht hatte. Dennoch gab es Grund zur Sorge. Die köstlichen Mäuse lebten nicht in bläulich schimmernden Tafeln, auch die federstiebenden Tauben nicht. Oder die Ratten, die einem zuvor noch einen guten Kampf lieferten. Möglicherweise war der Frau nicht klar, wo sie die wichtige Beute, ihre Lebensquelle, auffinden konnte.

Die schwarze Katze, die selbst immer wusste, wohin sie mit ihren weißen Pfoten gehen musste und sich auskannte in allen Winkeln der Stadt, zwischen Kellern und Kaminen, Gourmetlokalen und Gewerbegebieten, entschied, noch ein wenig länger zu bleiben und die Frau mit Nahrung zu versorgen, bis sie von selbst beschloss, an den richtigen Orten auf die Pirsch zu gehen. Damit sie die Hungerzeit gut überstand, die vor ihr lag.

Ein Eisbrecher havariert

Frieda gähnte und rekelte sich vor dem Monitor. Erst zwei, sagte ihr ein Blick auf die Uhr. Doch für heute würde sie Schluss machen, sie hatte noch einen Nachmittagstermin. Etwas Schönes. Das wurde auch Zeit nach all der Galeerenarbeit, die sie für den Stuhmpf-Katalog leistete. Sie konnte später am Abend noch einmal ans Layouten gehen. Sie war eine gute Nachtarbeiterin; manche ihrer besten Ideen hatte sie weit nach Mitternacht gehabt. Das Gefühl, die Einzige zu sein, die noch wach war, gewährte ihrem Kopf offenbar einen anregenden Freiraum.

Sie stand auf, um ihre Yogamatte zu holen. Ein bisschen Bewegung würde ihrem steif gewordenen Rücken guttun. Außerdem wollte sie sich später in der Buchhandlung auf keinen Fall wie eine alte Frau bewegen.

Im Vorbeigehen berührte Frieda die Eintrittskarte, die schon seit zwei Wochen an der Pinnwand hing: Es handelte sich um ein altmodisch gestaltetes Ticket mit Sternen und bunten Monden und einem geflügelten Einhorn, das durch ein mitternachtsblaues All flog. Gregor Lenz zählte zu ihren Lieblingsautoren, auch wenn er Kinderbücher schrieb und sie eine kinderlose Frau war. Früher hatte sie als Patentante Yvonnes beiden Töchtern stundenlang daraus vorgelesen. Jetzt blätterte sie zu ihrem eigenen Vergnügen darin.

Die Zwillinge waren inzwischen erwachsen, Vorlesen war für sie, ebenso wie Patentanten, eine Sache aus einem verflossenen Jahrhundert. Falls sie sich überhaupt vorstellen konnten, dass Zeit in Jahrhunderten verfloss. Sie lebten eher in einer ewigen Gegenwart aus Twitter und TikTok und waren mit Problemen beschäftigt, für die sie von Frieda keine Lösung erwarteten.

Frieda musste daran denken, wie sie selbst damals von zu Hause ins Studentenwohnheim umgezogen war. Lebenshungrig, energiegeladen und unbekümmert hatte sie alles, was ihr wichtig war, in einen Rucksack gepackt: Jeans und Shirts, ein paar Platten und ihre Lieblingsbücher – und den Rest zurückgelassen, ohne noch einen Gedanken daran zu verschwenden. Ihre Mutter hatte ratlos dagestanden mit dem Hamsterkäfig in der Hand. »Und was mache ich jetzt mit dem Tier?«

Heute war Frieda der Hamster. Ein Hamster, der sein Rad liebte, auch ohne jugendliche Zuschauer. Und sie liebte ihre Kinderbücher.

Frieda freute sich auf diese Lesung. Gregor Lenz' Geschichten waren so wunderbar poetisch und versponnen; es haftete ihnen nichts Erzieherisches an, dafür eine große Lust am Spielen. Wenn sie sich seine Bücher ansah, bekam sie sofort gute Laune und jede Menge Ideen. Vielleicht lag das an seinem Porträt hinten in den Büchern. Statt eines Fotos von sich hatte Gregor Lenz dort eine kleine Comiczeichnung anbringen lassen, eine Art Karikatur, die ein pfiffiges Gesicht mit runder Brille, zerzaust hochstehenden Haaren und einem dürren Hals zeigte, um den ein Tuch geknotet war. Es war genau in dem Stil gehalten, in dem Frieda selbst gerne vor sich hin zeichnete.

Sie würde zu gern ein Buch für ihn illustrieren. Für das letzte über den »Leuchtturm der Träume« hätte sie bessere Ideen gehabt, fand sie, als diese gefälligen Pastellbildchen und die ewigen Möwen. Obwohl sie im Grunde gar keine richtige Illustratorin war. Überhaupt keine Zeichnerin oder Malerin. Aber seit die Karte dort an der Korktafel hing, rang Frieda mit sich, ob sie den Autor nach der Lesung ansprechen sollte, ganz zwanglos, während er ihr ein

Autogramm gab. Vielleicht wären sie einander ja sympathisch. Vielleicht gelänge es ihr, etwas Kluges über eines seiner Bücher zu sagen. Vielleicht käme das Gespräch ganz von selbst auf das Thema Illustration. Vielleicht.

Ein weiches *Pling* verriet den Eingang einer neuen Nachricht in ihrer Mailbox. War das Bernd mit dem Probedruck des Buches? Oder Patrik Igel, der ihr mitteilen wollte, dass Litauen in Lila jetzt am Start war? Und sie darauf zusammen einen trinken sollten?

Die Nachricht kam von Yvonne: »Geh auf ›Herzmatch‹ und log dich mit deinem Namen ein. Passwort ist dein Geburtsdatum.«

Frieda gehorchte, voller unguter Ahnungen. Sie wurde informiert, dass sie eine vierteljährliche Mitgliedschaft besaß und ihr Profil noch nicht vollständig ausgefüllt war. Mit schnellen, energischen Klicks holte sie sich die Maske her. Ihre Freundin hatte ganze Arbeit geleistet. Groß über allem thronte das Foto, das Bernd neulich im Park von ihr gemacht hatte. Es zeigte eine dynamische, lachende Frau mit von der Kälte appetitlich gerötetem Gesicht und wilden Locken.

Als sie sich von dem Anblick losgerissen hatte, begann der Ärger. Ihr Alter war mit achtundvierzig angegeben, eine klare Lüge, ihr Beruf mit »grafische Gestalterin«, was zumindest ihren Ambitionen nicht gerecht wurde. Sie war, so las sie, der Typ für entspannte Urlaube am Meer, bevorzugte es, barfuß statt in Lackpumps unterwegs zu sein, trank lieber Grüntee als Prosecco, würde aber das Metropolitan Museum of Modern Art dem Gipfel des Nanga Parbat als Ausflugsziel vorziehen. Alles nicht falsch, aber: um Himmels willen!

Frieda scrollte weiter. Sie war angeblich introvertiert. Introvertiert! Aus Yvonnes Sicht vielleicht. Für Yvonne galt doch jeder knapp unterhalb einer Domina als introvertiert. Introvertiert! Sie war einfach taktvoll, jawohl. Sie stülpte den anderen nicht immer gleich ihre Meinungen über. Sie war eine gute Zuhörerin. Aber: introvertiert! Und was war mit dem ewigen Vorwurf der Freundin, sie rede zu viel? Und damit, dass sie mit jeder Verkäuferin schwatzte? War das etwa introvertiert? Und ihr Comic-Blog? Da teilte sie ihre Inspirationen doch mit ganz vielen Leuten. Wo begann denn die Extrovertiertheit überhaupt? Bei Kegelklubs? Bei Butterfahrten? Auf der Love-Parade?

Was hatte Yvonne da nur getan?

Eine kleine Genugtuung verschaffte es ihr, als sie sah, dass die Frage, ob der Künftige Raucher oder Nichtraucher sein sollte, offengelassen worden war. Das musste Yvonne viel Überwindung gekostet haben; sie hatte zum Thema Gesundheit klare Ansichten.

»Du wolltest wohl nicht übergriffig wirken«, murmelte Frieda, wütender mit jeder Zeile, die sie las. »Aber du bist es, meine Liebe.«

Was den Schulabschluss anging, hatte Yvonne jedenfalls keine Kompromisse gekannt. Abitur oder höher, stand da. Frieda löschte es sofort. Hielt dann inne, klickte es mit schlechtem Gewissen wieder an. Löschte es erneut. Verfluchte Yvonne. Ob ihre Freundin gerade eben am PC saß und sehen konnte, was Frieda tat? Ob sie lächeln würde über die kleine Veränderung und sich denken: Die liebe Frieda. Sie hat Angst, als Snob zu gelten. Frieda hielt inne: Das hier war doch kein Zwiegespräch mit ihrer Freundin; die Eingaben zu bearbeiten hieß, sich einverstanden damit zu erklären, sich selbst auf diese Weise der Welt zu präsentieren. Sie schnaubte, als sie begriff, dass sie gerade dabei war, aus purem Widerspruchsgeist der Sache auf den Leim zu gehen.

Sie beschloss, auf der Stelle alles zu löschen: Foto, Eingaben, das ganze Profil. Und an Yvonne würde sie eine SMS schicken: netter Versuch! Dann sah sie die Zahl: zwei.

Zwei Personen gefiel das. Zwei Männer hatten auf sie reagiert. Und jemand hatte ihr einen »Eisbrecher« geschickt! Was immer das war.

Frieda klickte die Eisbrecher-Botschaft an, und vor ihren Augen ploppte ein Quiz auf, bestehend aus drei Fragen mit Multiple-Choice-Lösungsangebot. Ein wenig sah es aus wie bei *Wer wird*

Millionär. Wenn sie gewann, musste sie vermutlich Günther Jauch heiraten.

»Wo würden wir künftig wohnen?«, las sie. »In einem Loft, in einem Einfamilienhaus, auf einem umgebauten Bauernhof?«

Zwei-Zimmer-Mietwohnungen, dachte sie erbost, waren wohl gerade nicht in Mode? Und wo war die Antwortoption: Danke, ich plane keinen Umzug? Das alles war klischeebeladenes Kopfkino ohne jede Verbindlichkeit. Keine drei Chatsätze später würden sie und der Mann, der ihr das geschickt hatte, feststellen, dass ihre Antworten nicht das Geringste zu bedeuten hatten.

Spielverderber, hörte sie Yvonne sticheln.

Nächste Frage: »Wenn wir uns im Zoo verabreden würden, bei welchem Gehege würden wir uns treffen?« Zur Auswahl standen Tiger, Eisbär und Giraffe. Klarer Fall, was der Mann wählen würde. Außer, er wäre klug genug, das Klischee zu durchbrechen, dieser Jörg, der ihr das geschickt hatte. Und wenn sie selbst klug wäre, würde sie … Frieda nahm die Finger, ihre Wangen waren mittlerweile noch röter als auf ihrem Profilbild.

Dritte Frage: »Das Kleid, in dem ich dich umwerfend fände, wäre: a) rot, b) blau oder c) lila.«

Litauen ist lila, dachte Frieda. Und ich trage Hosen. Braune. Selbst geschneidert aus einem alten Brokatvorhang meiner Tante Luise. Aber bring das mal in einer Multiple-Choice-Angabe unter. Sie klickte den »Eisbrecher« unbeantwortet weg.

Ein unangenehmes Gefühl durchfuhr sie dennoch: nicht wegen der womöglich verpassten Chance, sondern weil sie das Kontaktangebot eines Menschen auf eine Weise abgelehnt hatte, die im analogen Leben rüde gewesen wäre. Wie ein wortloses Abwenden des Kopfes, das Unerwidertlassen eines Lächelns. Frieda beschlich die Ahnung, dass man beim Onlinedaten schnell in eine Loose-loose-Situation geraten konnte. Sie wollte sich schon ausloggen.

Im selben Moment stieg die Zahl der positiven Reaktionen auf ihr Profilbild auf drei. Ein hübscher Klingelton teilte ihr das mit. Anheimelnd, schmeichelnd. Man konnte sich an ihn gewöhnen. »Die wissen echt, wie man jemanden beschäftigt hält«, murmelte Frieda.

Sie studierte die Profile der Männer, denen sie aufgefallen war. Sven war Psychologe, er wohnte nördlich von München und war sehr an Politik interessiert, dabei eher extrovertiert, differenziert und angeblich von ihr fasziniert. Das Bild zeigte jemanden, der nicht abstoßend war. Ein bisschen wenig Haare vielleicht. Er trug eine modisch intellektuelle Brille und ein Lächeln, das kaum Zähne zeigte. Eine Windjacke suggerierte Sportlichkeit. Frieda hatte diesem Mann nichts vorzuwerfen. Sie klickte ihn weg.

Torsten war Lehrer, abgelichtet mit Bücherwand, vermutlich in einem Einfamilienhaus. Torsten löste umgehend die schlechte Erinnerung an ihren Ex-Freund Thomas aus und wurde weggeklickt. Sorry, Torsten.

Diesmal fühlte Frieda sich schon viel weniger rüde. Das Wegklicken wurde mit jeder Übung leichter. Es begann, genauso viel Freude zu bereiten wie der Gong, der einen neuen Interessenten ankündigte. Am Ende ging es hier gar nicht ums Finden, nur um den Shoppingvorgang an sich?

Benjamin schließlich wirkte auffallend jung, und Frieda fragte sich, was ein knapp Dreißigjähriger wohl von ihr wollte. Hatte er ihr Profil schlampig gelesen, war er pervers? War sie überempfindlich und Benjamin möglicherweise die Liebe ihres Lebens? Sie wusste es nicht. Sollte sie versuchen, es herauszufinden? Was sollte sie ihm sagen, wenn er ihr im Caféhaus gegenübersaß und sie feststellte, dass er einfach ein fremder Mensch war und ihr immer fremd bleiben würde?

Überhaupt: Wenn sich jetzt durch die Schuld des Internets ständig Menschen zusammensetzten, die sich im richtigen Leben niemals zusammengesetzt hätten, weil sie einander dort völlig zu Recht gar nicht wahrgenommen hätten – entstand dann nicht eines dieser kosmischen Paradoxa, die möglicherweise das gesamte Universum in die Luft jagten?

Frieda griff zum Stift und begann, einen Weltraum zu zeichnen, angefüllt mit einem endlosen Wirbel von mit ratlosen Pärchen besetzten Bistrotischen, der ein schwarzes Loch zu bilden drohte. Bei dem Gedanken »Weltall« klingelte etwas in Friedas Kopf: Monde, Sterne, Einhörner – ihre Eintrittskarte!

Verdammt, die Lesung von Gregor Lenz begann in zehn Minuten. Sie war weder angezogen noch frisiert. Und sie wollte doch so dringend einen guten Eindruck machen. Mit dem Rad brauchte sie locker eine halbe Stunde. Frieda googelte mit nervösen Fingern die Straßenbahnverbindungen: Die Linie sieben fuhr heute wegen Bauarbeiten nicht. »Beachten Sie den Schienenersatzverkehr.« Das war's! Frieda warf sich frustriert gegen die Lehne ihres Bürosessels. Sie würde mit fast einer Stunde Verspätung dort eintrudeln. Die Lesung wäre praktisch vorbei. Und es wäre auch nicht der Auftakt, den sie sich für ein Gespräch mit diesem Autor wünschte. Sie hatte Gregor Lenz verpasst für ein Geplänkel mit Torsten, Jörg und Firlefanz.

Es gab nichts mehr zu tun oder doch: Mit wütender Sorgfalt löschte Frieda Maske für Maske die Eintragungen in ihrem Profil. Als Letztes löschte sie das Bild.

Sie ging zur Pinnwand und nahm die nutzlos gewordene Karte ab. Wollte sie zerreißen. Brachte es nicht übers Herz. Die bunten Monde und Sterne waren zu hübsch.

Der Bildschirm in ihrem Rücken teilte ihr mit, dass ihre Mitgliedschaft bei »Herzmatch« noch neunundachtzig Tage gültig war.

11

Frühstück mit Erinnerungen

Mit schwerem Kopf wachte Frieda auf. Das konnte an der Flasche Soave liegen, die sie am Vorabend in ihrem Frust noch geleert hatte. Oder an den wirren Träumen von verpassten Straßenbahnen, die durchs All düsten. Sie tastete nach dem Wecker. Elf Uhr, der Tag hatte ohne sie begonnen. Frieda tapste in die Küche, wo sie den Wasserkocher befüllte und träge aus dem Fenster sah. Sonnenlicht platzte herein, überflutete den Raum und brachte ihn zum Leuchten. Nirgendwo Platz für ein bisschen Schwermut. Und in der Schreibtischschublade nirgendwo mehr Aspirin.

Frieda beschloss, schweres Geschütz aufzufahren: Die Situation erforderte die englische Teemischung, das lackierte Tablett, darauf das gute Geschirr, samt Milchkännchen – nicht einfach nur die Flasche. Und als Krönung ihre Vase, das handgetöpferte Stück aus Korinth.

Wie gut sich das anfühlte. Der Töpfer war zugleich ein begeisterter Taucher gewesen, und das sah man seinen Arbeiten an, fand Frieda: verschwimmende Töne zwischen Blau und Grün, gekörnte Flächen wie sandige Böden, leicht gewellt wie eine sanfte Dünung.

Griechenland, das war der letzte Urlaub mit Ingo gewesen. Das letzte Mal, dass sie an einem Morgen wie diesem neben einem anderen Körper aufgewacht war, warm und verschwitzt wie ihr eigener. Das letzte Mal, dass sie es für selbstverständlich gehalten hatte,

sich in eine Achselhöhle zu kuscheln. »Dort könnte ich wohnen.«
Wenn sie das gesagt hatte, hatte er meistens gelacht und war duschen gegangen. Sie hatte nie verstanden, warum. Ingo hatte immer so gut gerochen, von Natur aus. Wenn sie mit der Nase über seine Haut fuhr und tief einatmete, dann hatte sie einen zarten Duft aufgenommen. Beinahe wie Tee. Irgendwann hatte der Duft Ingos Wutanfälle nicht mehr aufgewogen.

Es war derselbe Urlaub gewesen, in dem er sie irgendwo in Athen nach einem Streit aus dem Auto geworfen hatte. Nicht das erste Mal. Aber diesmal hatte sie nicht auf seine Rückkehr und die Entschuldigungen gewartet, sie war zu Fuß zum Hotel zurückgegangen, quer durch die riesige, tobende, vor Hitze glühende Stadt. Hatte gepackt, ihm nur einen Brief im Zimmer zurückgelassen. Von ihrem letzten Geld hatte sie sich ein Busticket nach Hause gekauft. Ein Wunder, dass die Vase die siebzehnstündige Fahrt über den Balkan überstanden hatte. Sie waren beide Überlebende.

Jetzt kochte das Wasser. Frieda bereitete ihren Tee, holte die Orangenmarmelade, aus dem Kühlschrank die Salzbutter, das schöne alte Besteck mit den schweren Jugendstilgriffen. Sie stellte die Kanne dazu und trug alles ins Wohnzimmer. Beinahe perfekt, aber die Vase war noch leer. Friedas Blick wanderte hinaus auf den Balkon.

Blüten zeigten sich in den vernachlässigten Kästen noch keine. Doch ein schabendes Geräusch machte sie auf die Ranke aufmerksam, die vom Nachbarbalkon in ihre Richtung wuchs und sacht vom Wind über die Hausmauer bewegt wurde.

Rosen, richtig. Die roten Hagebutten hingen seit dem Herbst dort. Zwischen den Hagebutten aber erkannte Frieda eine einzelne, winzig kleine und fest verschlossene Knospe. Die wäre perfekt. Sie schaute an sich hinunter. Sie war noch immer im Schlafanzug, aber wer sollte um die Jahreszeit schon auf seinem Balkon sein. Sei's drum, sie würde keine zehn Sekunden brauchen. Rasch schnappte sie sich eine ihrer Scheren, öffnete die Balkontür und schlüpfte hinaus.

Die Kälte biss sofort in ihre Füße. Sie trat mit einem Fuß auf den anderen, um zumindest einen ein wenig zu wärmen, während sie sich eilig über die Brüstung beugte und nach der Rosenranke griff.

»Vitamin D«, sagte da eine Stimme.

Ertappt fuhr Frieda zusammen und schaute sich um. Endlich entdeckte sie den Nachbarn, einen Balkon unter dem des Rosenzüchters. Er lag in einem Liegestuhl, in voller Länge der Sonne und Friedas unvorbereiteten Blicken preisgegeben. Der Mann trug nichts außer einer Strickmütze, Wollsocken und Handschuhen. Eine Entschuldigung für ihren eigenen Aufzug erübrigte sich wohl.

Der Mann schloss die Augen wieder und erklärte zufrieden: »Vitamin D ist der Schlüssel für ein gesundes Immunsystem.«

Frieda wusste darauf keine Antwort. Sie erntete die Knospe mit einem atemlosen »Schnipp« der Schere, das dem Nachbarn bis in die Lenden hätte fahren müssen. Aber er lag seelenruhig da, hager, nackt, unbekümmert von ihrer Anwesenheit. Frieda floh.

Beinahe hätte sie den kleinen Vogel übersehen. Er lag auf der Fußmatte. Frieda ging in die Knie, um ihn zu betrachten.

Es war eine Kohlmeise, äußerlich völlig unberührt. Die spinnendürren Krallen waren angezogen, die Flügel geschlossen. Das blasse Gelb des Bauches und das Blau von Kappe und Flügeln leuchteten in der Sonne. Über die Augen lief ein schwarzer Strich bis zum Hinterkopf, als hätte das Tier eine Maske umgebunden, eine Zorro-Maske. Doch anders als ein südamerikanischer Rebell war es nicht schlank, wendig und elegant, nein, es war dick und rund gewesen, der spitze Schnabel saß in dem Gesicht mit den weißen Pausbacken wie ein Verschlussdorn, der, zöge man ihn, die gesamte Luft aus dem Vogelballon herausgelassen hätte. Vermutlich mit einem ohrenbetäubenden tschilpenden Geschimpfe. Die Meise war tot.

Frieda betrachtete sie lange. Dann ging sie hinein.

Sie schenkte sich Tee ein, der ein wenig zu stark geworden war. Sie bemerkte, dass Brot fehlte. Frieda ging in die Küche und schnitt ein paar Scheiben ab.

Zurück im Wohnzimmer setzte sie sich, aß, trank. Genoss ihr perfektes Frühstück. Betrachtete das traurige Memento mori auf ihrem Balkon. Sie stand auf, nahm ihren leer gegessenen Teller, öffnete noch einmal die Balkontür und schob den toten Vogel auf den Teller. Sie würde ihn begraben, irgendwo. Und sie würde einen Teller mit Milch hinausstellen, damit die Katze merkte, dass es Besseres zu fressen gab als arme Vögel. Vielleicht verlockte das Angebot die Schwarz-Weiße ja, und sie käme persönlich; dann könnten sie das miteinander klären.

Frieda legte Bachs Cellosuiten auf, schmierte sich noch ein Marmeladenbrot, trank ihren Tee. Behielt den Teller im Auge. Das Weiß der Milch schimmerte in der Sonne. Die Katze ließ sich nicht blicken.

12

Das Hamsterbegräbnis

»Was ist das denn?«, fragte Yvonne, als sie am Abend Friedas Wohnzimmer betrat, um sie für das verabredete Abendessen abzuholen.

»Oh, nichts.« Frieda raffte die Zweige und Stängel zusammen und wischte das übrige Laub vom Couchtisch. »Ich hab nur ein wenig Ikebana gemacht.«

»Ikebana. Muss ja ein harter Tag gewesen sein.« Yvonne setzte sich, sorgsam die kaputte Sprungfeder vermeidend, und zog einen Schminkspiegel heraus, um ihr Make-up zu überprüfen.

Es war in der Tat ein schwieriger Tag gewesen. Das Frühstück mit Blumenvase hatte nicht geholfen. Dass sie den Tag mit uninspirierender Arbeit an einem Werkzeugkatalog verbracht hatte, war ebenfalls keine Hilfe gewesen. Nachmittags hatte Frieda beschlossen, den eigenen vier Wände zu entfliehen, um sich den Kopf durchpusten zu lassen.

Da sie ohnehin noch einen Vogel zu entsorgen hatte, war sie losgezogen und hatte am Pegnitzufer eine schöne Stelle gefunden, nahe einer Weide, am Rand einer kleinen Bucht. Die Meise würde Schatten haben und Blick auf das Wasser. Jemand hatte nicht weit davon entfernt Narzissenzwiebeln ans Ufer gesetzt. Das Gelb der Knospen pulsierte schon unter dem Grün. Nur der Boden war ein harter Brocken, für ihr Balkonschäufelchen kaum zu bewältigen. Während sie sich abmühte, hörte sie ein Rascheln im Gebüsch. Zuerst dachte sie, der Mann mit dem kleinen Mädchen, der sich da ins Unterholz schlug, wäre hergekommen, weil die Kleine mal pinkeln musste, und wandte sich taktvoll ab. Dann hörte sie sein Räuspern dicht neben sich, schaute auf und bemerkte den Klappspaten.

Das Mädchen, vielleicht vier oder fünf Jahre alt, hielt einen Schuhkarton an sich gedrückt, auf dessen Seiten jemand mit ungelenken Buchstaben »MILLI« gemalt hatte. Die M tanzten schräg über die Pappe, die L waren seitenverkehrt, dafür sehr schön ausgemalt mit pinkfarbenen Querstreifen.

»Hamster«, sagte der Mann ein wenig verlegen. Er trug Jeans und einen Dufflecoat, was ihm ein etwas jungenhaftes Aussehen gab, trotz der Geheimratsecken, die von der Schiebermütze nur zum Teil verdeckt wurden. Sein Gesicht war voller Sommersprossen, genau wie das des Mädchens. Nur dass dessen Haar fuchsrot war.

»Und du?«, wollte die Kleine wissen.

Statt einer Antwort öffnete Frieda ihre Kiste.

»Der Arme«, sagte das Mädchen. »Wie heißt er? Ich heiße Lily.«

Milli und Lily, dachte Frieda und sagte ernst: »Mein Beileid.«

Lily quetschte eine Träne hervor, lächelte aber schon wieder halb und drückte sich ans Bein ihres Begleiters.

»Und der Vogel hat keinen Namen«, erklärte Frieda. »Er lag einfach auf meinem Balkon.«

Der fremde Mann nickte in Richtung ihres Beerdigungsbehältnisses. »Dafür haben Sie sich aber richtig Mühe gegeben.«

Friedas Vogelkiste war aus Span, schwarz lackiert und mit Blumenbildern beklebt, die Frieda aus einem alten Stuhmpf-Werkzeugkatalog ausgeschnitten hatte.

»Ja, die ist toll!«, rief Lily. »So eine will ich das nächste Mal auch.«

Der Mann seufzte und schaute sich um, ob sie schon irgendwo Aufsehen erregt hatten. Lange verfolgte er mit dem Blick einige Jogger, die auf sie zukamen, es sich dann aber anders überlegten und auf der anderen Seite der Wiese entlangliefen. »Vielleicht sollten wir erst einmal *diese* Beerdigung hinter uns bringen.«

»Es soll die tollste der Welt werden«, informierte Lily ihre neue Bekanntschaft.

»Wie wäre es mit einem Doppelgrab?« Er hob einladend den Spaten. Als Frieda zustimmend nickte, streckte er ihr die freie Rechte hin: »Michael Autenrieth.«

»Frieda.«

Ein paar knirschende Geräusche später stieg kalter Erdgeruch auf. »Das dürfte reichen«, stellte Michael Autenrieth schließlich fest. Er war kein Schaufler von stuhmpfschen Gnaden und ein wenig außer Atem geraten. Aber er hatte sich wacker geschlagen. Mit einer letzten energischen Bewegung durchhackte er eine Wurzel und kratzte ein einigermaßen ebenes Stück am Grund der kleinen Grube. »Bitte schön.«

Lily legte sehr sorgsam ihren Hamsterkarton hinein, Frieda stellte die Meisenkiste daneben. Michael Autenrieth verfüllte das Loch. Es blieb ein kleiner Hügel zurück.

»Singen«, verlangte Lily. Er schüttelte den Kopf, aber sie zog und rüttelte an seiner Hand. »Du hast es versprochen. Erst bete ich, dann singen wir.«

»Deine Mutter macht mir die Hölle heiß, wenn uns hier einer erwischt«, wehrte Michael Autenrieth ab und prüfte wiederum nervös die Umgebung. Aber seine Tochter hatte bereits begonnen, eine Art priesterlichen Singsang zu intonieren.

»Wieimhimmelhochauferden«, leierte Lily mit Hingabe. »Weil wir uns alle, alle wiedersehen.« Sie wandte sich an ihren Vater. »Das glaubst du doch auch?«

Er warf Frieda einen Hilfe suchenden Blick zu. »Klar glaub ich das, Süße. Wir sehen Milli wieder.« Leiser, an Frieda gewandt, fügte er hinzu: »Schon diesen Nachmittag bei Obi in der Tierabteilung, wenn alles gut geht.« Sein Smartphone vibrierte. Er schaute nach und hob die Stimme wieder. »Das ist deine Mama, mein Schatz, da muss ich rangehen.« Er trat ein paar Schritte beiseite.

Frieda beobachtete, wie er angespannt diskutierte und gleichzeitig versuchte, seine Lederschuhe mit streifenden Bewegungen über das Gras wieder sauber zu bekommen.

»Mama glaubt, Papa ist nicht gut für mich«, sagte Lily in einem erwachsenen Ton, der nicht nach ihr klang, sondern nach der Person, der sie ihn abgelauscht hatte. »Sie sagt, sie heiratet nie wieder einen Mann, der doppelt so alt ist wie sie.«

Papa also. Frieda gratulierte sich, dass sie keine Bemerkungen à la »so eine süße Enkelin« gemacht hatte. So langsam konnte sie sich die Familie Autenrieth vorstellen.

»Kannst du ein Lied singen?« Es war keine Frage, sondern eine Forderung.

Nach einem Moment des Grübelns erinnerte Frieda sich an einen ihrer Lieblingsfilme, Heinrich V. unter der Regie von Kenneth Brannagh, in dem nach der Schlacht von Azincourt zwischen Leichenbergen das »Non nobis« angestimmt wurde. Das sollte für die Gelegenheit passen. Sie holte Luft. Die Töne kamen anfangs zitternd, dann mit mehr Kraft. Sie hatte zu tief angesetzt und musste ein wenig brummen, um es zu Ende zu bekommen. Aber Lily war begeistert.

»Danke«, sagte Michael Autenrieth, als er zurückkam. »Im Ernst, Sie waren eine große Hilfe.« Er sah bedrückt aus.

Frieda fühlte sich seltsam berührt, als sie seinen offenen, für einen kurzen Moment verletzlichen Blick auffing. Er hatte es spät mit einer Familie versucht. Und er war gescheitert. Aber ehe sie etwas sagen konnte, war er in die Knie gegangen und hatte seine Tochter bei den Armen genommen. Er räusperte sich und fuhr mit munterer Stimme fort: »Gute Nachrichten, Schätzchen. Deine Mama macht weiter Ferien. Du darfst auch die nächste Woche bei mir übernachten.« Er hielt eine Hand hoch, alle Finger ausgestreckt. »Fünf Nächte. Ist das toll? Schlag ein.«

Als er sich wieder aufrichtete, hüpfte Lily weg, um nach einem passenden Kiesel als Grabstein zu suchen.

»Also«, begann er, »falls wir mal wieder eine Hamsterbeerdigung

gestalten müssen, dürfen wir Sie dann vielleicht um Rat fragen?«
Er nestelte seine Börse aus der Gesäßtasche und zog eine Visitenkarte heraus, die er ihr hinhielt. Als sie einen Moment zögerte, fügte er hinzu: »Diese Viecher haben eine höllisch kurze Lebenserwartung, wissen Sie?«

»Tja«, sagte Frieda. »Wir können die Zeit nicht aufhalten.«

Lily kam herangetorkelt und enthob ihren Vater einer Antwort. Der Stein, den sie schleppte, verlangte all ihre Kraft. »Millis Grabstein«, erklärte sie. »Da kommt ihr Name drauf. Und ein Kreuz.«

Ratlos betrachtete ihr Vater den Brocken. »Wie bemalt man so etwas?« Sein Blick fand Frieda. Die nahm seine Karte. »Sie finden mich im Internet«, sagte sie. »Ich bin Grafikerin. Schwerpunkt Bestattungsästhetik.«

Spielfreude

*Die Katze war stolz, was die Wirkung ihres Geschenks betraf. Die Frau
war endlich auf die Jagd gegangen!*

*Sie hatte am hellen Tag ihre Behausung verlassen, war in die Wild-
nis am Fluss eingedrungen, hatte Kontakt aufgenommen mit einem
kapitalen Männchen. Ja, die Katze war überaus zufrieden. Sie nahm
es der Frau auch nicht übel, dass sie gezögert hatte, den Menschkater
an sich heranzulassen; das war nur vernünftig. Aber der feine Duft
der Anziehung hatte in der Luft gelegen, o ja, das hatte ihre rosafarbene Nase sofort gewittert. Sogar ein Paarungslied war angestimmt
worden. Zugleich aber hatte Distanz bestanden, waren unter dem Pelz
die Krallen spürbar geblieben, war man allein seiner Wege gegangen,
die Frau mit stolz erhobenem, zitterndem Schweif, hätte sie einen gehabt. Die Schwingungen, die sie dabei abgegeben hatte, dürften den
Schlaf des Mannes in sachtes Wogen versetzen, da kannte die Katze
sich aus.*

*Sie hatte Erfahrung in Liebesdingen. Sie selbst pflegte lange von der
Krone einer Mauer aus die Männerwelt zu betrachten, die ihr zu Füßen lag, um ganz zum Schluss ihre Wahl zu treffen. Nicht immer war
das der Sieger in all den Kämpfen. Der Geschmack von Katzen in Liebesdingen war komplex und wurde von vielschichtigen, subtilen Empfindungen begleitet.*

Die Katze sah, dass es der Frau ähnlich ging. Sie hatte nie viel ge-

halten von den Thesen, dass Menschen keine Seele hätten. Man brauchte sie doch nur anzusehen, ihnen Einlass in den eigenen Alltag zu gewähren und sie eine Weile zu beobachten. Dann entdeckte man ganz schnell die Anzeichen für ein vielfältiges Innenleben. Die Katze konnte nicht umhin, dies zuweilen sogar recht anziehend zu finden. Sie mochte Menschen. Es war eine Marotte, möglicherweise.

Allein das Verhalten der Frau mit dem Vogel war doch ungemein faszinierend: Erst bedeckte sie ihn mit Grünzeug, dann schob sie ihn in den Napf, jedoch ohne ihn zu fressen. Schließlich trug sie ihn durch die halbe Stadt; dann grub sie ihn ein. Auch Menschen spielten also mit ihrem Essen.

Rendezvous zu dritt

»Du hast dich für eine Hamsterbeerdigung verabredet?« Yvonne ließ ihren Lippenstift sinken.

Frieda zuckte mit den Schultern.

»So sieht Dating also für die aus, denen ›Herzmatch‹ zu herkömmlich ist«, meinte Yvonne und zog ihre Lippen fertig nach, ehe sie fragte: »Hast du seine Karte noch?«

»Yvonne, das ist doch kein Wettbewerb!«, protestierte Frieda. Dennoch fischte sie die Karte aus der Garderobenschale. »Also, ich habe nicht vor, ihn anrufen«, sagte sie. »*Er* meldet sich bei *mir*, oder es geschieht gar nichts.«

»Anlagenberater bei der Commerzbank«, las Yvonne halblaut vor.

»Ja, und?«, fragte Frieda.

»Nichts, nur dass er offenbar keinen eigenen Garten hat«, erwiderte Yvonne. »Das ist bei Anlagenberatern ein schlechtes Zeichen, findest du nicht?« Sie überlegte. »Vielleicht hat sie ja das Haus behalten.« Sie schaute Frieda an. »Wirkte er sehr frisch geschieden?«

»Noch in der Streitphase, würde ich sagen.«

»Ganz schlechte Phase.« Yvonne schüttelte den Kopf. »Das Netz ist voll von dem Typus. Sie brauchen dringend Bestätigung und gehen total ran, wollen dabei aber bloß ihren Marktwert testen. Wenn sie deine Kontaktdaten haben, hörst du nie wieder von ihnen. Mission done. Und wenn sie doch auftauchen, reden sie ständig über ihre Ex und haben den Kopf überhaupt noch nicht frei für etwas Neues. Neulich war ich mit einem essen, der hat sich als ›getrennt lebend‹ bezeichnet. Wie sich dann herausstellte, hatte seine Frau ihn gerade mal zwei Wochen vorher ins Gartenhaus verbannt. Der war so durch den Wind, der wusste nicht mal, wo oben und unten war.«

»Armer Kerl«, meinte Frieda.

Yvonne starrte sie an. »Der ›arme Kerl‹ hat mir was vorgelogen! Er besaß kein Heim, kein Geld, keinen Stolz und keinen Plan. In solchen Fällen zieht man zu einem Freund aufs Sofa oder meinetwegen nach Hause zu Muttern. Aber man belästigt keine fremden Frauen auf ›Herzmatch‹. Also, ich hatte Mitleid mit *mir* und der vergeudeten Zeit.«

Frieda beschloss, darauf nichts zu erwidern. Sie bündelte das Grünzeug, das sie für ihre Blumensteckerei mitgebracht hatte, gesammelt im Hochgefühl nach der Beerdigung, und warf es in die Biotonne. Nur ein paar Gräser steckte sie zu der Rosenranke in die Vase.

»Und?«, wollte Yvonne wissen.

»Was und?« Frieda setzte sich ihr gegenüber.

»Gefällt er dir denn?«

Frieda musste überlegen. Die Begegnung mit Michael Autenrieth schwang noch in ihr nach; sie war vielstimmig, eigen, schwer in Einzelteile zu zerlegen. Alles in allem hatte es Spaß gemacht, zu dritt einen Hamster zu bestatten. »Er ist witzig. Und ein toller Vater. Na ja, ein guter«, besserte sie nach, als sie feststellte, dass sie ein wenig wie Lily klang. »Er gibt sich jedenfalls rührend viel Mühe mit der Kleinen.«

»Aha«, sagte Yvonne. Als Frieda ihren Blick stumm erwiderte, fuhr sie fort: »Ich meine nur: Du wolltest doch nie eigene Kinder. Und jetzt erwägst du, dir ein fremdes zuzulegen?«

»Was? Ich erwäge gar nichts.«

»Solltest du aber«, stellte Yvonne fest. »Je eher man weiß, was man will, desto besser. Apropos, wir müssen los. Ich hab für sieben reserviert.« Sie stand auf.

Frieda blieb sitzen. Das hatte sie ganz vergessen. Sie mochte den Gedanken nicht, mit Yvonne zusammen zu deren neuestem Rendezvous zu gehen. Ein ganzer Abend zu dritt!

Yvonne blieb hart. »Du hast es versprochen.« Sie warf Frieda die Jacke zu. »Komm schon. Bei dem hier brauche ich einfach deinen Rat. Er ist Künstler. Und Kunst ist dein Fachgebiet.«

Frieda erhob sich widerwillig. »Ach, und ich dachte, Künstler sind nicht deine Haarfarbe.« Sie zog sich an und prüfte das Ergebnis vor dem Garderobenspiegel. Etwas Farbe konnte nicht schaden. Sie griff nach ihrem selbst gestrickten Schal.

»Den nicht.« Yvonne nahm ihr das bunte Teil aus der Hand. »Nimm den schwarzen. Ich habe ihm gesagt, du kommst vom Museum für Moderne Kunst, nicht vom Kindermuseum.«

Frieda riss ihren Schal wieder an sich. »Und als was willst du mich vorstellen, als drittes Rad am Analysewagen?«

»Er heißt übrigens Erik«, sagte Yvonne über die Schulter und kramte klimpernd nach ihren Autoschlüsseln.

In dem Moment fiel Frieda ein, dass sie Michael Autenrieth ihren Nachnamen nicht genannt hatte. Kurz erschrak sie, ein lauter Herzschlag. Dann sagte sie sich, dass es ja vielleicht ein Fingerzeig des Schicksals war. Nein, sie würde nicht anrufen.

Als sie in Yvonnes Auto einstieg, kam es Frieda so vor, als hätte sie etwas unter dem Wagen hervorhuschen sehen. Aber das war vermutlich eine Täuschung gewesen.

15

Schmerz

Die Katze stieß mit der Nase an die Tür. Ihr Atem hinterließ einen kaum merklichen Nebel auf dem Glas, der rasch wieder verschwand. Sie atmete aus kleinen Lungen, und sie atmete lautlos. Jetzt, in der Kälte der Nacht, wirkte sie ein wenig runder, aufgeplustert gegen den Frost, das Fell gesträubt von Dunkelheit, und der Rauch aus den Kaminen haftete an ihr, zusammen mit dem Duft von Holz und kalter Erde. Ihre Pupillen waren weit, die Augen schwärzer als der Himmel. Die Katze erkannte jedes Detail in Friedas stillem Wohnzimmer. Der Schein einer Straßenlaterne warf einen kleinen Lichthof auf den Teppich hinter der Tür. Sofa, Tisch und Schreibtisch waren nur zu ahnen, die Regale Schattenlandschaften. Das dunkle Deckenbündel auf der Couch hob und senkte sich, der verborgene Brustkasten atmend in einem unruhigen Schlaf. Es gehörte dort nicht hin. Die Katze ließ es nicht aus den Augen. Sie war mit leeren Tatzen gekommen; sie war unschlüssig.

Die Frau war spät heimgekehrt; sie war schon wieder auf Beute aus gewesen, nachtaktiv. Der Geruch nach Essen hing in ihren Kleidern. Und auch ein weiterer Kater hatte eine Duftmarke hinterlassen; sie war selbst durch die Scheibe hindurch zu riechen. Die Katze hatte das Geschehen nicht verfolgen können. Nur bis zu dem Blechkasten, in dem die Beine der Frauen und dann die ganzen Körper verschwunden waren. Sie war darunter geschlüpft, um der Frau möglichst lange nah zu sein. Dann hatte eine plötzliche Welle von Lärm und Gestank sie ver-

trieben. Es blieb nur der Abdruck von Friedas vertrautem Schuhgeruch neben einem Kaugummi, der am Asphalt klebte, und der Geruch von Benzin in einer Pfütze.

Die Katze hatte sich bessere Orte gesucht und gewartet.

Hatte sich endlich der Milch genähert, die die Frau ihr am Tag hingestellt hatte. Beim Trinken war in der Katze kaum ein Fünkchen Erinnerung an den Stall aufgeglommen, in dem sie geboren worden war, an die Aromen von Holz und Stroh und Mist und Urin, an Mäusedreck und Kuhgeruch, an die Herbstäpfel, die frisch gewaschene Wäsche und das staubige Korn, an die alten, alten Steine und die Ablagerungen so vieler menschlicher Hände und Schritte und Seufzer. Dort auf dem Hof hatte die Milch scharf nach Leben geschmeckt. Die Milch der Menschen schmeckte nach nichts. Vielleicht war das der Grund, warum die Frau sich traurig auf ihrem Sofa zusammengerollt hatte?

Warum lag die Frau nicht in ihrem Bett? Warum hatte sie, als sie nach Hause gekommen war, die blaue Flimmerkiste an- und wieder ausgestellt, nur um danach auf und ab zu gehen und sich schließlich auf dem Sofa zusammenzurollen? Die Katze wusste nicht, was all das bedeuten sollte, aber sie wusste, was Rastlosigkeit war, grundiert mit ein wenig Unglück. Sie kannte den ruhelosen Gang. Den willkürlichen Schlag mit der Pfote nach einem beliebigen Halm, den der Wind hatte erzittern lassen.

Und sie kannte dieses Kampieren im Nirgendwo, im freiwilligen Exil. In manchen Sommernächten auf dem Hof war es der Katze ebenso ergangen, wenn sie sich gegen die Sicherheit der Scheune entschieden und das Freie vorgezogen hatte, wo der Fuchs unterwegs war und die Eule. Manchmal konnte man nicht anders.

Die Katze hatte diese Nächte genossen. Die Frau genoss sie nicht. Ihr Atem roch nach verdorbenen Trauben und nach Tränen. Er füllte das Wohnzimmer an. Sie würde vielleicht darin ertrinken. Die Katze hob die Pfote, um an der Tür zu kratzen. Dann ließ sie sie wieder sinken. Man musste Vertrauen haben. Es war noch nicht an der Zeit.

16

Flirt vom Wannenrand

Frieda erhob sich mit steifen Gliedern. Yvonne hatte recht; sie sollte sich wirklich eine neue Couch anschaffen, vor allem, wenn sie weiterhin gedachte, ihren Seelenkummer auf ihr auszuleben. Was war nur in sie gefahren? Da fiel es ihr wieder ein. Sie ließ von dem Versuch ab aufzustehen und legte sich zurück.

Ach, er hatte gut ausgesehen, dieser Erik, den Yvonne auf »Herzmatch« aufgetan hatte, mit seinen schwarzen Haaren und noch schwärzeren Augen. Mit dem Existenzialistenlook und den schmalen, langfingrigen Händen. Genau die Hände, die Frieda an Männern mochte. Wie er sich damit Wein eingeschenkt und das Messer gehalten hatte. Wie er damit gestikuliert hatte beim Reden und ihr über diese Gesten hinweg in die Augen gesehen! An Michael Autenrieth hatte sie den ganzen Abend lang keinen Gedanken mehr verschwendet.

Es war schon passiert, als sie das Lokal betraten. Erik hatte bereits dagesessen. Und wie er dagesessen hatte. Als sie an den Tisch traten, war er aufgestanden. Und wie er aufzustehen vermochte. Man konnte vielleicht nichts über einen Mann sagen, wenn man nur sein Foto auf einem Bildschirm betrachtete. Aber einmal hinsetzen und aufstehen genügte, fand Frieda. In manchen Fällen. Ganz sicher in diesem Fall. So etwas war ihr noch nie passiert. Dieses intensive Funkensprühen vom ersten Moment an. Als sie jung ge wesen war, hatte sie es für ein Gerücht gehalten, als sie älter wurde für etwas, das jüngeren Leuten passierte.

»Das ist Frieda«, hatte Yvonne sie vorgestellt.

Und Frieda hatte zu ihrem Entsetzen bemerkt, dass sie strahlte wie eine Lampe, als sie Erik die Hand hinstreckte. Den ganzen Abend hatte sie sich darum bemüht, dieses Strahlen zu unterbinden. Hatte sich hinter ihrem Schal versteckt, hinter dem Essen, hinter dem Gespräch. Sie war ja nur als Gutachterin geladen. Wie hatte Yvonne es ihr im Auto noch mal erklärt?

»Ich will wissen, ob seine Arbeiten etwas taugen.«

»Aber ist das nicht egal für deine Zwecke?«, hatte Frieda gefragt. Und geradeaus in den Verkehr gesehen, als Yvonne den Kopf zu ihr herübergedreht hatte. Vielleicht hatte das »deine Zwecke« ein wenig herablassend geklungen. Schnell hatte sie nachgeschoben: »Du willst doch mit ihm ausgehen, nicht ihn ausstellen.«

»Aber es könnte ja sein, dass er mal ausstellt. Und dann will ich nicht auf einer Vernissage peinlicher Gemälde mit einem Prosecco-Glas in der Hand und einem gezwungenen Lächeln posieren müssen.«

Wie sich herausstellte, malte Erik Landschaften. Als Yvonne Frieda mehrfach angestupst und diese sich endlich geräuspert und nach den Bildern gefragt hatte, hatte er bereitwillig sein Mobiltelefon gezückt und hatte vor ihren Augen durch die Galerie gescrollt. Es waren wilde Szenen, einsame Moore, nächtliche Meere, Raben in einem toten Baum. Aber peinlich daran waren nur Friedas Gedanken darüber gewesen, dass die Bilder so tiefschwarz wie seine Augen und sein Rabenhaar waren. Sie hatte sich zur Ordnung rufen müssen.

Kein Kitsch, hatte sie Yvonne mit einem erhobenen Daumen signalisiert. Erik war ein düsterer Romantiker, doch auf eine schwer fassbare Weise haftete seinen Bildern Neues, völlig Unidyllisches an, das die Romantik aber nicht zerstörte, sondern sich mit ihr die Waage hielt. Frieda fand, so nahe bei ihm sitzend – ihre Köpfe berührten sich beinahe über den Bildern, und sie konnte sein Shampoo riechen –, dass er möglicherweise ein Genie war. Sie wiederholte die Daumengeste und lehnte sich mit geröteten Wangen zurück, um an ihrem Wein zu nippen.

Von da aus hatte sie zugesehen, wie Yvonne ihren Stuhl näher an Eriks gerückt und dafür gesorgt hatte, dass sie seine ganze Aufmerksamkeit erhielt. Sie schlug zu und schnappte sich den Mann, gekauft wie auf »Herzmatch« gesehen.

Frieda hatte Haltung bewahrt. Selbst als Yvonne sich irgendwann ihrer wieder erinnerte und verkündete, dass Frauen ja bekanntlich immer gemeinsam die Waschräume aufsuchten, hatte sie gelächelt. Mit leichter Verzögerung war sie aufgestanden und der Freundin auf die Toilette gefolgt.

»Treffer«, hatte Yvonne verkündet, während sie sich über das Waschbecken neigte und ihr Gesicht angespannt im Spiegel musterte. »Findest du nicht?«

»Ich werde dann nach Hause gehen«, hatte Frieda gesagt.

»Unsinn, das Tiramisu hier ist großartig. Und ich schulde dir noch was für die Expertise«, hatte Yvonne gut gelaunt verkündet. »Ich spendier dir nachher ein Taxi.«

Frieda war geblieben bis zum bitteren Ende, auch dann noch lächelnd, als die beiden eng umschlungen das Lokal verließen. Das Taxi hatte sie ausgeschlagen und stattdessen versucht, sich den Frust von der Seele zu laufen. Es war ein langer Heimweg geworden.

Frieda zog ihre Beine an und betastete ihre Füße. Da war sie, die Blase, ihr Souvenir vom gestrigen Abend. Nie wieder, dachte Frieda und machte sich wieder lang, um an die Decke zu starren. Irgendwo dort oben war die Freundschaft zu Yvonne, die sie sich bewahren wollte. Aber nie mehr würde sie derart das fünfte Rad an egal welchem Wagen abgeben.

Nicht wenn in dem Wagen jemand wie Erik am Steuer saß. Jetzt war der Wagen abgefahren. Hätte er es sein können, fragte sie sich?

Gestern Nacht jedenfalls hatte der wilde Kummer sie gepackt, dass sie eine große Gelegenheit einfach so hatte vorbeiziehen lassen. Kampflos.

Das hatte man vermutlich von fünf Jahren Zölibat. Im hellen Morgenlicht gratulierte Frieda sich tapfer zu ihrer Zurückhaltung. Aber warum rekelte sie sich dann bei der Erinnerung an den gestrigen Abend und lächelte den Wasserfleck an der Decke an?

Seufzend griff Frieda nach dem summenden Telefon. Vermutlich war es Yvonne, um per SMS Vollzug zu vermelden. Sie öffnete die Botschaft, um die Freude nolens volens zu teilen. Was sollte sie tun: Freundschaft war eben ein hohes Gut.

Während sie las, setzte sie sich unvermittelt auf. Vergessen der steife Rücken. Verweht die Melancholie. Diese SMS stammte nicht von Yvonne, sondern von Erik! Er teilte ihr mit, dass sie gestern Abend einen tiefen Eindruck bei ihm hinterlassen habe. Dass er sie nicht mehr aus dem Kopf bekomme. Dass er sie sehen wolle.

Frieda musste die Botschaft zweimal lesen.

Als sie diesmal auf die Couch zurückfiel, lag ein Strahlen auf ihrem Gesicht. Sie musste eine Hand auf ihren Bauch legen, so sehr flatterte es darin. Er wollte sie sehen! Er dachte an sie! Er bekam sie einfach nicht aus seinem Kopf.

Und wieso ist er dann mit deiner Freundin abgezogen?, fragte eine innere Stimme. Hatte seine Nase in Yvonnes Haar vergraben, während er über ihren Kopf hinweg Frieda zum Abschied lässig gewunken hatte?

Frieda gebot der Stimme zu schweigen. Missverständnisse geschahen, Umwege wurden eingeschlagen, es war alles ein Tanz im Nebel, ein Gang auf dem Seil. Das Leben eben. Das scharfe, süße, irrwitzige Leben. Als genau in diesem Moment der Anruf kam, hob sie ab mit einem großen, atemlosen »Ja?«.

»Frieda?«, klang es aus dem Hörer. Yvonnes Stimme sprudelte vor Glück. »Stell dir vor: Ich bin immer noch im Bett! Wir frühstücken zusammen.«

Frieda vermochte ein paar Augenblicke überhaupt nichts zu sagen. »Was?«, stammelte sie. »Aber ...?« Das war doch nicht möglich.

»Unglaublich, oder?«, bestätigte Yvonne. »Und das mir, die noch nie zu spät ins Labor gekommen ist.« Sie lachte. »Du, ich muss Schluss machen, ich glaube, er kommt gleich aus dem Bad. Wir läuten die nächste Runde ein, bye.«

Frieda brauchte eine Weile, bis sie es schaffte, sich aufzusetzen und den Zeitstempel von Eriks SMS zu checken. Sie war genau zwei Minuten zuvor an sie abgeschickt worden. Er musste also noch bei Yvonne sein. Frieda ließ die Erkenntnis sacken. Zweifellos ließ er sich Zeit im Bad.

Sie kannte Yvonnes Bad, fußbodenbeheizt, da konnte man schon ein Weilchen verbringen. Vermutlich hatte er gemütlich auf der breiten Badewannenumrandung aus schwarzem Schiefer gesessen, als er seine Botschaft an sie getippt hatte, mit seine langen, schlanken Fingern! Ehe Frieda sich versah, hatte sie tief Luft geholt und schrie!

Und schrie. Es dauerte lange, bis alle Luft aufgebraucht war. Die Stille setzte ein wie ein Schock. Als würden die Möbel einander besorgte Blicke zuwerfen. Frieda ging es ein wenig besser. Trotzdem kochte es immer noch in ihr. Sie musste dringend mit jemandem darüber reden, am liebsten mit Yvonne.

Aber genau das ging nicht.

17

Der seltsame Humor
des Universums

Als das Telefon sich später beim Frühstück noch einmal meldete, zuckte Frieda zusammen. Doch das Display zeigte Bernds Nummer. Guter alter Bernd. Treuer Bernd. Bernd, der sie nie aus dem Bett einer anderen anrufen würde. »Lust auf Hundekekse?«, fragte sie in den Hörer, bemüht um ihren üblichen fröhlichen Ton.

»Hab ich was angestellt?«, fragte Bernd.

»Du nicht.« Frieda seufzte, überlegte kurz und überging den Rest. »Was gibt's?«

Wie sich zeigte, hatte er ein Jobangebot für sie. Eine Gerüstbaufirma wollte ihre Website neu gestalten. Der ursprüngliche Grafikdesigner war abgesprungen, als sich die Nachbesserungswünsche gemehrt und kurz vor Schluss der Firmenchef das gesamte Konzept noch einmal umgeworfen hatte. »Was sagst du?«

»Bin ich leidensfähig, oder was?«, fragte Frieda.

»Keine Ahnung«, sagte Bernd.

Frieda seufzte erneut. Dann sagte sie zu. Sie hatte zwar gerade die Konzentrationsfähigkeit einer Stubenfliege in einer Flasche; und eben versuchte sie, Butter auf den Marmeladenglasdeckel zu schmieren. Aber die Arbeit würde sie zweifellos ablenken. Sie wusste aus Erfahrung, dass verfahrene Projekte mehr Arbeit bedeuten konnten als ein glatter Neubeginn. Allein all die Vorentwürfe und Sackgassen zu sichten würde Zeit kosten. Hernach galt es, sich von den Einflüssen des Vorhandenen wieder frei zu machen. Aber was sollte es, das Leben war eine Baustelle, ihre Gefühlswelt war eine Baustelle. Und ihre Freundschaft mit Yvonne vermutlich ebenfalls. Immerhin war Bernd mit an Bord. Frieda verabredete ein Treffen und notierte sich alles Nötige. Das Papier war voller Butterflecken.

»Ich freu mich«, sagte Bernd. »Das wird sicher lustig.«

»Sicher«, sagte Frieda, als er schon aufgelegt hatte. Das würde lustig werden. Der gute, gute Bernd. Hoffentlich hatte er recht. Sie könnte ein wenig Spaß wirklich gut gebrauchen. Frieda betrachtete ihre verschmierten Notizen, schüttelte den Kopf und ging sich die Hände waschen.

Danach setzte sie sich an ihren Computer. Doch es ging nicht voran. Statt die Maus über definierte Bildrahmen zu ziehen, skribbelte Frieda mit dem Bleistift vor sich hin.

Als sie zu sich kam, betrachtete sie ihr Werk: ein Funken sprühendes Elektrokabelende. Sehr freudianisch; Frieda strich es durch. Eine Maus, elektrifiziert durch ein Elektrokabel, das ihren Schwanz berührte. Am peinlichsten war der selige Gesichtsausdruck; sie hatte die Augen durch rotierende Kreise dargestellt, als wäre das Tier auf LSD. Frieda zerknüllte das Papier.

Eine Katze, die verlegen eine Pfotenspitze in den Boden drehte. Mit ausgestrecktem Arm hielt sie einer anderen Katze eine zwischen spitzen Fingern am Schwanz gehaltene Maus hin. In die Sprechblase schrieb sie: »Kaum gebraucht.« Strich es durch, schrieb: »Die schmeckt sauer.« Das stimmte auch nicht. Sauer war *sie*. Sie wusste nur nicht genau, auf wen. Frieda musste an die frische Luft.

Vor dem Schaufenster der kleinen Buchhandlung blieb Frieda stehen, wie meistens, wenn sie beim Einkaufen war; das gehörte zum System ihrer kleinen Alltagsbelohnungen.

An der Scheibe klebte noch immer die Ankündigung der Lesung, die sie verpasst hatte, in der Auslage stapelten sich einladend die Bücher von Gregor Lenz. Das Motiv des Tickets, das noch ungenutzt an ihrer Pinnwand hing, ein Weltall voller Sterne und Einhörner und lustiger kleiner Raketen, war als Poster im Hintergrund zu sehen. Schau nur, schien es zu sagen, das hast du alles verpasst. Frieda ging hinein.

Ziellos schlenderte sie zwischen den Regalen herum. Auf einem Nussholztischchen lagen Empfehlungsbände. Unwillkürlich griff Frieda nach einem, der ebenfalls mit Sternen und Regenbogen geschmückt war. Sein Titel lautete *Botschaften des Universums*.

Samt Mantel und Taschen ließ sie sich in einem Lesesessel nieder und schlug das Buch an einer beliebigen Stelle auf.

Sie las, dass sie ihrer Intuition vertrauen solle, ganz einfach. Nun ja, dachte Frieda, ganz ihre Meinung. Aber was, wenn die Intuition einen zu fremdgehenden Kunstmalern führte? Gestern Abend hätte sie noch geschworen, dass ihr Bauchgefühl »Erik« geseufzt hatte. Aber das wäre eindeutig ein Fehler gewesen, so, wie der Mann sich benahm. Andererseits riet das Bauchgefühl ihr dringend, mit Yvonne wieder ins Reine zu kommen. Und damit lag es ziemlich sicher richtig.

Überall im Leben gab es Zeichen, erfuhr sie weiterhin, die nur darauf warteten, dass eine offene, frei gestimmte Seele sie bemerkte. Wie den Mäusekopf auf meinem Balkon, dachte Frieda. Der war leicht. Aber was nur sollte sie mit den Ereignissen der letzten Nacht anfangen. Lag es an ihr, oder hatte die Qualität der Zeichen, die das Universum ihr schickte, stark nachgelassen?

»Toll, oder?«, sagte die Buchhändlerin, die ihr über die Schulter schaute. »Mir geht es auch ganz oft so. Da denke ich an jemanden, und dann ruft derjenige plötzlich an. Aus heiterem Himmel.«

»Ich weiß nicht, ob das damit gemeint ist«, erwiderte Frieda abwehrend. Sie hoffte es jedenfalls stark. Von keinem der Menschen, an die sie gerade so intensiv dachte, wollte sie in der nächsten Zeit angerufen werden.

Die Buchhändlerin ließ sich in ihrem Enthusiasmus nicht beirren. »Oder neulich, da bin ich dreimal hintereinander Menschen begegnet, die Tiernamen hatten. Einer hieß Eichhorn, einer Wolf. Auf den dritten komm ich jetzt nicht.«

»Ach, ich habe kürzlich einen Mann kennengelernt, der Igel hieß«, gab Frieda zu. »Aber das hatte ganz sicher nichts zu bedeuten.«

»Sagen Sie das nicht«, meinte die Buchhändlerin. In diesem Moment summte Friedas Mobiltelefon. Die Frau lächelte. »Sehen Sie, bestimmt ist er das.«

Wenn, dann doch bitte hoffentlich nur, um sie darüber zu informieren, dass das Sortiment für den litauischen Katalog jetzt komplett war. Frieda verzichtete darauf, der Dame das zu erklären, die sich betont diskret hinter ihre Kasse zurückzog. Sie holte das Handy heraus; die Nummer war unterdrückt.

»Fuchs?«, meldete Frieda sich fragend. Sie sah, wie die Augen der Buchhändlerin sich fasziniert weiteten.

»Sehen wir uns heute Abend?« Das war Eriks Stimme.

Frieda verschlug es beinahe den Atem. Instinktiv drehte sie sich zur Seite und schirmte das Gespräch mit der Schulter ab.

»Frieda?«, meldete er sich wieder, mit dieser Stimme, die sogar durch ein Plastikgerät hindurch Funken entfachen konnte. »Komm schon. Ich erklär dir alles. In meinem Atelier? Ich zeig dir meine Bilder.«

Was gab es da zu erklären? Was dachte dieser Mann sich? Dass sie seinetwegen jetzt weiche Knie hatte? O Gott, ihre Knie zitterten, aber das war die reine Wut. Frieda überlegte. Sie überlegte sehr lange. Sie hätte so viel zu sagen gehabt. »Was fällt dir ein!«, schrie sie in den Hörer.

Da hörte sie ihn lachen, tief, samtig und dunkel. Frieda legte auf.

Als sie aus dem Laden stürmte, folgten die Augen der Buchhändlerin ihr wie einer vom Schicksal Gesegneten.

Friedas Sturmlauf wurde erst am Obst- und Gemüsestand aufgehalten.

»Guten Tag, schöne Frau!«, rief der Händler. »Da geht die Sonne auf.«

Schlagartig besserte sich Friedas Laune. Herr Georgiou durfte sich solche Komplimente erlauben. Der Mann war weit über siebzig und stammte aus Zypern, wo Frauen Aphrodite hießen und vermutlich im Rahmen eines seit der Antike bestehenden Kultus mit Obst und Gemüse verehrt wurden.

»Ah, sie lächelt. Jetzt lächelt sie wieder. Das ist gut«, sagte Herr Georgiou. Und fügte hinzu: »Ich lächle auch.« Er nickte zu einem hübschen jungen Mann, der eben kistenweise Waren aus dem Lieferwagen hievte. »Gott segne ihn, er ist ein guter Junge. Er hilft mir. Damit ich meine alten Knochen nicht mehr so früh aus dem Bett stemmen muss.« Als der Junge mit einer Kiste Äpfel vorbeiging, umfasste der Alte seinen Kopf mit einer zärtlichen Geste und drückte ihm einen Kuss auf den Scheitel.

»Sie sind ein glücklicher Mann«, neckte Frieda ihn.

Der Enkel warf ihr einen Blick zu, pflückte einen leuchtend roten, glänzenden Apfel aus einer der Steigen und reichte ihn Frieda.

Der Alte strahlte noch mehr. »Mein Enkel«, verkündete er. »So ein guter Junge. Sahin ist sein Name.« Er nickte bekräftigend. »Sahin heißt Falke.«

Frieda nahm ihren Apfel und ging, halb verwirrt, halb getröstet. Das Universum besaß ganz eindeutig einen seltsamen Sinn für Humor.

18

Erdbeeren und Paradiesäpfel

Zurück in ihrer Wohnung, verteilte Frieda schneewittchenkalte Winterluft, die in ihren Haaren und dem Mantel hing. Den Apfel legte sie als Letztes ganz oben in die Obstschale. Er leuchtete im hereinfallenden Sonnenlicht.

Ausgerechnet ein Apfel. Frieda wusste selbst nicht, woher das hartnäckige innere Bild kam, aber jedes Mal wenn sie daran dachte, wie es wäre, wieder mit jemandem zusammenzuleben, stellte sie sich genau das vor: einen Apfel, den sie schälte, viertelte, um dann zwei der Viertel auf einem Teller *ihm* hinzustellen, ihrem Gefährten.

In der kurzen Vision ging sie mit dem Apfel zu seinem Schreibtisch, an dem er arbeitete und von dem er kurz aufsah, wenn sie ihre Gabe hinstellte; er lächelte, während sie wiederum kurz innehielt, ihm übers Haar fuhr, ganz leicht, um weiterzugehen und etwas anderes zu tun, vielleicht auf dem Balkon, vielleicht an ihrem eigenen Schreibtisch, den Teil hatte sie nicht ausgearbeitet. Mehr als eine kurze Szene war es nicht, nur diese kleine liebevolle Begegnung. Daran dachte Frieda, wenn sie einen Apfel sah.

Der Mann besaß bislang keinen Namen, hatte kein Gesicht, war nur eine liebevolle Präsenz. Gewiss hieß er nicht Sahin. Und ganz sicher, dachte Frieda, als ihr Telefon sich wieder meldete und sie Yvonnes Nummer im Display sah, war sein Name nicht Erik. Aber rangehen musste sie wohl. Sie meldete sich mit einem undeutlichen »Ja?«.

»Wie geht es dir?«, fragte Yvonne. Zum Glück für Frieda erwartete sie gar keine Antwort. Sie hatte viel zu viel zu erzählen. Ihr selbst ging es nämlich großartig. Sie schwebte im siebten Himmel. Erik war zärtlich, Erik war einfallsreich. Erik hatte ihr das Frühstück auf einem Tablett am Bett serviert.

Vermutlich mit einer Rose zwischen den Zähnen, dachte Frieda grimmig. Aber sie sprach es nicht laut aus. Malte es nur hin: Erik mit riesiger Rose, die er Yvonne hinhielt, sich selbst mit einer Motorsäge, bereit, den Rosenstiel durchzusägen. Was für ein einfallsloser Mist. Wenn sie nicht aufpasste, verdarb der Kerl ihr nicht nur die Laune, sondern auch noch die Kunst.

Yvonne dagegen war nicht zu bremsen. Sie und Erik hatten einander, seit sich ihre Wege vor dem Hotel getrennt hatten, bereits vierzehnmal gesimst, und das noch vor ihrer Mittagspause. Am nächsten Freitag schon würde er wieder vorbeikommen. Sie wollten einen Galeristen besuchen, der sich für Eriks Bilder interessierte.

»Wenn das was wird, kaufe ich einen sündteuren Champagner.« Yvonne war auf Wolke sieben. »Und Erdbeeren. Die Nacht wird er so schnell nicht vergessen.«

»Geht das nicht alles ein bisschen schnell?«, wagte Frieda einzuwenden. »Du kennst ihn doch kaum.«

»Der Algorithmus hat eine Übereinstimmung von über siebenundachtzig Prozent für uns errechnet. Ich meine, das waren über hundertfünfundsiebzig Fragen, die er beantwortet hat. Ich hab vorher den Hintergrund zu seinem Profil angeklickt und bin die Einzelheiten durchgegangen. Auch das Kleingedruckte.« Yvonnes gute Stimmung war unerschütterlich. »Und über die restlichen dreizehn Prozent bin ich mir gestern Nacht klar geworden.« Sie kicherte. »Im naturwissenschaftlichen Testverfahren.«

»Du meinst also, er ist – der eine?«, fragte Frieda besorgt. Yvonne neigte nicht zu Überschwang, das war ihre, Friedas, Rolle. Es wurde immer notwendiger, die Sache anzusprechen. Und immer schwieriger. Sie starrte auf ihr Konterfei mit der Kettensäge. Der Werkzeugkatalog hinterließ eindeutig seine Spuren in ihrer Seele. Sie brauchte eine bessere Idee.

»Ich weiß nicht, was du da redest«, sagte Yvonne. »Wir haben viel Spaß.«

»Spaß?«, erkundigte Frieda sich.

»Spaß«, stellte Yvonne klar. »Er hängt sich rein, ich honoriere das. Wir kommen schon beide auf unsere Kosten.« Sie lachte. »Der Mann kann mit seinem Pinsel umgehen, wenn du verstehst, was ich meine.«

Frieda nickte. Sie setzte bei ihrer Skizze neu an. Diesmal hatte sie einen Vorschlaghammer in der Hand. Auch nicht besser. »Sicher. Sicher«, sagte sie. »Ich meine nur, nicht dass du am Ende herausfindest, dass du dich in ihm getäuscht hast.« Sie wollte die morgendlichen Botschaften von Erik nicht erwähnen, wenn es nicht unbedingt notwendig war. »Dass du deine Zeit verschwendest. Ich meine …«

»Meine Zeit ist gut angelegt«, unterbrach Yvonne sie. »Und ich behalte ja im Auge, was auf meinem ›Herzmatch‹-Konto noch so los ist.«

»Ach so?«, sagte Frieda. Auf den Gedanken war sie noch gar nicht gekommen. Ihr Bleistift hing ratlos in der Luft.

»Ja, nächste Woche zum Beispiel bin ich wieder mit diesem Anwalt verabredet.«

»Ein Anwalt?«

»Ein bisschen steif, der Typ. Zugegeben. Aber er lädt mich ins ›Vier Jahreszeiten‹ ein.«

»Aha«, sagte Frieda. Fast ohne ihr Zutun setzte der Stift sich wieder in Bewegung. Sie entwarf einen Häcksler. Oben schauten zwei Beine heraus. Es war nicht auszumachen, ob sie von einem Mann oder einer Frau stammten.

»Du brauchst dir also keine Sorgen zu machen.«

»Offensichtlich nicht.«

»Ich muss wieder an die Arbeit. Bye, schöne Frau.«

»Bye«, sagte Frieda in den stummen Hörer. Sie starrte auf ihre Entwürfe: Säge, Hammer, Häcksler. Offensichtlich war sie eine hoffnungslose Romantikerin. Was regte sie denn an der ganzen Sache so auf? Die Leute hatten doch alle ihren Spaß und wollten offenbar nicht mehr. Am Ende nahm Yvonne die ganze Sache gar nicht schwer. Nur sie tat das.

Frieda begann, durch die Wohnung zu wandern. Als sie an der Obstschale vorbeikam, nahm sie den Apfel, biss hinein und kaute.

19

Aufbruchswille

Das Fell der Katze bebte. Etwas hatte sich verändert, sie konnte es deutlich spüren. Schon beim Weg den Efeu hinauf hatte sie die Veränderungen bemerkt. Zum ersten Mal schimpfte das Spatzenmännchen, als ihr Schatten über sein Nest strich von einem benachbarten Ast herab und wagte sogar ein, zwei Angriffsflüge in ihre Richtung. Die Katze ignorierte diese Finten. Mit kräftigen Prankenbewegungen schlug sie die Krallen ins Holz und zog sich aufwärts.

Sie nahm alles mit Wohlgefallen auf: den flüchtigen Puls in den Schneebergen der Eier, die in den Nestern lagen, den süßen Duft der Mäusebrut in den Mauerritzen, selbst den Gestank des Frühlingsputzes und seine vielfältigen Geräusche. Aus weit geöffneten Fenstern drangen Dünste, die von verschwitzten Nächten erzählten, von Ekstasen und Albträumen und den Zigaretten danach. Es plärrten die Radios, schepperten die Tassen, Staubsauger dröhnten. Ein vielfältiges Universum entbarg sich einem Schwall von Energie. Er bildete die Textur des Monats April, war der Stoff des Wandels, der sich stetig vollzog, von Nacht zu Tag, von Winter zu Frühling. Ja, es war Frühling geworden.

Auch Friedas Tür stand zum ersten Mal weit offen. Als die Katze endlich auf Friedas Balkon angekommen war und sich für eine erste Orientierung in das von grünen Sprossen durchzogene Gestrüpp in den Blumenkästen duckte, spürte sie es deutlich: Auch hier strömten die Wogen einer nervösen, vollkommen neuen, animalischen Energie.

Das war nicht die konzentrierte nächtliche Jagd vor dem blauen Flimmerkasten, wenn nur die Hand der Frau sich regte. Das war auch nicht der Tanz, den sie manchmal alleine zu Musik aufführte, mal mit einem Glas in der Hand sich in den Hüften wiegend, mal die Hände frei flattern lassend wie Falter. Es war schon gar nicht das missmutige Umhergehen mit dem Schlauchdings zum Hinterherziehen, das so viel Krach machte. Auch handelte es sich nicht um eine der gemütlichen Sofaphasen, bei denen – da war die Katze sicher – die Frau geschnurrt hätte, wenn ihr das möglich gewesen wäre.

Aber was war es dann? Etwa wieder dieses Lachen und Weinen, das die Frau produzierte, wenn sie auf die bewegten Bilder des blauen Flimmerkastens starrte? Diesen Teil des Lebens der Frau fand die Katze am beunruhigendsten. Alles, was sie tat, war so ohne jeden Anlass und ohne jedes Ziel. Es erinnerte an manche Kätzchen, die krank geboren wurden und nur unkoordiniert und blind durch die Welt zu tapsen vermochten. Solche Babys wurden von den Katzenmüttern nicht gesäugt und starben bald. Manchmal, wenn die Frau so dasaß, fragte die Katze sich, ob sie nicht doch ihre Zeit vergeudete.

Da saß die Frau, auf dem Sofa. Doch die Flimmerkiste war aus. Sie hielt einen Apfel in der einen Hand und in der anderen dieses Dings, mit dem sie häufig redete, wenn sonst niemand im Raum war. Es war ein bisschen wie mit dem großen Kasten. Beunruhigend. Aber heute lachte die Frau dabei. Die Katze schnupperte und wusste Bescheid. Alles war, wie es sein sollte. Die Frau würde bald aufbrechen. Wie die Eierschalen in den Nestern. Es war Frühling.

20

Das Beste an ihm

»Hallo«, sagte Frieda. Sie hatte Michael Autenrieth schon von Weitem erkannt. Seine Schiebermütze saß heute etwas höher, und den Dufflecoat hatte er gegen einen Trench eingetauscht. Aber die Lachfalten um die Augen, die sie beim Näherkommen wiederentdeckte, waren noch dieselben.

»Da ist sie ja. Frieda Fuchs.« Er hatte ihr die Hand gegeben und ihre einen Moment in seiner gehalten. »Die einzige Grafikerin in der Stadt mit diesem Vornamen, sagt das Internet. Zu meinem Glück.«

»Ich freue mich, dass Sie gesucht haben.«

»Und ich bin froh, dass Sie Ihre Telefonnummer auf Ihre Homepage gesetzt haben. Da ich Ihren Nachnamen jetzt kenne: Wollen wir Du sagen? Ich bin Michael.«

»Frieda«, sagte Frieda. Sie standen einen Moment lang unbeholfen da, ein Sektglas zum Anstoßen und als Anlass für ein Küsschen fehlte. Schließlich umarmten sie einander doch. Frieda schloss die Augen für den isolierten Moment, in dem sie ihm nahe war. Es entstand kein Funkenflug, aber umso besser, sagte sie sich. Es war Zeit, dass sie die Eriks dieser Welt aus dem Kopf bekam. Er roch angenehm, seine Haut strich weich über ihre Wange. Dann traten sie beide zurück.

»Also.« Michael Autenrieth schaute sich um. »Ein Flohmarkt. Das ist ja … lebhaft.«

»O ja«, sagte Frieda. »Lebhafter als der Anlass unseres letzten Treffens.«

In den Bäumen des Platzes, teils frischgrün, teils noch kahl, schaukelte Kleidung, aufgehängt an den Ästen wie bunte Lampions. Die Goldrahmen düsterer alter Ölschinken leuchteten wie neu in der Sonne, und halb blinde Spiegel reflektierten auf einmal wieder munter das Sonnenlicht. In Glasvitrinen und auf Tapetentischen glitzerte es. Manche der Stände hatten fröhlich gestreifte Markisen.

Die Anbieter lümmelten gut gelaunt in Gartenstühlen und plauderten über kurze Distanz miteinander. Kinder kauerten vor ausgebreiteten Tischdecken, das Spielzeug von gestern feilbietend, andächtig starr vor Erwartung. Stolz standen Männer in mittleren Jahren neben sorgsam in Plastik eingetüteten Comicheften, Fahrtenbüchern oder Briefmarken. An den Ersatzteilständen ging es hoch her. Die Würstchenbude tätigte bereits gute Geschäfte.

Frieda sog mit bebenden Nasenflügeln den Geruchsmix von Frühlingsblüte, modrigem Speicher und Pommes ein. »Ach, das liebe ich.« Sie schaute ihn an, und ihr war, als könnte etwas von dieser Zuneigung auf ihren Begleiter überspringen. Wenn sie es zuließe.

»Also wollen wir?«, fragte sie und stockte, als ein kleines Mädchen mit fuchsroten Haaren auf sie zulief. »Du hast ja deine Tochter mitgebracht.«

»Ich habe Lily dieses Wochenende.«

»Nächstes Wochenende wäre ein anderer Markt oben an der Burg gewesen.«

»Meine Tochter ist das Beste an mir.« Er streckte die flachen Hände aus, als wollte er zeigen, dass er nichts zu verbergen hätte. »Und sie hat sich so auf dich gefreut.«

»Ich hab eine Barbie gesehen, die hat einen Fischschwanz!«, verkündete Lily. Und schon war sie verschwunden.

»Wir sollten dicht an ihr dranbleiben.« Während er gemessen an Friedas Seite dahinschlenderte, folgte Michael Autenrieths Blick seiner Tochter, die ottergleich durch die Menge tauchte, mal hier an die Oberfläche kam, mal dort, an jedem Stand etwas anfasste, um es dann für die nächste Entdeckung fallen zu lassen. Besorgt meinte er: »Es wird schwer werden, ihr hier ihre Wünsche auszureden.«

»Müssen wir das denn?«, fragte Frieda. Sie verließ Flohmärkte nie ohne irgendeinen glücklichen Fund. Es war so wunderbar, dass die Sachen eine Geschichte hatten, das Flair eines vergangenen Jahrzehnts mit sich trugen. Dagegen fielen Sprünge, Stöße, ein wenig Kitsch oder ein nicht ganz passendes Maß doch nicht ins Gewicht. Außerdem konnte man bei den Preisen nichts falsch machen: ein Reich voller Möglichkeiten. Frieda war bereit, ihre Groschen mit maximalem Spaß unters Volk zu bringen.

»Ja, aber das ist doch fast alles gebraucht«, sagte Michael Autenrieth.

Frieda fehlten einen Moment lang die Worte. Dann musste sie lachen. »Ja, genau das ist der Spaß.« Sie hakte sich ein und zog ihn mit.

Er ließ sich mitziehen, sie hatte das Gefühl, als wage er eine vorsichtige Annäherung. »Für manche Sachen kann ich mir das absolut nicht vorstellen«, setzte er gerade an. »Zum Beispiel für Schuhe!«

Im selben Moment hatte sie an einem Stand ein paar Schnürstiefel entdeckt, halbhoch mit schwarzen Häkchen, die eindeutig viktorianisches Flair verströmten. Sie hatte das Paar schon hochgehoben und einladend baumeln lassen. »Kirschrot kann man nicht häufig tragen. Aber für sieben Euro?« Als sie sein Gesicht sah, drehte sie einen Schuh um und guckte auf die Sohle. »Siebenunddreißig, nicht meine Größe. Schade.«

Sie gingen weiter. Es dauerte eine Weile, bis Michael Autenrieth sagte: »Bei Schuhen habe ich meine Marke. Da weiß ich, egal welches Modell, es passt mir garantiert. Die kann ich blind kaufen, sogar online. Ich bestelle. Sie passen.«

»Das ist schön«, sagte Frieda. Eine Weile schwiegen sie. «Hat Lily denn schon einen neuen Hamster?«

»Ich versuche, sie für etwas Haltbareres zu begeistern«, sagte ihr Begleiter. »Eine Schildkröte, zum Beispiel.«

Frieda musste lachen.

Michael Autenrieth fuhr erfreut fort: »Außerdem sind sie nicht nachtaktiv. Weniger Begräbnisse, mehr Schlaf.«

»Eindeutig eine Win-win-Situation«, gab Frieda zu. Sie begann, sich ein wenig zu entspannen.

Unvermittelt schlossen sie zu Lily auf, die an einem Stand in die Hocke gegangen war, um in einer Bücherkiste zu wühlen. Frieda hockte sich neben sie. »Was schaust du denn da an? Das ist ja spannend.« Sie griff in die Kiste mit Bilderbüchern. »Das ist *Der Wind in den Weiden*. Kennst du das? Schau!« Sie blätterte die Illustrationen für Lily auf. »Da ist auch gerade Frühling. Und der Maulwurf kann sich kaum halten vor Freude und Lebenslust.«

Michael Autenrieth nieste. »Hausstaub«, erklärte er. »Alte Bücher sind voll davon.« Er zog ein Stofftaschentuch heraus und schnäuzte sich ausgiebig. »Kaufst du etwa auch alte Bücher?«

»Manchmal«, gab Frieda zu. »Ich bastle Briefumschläge daraus.«

»Das will ich haben«, verkündete Lily, ihren Vater einer Antwort enthebend. Sie hielt einen Band der *Häschenschule* hoch.

Frieda reichte dem Verkäufer die geforderten fünfzig Cent. »Wenn man es für ein paar Tage in die Gefriertruhe legt, tötet das die Milben ab«, sagte sie tröstend zu Michael Autenrieth.

»Wie es scheint, kann ich jede Menge von dir lernen.« Er hielt inne. »Ehrlich gesagt ist das einer meiner Hintergedanken gewesen bei diesem Treffen.«

Frieda legte erwartungsvoll den Kopf schräg. Sie war bereit, sich die Hintergedanken anzuhören.

»Erinnerst du dich noch an den Grabstein, den Lily angeschleppt hat?«

»Diesen Felsbrocken, den sie fast nicht tragen konnte?«

»Ja, wir haben ihn mitgenommen. Aber mehr als ein Felsbrocken ist es immer noch nicht. Dürfen wir da noch mal um deine Hilfe bitten?« Er setzte seine Lachfältchen wieder in Aktion. »Ich besorge auch Farben und alles. Du musst nur eine Liste machen.«

»Du willst mit mir eine Malstunde veranstalten?« Sie konnte die Verblüffung nicht ganz aus ihrer Stimme heraushalten.

»Anschließend natürlich Essen?«, sagte er schnell. »Ich koche. Ich koche ausgezeichnet.« Als er ihr unschlüssiges Gesicht sah, fügte er hinzu: »Linguine con Limone. Danach Hähnchen-Piccata?«

»Ist das denn auch das Richtige für Lily?«, fragte Frieda.

Er verzog das Gesicht, als hätte sie ihn erwischt. »Sie wird nach dem Tiramisu schlafen gehen. Wie wäre es? Mein Tiramisu ist berüchtigt.« Da waren sie wieder, diese Lachfältchen.

»Na ja«, sagte sie.

»Prima!«, rief er erfreut. »Also abgemacht. Du kommst uns besuchen.« Er hatte eindeutig etwas Jungenhaftes.

»Vielleicht«, sagte Frieda. Als er ihr seinen Arm anbot, nahm sie ihn. Sie schlenderten weiter durch den Frühlingstag. Etwas wie eine zarte grüngoldene Glocke schien sich um sie zu bilden und sie von dem Treiben ringsum abzuheben.

21

Rares für Bares

Am nächsten Stand gab es ein Set mit Schälchen, das ihr sofort ins Auge stach. »Ich muss dir etwas gestehen«, sagte sie und senkte den Kopf. »Ich bin schüsselsüchtig.«

»Wenn ich das geahnt hätte.« Galant gab er ihren Arm frei, und sie lächelten sich einen Moment an, ehe Frieda nach einer der Schalen griff. Sie trug, bei genauerer Betrachtung, einen zart hingepinselten Goldfisch auf ihrem Grund, flüchtig, scheu und schön.

Michael nahm eine der anderen Cups in die Hand und drehte sie um, um den Stempel auf der Unterseite zu studieren. Dann holte er sein Mobiltelefon heraus, um ein Foto davon zu machen. Er trat beiseite und begann zu tippen.

»Sie sind wunderhübsch!« Frieda war entschlossen, die Schüsselchen zu erhandeln, und wandte sich der Verkäuferin zu. »Was sollen sie denn kosten?«

»Sechs Euro zusammen«, sagte die Frau, die die Schalen gemeinsam mit viel Kram verkaufte, der darauf hindeutete, dass sie den Haushalt ihrer Mutter auflöste: Bücher vom Bertelsmann Buchclub, Zinngeschirr, Muranoglas-Aschenbecher, ein Nerzmantel. Aus der Kiste mit Platten, die im Korb eines Rollators stand, schauten die Gesichter von Nicole und von Mike Krüger heraus. Sie wirkte froh um alles, das sie an diesem Tag loswerden würde. »Das macht einen Euro pro Stück«, erklärte die Frau. »Einverstanden?«

»Es sind aber nur fünf da«, meinte Frieda, die die Cups beim Stapeln in ihrer Hand nachgezählt hatte. Sie wollte gerade sagen, dass ihr das gleichgültig war.

Aber die Frau antwortete schon: »Die letzte müsste irgendwo sein!«, und tauchte ab, um in einigen noch ungeöffneten Kartons zu kramen. Von unten rief sie: »Ich hab auch die Kanne zu den Cups.«

»Ach so, es ist ein Teeservice«, sagte Frieda, die einen schönen japanischen Teekessel aus Schmiedeeisen besaß. »Ich wäre auch nur mit den Schalen zufrieden.«

In dem Moment trat Michael wieder an den Tisch. »Wir nehmen den Satz samt der Kanne, falls er vollständig ist.« Angeregt zwinkerte er ihr zu.

Die Frau bückte sich tiefer in die Kartons. »Sie muss doch hier irgendwo sein.« Ratlos, mit rotem Gesicht und Staubflusen in den Haaren tauchte sie wieder auf.

Frieda wollte es gut sein lassen. Doch Michael wiederholte, ein wenig lauter: »Zehn für alles, okay?«

»Ich dachte, du magst keine Gebrauchtwaren?«

»Du hast mich eben angesteckt.« Er wippte fröhlich auf den Zehen.

Als die Frau endlich fündig geworden war und alles umständlich in graues Packpapier gewickelt hatte, reichte er ihr schnell den Zehner über den Tisch und nahm das Päckchen an sich. Er hakte sich bei Frieda unter und zog sie mit. Endlich hatte er sie aus dem Gewirr der Menge herausmanövriert. Sie standen ein wenig abseits des Trubels unter einer Eiche neben Glascontainern, an die jemand Sperrmüll gelehnt hatte. Von einem nahen Imbissstand zog der Duft von Frittierfett herüber. Auffordernd, mit strahlendem Gesicht hielt er Frieda das Paket hin.

Sie nahm es und faltete das Papier auf.

»Vorsicht«, mahnte er. »Lass es bloß nicht fallen.«

»Was habt ihr da?«, fragte Lily und drängte sich zwischen sie, um einen Blick auf das neue Geheimnis zu erhaschen.

»Einen Schatz«, verkündete Michael. »Den Frieda entdeckt hat.«
Er gab ihr einen Kuss auf die Wange. »Sie ist ein Genie.«

Frieda wurde rot.

»Kriege ich Fritten?«, quengelte Lily.

Frieda holte die erste Schale heraus. Michael nahm ihr das restliche Paket wieder ab, sodass sie das kleine Schmuckstück ungehindert bewundern konnte. »Sie ist wirklich wunderhübsch«, sagte sie.

Michael lachte und machte eine Siegergeste mit der Faust. »Und wenn man bedenkt, dass sie sie für nichts hergegeben hat. Ich fasse es nicht!«

Frieda schaute ihn fragend an.

»Ich habe einem Freund gesimst, während du rumgesucht hast«, erklärte er. »Er leitet ein Auktionshaus, mit dem wir manchmal zusammenarbeiten, und kennt sich aus. Er hat den Manufakturstempel sofort erkannt, sagt er. Er meint, die Schalen sind aus den Zwanzigern. Und er würde das Erstgebot nicht unter zweihundert ansetzen. Das muss man sich mal vorstellen. Zweihundert! Und die schenkt uns noch die Kanne dazu.« Er lachte.

»Aber ...«, sagte Frieda.

Michael breitete einladend die Arme aus. »Wir machen natürlich halbe-halbe.«

Seine Geste war eine Einladung an sie. Umarmung, Linguine con Limone und Lily. Lily hatte sie gern. Lily war das Beste an ihm.

Frieda presste ihren Fund fest an die Brust. »Ich will die Schalen aber gar nicht verkaufen«, sagte sie. »Sie gefallen mir einfach.«

Michaels Arme und Mundwinkel sanken langsam herab. Eine Weile standen sie nur da.

Frieda gab sich als Erste einen Ruck. Sie kramte ihren Geldbeutel heraus und hielt ihm einen Zehner hin. »Mein Service, bitte.« Sie wollte nichts geschenkt.

Als er den Schein nicht sofort nahm und sie sein Gesicht sah, wurde ihr klar, was ihm durch den Kopf ging: Das ganze Service war zweihundert wert.

Frieda biss sich auf die Lippen. Zweihundert hatte sie nicht. Andererseits: Das war ihr Fund gewesen; sie hatte die Schalen gewollt. Sie hatte ihn überhaupt nicht gebeten, sich einzumischen. Der Geldschein hing in der Luft.

»Krieg ich Fritten?«, wiederholte Lily.

Langsam streckte Michael die Hand aus und pflückte den Schein aus ihren Fingern. »Klar«, sagte er. »War ja deine Idee. Und wenn du nicht möchtest.« Er knüllte den Zehner zusammen und steckte ihn in die Tasche, zusammen mit seiner Faust. »Es wäre ja dumm, sich deswegen zu zerstreiten, oder?« Frieda ließ den Blick auf das Päckchen sinken, das er noch immer in der Linken hielt.

»Ach so, ja«, sagte er und reichte es ihr. Sein Lächeln wankte kaum. Nichts als ein rascher Schatten, der unter der Oberfläche vorbeiglitt.

Frieda blinzelte. Sie konnte das Paket nehmen. Es war ihres. Sie hatte es ausgesucht. Sie hatte es bezahlt. Sie hatte gewonnen. Aber sie spürte keinen Triumph. Sie wusste, sie würde sich jedes Mal unangenehm berührt fühlen, wenn sie das Service benutzte. »Behalt es«, sagte sie, drehte sich um und ging.

In der Hand hatte sie noch immer die eine Schale mit dem Fisch, der beinahe unsichtbar unter der Lasur schwamm wie eine Hoffnung unter einer dünnen Schicht Eis.

Ihr Mobiltelefon vibrierte. Es war eine SMS von Erik. Sie drückte sie weg.

... hat auch Likör

»Ich will Sie ja nicht stören, Frau Fuchs.«

Frieda formte mit den Lippen lautlos das Wort »verdammt«. Sie war noch viel zu verstimmt nach dem Vorfall mit Michael Autenrieth, um jetzt Small Talk treiben zu wollen. Aber Frau Singer war nun einmal Frau Singer. Ergeben zog sie den Fuß zurück, den sie auf die erste Stufe des heimischen Treppenhauses gesetzt hatte. So kurz vor dem Ziel. Sie drehte sich um und bemühte sich um ein Lächeln.

Frau Singer lebte in der Erdgeschosswohnung der Voltastraße 47a, seit zwanzig Jahren schon. Die Jahre zuvor hatte sie in der »Beletage« residiert, wie sie sich gerne ausdrückte, und davor, als junge Frau, war sie im vierten Stockwerk beheimatet gewesen. Damit hatte sie fast ihr gesamtes Leben in diesem Haus verbracht. Ihr Anblick, wie sie durch den Flur zu der hölzernen Briefkastenwand schlich, über ihren Rollator gebeugt, um die Heimatzeitung zu holen, war Frieda genauso vertraut wie der Anblick des mächtigen Baumes im Innenhof, der alle Fenster verdunkelte und viel zu groß geworden war in all den Jahren, als dass irgendjemand ihn noch hätte fällen können. Er wuchs einfach weiter.

Frau Singer war über neunzig Jahre alt, wie alt genau, wusste im Haus keiner. Und auch Frau Singer lebte einfach weiter, Jahr um Jahr, nicht wegzudenken aus der Nachbarschaft. Und wie der Baum bemerkenswerterweise nicht irgendeine Baumarktkonifere war, sondern eine brasilianische Araukarie, so handelte es sich auch bei Frau Singer durchaus nicht um ein Nullachtfünfzehn-Vorstadtgewächs, fand Frieda. Obwohl sie so klein, blass und trocken aussah wie eine Kanarienvogelmumie, hatte sie sich ein Zwinkern in den trüb gewordenen Augen bewahrt. Es steckte noch Leben in ihr, trotz der harten Nachkriegsjahre, einem langen Leben als Paketpackerin für ein Versandhaus, vier missratenen Kindern und einer Rente, von der man kaum leben konnte.

Aus irgendeinem Grund stand Frau Singer jeden Morgen um dieselbe Zeit auf, kochte sich Kaffee, ging zum Mülleimer, um den Filter zu entsorgen, löste dann ein Kreuzworträtsel, machte ein Nickerchen, kochte einen schwarzen Tee, dessen Beutel sie auf einem Unterteller für den zweiten Gebrauch am Folgetag zurechtlegte, nahm sich dann einen Teil ihres Haushaltes vor und war damit gerade rechtzeitig für die Abendnachrichten fertig. Frau Singer schaute nie vor 20 Uhr fern und nie nach 22 Uhr. Sie hatte Prinzipien. Und eine Flasche Eckes Edelkirsch für Gäste. Die bekam sie jedes Weihnachten von ihren Kindern geschenkt. Wenn die Flasche leer war, legte die Hausgemeinschaft zusammen und kaufte ihr eine neue. Man hatte den Füllstand von Frau Singers Wohlbefinden allgemein im Auge.

Manchmal sah Frieda, die selbst seit fünf Jahren hier lebte, in Frau Singers gebeugter, aber ungebrochener Gestalt ein fernes Echo ihrer eigenen Zukunft.

»Wie kann ich Ihnen helfen, Frau Singer?«, fragte Frieda.

Sie wurde an einen Küchenschrank geführt, der sich nicht mehr richtig schließen ließ. »Das ist schon seit Wochen so.« Frieda bewegte die Tür und stellte fest, dass ein Scharnier sich ein wenig gelockert hatte. Die Schrauben mussten nachgezogen werden. »Kein Problem, Frau Singer. Das haben wir gleich.«

»Ach, Frau Fuchs, bei Ihnen geht immer alles so leicht.«

Frieda wusste nicht, ob sie das als Lob oder als Tadel werten sollte. Sie schaute sich um und griff nach einem herumliegenden Messer.

Die abgerundete Spitze passte in den Schlitz der Schrauben. Mit wenigen Bewegungen war alles wieder fixiert. »Das nächste Mal«, sagte Frieda, »warten Sie nicht ein paar Wochen, sondern rufen mich einfach an.«

»Ach, das Telefon ist ja immer kaputt«, sagte Frau Singer dann und lächelte.

Frieda, die aus eigener Erfahrung wusste, dass das Telefon von Frau Singer ganz tadellos funktionierte, nahm die Ausrede hin. Frau Singer hatte ihre Rhythmen, das musste man akzeptieren. Und diesem Rhythmus zufolge gab es vor dem Likör einen Tee. Ergeben nahm Frieda auf der Eckbank Platz. Der Vormittag war ohnehin vergeudet.

»Sie haben ja Ihre eigene Teetasse mitgebracht«, stellte Frau Singer fest.

»Ach, die hab ich gerade auf dem Flohmarkt gekauft«, sagte Frieda. »Ein ganz seltenes Stück. Hat man mir gesagt.«

Frau Singer entging die sarkastische Schärfe des Schlusssatzes. »Damit müssen Sie zu *Bares für Rares*. Vielleicht ist sie wertvoll.«

»Wenn *Sie* dahin möchten, Frau Singer, schenk ich Ihnen die Schale.«

»Hach, im Fernsehen, eine alte Schachtel wie ich.« Frau Singer gluckste erfreut und zupfte sich an den dünnen Haaren. »Nein, nein, das lassen wir mal schön. Und Ihre Tasse behalten Sie, Kindchen. Was den Weg zu einem gefunden hat, das hat auch seinen Zweck.«

Halb gerührt, halb mit leiser Verzweiflung beobachtete Frieda, wie Frau Singer mit ihrem alten Kessel den langen, langen Weg vom Büfett zum Wasserhahn bewältigte. Ihren knotigen Fingern gelang es erst mit dem dritten Versuch, den Hahn aufzudrehen.

»Es ist schon schwer, so als Frau alleine«, seufzte Frau Singer und trug den Kessel mit schlurfendem Pantoffelschritt und schaukelnden Bewegungen, die das Wasser schwappen ließen, zum Herd. »Mein Heinz ist schon dreißig Jahre tot. Das ist länger, als ich mit ihm verheiratet war.«

Dreißig Jahre Witwenschaft, überlegte Frieda. Wie lange lebte sie selbst jetzt alleine? Fünf Jahre, seit sie sich von Ingo getrennt hatte. Mit dem sie aber nur zwei Jahre zusammen gewesen war, so etwas kam einer Ehe nicht nahe. Genauso wenig wie die Studentenliebe mit Thomas, auch wenn sie zusammengelebt hatten. Frieda überlegte. Am ehesten hatte sie sich mit Steffen verheiratet gefühlt, vielleicht weil sie da in ihren Dreißigern gewesen war. Und weil sie sich so gelangweilt hatte. Sie konnte sich noch gut an seinen entgeisterten Blick erinnern, als sie ihm sagte, dass es vorbei war. Sie hatte an der Tür seines Arbeitszimmers gestanden. Und er hatte sie angeblinzelt wie ein Tier, das davon überrascht worden war, dass jemand plötzlich nach einem langen Winter die Gartenschuppentür öffnete. Wie immer hatte er sich ihr gar nicht zugewandt, sondern nur argwöhnisch den Kopf gehoben. Seine Finger hatten noch auf der Tastatur gelegen. »Ja, aber warum denn um Himmels willen?«, hatte er gefragt. Seine Verwunderung war echt gewesen; das war das Traurigste daran.

Am schlimmsten hatte sie es gefunden, dass er noch bis zur Haustür mitgekommen war und im letzten Moment diesen einen halbherzigen Versuch gemacht hatte, sie zu halten. »Wir könnten ja heiraten, wenn du möchtest.«

»Was willst *du* denn?«, hatte sie gefragt. Es war ihm keine Antwort eingefallen. Sie war gegangen. Bisher hatte sie keinen Grund gehabt, das zu bedauern.

Das Teewasser begann zu simmern. Frau Singer schlurfte zum Schrank und suchte nach den Teebeuteln. »Er schließt wieder perfekt«, sagte sie. »Was ihr jungen Frauen nicht alles könnt.«

»Ach was, Frau Singer. Sie haben diese Stadt mit aufgebaut.«

Frieda wusste aus Frau Singers Erzählungen, dass sie mit fünfzehn, Flüchtling und Waise, ganz auf sich gestellt, hier angekommen war und mit eigenen Händen Bombenschutt geräumt hatte. Bis sie eine Anstellung in einer Kantine der Besatzungsmächte bekam. Ihre Nachbarin war alles andere als ein verwöhntes Frauchen.

»Ja, aber später hat der Heinz sich immer um alles gekümmert.«
Frau Singer schaute betrübt drein. »Aber als Witwe ... Was auch
kommt, man steht alleine da.«

Frieda wusste nicht genau, was Frau Singer mit dem, was alles gekommen war, genau meinte. Bezog es sich auf etwas so Konkretes
wie verstopfte Abflüsse und defekte Schranktüren? Oder eher auf
einsame Weihnachtsabende? Oder meinte sie die Nächte, als ihr
drogensüchtiger Ältester vor dem Haus randaliert hatte, bis jemand die Polizei rief und ihn abtransportieren ließ?

»Man hat doch Nachbarn, Frau Singer. Freunde.«

Frau Singer tätschelte ihr begütigend die Hand. Dann seufzte
sie. »Und der Bobby ist jetzt auch schon zehn Jahre hinüber.«

Bobby, das wusste Frieda, war Frau Singers Kanarienvogel gewesen. Der verwaiste Käfig stand noch immer auf der Ablage der
Eckbank mitsamt Schaukel und Spiegel, an den Frieda jetzt leise
schnippte. Vom verstorbenen Heinz Singer dagegen war in der Wohnung nichts mehr zu sehen, mit Ausnahme einer vergilbenden Fo-
tografie links des Herrgottswinkels, über den der pendelnde Spiegel
Lichtreflexe sandte. Auf dem Bild sah er ein wenig aus wie Jean-
Paul Sartre, Seitenscheitel, Froschaugen hinter einer Hornbrille,
allerdings in Straßenbahneruniform.

Er war, auch das wusste Frieda, aus derselben böhmischen Klein-
stadt gekommen wie Frau Singer. Für sie hatte er wohl ein Stück
Heimat bedeutet, auch wenn sie sich »drüben« nicht gekannt hatten. Die Sprache, die Erinnerungen waren vertraut gewesen.

»Sonst kannte hier ja niemand die Konditorei Svoboda«, hatte
Frau Singer einmal gesagt.

Das hatte die beiden wohl zusammengeführt: die gemeinsame
Rückschau auf ein Kaffeehaus, das es nicht mehr gab und das sie in
der Vergangenheit nicht einmal gemeinsam besucht hatten. Auf die
große Liebe schien das Frieda nicht hinzudeuten. Frau Singer allerdings hatte es genügt. Oder sie hatte diese Erwartung gar nicht erst
gehegt. Sie hätte sich vielleicht auch mit Steffen zufriedengegeben.

Haben Sie Ihren Mann eigentlich geliebt? Frieda brachte die Frage nicht über sich. Stattdessen fragte sie, mit Blick auf das Heinz-Porträt. »Vermissen Sie ihn?«

»Wen?«, fragte Frau Singer und blinzelte kurzsichtig. »Den Bobby? Fast jeden Tag. Ach herrje, das Wasser kocht ja schon.«

»Lassen Sie mich das machen«, bot Frieda an. Sie stand auf, um den Kessel zu holen und einzuschenken.

»Nein, nein, ich mach das selbst«, wehrte Frau Singer ab. »Zuerst kommt der Untersetzer. Sie wissen ja nicht, wo der Untersetzer ist.«

Frieda, die genau wusste, wo der Untersetzer lag, setzte sich wieder und schaute zu, wie Frau Singer den langen Weg zur Fensterbank zurücklegte, dort den bunten Strohuntersetzer holte, ihn zum Tisch brachte, dann kehrtmachte in Richtung Herd und endlich mit dem Kessel wiederkam. Er war so voll, dass ihre Hand zitterte. Doch nach einer Weile schaffte sie es, ihn hoch genug zu heben, ihnen beiden einzuschenken und den Kessel hernach punktgenau auf ihren geliebten Untersetzer zu stellen. Aufschnaufend ließ sie sich auf ihrem Stuhl nieder.

»Ich meinte den Heinz«, sagte Frieda und tunkte den Teebeutel ein. Das Wasser über dem Goldfisch am Grund ihrer Tasse färbte sich langsam gelb. Kräuterduft stieg auf. »Ob Sie ihn vermissen. Was war er denn eigentlich für ein Mann?«

Frau Singer seufzte. Sie überlegte so lange, dass Frieda schon dachte, es käme nichts mehr. »Er hat immer hier gesessen«, sagte sie schließlich. »Hier, wo ich jetzt sitze.« Sie legte ihre beiden Hände rechts und links neben der Teetasse auf die Platte, wie um den Ort zu markieren. »Als er dann weg war, am nächsten Morgen, da hab ich beim Frühstückmachen *mein* Gedeck hierhin gestellt.« Sie nickte in Richtung des Fensters. »Von hier aus sieht man was. Es ist der schönste Platz.«

»Ja«, sagte Frieda, die dachte, dass es das also gab: Der Mensch, mit dem man sein ganzes Leben verbracht hatte, starb, und man stand auf und bereitete ein Frühstück zu. Was sollte man auch sonst

tun? Sie folgte dem Blick von Frau Singer zum Küchenfenster, auf den traurigen Ausblick, den diese nun seit vierzig Jahren genoss: die Ziegelwände der Hofmauer, die bunten Plastikmülltonnen, der Fahrradständer neben dem dicken grauen Stamm der Araukarie.
»Ja, der Baum ist wirklich schön.«

Frau Singer nickte und nahm einen Schluck von ihrem Tee. »So«, verkündete sie dann energisch. »Und jetzt hole ich uns den Likör.«

23

Stolpern in Moll

Frieda setzte den Stift ab und betrachtete die kleine Zeichnung, die sie gedankenlos angefertigt hatte, während die Computertastatur auf ihre nächste Eingabe wartete. Sie zeigte eine Katze, die Geige spielte. Als Instrument hielt sie ein Bündel Mäuse, die gespannten Schwänze die Saiten, die Körper das Griffbrett. »Tonart: Ess-Dur« stand darunter. Sie hörte ihren Magen rumoren.

Der Nachmittag in ihrer Wohnung war verdammt lang und still gewesen. Sie sollte losgehen, um etwas Frisches einzukaufen, danach kochen, sich etwas gönnen. Und warum alleine essen?

Frieda nahm ihren Mut zusammen, griff zum Hörer und lud Yvonne auf ein Abendessen ein. Mit klopfendem Herzen legte sie auf. Jetzt war der Rubikon überschritten. Sie würde mit Yvonne reden, die Dinge loswerden, die ihr durch den Kopf gingen. Alles zwischen ihnen klarstellen. Dann hätte sie auch endlich jemanden, dem sie von Michael Autenrieth erzählen könnte. Yvonne würde finden, dass sie sich tapfer gehalten hatte.

Bye, bye, Werkzeugkatalog. Sie schaltete den Computer ab und schnappte sich ihre Einkaufstasche. Die Sonne schien auch heute, ein wenig halbherzig, silberblass, und in den blauen Schatten war es kühl. Frieda ging zügig, hielt die Nase in den frischen Wind und überlegte, dass sie mit Yvonne vielleicht gar nicht alles würde durchhecheln müssen. Vielleicht hatte die Freundin sich längst auf den Anwalt umorientiert, was wusste sie schon. Der Spaß mit einem wie Erik konnte ja wohl nicht lange währen? Dann brauchte sie gar keine großen Enthüllungen vorzunehmen. Und ihre eigene, kurze kleine Verwirrtheit könnte auf jeden Fall ein Geheimnis bleiben. Mit jedem Schritt, den sie tat, wurde Frieda munterer und zuversichtlicher. Es war wirklich die richtige Entscheidung gewesen, mal rauszugehen.

Am Gemüsestand schien Sahin heute seinen Großvater zu vertreten. Er lächelte sie an. »Was darf es heute sein?«

»Kartoffeln«, sagte sie, »Sahin.« Ihr Blick schweifte über die Auslagen. »Und etwas von dem Mangold.« Dann bemerkte sie die Äpfel, immer noch rot und verlockend. Ob er ihr heute wieder einen verehren würde? Das wäre doch ein gutes Zeichen.

Im selben Moment tauchte eine junge Frau hinter der Standplane auf und umarmte Sahin so schwungvoll, dass er beinahe aus dem Gleichgewicht geriet, während sie ihn heftig kichernd auf den Hals küsste. Gutmütig ließ er es geschehen, Kartoffeln in beiden Händen und Besitzerstolz in den Augen.

Ertappt schaute Frieda zur Seite und nahm ihre Einkäufe entgegen.

Warum ging ihr das so zu Herzen?, fragte sie sich auf dem Heimweg. An einem anderen Tag hätte sie gestrahlt und gesagt: Was ein schönes Paar. Ach, das waren die Sehnsüchte, die bisher alle so schön säuberlich gebändigt und verpackt waren wie ein Fallschirm in seinem Rucksack, den man unauffällig bei sich trug, damit er im richtigen Moment aufsprang und einen trug. Und dann schwebte man.

Wenn man aber im falschen Moment unsachgemäß daran zog, an der falschen Strippe zupfte, dann quoll mit einem Mal der ganze Stoff hervor, und man hockte auf dem Boden und hatte alle Hände voll zu tun, die Bescherung wieder zurück in die Verpackung zu stopfen, und kam sich dabei vor wie ein Idiot.

Mit quietschenden Bremsen hielt der Rechtsabbieger dicht vor ihren Knien an. Frieda bemerkte ihn kaum und hob nur zur flüchtigen Entschuldigung die Hand. Das war alles mit diesem »Herzmatch«-Getue losgegangen, das Frieda aus ihrer wohlaustarierten Seiltänzerbahn geworfen, an Nervensträngen gezerrt und sie aus ihrer Seelenruhe gerissen hatte. Da war sie losgetaumelt und hatte sinnlos an Schnüren gezogen, Patrik, Michael, Erik. Normalerweise hätte sie die nicht einmal bemerkt.

Jetzt brauchte sie dringend jemanden, mit dem sie ihren defekten Seelenfallschirm wieder zusammenfalten konnte, wie ein großes Laken, immer schön Eck auf Eck. Zu zweit ging so etwas einfach leichter. Seit dreißig Jahren waren Yvonne und sie ein Fallschirmspringerteam: rauf in den Himmel und wieder runter. Sie brauchte Yvonne.

Nachdem sie die Kartoffeln fertig geschält und aufgesetzt hatte, ging Frieda ins Wohnzimmer, um Musik auszusuchen. Sie wischte die noch feuchten Finger an ihren Jeans ab und wählte eine LP von Ben Harper. Das war schon besser. Sie wagte ein paar Tanzschritte. Die Sonne schien durch die geöffnete Balkontür. Ein Hauch von Blütenduft mischte sich mit dem Knoblauch aus der Küche. Frieda trat hinaus. Die Balkonkästen sahen immer noch traurig aus. Sie musste endlich daran denken, Pflanzen zu besorgen, Narzissen auf jeden Fall, Vergissmeinnicht, vielleicht Männertreu, das waren ihr die liebsten. Dann entdeckte sie etwas Schwarzes, das sich hinter dem Olivenbaum duckte.

»Du bist das!«, sagte Frieda. Wieder berührte es sie, wie schön die Schwarz-Weiße aussah. Im Moment, argwöhnisch geduckt, wirkte sie mehr denn je wie ein wildes Tier. Die grünen Augen beobachteten abwartend jede von Friedas Bewegungen. »Keine Angst«, sagte sie. »Ich tu dir nichts.« Vorsichtig ging sie in die Knie.

Die Katze blinzelte nicht. Frieda streckte die Hand aus. Doch die Katze sprang auf, setzte blitzschnell über die Brüstung und verschwand. Weiter unten schrie jemand schmerzgepeinigt auf.

Erschrocken trat Frieda an die Brüstung, um nachzusehen. Der Nachbar von schräg unten stand da, offensichtlich von etwas aus seinem Liegestuhl hochgejagt, wie das letzte Mal war er nackt bis auf Socken und Mütze. Diesmal allerdings hielt er die Hände vor seinen empfindlichen Teilen gekreuzt, und sein Gesicht war schmerzverzerrt. »Ihre Katze!«, rief er. »Ihre Katze ist über mich drüber gerannt.«

»Das ist nicht meine Katze!«, rief Frieda. Sie musste ein Lachen unterdrücken, als sie sein von der peruanischen Strickmütze mit den Schläfenbommeln umrahmtes, tief gebräuntes und tief vorwurfsvolles Gesicht sah.

»Seien Sie froh, dass ich das nicht war«, kam von einem der oberen Balkone eine Stimme. »Ich kann mich nämlich kaum noch beherrschen bei dem Anblick.« Weitere Türen öffneten sich. Der sonnenverliebte Nachbar verteidigte sich wortstark, die Nachbarin hielt dagegen.

Frieda nutzte die Gelegenheit, sich aus der Auseinandersetzung zurückzuziehen. Es ging, der Lautstärke nach, um grundsätzliche Fragen der Moral, der Gesundheit, der Ästhetik und Freiheit. Wenn sie das Yvonne erzählte!

Vor sich hin summend ging sie in die Küche und stach mit der Messerspitze in die Kartoffeln. Beinahe gar. Jetzt musste sie nur noch den Mangold waschen und dann alles in die Auflaufform schichten. Auch die Bechamelsoße stand bereit. Ach ja, den Käse sollte sie schon einmal reiben. Frieda schaute auf die Uhr. Sie hatte noch eine halbe Stunde, bis ihre Freundin da sein würde, als es an der Tür klingelte.

»Du bist früh dran«, stellte Frieda fest und wischte sich mit dem Küchentuch die Käsekrümel von den Fingern.

»Keine Sekunde zu früh.« Yvonne stürmte an ihr vorbei ins Wohnzimmer. Sie schaute sich lange um, so, als hätte sie an allem, was sie sah, etwas auszusetzen, ehe sie Luft holte, das Kinn hob und Frieda fixierte. »Wann wolltest du es mir eigentlich sagen?«

24

Ich schüttle
meine Locken nicht!

»Wie?«, fragte Frieda. Sie konnte nicht verhindern, dass es nicht völlig unbefangen klang. Aber warum eigentlich?, fragte sie sich und legte das Handtuch beiseite. Sie hatte sich schließlich nichts zuschulden kommen lassen. Außer kurz in Gedanken.

Yvonne holte ein Mobiltelefon heraus und warf es mit einer verächtlichen Bewegung auf den Couchtisch. »Das mit Erik«, sagte sie. »Dass er dir simst, seit Tagen geht das schon. Dass er dich anruft.«

Frieda trat an den Tisch und streckte die Hand nach dem Gerät aus. »Ist das seins?«, fragte sie entgeistert. »Hast du es ihm etwa geklaut?«

Yvonne schnappte sie das kleine Gerät wieder. »Willst du mir vielleicht einen Vortrag über Datenschutz halten?«, schnauzte sie. »Lenk bloß nicht vom Thema ab.«

Frieda verschränkte die Arme vor der Brust, doch ihr Blick wanderte ratlos zur Seite. So hatte sie die Sache nicht beginnen wollen.

Yvonne schien ihr Schweigen noch wütender zu machen. »Mein Freund schickt dir erotische Botschaften, und du hältst es nicht für nötig, mir das mitzuteilen?«

Mit einem Schlag wurde Frieda puterrot. So sah das also aus. Aber das war nicht fair! Sie war in jedem Moment eine loyale Freundin gewesen. Einen ganzen Abend lang hatte sie gute Miene zum bösen Spiel gemacht, hatte die lächelnde Dritte gegeben, um dann in ihre Kissen zu weinen. Kurz fiel ihr ein, wie sie auf Eriks erste SMS reagiert hatte. Als sie kurz, ganz kurz erwogen hatte … Ihre verknoteten Arme lösten sich für einen Moment. Aber da hatte sie auch noch nicht gewusst, dass er von Yvonnes Bettkante aus schrieb. Nein, sie hatte das hier nicht verdient. Unwillkürlich schüttelte sie den Kopf.

»Hör bloß auf, deine Locken zu schütteln«, fauchte Yvonne. »Das hast du neulich den ganzen Abend lang gemacht. Dauernd hast du an ihnen herumgespielt, deinen verdammten Schneewittchenlocken. Glaubst du, ich seh so was nicht?«

»Ich schüttle meine Locken nicht!« Frieda wurde vor Empörung laut. »Im Gegenteil, ich hab ihm von Anfang an gesagt, er soll das lassen.« Sie zeigte auf das Handy in Yvonnes Hand. »Wenn du seine Nachrichten schon heimlich checkst, dann hast du das ja wohl auch gelesen.«

»Aber du hast doch gleich gesehen, dass die Nachricht von ihm war.« Jetzt schrie auch Yvonne beinahe. »Und du hast mir keinen Ton davon gesagt. Na, ich hoffe, es hat Spaß gemacht.«

»Es war peinlich, sonst gar nichts. Glaubst du im Ernst, es macht mich an, wenn einer mir aus dem Bad einer anderen schreibt?«

»Er hat … was??« Yvonne setzte sich abrupt auf das Sofa. Es war die Stelle mit dem Lexikon, und Frieda biss sich auf die Lippen. Sie war so ein Idiot. Yvonne hatte die Sendezeiten offenbar noch gar nicht verglichen. Sie hatte den Dolch ohne Not noch tiefer hineingestoßen.

»Es tut mir leid«, sagte sie spontan.

Yvonne antwortete nicht.

Frieda setzte sich neben sie. »Ich hatte gehofft, dass er es einfach von selbst lässt und ich nie mit dir darüber reden müsste. Ich wollte dir doch nicht wehtun.«

»Hab ich gemerkt«, sagte Yvonne bitter.

»Es ist mir ehrlich so peinlich.« Frieda versuchte, ihrer Freundin über den Arm zu streichen.

Yvonne wich aus. »Peinlich, meiner angeblich besten Freundin ist das also peinlich. Was glaubst du, wie es *mir* damit geht?« Ihr Ton wurde wieder schrill. Sie starrte auf das Telefon. »Was hast du ihm gesagt?«

»Wie bitte?«, fragte Frieda und rückte ein wenig ab.

»Bei dem Telefonat. Es gab ein Telefonat. Ich kann es in der Anrufliste sehen. Was habt ihr da geredet?«

Frieda starrte ihre Freundin an. »Vertraust du mir nicht?«

Yvonne lachte böse auf. »Du flirtest hinter meinem Rücken mit meinem Freund.«

»Tu ich nicht.«

»Ach was. Vermutlich habt ihr euch schon im Lokal bestens über mich amüsiert.«

»Das ist doch Blödsinn!«, rief Frieda. Die beiden waren es doch gewesen, die die ganze Zeit über sie gekichert hatten, das brave Mauerblümchen.

Yvonne presste die Lippen zusammen. »Warum erzählst du mir dann nichts davon?«

Das war die Frage, die Frieda sich auch gestellt hatte. Sie ließ ihren Blick, nach einer Antwort suchend, durch den Raum schweifen. Ben Harper hatte keine; die Platte drehte leer, schon eine ganze Weile vermutlich. Von der offenen Balkontür zog es. Sie stand auf, um sie zu schließen. Nichts zu sehen von der Katze. Und von ihrem Nachbarn würde sie Yvonne auch nichts erzählen können. Frieda fielen die Kartoffeln ein. Vermutlich waren sie inzwischen zu Brei gekocht.

Sie lief in die Küche, um den Herd abzustellen. Keine Sekunde zu früh. Als sie wiederkam, saß Yvonne immer noch genauso da und starrte auf den Couchtisch mit seinen Fleckenmustern.

Das sind Lebenszeichen, dachte Frieda. Der Tisch war fast so alt wie ihre Freundschaft.

»Schau, ich wollte heute mit dir darüber reden«, versuchte sie einzulenken. »Vielleicht hätte ich das sofort tun sollen. Aber du weißt doch, wie das ist, wenn man andere über ihre Partner aufklären will; so was geht leicht nach hinten los.« Sie versuchte es mit einem Lächeln. »Deshalb hast du mir damals in der Ü-40-Disco auch nicht gesagt, was du von Dirk hältst.«

»Glaub mir«, fuhr Yvonne auf, »wenn dieser Dirk es damals zeitgleich bei mir versucht hätte, dann hättest du umgehend davon erfahren.«

Das Lächeln verschwand aus Friedas Gesicht. »Hast du nicht selbst gesagt, dass es eh nichts Ernstes ist? Du hast gesagt, es wäre nur ein Spaß.«

»Na, dann ist es ja gut, dass wir das geklärt haben.« Yvonnes Stimme troff von Ironie. »Sehr spaßig!«

Frieda hob die Hände. »Glaub mir, beim kleinsten Anzeichen, dass er dir irgendetwas bedeutet, hätte ich sofort …«

Yvonne sah sie endlich an. »Er hat mich gebeten, ihm eine Ausstellung zu finanzieren. Er und dieser angebliche Galerist. Fünftausend sollte ich zuschießen. Und dafür Prozente von den Verkäufen erhalten.«

Frieda schwieg einen Moment, verblüfft über den plötzlichen Themenwechsel. »So etwas machen Galerien üblicherweise nicht.«

»Die seriösen nicht, und Eriks Galerist ist auch gar keiner, wie ich herausgefunden habe. Ohne deine Hilfe. Aber dazu musste ich sein Handy klauen. Mein Gott, wie tief man sinken kann.« Sie tastete in den Taschen des Mantels, den sie immer noch trug, nach einem Taschentuch, um sich kräftig hineinzuschnäuzen.

»Das tut mir wirklich leid«, sagte Frieda. »Wenn ich dir helfen kann. Vielleicht kenne ich …«

»Als ich dann in seinem Anrufverzeichnis auf deinen Namen gestoßen bin …« Yvonnes Stimme gewann wieder an Schärfe.

»Moment, du bist auf Erik sauer, nicht auf mich!«

»Sag mir nicht, auf wen ich sauer zu sein habe!« Yvonne stand auf.

Überrascht erhob sich auch Frieda. Keine von beiden sagte etwas.

»Also, die Kartoffeln sind Braunkohle«, sagte Frieda schließlich, »aber ich könnte uns eine Pizza bestellen. Und dann reden wir.«

»Ich geh lieber«, sagte Yvonne.

»Aber ...«

Yvonne winkte ab. »Ich krieg diese Bilder nicht aus dem Kopf. Ich erzähl dir was von Sekt und Erdbeeren. Und er hockt derweil in meinem Bad und macht sich über mich lustig. Mit dir.«

Frieda hob beide Hände. »Was redest du da? So war das nicht!« Ich war es doch, wollte sie sagen. Ich war diejenige, die sich geschämt hat. Aber das brachte sie nicht über die Lippen. Sie hatte auch ihren Stolz. Lieber überließ sie Yvonne und ihren starken Meinungen mal wieder das letzte Wort.

Yvonne überlegte, schüttelte dann den Kopf. Winkte endlich ab. »Ist im Grunde auch egal«, sagte sie schließlich. Als wäre damit alles gesagt. Alles preisgegeben. Sie wischte mit ihrer energischen Bewegung die Haare aus ihrem Blusenkragen. Dann war sie weg.

Wie vom Donner gerührt stand Frieda im Zimmer. Das sich mit einem Mal unglaublich leer anfühlte. Sie schloss die Augen. Nicht weinen, sie wollte jetzt auf keinen Fall weinen. Tief holte sie Luft. Als Frieda die Augen endlich wieder öffnete, saß die Katze hinter der Scheibe.

25

Zuhören können

Frieda wischte sich die Tränen ab und öffente die Tür. »Kannst du dir das vorstellen?«, murmelte sie. »Sie ist einfach gegangen.«

Die Schwarz-Weiße saß reglos. Ihre Iris spiegelte das Frühlingsgrün ringsum. Die Pupillen waren zusammengezogen, als hätten sie ein Geheimnis zu hüten, die weißen Pfoten sorgsam aneinandergesetzt wie unfehlbare Argumente, die es nicht nötig hatten, in Worte gefasst zu werden.

Frieda ging in die Knie, um sie zum ersten Mal genau zu betrachten. Sie kam sich im Vergleich unvollkommen vor, zerzaust und aus jeglicher Form gebracht. »Du hast es gut«, sagte sie.

Es ging ein leichtes Zucken durch Ohren und Barthaare ihres Gegenübers. Die Katze lauschte offenbar.

»Weißt du«, fing Frieda an, »ich wünschte ....« Aber es war nicht einfach mit dem Wünschen. Sie wartete für den Fall, dass die Katze vielleicht etwas erwidern wollte. Etwa, dass sie zufällig alles über Wünsche wisse und hier sei, um drei davon zu verschenken. Und dann würde alles gut. Aber so lief das wohl nicht.

»Ein bisschen hat sie recht, weißt du?«, fragte Frieda. Sie setzte sich ein wenig bequemer hin und lehnte den Kopf an den Türrahmen. Die Sonne war inzwischen hinter den Dächern verschwunden, aber das Holz war noch ein wenig warm. »Ich war tatsächlich ein bisschen eifersüchtig.« Sie hob den Kopf und schaute die Katze an. »Dir kann ich das ja verraten. Aber sag es nicht weiter.«

Die Katze saß so sphinxstumm da wie immer.

Frieda lächelte. Jetzt, wo es heraus war, ging es ihr ein wenig besser. Hatte es sie heimlich erfreut, dass die hochgelobten »Herzmatch«-Premiumkandidaten von Yvonne nichts taugten, Erik allen voran? Und ob.

Hatte es ihr Herz schneller schlagen lassen, wie dieser Erik sie an dem Abend angesehen hatte? »Das kannst du glauben«, sagte Frieda zu der Katze. »Es ist jetzt schon über fünf Jahre her, dass ein Mann mich berührt hat. Wie lange hat dich keiner mehr gestreichelt?«

Die Katze würdigte diese Vertraulichkeit keiner Reaktion.

Sie war eben nicht Yvonne. »Bist du überhaupt ein Mädchen?«, fragte Frieda. Aus irgendeinem Grund war sie immer davon ausgegangen.

Die Katze erhob sich. Ihre Ohren legten sich kaum merklich an, der Rücken hob sich nur leicht, die Pfoten standen noch alle vier auf dem Boden, doch lag ein Zug nach hinten in ihrem ganzen Körper. Der Sprung, noch unausgeführt, war schon in jeder Linie zu erkennen.

»Keine Angst«, sagte Frieda und wischte sich die Tränenspuren von den Augen. »Ich werde nicht nachsehen. Für heute hab ich genug von peinlichen Intimitäten.« Sie rappelte sich auf. Dann würde sie das eben mit sich allein ausmachen, einsam im stillen Kämmerlein. Wie die Steuererklärung.

»Was ihr jungen Frauen von heute alles könnt.« Sie hörte Frau Singers Stimme.

»Als ob ich allein wäre, weil ich das besonders gut kann«, sagte Frieda zu der Katze.

Die sich wieder hingesetzt und ihren Schwanz wie ein paar abgestreifte Handschuhe sorgsam über die weißen Pfoten gelegt hat. *Na gut, ich bin hier, fahr fort.*

»Genau«, sagte Frieda.

Alleinsein, das war ein Balanceakt auf einem Seil, viel höher als der zweite Stock, in dem sie lebte, festgemacht an den Kirchtürmen der Monate, der Jahre. Schon richtig, dass es manchmal lustig war auf dem Seil, in ihrem bunten Kostüm, hoch über den Köpfen all der Normalos. Dass die Glöckchen an ihrem Hut oft ganz fröhlich bimmelten. Aber manchmal bimmelten sie auch verzagt. »Mit Balancieren kennst du dich doch aus, oder?«, fragte Frieda. »Du turnst doch hier durch die ganze Nachbarschaft.« Sie streckte die Hand aus. »Wir zwei Seiltänzer.« Fast hätte sie die Schwarz-Weiße berührt.

Aber im letzten Moment wich das Tier zurück. Eine kleine, elegante, fast unmerkliche Bewegung. Eher ein Tanzschritt. Und wie, um auch den noch zu bemänteln, um ihre völlige Ungerührtheit und Unabhängigkeit zu demonstrieren, schleckte sie sich drei, vier Male angelegentlich über das Fell. Dann war ihr Blick wieder da, der das Theater Lügen strafte. Zwischen ihr und der Frau, da war ein Seil gespannt. Aber zu welcher Musik sie darauf tanzen würden, das war noch festzulegen.

Frieda zog ihre Finger zurück. »Tja, dann werden wir heute wohl keine Freunde mehr«, sagte sie und stand auf.

In diesem Moment klingelte es erneut an der Tür. »Yvonne?«, rief Frieda erleichtert aus. Gott sei Dank, sie kam zurück. Sie würden sich aussprechen, und alles wäre wieder gut! Sie betrachtete die Katze. »Tut mir leid«, sagte sie. »Du hattest deine Chance.« Sie stand auf und griff nach der Balkontür. Sie durfte die Katze jetzt nicht hereinlassen. Es war besser, wenn sie die bevorstehende Versöhnung mit ihrer besten Freundin nicht dadurch verkomplizierte, dass die Streunerin auf ihrem Sofa saß, keine zehn Minuten nachdem Yvonne die Wohnung verlassen hatte. Sanft, aber entschlossen drückte sie die Glastür zwischen sich und der Katze zu.

»Ich komme«, rief sie in Richtung Flur. Sie fuhr sich über die Haare und öffnete die Lippen für das Lächeln, mit dem sie Yvonne begrüßen wollte. Dann drückte sie die Klinke.

Es war die Nachbarin vom Dritten, die ihr ein Klemmbrett unter die Nase hielt. Sie hatten eine Unterschriftensammlung gegen den Nacktsonnenbader initiiert.

Als Frieda zurückkam, war die Katze wie ein Traum verschwunden.

26

Wie man obszöne Anrufe erledigt

Die ganze nächste Woche vergrub Frieda sich in ihrer Arbeit. Sie segnete den schwierigen litauischen Markt, der sich schließlich doch geöffnet hatte, und auch für die anderen Kataloge waren Deadlines ausgegeben worden. Stundenlang gelang es ihr, an nichts zu denken als an Layoutfragen. Und abends fiel sie todmüde ins Bett.

Aber das Wochenende drohte. Und mit ihm stand die SüdArt an; zwei Tage lang würden in ihrem Viertel die Türen der Ateliers und Hinterhöfe für Besucher und Flaneure offen stehen. Viele ihrer Studienfreunde stellten dort ihre Arbeiten aus, viele alte Genossen aus dem Schrüfers. Für Yvonne und sie war die SüdArt immer ein Muss gewesen.

Sie hatten gemeinsam die Büfetts geplündert, die Bilder bestaunt, die Leute durchgehechelt, dazu hübsche Kleinigkeiten erworben wie Kinder, die beim Kiosk ihre Taschengeldgroschen in lose Süßigkeiten umsetzten, in Esspapier, Gummischlangen, süße Armbänder – all diese nach langer Berechnung sorgsam zusammengestellten Schätze.

Ohne Yvonne würde alles anders sein. Natürlich, sie konnte Maja fragen oder Valerie. Sie könnte Bernd anrufen. Und kannte sie nicht sowieso jede Menge Leute in der Szene? Am Ende wählte sie Yvonnes Nummer. Bekam nur die Mailbox dran. Wurde nie zurückgerufen. Dann eben nicht. Trotzig sagte Frieda sich, dass es ihr an Gesellschaft schon nicht mangeln würde.

Nach sorgsamer Überlegung wählte sie ein besonders auffälliges Kleid aus, dessen Stoff eine befreundete Künstlerin aus Krawatten zusammengesetzt hatte. Prüfend strich Frieda über die schillernden Muster. Das Leben war verdammt noch mal bunt, und vor ihr lag ein schöner Tag.

Als sie in das Gewimmel der Atelierbesucher eingetaucht war, angelte sie sich ein Glas Prosecco vom Büfett und wagte einen Blick in die Runde. Auf den ersten Blick konnte sie keinen Bekannten entdecken. Nur Grüppchen, Cliquen, Paare. Frieda nippte an ihrem Glas.

Plötzlich sprach ein Mann sie von der Seite an. »Hi!«

Verdutzt schaute Frieda ihn an. Ihr war, als müsste sie das verschmitzte Gesicht von irgendwoher kennen. Er war in ihrem Alter, das leicht ergraute Haar nach allen Seiten vom Kopf abstehend. Unter seinem Cordjackett trug er ein T-Shirt und um den Hals ein Tuch mit einem verblassten Mond-und-Sterne-Muster, das aussah, als würde er es niemals abnehmen.

Frieda suchte in ihrem Gedächtnis nach seinem Namen.

»Ich mag deinen Blog.«

Er duzte sie. Und kannte ihre Arbeit. Jetzt konnte sie wohl nicht mehr fragen: Kennen wir uns? »Danke«, sagte Frieda. Wenn sie nur wüsste, warum er ihr so vertraut vorkam.

»Warum stellst du eigentlich nicht selbst aus?« Er lächelte ein feinknittriges, koboldhaftes Lächeln. Es berührte Frieda wie eine Erleuchtung, deren Inhalt unklar blieb. Aber dieses Lächeln hatte sie doch schon einmal gesehen?

Gerade wollte sie bescheiden sagen: »Ach weißt du, die paar Zeichnungen ...«

»Frieda!«, rief da eine tragende Stimme. »Wie schön!« Ehe sie etwas erwidern konnte, hatte Maja, die Frau ihres alten Studienfreundes Tobias, sie in ihre walkürenhafte, parfumduftende Umarmung gezogen. Ihr hennarotes Haar leuchtete wie ein Fanal. »Du *musst* mitkommen«, verkündete sie. »Tobias hat dieses Jahr einen Comickünstler als Ateliergast, der ist sagenhaft.«

Wenn Maja sagte, dass man etwas müsse, gab es kein Entkommen. Frieda hatte keine Zeit mehr, sich von dem seltsam vertrauten Unbekannten zu verabschieden. Schon wurde sie mitgezogen in den zweiten Stock. Wie sich zeigte, war der Zeichner, den Tobias dort in seinem Atelier beherbergte, eher von Robert Crumb inspiriert und seine Arbeiten gar nicht ihr Fall. Sie bevorzugte Tobias' eigene zunächst unschuldig-pastellig wirkende Bilder, die erst auf den zweiten Blick ihre augenzwinkernd erotischen Motive preisgaben.

Frieda machte ihrem alten Freund ein paar Komplimente dafür und fragte sich wieder einmal, wie ein so subtil und still arbeitender Mann wie Tobias zu einer Frau wie Maja gekommen war. »Cupcake?«, bot Maja ihr an. »Hab ich selbst für die Gelegenheit gebacken. Nimm dir am besten zwei.«

Frieda bedankte sich, nahm nur einen der phallusförmigen Kuchen und zog weiter. Vielleicht würde sie dem Unbekannten noch einmal begegnen. Doch sein Gesicht wollte nicht in der Menge auftauchen.

Frieda ließ sich treiben. Sie fand sich schließlich vor dem Atelier einer koreanischen Künstlerin wieder, die sie noch nicht kannte. Frieda studierte den Begrüßungstext am Eingang. Sie erfuhr, dass die Malerin in Hamburg geboren worden war, mit Textilien arbeitete. Und dass ihr Ateliergast ein gewisser Erik Obermann war. Frieda steckte sich das letzte Stück Kuchen in den Mund, leckte sich die verräterisch klebrigen Finger sauber und machte auf dem Absatz kehrt. Aber ein plötzlicher Zustrom von Neugierigen verhinderte, dass sie in das enge Treppenhaus entkam.

»Frieda«, hörte sie es in ihrem Rücken.

Sie wandte sich um. »Hallo, Erik.« Sie ließ die Stimme dem Schlusspunkt zu ins Bodenlose fallen.

Er lächelte. »Ich hab dich vermisst.«

»Vermisst? Wieso?«, schnappte sie. »Brauchst du einen neuen Sponsor?«

Er musterte sie ein paar Augenblicke, dann schüttelte er den Kopf. »Es war ein Geschäftsvorschlag«, sagte er mit sanfter, betont unaufgeregter Stimme. »Ganz reell. Yvonne hat doch das Geld. Es wäre gar kein Problem für sie gewesen. Nicht mal, wenn etwas schiefgegangen wäre. Aber ...« Jetzt machte er einen Schritt nach vorne. »Es wäre nicht schiefgegangen. Und das weißt du. Du hast selbst gesagt, wie gut meine Bilder sind.«

Ja, leider, dachte Frieda. Sie waren wirklich großartig. Aber das änderte nichts daran, dass er ein Mistkerl war, oder? Betont formell antwortete sie: »Du wirst sicher einen anderen Geldgeber finden.«

»Frieda.« Wieder diese Stimme. Schwarze Haare, schwarze Augen. Und er verstand sich noch immer darauf, mit einem Blick diesen Funken in ihr zu entzünden. Auf einmal standen sie beide wie in einem Käfig aus Elektrizität. Alle anderen waren ausgesperrt. Wie machte er das?

Für einen Moment wallten Bilder in Frieda auf. Bilder davon, wie er sie berührte, wie sie nach Luft schnappte. Seine Lippen auf ihrem Hals.

Wir sind doch frei, flüsterte etwas in ihr. Er spielte in Yvonnes Leben keine Rolle mehr. Und Yvonne legte offenbar keinen Wert darauf, weiterhin in Friedas Leben vorzukommen, also was sollte sie noch zurückhalten? Waren Grenzen nicht dafür da, überschritten zu werden? Könnte es nicht ein bisschen aufregend sein, sich in diesen Abgrund zu begeben?

Sie trat einen Schritt zurück. Das war nichts, was natürlich zwischen ihnen aufflammte. Er konnte das anknipsen wie irgendeine Lampe. Bedeutungslos. Sie musste es abschalten.

»Du«, sagte sie. Das war der falsche Ansatz. »Du hast mich angerufen, als du aus ihrem *Bett* gekommen bist.« Sie wich seinem Lächeln aus. »Nicht von einem Banktermin mit ihr.«

Er hob die Hände, fragend, als verstünde er nicht.

»Sie hast du angeflirtet, weil du Geld wolltest«, präzisierte Frieda. »Was willst du also von *mir*?« Keine Fragen stellen, flüsterte ihre innere Stimme. Er würde ihr doch nur mit Antworten kommen, die sie nicht hören wollte. Die Mahnung kam zu spät.

»Das weißt du nicht?« Erik schüttelte den Kopf. »Ach, Frieda.«

Verdammt, fluchte Frieda innerlich.

Er fuhr fort, mit dieser lockenden, kokonspinnenden Stimme: »Yvonne war immer klar, was Sache war«, sagte er. »Sie ist kein Unschuldslamm. Sie wollte sich bloß mal einen Künstler gönnen.«

Er grinste, als er ihr empörtes Gesicht sah.

»Aber das ist okay«, fuhr er unbarmherzig fort. »Yvonne kennt sich selbst. Du dagegen«, er streckte seine Hand aus, als wollte er sie berühren, »du hast von dir selbst keine Ahnung, oder?«

»Ich …«

»Was du willst. Was du brauchst.« Er ballte die Hand zur Faust. »Wer du bist.«

Frieda starrte ihn an. Sie musste zugeben, dass er womöglich recht hatte. Vielleicht kannte sie sich wirklich nicht. Sie hatte sogar stark die Vermutung. Aber Erik, Erik war nun bestimmt kein Fachmann für sie. Sie bemerkte, dass sie zitterte.

Ihr fiel der obszöne Anruf ein, der schon ein paar Jahre zurücklag. Sie hatte sich arglos mit ihrem Namen gemeldet. Die fremde Stimme eines Manns hatte ihren Vornamen wiederholt, langsam, abwägend, als schmecke er genüsslich etwas nach. Dann hatte er ihr eine Frage gestellt, deren Obszönität ihr die Röte ins Gesicht getrieben hatte. Aber statt zu schimpfen, zu drohen oder den Hörer hinzuknallen, waren ihr intuitiv zwei Wörter gekommen, die sie leise und mitleidig sagte:

»Ach je.«

Damals hatte Frieda nicht das Vergnügen gehabt, das Gesicht ihres Gesprächspartners zu sehen. Sie wusste nur, dass er nie wieder bei ihr anrufen würde. Und auch von Erik Obermann, dachte sie erleichtert, als sie sich abwandte und die Treppe hinunterging, würde sie in diesem Leben wohl nichts mehr hören.

27

Arbeit ist auch
keine Lösung

Pause, schwor Frieda sich und schob den Bürostuhl zurück. Die
Stuhmpf-Kataloge waren fertig. Jetzt steckte sie in dem Gerüstbau-
auftrag, den Bernd an Land gezogen hatte. Aber sie kämen nicht
weiter ohne einen Außentermin für einen Videodreh. Die Firma
hatte ihr zwar Material für den Film geschickt, mit dem das Firmen-
gelände vorgestellt werden sollte, aber die Aufnahmen waren dilet-
tantisch. Das Bild wippte und wackelte im steten Schritt dessen vor
sich hin, der da mit seiner Smartphone-Kamera herumgelaufen war.
Die Ausschnitte waren nichtssagend und die Beleuchtung unzurei-
chend. Sie könnte alles am Computer überarbeiten, aber das würde
mehr Mühe bereiten, als es selbst neu zu drehen. Die Firma residier-
te auf dem flachen Land, knapp siebzig Kilometer entfernt. Bernd
hatte zugesagt, mit ihr dorthin zu fahren. Gleich am nächsten Mon-
tag würden sie es angehen. Aber für heute war Schluss. Nur ihre
Mails checkte sie rasch noch: keine Nachricht von Yvonne. Dann
eben nicht.

Frieda setzte sich aufrecht hin und rekelte sich, drehte vorsichtig
den Kopf, mal in die eine Richtung, dann in die andere; das musste an Gymnastik reichen. Steif stand sie auf und humpelte in die
Küche. Das Essen hatte sie vergessen. Sie holte eine Dose aus dem
Schrank und wog sie in der Hand. Kalte Ravioli? Nein, sie war flei-

ßig gewesen und hatte eine Belohnung verdient. Frieda setzte Nudelwasser auf und schnappte sich eine Strickjacke für einen raschen Gang zum Obsthändler. Wunderbares Restlicht draußen; wenigstens würden fünf Minuten ihres Tages davon vergoldet werden.

Der Obst- und Gemüsestand räumte bereits zusammen. Der Falke war ausgeflogen, nur der Vater bediente Frieda, die sich rasch für frischen Bärlauch entschied, dazu Pinienkerne. Das sollte für ein Pesto reichen. Sie liebäugelte mit den Erdbeeren, aber ihr zypriotischer Gemüseschutzengel schüttelte den Kopf. »Alles spanische Ware. Viel Gift. Sie besonderer Kunde. Sie warten. Ich reserviere Ihnen die ersten einheimischen.«

Frieda fiel der Verzicht auf das lockende Rot schwer.

»Riechen Sie«, drängte der Gemüsehändler. »Sie riechen nicht.« Er hatte recht; die Früchte rochen nach gar nichts.

»Bald kommt das Gute«, sagte der Gemüsehändler und packte die Schale in die Steige zurück. Er meinte die Erdbeeren. Frieda nahm das Wort entgegen wie ein großes Geschenk. Sie summte auf dem Rückweg und ließ das Einkaufsnetz im Rhythmus schlenkern. Im Hauseingang bemerkte sie Frau Singers Rollator. Von der alten Dame selbst keine Spur. Ein rascher Blick auf die Uhr – das Wasser kochte sicher schon – , dann lief Frieda den Flur bis ganz nach hinten, wo er abknickte zu den Kellern und der Hoftür.

Sie fand Frau Singer im Innenhof, schwer atmend und auf dem Mauerabsatz zum Fahrradkeller sitzend.

»Der Rollator verhakt sich immer in den Platten«, brachte sie mit Mühe hervor. »Da lass ich ihn lieber stehen.« Sie wies auf den Hofboden, wo tatsächlich die meisten Platten zerbrochen waren oder aufgeworfen, hochgehoben von den Wurzeln der Araukarie und des alten Weins, der fast alle Wände ringsum bedeckte. Gras hatte sich eingesät, und Farnstrünke schauten heraus, aus denen die Wedel noch nicht herausgeschossen waren, wie eingerollte Zungen lagen sie in ihren Kapseln, bereit für die Explosion des Sommers. »Mir ist nur ein bisschen schwindelig.«

Frieda half ihrer alten Nachbarin mit schlechtem Gewissen auf. Wie oft hatte sie schon den guten Vorsatz verkündet, einmal das ganze Unkraut zu entfernen? Die Umsetzung allerdings hatte sie stets aufgeschoben. Das würde Knochenarbeit bedeuten, stundenlanges Knien und Herumstochern mit einem Messer. Außerdem fand Frieda den leicht vernachlässigten Hof mit seinem Wildwuchs im Grunde sehr hübsch. Aber so ging das natürlich nicht. Frau Singer könnte sich das nächste Mal auf dem ungeschützten Weg zu den Tonnen den Hals brechen. Gleich morgen würde sie sich daranmachen. Oder übermorgen. Begütigend drückte sie Frau Singers Arm.

Die alte Dame sah ganz blass aus, beinahe pergamenten, und sie zitterte unter Friedas Griff, während sie sich, schaukelnd wie eine Kamelkarawane, Seite an Seite auf den langen Weg zurück zur Tür machten. Wie schwer sie an Friedas Arm hing. Und wie langsam sie die Füße in den Filzpantoffeln setzte. Frieda dachte an ihren Topf mit dem kochenden Wasser. Möglichst munter sagte sie: »Wenigstens eine Passage werde ich Ihnen säubern. Damit Sie wieder durchkommen mit ihrer Limousine.«

»Ach Sie!« Frau Singer hustete.

»So, da ist Ihr Rollator. Ich muss los, Frau Singer, ich hab was auf dem Herd.« Eilig lief sie zur Treppe.

»Ich weiß nicht, ich bin dieser Tage so schweratmig«, brachte Frau Singer endlich heraus.

Doch Friedas Beine waren schon die Stufen hinauf verschwunden.

Frau Singer rollerte alleine zurück in ihre dunkle Wohnung. Nur das Tickern des Gasboilers. Vor dem Küchenfenster hockte wieder die Katze. Frau Singer kannte sie schon. Es war der Geist ihrer Minka. Vor über achtzig Jahren, in Mies, hatten sie ganz genau so eine Katze besessen, schwarz mit weißen Pfoten. Minka war zurückgeblieben, als sie aus ihren Häusern geholt worden waren. Tiere durfte man nicht mitnehmen, auch sonst nicht viel, nur einen Koffer.

Sie hatte nicht geweint damals, nicht wegen Minka, auch nicht wegen irgendjemand sonst, den sie hatte zurücklassen müssen.

»Da hätte ich mit dem Weinen ja gar nicht mehr aufhören dürfen«, sagte sie zu der Katze, die stur auf dem Fensterbrett hocken blieb und zu ihr hereinstarrte. Was für ein nachtragendes Tier.

»Darfst nicht böse sein, Minka. Es ist nicht anders gangen.« Frau Singer quälte sich noch einmal hoch, suchte im Küchenschrank und fand eine Dose Thunfisch, bekam sie mit ihren arthritischen Fingern nur halb auf, ehe der Verschluss abriss, und öffnete das Fenster. Sie schob die halb geöffnete Dose hinaus. »Da. Und nimmer schmollen, Minka.«

Frau Singer schaute zu, wie das weiß bepfotete Tier erst misstrauisch schnupperte, dann nach und nach mit gekrümmter Pfote den Inhalt der Dose herausangelte bis auf den letzten Rest. Selbst das Öl leckte sie auf; kein Tröpfchen würde bleiben. Ein geschicktes Tier, die Minka, das war sie immer gewesen.

Abends hatte man sie oft sehen können, wie sie über die Wiesen zum Bach hinuntergelaufen war, gelassen, konzentriert, ohne sich nach rechts und links umzublicken. Dort hatte sie in der Dämmerung gejagt. In den Sommern war immer eine kleine Kolonne von Kätzchen hinter ihr hermarschiert, denen sie das Jagen beigebracht hatte. Manche davon hatte der Vater leben lassen. Der Minka hat er nie was getan. Manchmal hatte er ihr sogar über den Kopf gestrichen mit seinen schwieligen, hornharten Fingern. Und er hatte nur milde geschimpft, wenn sie selbst mit der Katze schmuste und sich damit von der Arbeit abhielt. Minka war schließlich kein Haustier, sie war dazu da, die Scheunen mäusefrei zu halten. Und Minka war eine gute Jägerin gewesen. Eine gute Mutter. Eine gute Zeit.

Frau Singer ließ sich schwer auf die Küchenbank fallen. Sie war so müde dieser Tage. Als sie ein Kind war, hatte es sie nie lange auf der Bank, die vor ihrem Haus stand, gehalten. Sie erinnerte sich an ihre Füße vor sich, über dem Boden baumelnd. Immer saß jemand neben ihr. Heut war es anders.

»Geh«, sagte sie zu der Katze, die sich jetzt dehnte und sich aufmachte, um durch ihre Träume zu marschieren. Es waren Träume, so vergilbt und ausgeblichen wie alte Fotografien, auf denen das Kind, das sie gewesen war, nur mehr als Ahnung existierte. Zöpfe, ein geneigter Kopf und ein fest zugekniffenes linkes Auge. Das Nachbild eines Lächelns, bald nur noch ein weißer Fleck, eine überbelichtete Abwesenheit.

Ihre Linke wedelte abwehrend, ehe sie in die gefaltete Haltung vor dem kittelbeschürzten Bauch zurücksank. »Geh, Minka. Schau nach der Jungen. Ich brauch dich nimmer.« Sie legte den Kopf zurück und schloss die Augen. Auch so wusste sie, dass die Katze sich auf den Weg machte.

28

Romantik wirkt bei
jedem anders

Frieda kam gerade rechtzeitig, um die Nudeln in das brodelnd kochende Wasser zu werfen. Mit der fertigen Bärlauch-Pasta kehrte sie auf das Sofa zurück, um fernzusehen. Wenn sie als Kind krank gewesen war, hatte das zu den Höhepunkten gehört. Es hatte nichts Schöneres gegeben, als mit leichtem Fieber, schon halb auf dem Weg der Besserung, am helllichten Tag im Pyjama herumzulümmeln, gut zugedeckt, mit Essen versorgt, und der Fernseher lief dazu und brachte neue, staunenswerte Dinge zu ihr. Wie zum Beispiel die Vierschanzentournee oder den Kölner Karnevalszug. Frieda, das Kind, hatte mit großen Augen zugesehen, was Erwachsene so taten: bei eisigen Temperaturen mit an Bretter gefesselten Füßen in den Abgrund zu fliegen. Sich riesige Pappmascheeköpfe aufzusetzen und einen Bonbonregen auf den Asphalt niedergehen zu lassen. Das Erwachsensein hatte versprochen bunt und spannend zu werden.

Wie es aussah, bestand es aus Abendessen vor dem Fernseher.

Frieda stach die Gabel in die Nudeln. Sie hatte gutes Essen, sie hatte Unterhaltung. Was brauchte es mehr? Sie war entschlossen, sich jetzt keine Gedanken über Frau Singer zu machen oder darüber, dass sie für die Sechzigstundenwoche, die sie eben für das Projekt heruntergerissen hatte, am Ende umgerechnet nicht viel mehr als den Mindestlohn bekommen würde. Genauso wenig wollte sie daran denken, dass Yvonne sich nicht meldete.

Ein Liebesfilm wurde angekündigt. Auch gut. Kauend verfolgte Frieda, wie die Heldin in einem Cabrio durch die Landschaft von Cornwall brauste. Ihr Verlobter, der reiche Landadlige, hatte eine frappante Ähnlichkeit mit Erik. Aber das begriff die dumme Heldin offenbar nicht.

»Es ist der Tierarzt«, rief Frieda. Ein Blinder konnte das sehen. Aber die Sache ließ sich offenbar nicht abkürzen.

Sie war fast erleichtert, als das Telefon klingelte.

»Was machst du gerade?«, fragte Maja.

»Oh, ich schaue einen Film.«

Aus den Augenwinkeln bekam Frieda mit, wie die Heldin dem Tierarzt bei der Geburt eines Fohlens assistierte. Zu Geigenmusik. Sie stellte den Ton leiser. »Eine Naturdoku. Cornwall. Sehr schöne Landschaft. Und du?«

»Ich frage mich gerade etwas«, sagte Maja.

»Mhm?« Mit der freien Hand angelte Frieda sich die letzte Nudel vom Teller. Im Fernseher wurde viel geweint. Das Happy End stand offenbar unmittelbar bevor. Aber nein, der Landadlige griff zum Gewehr ...

»Sag mal, hattest du eigentlich mal was mit Erik?«

Frieda hätte sich beinahe verschluckt. »Nein, wieso?«, sagte sie dann. Und: »Ich wusste gar nicht, dass du ihn kennst.«

»Er unterrichtet bei uns Kunst. Und er redet so schlecht über dich wie sonst nur über seine jeweilige Ex. Was hast du ihm denn getan?«

»Ich?! Ihm?!« Frieda legte so viel Frage- und Ausrufezeichen wie möglich in ihre Stimme. Sie atmete schon tief ein, um die Dinge ein für alle Mal klarzustellen, als es sie mit der Plötzlichkeit einer Eingebung überkam: Yvonne war nicht so sehr wütend auf sie, weil Frieda etwas falsch gemacht hatte, sondern weil Frieda Zeugin geworden war, wie Yvonne sich lächerlich gemacht hatte. Und wenn Frieda jetzt die ganze Betrugsgeschichte weitertratschte, würde der Kreis derjenigen, denen gegenüber Yvonne sich lächerlich vorkam, nur noch größer werden. Arme Yvonne, würde es heißen. Und sie bestellt noch Sekt und Erdbeeren!

Dass sie Erik bloßstellte, würde nicht aufwiegen, was an Herablassung, Schadenfreude, Sensationslust mitschwang in diesen beiden Worten: arme Yvonne. Und Yvonne war nie viel an Mitgefühl gelegen gewesen, dafür viel an ihrer Unabhängigkeit.

Also sagte Frieda nur: »Na ja. Vielleicht ist ihm ja klar geworden, dass er es im Guten nie bei mir schaffen wird, und denkt sich jetzt: Mobben ist das neue Flirten.«

Als sie den Hörer auflegte, war sie entschlossen, mit Yvonne zu reden. Nicht per Telefon, das jede Lüge zuließ, sondern persönlich, wie man das tat, wenn einem etwas wirklich am Herzen lag. Friedas Herzschlag beschleunigte sich. Am liebsten wäre sie sofort aufgebrochen. Aber es war Dienstag, und sie wusste, dass Yvonnes Tangostunde bald begann. Dort wollte sie lieber nicht auftauchen. Yvonne absolvierte diesen Kurs mit einem Mann, den sie an der Tanzschule per Aushang gefunden hatte. Sie sprach nicht viel über ihn; Frieda hatte lediglich erfahren, dass er wesentlich älter war als Yvonne und beim Stadtbauamt arbeitete. Frieda vermochte sich kaum vorzustellen, wie er Yvonne in den Armen hielt und übers Parkett schob, noch weniger, wie er mit ihr in den Pausen einen Rotwein trank und worüber sie redeten. Und schon gar nicht konnte sie sich vorstellen, in seiner Gegenwart mit Yvonne ein so heikles Gespräch zu beginnen.

Nein, sie musste es auf morgen verschieben. Yvonne pflegte ihre Mittagspause immer in demselben Lokal zu verbringen. Manchmal hatte Frieda ihr dort Gesellschaft geleistet. Sie würde vor dem vertrauten Bistrocafé auf ihre Freundin warten. Vielleicht würde es einen Moment der Verlegenheit geben. Irgendwann würde eine von ihnen sagen: »Kaffee?« Sie würden gleichzeitig lächeln, einander den Vortritt lassen. Auf dem Weg zum Tisch schon ins Gespräch kommen. Bald würden sie wieder plaudern wie in alten Zeiten. Frieda spürte, wie bei dem Gedanken eine Welle der Sehnsucht durch sie hindurchlief. Yvonne würde von ihren neuesten Dates berichten, sie würde die Zeichnungen herzeigen, die sie in ihren Blog hochzuladen gedachte. Sie würden lachen, sich einig sein, sich fürs Wochenende verabreden. Spazieren gehen am See vielleicht. Oder ins Kino. Frieda freute sich darauf.

29

Du schuldest mir was

Schon durch die Glasfront des Bistros konnte Frieda Yvonnes Stamm-platz sehen und das kleine Schild darauf, dass er reserviert war. Er war vielversprechend leer, nur zwei Gedecke warteten, als hätte Yvonne geahnt, dass sie vorbeikommen würde.

Frieda schritt schwungvoll ein paar Schritte auf und ab, während sie auf die Uhr sah. Die Scheibe spiegelte ihre Gestalt in dem früh-lingshaften Kleid mit Magnoliendruck wider, das im Takt ihrer Be-wegungen wippte. Die Sonne schien und ließ den Lack all der Autos leuchten, die Auslagen bunter aussehen, und selbst das lautstarke, hektische Gedränge der Menschen und Wagen um die Mittagszeit wirkte dank des Lichts und der Wärme lebensfroh.

Auf dem Gehsteig direkt vor dem Café stand ein älterer Mann; auch er schien auf jemanden zu warten. Nervös strich er sich durch sein volles weißes Haar und schaute immer abwechselnd auf sein Mobiltelefon, dann das Trottoir auf und ab. Aber es kamen zu viele Menschen vorbei, als dass man einen Ankömmling von Weitem hät-te identifizieren können. Schließlich vertiefte er sich in die Lek-türe eines Plakats, das von innen gegen die Scheibe geklebt worden war und für eine längst vergangene DJ-Nacht warb. Die Hände in den Taschen seines Kaschmirmantels, Kopf und Hals vorgeneigt, schien er willens, auch noch das letzte Kleingedruckte darauf zu lesen.

Seine sichtliche Anspannung färbte auf Frieda ab. Wieder und wieder legte sie sich im Kopf ihre ersten Sätze zurecht: Es tut mir leid. Ich wollte nicht. Doch nicht unsere alte Freundschaft. Mir so wichtig.

Da bemerkte sie Yvonne. Sie wäre nicht so bald auf sie aufmerksam geworden, wenn die Freundin nicht noch einige Meter entfernt mit einer abrupten Bewegung die gemeinsame Gehwegseite verlassen und die Straße überquert hätte. Sie war so plötzlich zwischen den geparkten Wagen heraus auf die Fahrbahn getreten, dass ein überraschter Skoda-Fahrer sie anhupte. Yvonne hielt den Kopf gesenkt und strebte zügig auf die gegenüberliegende Straßenseite zu, wo sie hinter einem UPS-Laster verschwand.

Was tat sie dort drüben? Verwirrt ging Frieda ein paar Schritte, damit sie ihre Freundin wieder in den Blick bekam. Yvonne stand in der Deckung des Paketwagens und schaute mehrfach angespannt in Richtung des Cafés. Sie schien Frieda immer noch nicht bemerkt zu haben, dafür etwas anderes. Denn schließlich zückte sie ihr Mobiltelefon und begann, eine Nummer zu wählen. Dabei machte sie Anstalten, wieder in die Richtung zu gehen, aus der sie gekommen war. Hatte sie etwas bei der Arbeit vergessen?, überlegte Frieda. Wollte sie jetzt etwa zurück? Das durfte doch nicht wahr sein nach der ganzen Wartezeit. Am Ende würden sie sich verpassen.

»Yvonne?« Frieda hob den Arm und winkte. Lauter, um den Verkehr zu übertönen, wiederholte sie: »Yvonne, warte!« Unwillkürlich setzte sie sich in Richtung ihrer Freundin in Bewegung. Fast wäre sie dabei in den Herrn hineingelaufen, der das Plakat studiert hatte.

»Yvonne?«, fragte er und fuhr herum, um in die Richtung zu spähen, in die sie gewinkt hatte. »Doch nicht etwa Yvonne Hofmann?«

»Ja, wieso …?«, fragte Frieda verdutzt. Da klingelte sein Mobiltelefon.

Frieda erkannte die Stimme, die aus dem Apparat drang, sofort, auch wenn sie nicht hören konnte, was sie sagte. Es war Yvonne.

»Was?«, rief der Mann. »Was heißt das: etwas dazwischengekommen? Bei der Arbeit? Aber …« Er hörte noch eine Weile zu, dann legte er auf, drehte sich weg, fluchte und trat mit dem Fuß gegen einen Reifen.

Frieda starrte ihn an. Er starrte zurück. »Sie war hier, stimmt's?«, fragte er. »Sie war da, hat mich von Weitem gesehen und kehrtgemacht.« Er fuhr sich mit beiden Händen in die Haare, als gäbe es da Halt zu finden in einer haltlosen Situation.

Frieda ging langsam ein Licht auf. Deshalb die zwei Gedecke drinnen. »Sie waren mit ihr verabredet. Über ›Herzmatch‹. Sie sind ein Date.«

»Na, offenbar nicht mehr.« Er stand da und mahlte mit den Kiefern. »Sagen Sie«, begann er nach einer Weile, »würden Sie das auch machen: mit jemandem online flirten, was das Zeug hält, sich dann verabreden und im letzten Moment einfach kneifen?« Seine Stimme wurde lauter. »Nicht mal den Anstand haben, einen Kaffee miteinander zu trinken? Ein paar Worte zu wechseln? Hab ich die Chance etwa nicht verdient?« Er breitete die Arme aus. »Sehe ich so furchtbar aus?«

Frieda wusste nicht, was sie sagen sollte. Er sah nicht furchtbar aus. Er war ein Mann Mitte sechzig, in gepflegten Jeans und Leinenjackett. Mittelgroß, beinahe schlank. Er sah aus wie ein Gentleman, wie … wie … wie irgendjemand eben aussah. In diesem Moment tat er ihr leid.

»Mal ehrlich, wie ginge es Ihnen damit: dass jemand sie nach einem Blick aussortiert? Noch ehe Sie die Möglichkeit hatten, auch nur einen der Sätze zu sagen, die Sie sich zurechtgelegt haben? Sie ist ja förmlich gerannt.«

Frieda musste zugeben, dass sie sich in seiner Situation ebenfalls furchtbar gefühlt hätte. Sie fühlte sich in der Tat gerade selbst schrecklich. Als wäre Yvonne auch vor ihr geflüchtet. Saß sie nicht auch mit all ihren ungesagten Sätzen da? Der Mann starrte sie an, als hinge sein Leben von einer Antwort ab.

»Sie hat doch am Telefon vorhin gesagt, ihr sei bei der Arbeit was dazwischengekommen.« Sie hob auffordernd die Hände. »Das ist akzeptabel, oder?« Eifrig fuhr sie fort: »Eine akzeptable Entschuldigung. Sie hätten sie geglaubt, normalerweise. Alles wäre in Ordnung gewesen. Wenn ich nicht … « – ihre Stimme wurde langsamer bei der Erkenntnis – »… zufällig Yvonnes Namen gerufen hätte.« Sie verstummte. »Es tut mir leid.«

Er schaute sie an. Langsam entspannte er sich. Ein neuer Gedanke schien in ihm aufzukeimen. »Stimmt«, sagte er. »Ohne Sie wäre alles anders gewesen. Na, dann würde ich mal sagen, Sie schulden mir was.« Er lächelte sie spitzbübisch an. »Oder laufen Sie jetzt auch vor mir davon?«

30

Forschergeist

Die Katze, gut verborgen hinter dem Olivenbaum, sah und hörte alles: wie die Frau in die Wohnung kam und die Balkontür weit aufriss. Dann in die Küche stürmte und mit einer grünen Flasche zurückkehrte. Wie sie daraus trank, ein Glas, dann noch eines. Die Katze konnte den ekligen Geruch der verdorbenen Trauben riechen. Sie wusste, dass manche Vögel ganz verrückt danach waren; sie pickten die gärenden Trauben und wurden danach ganz närrisch. Der Katze war das immer sehr recht gewesen. Sie verengte die Augen und beobachtete die Frau scharf. Ihre Vibrissen fingen jede feine Schwingung aus der Luft.

Die Frau hatte sich an den Türrahmen gelehnt, und obwohl sie sich nicht regte, sondern ganz still dastand, die Arme verschränkt und die Augen geschlossen, gingen doch unruhige Vibrationen von ihr aus. Und hätte sie ein Fell gehabt, es wäre am ganzen Körper gesträubt gewesen.

Jetzt kam Leben in sie, sie langte in ihre Tasche und zog ein Kärtchen hervor, hielt es sich dicht vors Gesicht, als wollte sie es beschnuppern – und riss es dann in lauter kleine Fetzen, die langsam zu Boden flatterten. Die Katze verfolgte jeden einzelnen mit zuckendem Schnurrbart. Doch sie beherrschte sich.

Mit dem Ruf »Ein Tierarzt! Wie in einer beschissenen Romantikkomödie!« konnte die Katze nichts anfangen. Obwohl sie ihre eigenen Erfahrungen mit einem Tierarzt hatte. Einmal, ein einziges Mal in ihrem Leben, war sie in eine Falle gelaufen. Sie war noch sehr jung gewesen und hatte der Verlockung eines ungewohnten, verheißungsvollen Duftes nicht widerstehen können. Auch wenn die Anwesenheit der fremden Kiste in ihrem vertrauten Hinterhof sehr seltsam gewesen war. Sie hatte die Alarmsignale ignoriert, hatte sich heran- und hineingewagt. Im nächsten Moment hatte sie in einem Käfig gesessen. Und hatte sich wenig später auf einem kalten Alutisch wiedergefunden, der nach Chemikalien stank und der Angst zahlloser Kreaturen.

Damals war es ihr ergangen wie der Frau jetzt: Ihr Fell war gesträubt, ihr ganzer Organismus in Alarmbereitschaft gewesen. Mit jedem Herzschlag hatte sie eine Woge an Wut und Willenskraft gesandt, die den Raum hätte dröhnen lassen müssen wie eine Trommel.

Die Katze hatte nichts gewusst von Tierfängern, von Tierasylen und Aufnahmeuntersuchungen. Aber als das Monster im weißen Kittel auf sie zugekommen war und sie dreist an Nacken und Kruppe gepackt hatte, um sie gegen die Unterlage zu drücken, da hatte sie alles an Kraft mobilisiert, was in ihr steckte. Sie hatte nach dem Monster geschlagen, das Weiß zerfetzt und das Blut darunter hervorgelockt. Auch sie hatte geschrien wie die Frau, tief aus dem Bauch heraus.

Und war entkommen.

Die Frau hatte inzwischen das Glas weggestellt und machte sich an dem alten Metallgestell zu schaffen, das bislang an der Wand gelehnt hatte. Sie zerrte es in die Balkonmitte, holte eine Decke und Kissen. Ganz offensichtlich baute sie sich ein Nest.

Das war sehr vernünftig, fand die Katze. Nirgendwo konnte man sich besser von so einer Erfahrung erholen. Gleich würde sie anfangen, sich zu putzen. Und hernach die innere Erregung wegschnurren; das funktionierte wunderbar. Schnurren heilte äußere Wunden so gut wie innere; unwillkürlich setzte die Katze leise ein. Der Ton reiste mit ihrem olivfarbenen Blick zu der Frau und spann sie ein. Da, es funktionierte, das Schnurren der Frau setzte ein, zwar unregelmäßig und ein wenig sägend. Aber die Katze wusste: Es würde sie in gute Träume tragen.

Die Frau bemerkte nicht mehr, wie die Katze hinter dem großen Oliventopf hervorkam.

Ihr schlanker Gang war lautlos. Er umrundete die Liege und streifte alles mit fellknisterndem Geheimnis. Als der um Frieda gezogene Kreis geschlossen war, hielt die Schwarz-Weiße inne. Ein paar Augenblicke lang richtete sie sich auf die Hinterbeine auf. Wie ein Erdhörnchen auf der Wacht beäugte sie die schlafende Frieda, mit einem Blick, so eindringlich, als überprüfe sie noch den hintersten Winkel ihrer Traumgebilde. Dann sank sie wieder auf alle vier Pfoten, umrundete erneut das Fußteil und ließ ihren Schwanz am Liegenrand entlanggleiten, nein, entlanghauchen. Er berührte ihn nie ganz. Und doch veränderte er die Schwingungen des Möbelstücks, die Luft, die darüber strömte, den Atem der Frau, die nichts von alldem ahnte. Nur seufzte und ein paar Traumschichten tiefer sank.

Die Katze beendete die Reiki-Sitzung. Würdevoll trat sie über die weißen Fetzen hinweg, ein ungeliebtes Puzzle, auf denen die Silben für »Rüdiger Wolf. Tierarzt« endgültig auseinandergerissen waren, und machte sich an die Erkundung der Wohnung.

Ihre Untersuchung folgte einem Plan, einer Notwendigkeit, die dem menschlichen Beobachter nicht leicht ersichtlich gewesen wäre. Lange verharrte das Tier an einer Teppichecke, die Molekül für Molekül beschnuppert wurde, dann querte es den halben Raum, ohne ihn eines Blickes zu würdigen, um mit einem Sprung auf dem Schreibtisch zu landen. Mit großer Sicherheit umkurvte es all die Stifte, Scheren, Radiergummis, leeren Tassen, USB-Sticks, Münzen, Papierstapel, Nippsachen. Überall fand die Katze Platz für ihre Pfoten und hinterließ kaum eine wahrnehmbare Spur im Staub hinter dem Bildschirm, tupfte aber kurz gegen die Maus und noch einmal und erneut, bis sie über die Tischkante hing und am Kabel baumelte. Das Mousepad rutschte hinunter und platschte auf den Boden.

Angestrengt spähte die Katze ihm nach, als läse sie aus dem Kaffeesatz. Das Ergebnis schien befriedigend, denn mit einem Parabelsprung landete sie erst auf dem Couchtisch, dann auf dem Sofa, das sie mit breit gespreizten, vorsichtigen Pfoten überquerte wie ein Polarforscher das Inlandeis, auf dem eine trügerische Schicht frischen Schnees gefallen ist. Sie umrundete alle Kuhlen, die so perfekt für eine kätzliche Mittagsruhe geeignet schienen, strafte sie mit Verachtung, ignorierte auch die Kissen, balancierte stattdessen über die Lehne und verließ dann den Ort, um den Rest der Wohnung zu inspizieren.

Sie nahm in der Küche Geschmacksproben von einem Rest Frühstückstee in der Tasse, der stark nach Milch roch, erforschte eine halb offen stehende Schublade im Schlafzimmer, aus der sie erst nach einer ganzen Weile wieder auftauchte, den Träger eines BHs an der Kante abstreifend, und bestieg dann über die Nordwand der Wintermäntel am linken Haken die Flurgarderobe, um eine Weile mit dem Satinband eines Strohhutes zu tändeln. Mit einem deutlichen Propp aller vier Pfoten landete sie wieder auf dem Boden, um endlich zurück im Wohnzimmer mit schräg geneigtem Kopf das Regal zu betrachten, das die gesamte Breite der Wand einnahm. Sie betrachtete es mit einer Konzentration, als wären all ihre bisherigen Aktivitäten nur Finten gewesen und dies ihr wahres Ziel.

Die Bretter waren in den verschiedenen Fächern auf unterschiedlichen Höhen angebracht und bildeten so natürliche Treppen. Die Katze verschmähte die Vorderseite der Bretter, wo zahlreicher Kleinkram den Weg versperrte, und tauchte lieber in die geheimen Gänge hinter den Büchern ein. Hier fand sich viel Staub, die Mumie einer Maus, eine Schachfigur, die nun irgendwo fehlte und ein tönernes blaues Ding, das seltsam roch, nach Blumen und Gewalt.

Die weiß Bepfotete hatte sich gerade geduckt, um mit vorsichtig vorgerecktem Hals diese Duftnote zu erforschen, als ein grelles Klingeln ertönte, das sie sofort in einen Sprung katapultierte. Es galt Alarm, und die Katze nahm keine Rücksicht mehr. Eine Handvoll Bücher plumpste zu Boden, das blaue Vasending fiel hinterher und zersprang klirrend, ein Geräusch, das die zweite Stufe der schwarz-weißen Rakete zündete, die sich jetzt mit einem mächtigen Satz aus ihrem Versteck in den freien Raum rettete und auf die Terrassentür zuschoss. Frieda

auf ihrer Liege nahm kaum mehr als einen verwischten Blitz wahr,
der allerdings im Balkonkasten ein wenig Erde aufspritzen ließ. Dann
dämmerte sie wieder weg.

31

Überlebensträume

Als Frieda über eine Stunde später wieder zu sich kam, begriff sie nur langsam, dass das Hupsignal der Fähre aus ihren Träumen in Wahrheit zu den Wagen der Müllabfuhr gehörte. Benommen, noch halb in der Ägäis, den Hafen von Piräus vor Augen und über sich den möwenschreihohen Himmel, schlug Frieda die Decke zurück. Sie brauchte dringend etwas zu trinken; in der Küche musste doch noch kalter Tee sein.

Das hatte sie nun vom Weinkonsum am helllichten Tage. Es war wie ein übles Echo aus den Zeiten mit Thomas. Niemals am Wein sparen. Lieber anderntags bis elf schlafen und noch nachmittags im Pyjama herumlaufen. Aber damals war ihr Kopf noch jünger gewesen. Und die Wohnung nicht leer. Jemand hatte bereits Jazz aufgelegt, wenn sie aufwachte, im Bad lief die Dusche, die Kaffeemaschine gurgelte, und das Leben erwartete sie um jede Uhrzeit mit offenen Armen. Nicht wie jetzt, wo sie einen Wecker brauchte, ein Radio und ausgefuchste Frühstücksrituale, um sich ihren Platz im Tag zu erobern. Mittagsschläfe bedeuteten, diesen Kampf zweimal am Tag kämpfen zu müssen. Deshalb mied sie Mittagsschläfe normalerweise. Sie hätte es wirklich besser wissen müssen.

Schuld war nur dieses dumme Mittagessen gewesen, auf das sie sich nie hätte einlassen dürfen. Es ging im Leben nun einmal nicht zu wie in Hollywoodkomödien. Dort hätte sie ihm beigestanden bei dem Versuch, Yvonne doch noch zu erobern. Und dabei hätten sie sich dann unmerklich ineinander verliebt. Am Ende hätte er mit Yvonne vor dem Traualtar gestanden, sie hätte mit Blumen in der Hand und Tränen in den Augen entsagungsvoll die Brautjungfer gegeben. Erst im letzten Moment, kurz vor dem Jawort, wäre er zur Besinnung gekommen und wäre mit ihr im Arm vom Altar geflüchtet. Rennend ins Glück. Was für ein Unfug!

Kopfschüttelnd tappte Frieda durch ihr Wohnzimmer in die Küche, trank gierig und kam dann mit der Tasse zurück. Erst jetzt bemerkte sie die herunterhängende Maus; dann das herabgefallene Pad. Sie wollte sich schon bücken, um beides wieder an seinen Platz zu legen, da fielen ihr die Scherben auf. Dann sah sie auch die herausgerissenen Bücher. Was für ein Chaos. War jemand bei ihr eingebrochen? Der Schreck weckte sie endgültig auf. Sie schaute sich hektisch um, fürchtete sich vor schockierenden Bildern, die sie anspringen könnten. Aber der Computer, das Teuerste, was sie besaß, stand ja unberührt da, der Fernseher ebenfalls. Niemand hatte ihr Mobiltelefon mitgehen lassen; es fehlte auch nichts von ihrem wenigen Schmuck. Ein rascher Rundgang ergab, dass gar nichts in der Wohnung fehlte. Es musste wohl der Wind gewesen sein, eine plötzliche Bö, die hereingefahren war.

Einzig um die Vase war es schade, ihr griechisches Urlaubssouvenir. Frieda sammelte die blauen Scherben Stück für Stück auf. An den Bruchkanten war der körnige braune Ton zu sehen. Einige Teile der Lasur waren abgeplatzt, sie konnte die Placken auf dem Teppich ausmachen; zu klein, zu viele. Keine Chance, das je wieder ordentlich zu kitten. Ihre Vase, das Einzige, was gut gewesen war an jenen Wochen in Griechenland, war endgültig hin. Als wäre Ingo damals doch zurückgekehrt und hätte sie in einem seiner Wutanfälle gegen die Wand geschmissen. Direkt aus ihren Träumen.

Damals in jenem Sommer, nach ihrer Flucht aus Athen, war Frieda bei jedem Klingeln an der Tür und vom Telefon zusammengezuckt. Doch Ingo hatte sich nie wieder gemeldet. Auch später war er ihr nirgendwo mehr begegnet. Als wäre er in Athen geblieben und kreise noch heute durch den irrsinnigen Verkehr der Metropole. Seltsam, dass sie gerade jetzt von ihm geträumt hatte.

Frieda hob die Bücher auf und legte die Überreste der Vase nach einigem Zögern ebenfalls ins Regal. Sie und die Vase, sie waren Überlebende. Heil oder in Scherben – manche Dinge ließ man sich nicht wegnehmen.

Dann sah sie, dass das Licht des Anrufbeantworters blinkte.

32

Nur vier Teller

»Danke für die Einladung«, sagte Frieda am Abend, als Maja ihr die Tür öffnete und sie umgehend mit einer mütterlich warmen Willkommensumarmung bedachte.

»Herein, herein.« Maja war wie immer blendend gelaunt.

Manchmal fragte Frieda sich, wie Tobias mit all dem Lärm und der Lebhaftigkeit zurande kam. Und Majas fast beunruhigendem Interesse an anderen Menschen. Maja war nicht bösartig, das nicht, nur: zu viel. Tobias dagegen war zurückhaltend und betrachtete fast alle Dinge mit amüsierter Gelassenheit. Offensichtlich fanden sie ineinander einen guten Widerpart. Denn gemeinsam waren sie legendäre Gastgeber, und ein Abend bei ihnen versprach meistens mehr als nur einen kulinarischen Höhepunkt. Frieda sagte sich, dass sie sich auf den Abend freuen sollte. Gesellschaft war bestimmt das Richtige für sie.

Tobias, wie immer der Dezentere, lehnte seine hageren Eins-Neunzig nur kurz zur Begrüßung aus der Küche in den kleinen Flur. Die schwarz gerahmten, viereckigen, glasbodendicken Brillengläser waren beschlagen vom Kochdampf, als er verkündete: »Das Bœuf bourgignon ist in fünf Minuten fertig. Geht doch schon mal rüber.«

»Wein?«, fragte Maja. Das Wohnzimmer war mit Kerzen beleuchtet. In den vielen Bilderrahmen ringsum spiegelten sich festlich die

Flammen. Sie hob die angebrochene Flasche vom Büfett. »Ich muss zugeben, ich hatte schon das eine oder andere Glas.«

»Ich muss zugeben, ich auch. Ich nehme erst mal Wasser, danke.« Frieda nahm das Glas entgegen. »Entschuldige, aber ich hab einen seltsamen Tag hinter mir.«

»Ein seltsamer Tag und Wein schon vor dem Abendessen.« Maja musterte sie intensiv: »Es geht dir doch gut? Du hast nicht etwa eine Krise?«

»Nein«, wehrte Frieda ab. »Nur etwas Windbruch und einen Tierarzt.«

»Erzähl«, sagte Maja.

Frieda hätte sich auf die Lippen beißen mögen. Sie sollte Maja besser nicht auf die Nase binden, dass sie Yvonne aufgelauert und erlebt hatte, wie die eines ihrer Dates hatte sitzen lassen. Schon gar nicht würde sie ihr erzählen, dass sie selbst sich von dem Mann hatte überreden lassen, mit ihm zu essen. Weshalb sie nun wusste, dass er Formationstänzer war – seit über zehn Jahren; sie hatte Fotos aus jedem einzelnen Jahr gesehen. Dass er plante, sich einen Alfa Romeo Spider anzuschaffen – er hatte ihr erst erklären müssen, dass das kein Superheld, sondern ein Auto war. Und dass er gerne auf Gran Canaria wandern ging. Dinge, die sie lieber nicht erfahren hätte. Zumindest nicht über einen Menschen, der sie nicht im Mindesten interessierte. Trotzdem hatte sie ihm übel genommen, dass er sie sichtlich ebenfalls nicht wiederzusehen wünschte. Selbst schuld, Frieda! Sie hatte schon wieder Lust auf einen Wein. Das Thema Tierarzt war besser tabu. Blieb der Windbruch.

»Also, ich hatte die Balkontür aufgelassen. Und da ist diese Vase heruntergefallen. Sie war aus Griechenland und ein Andenken. Und zufällig hatte ich gerade kurz davor von Ingo geträumt.« Frieda hielt inne. Schon wieder war die Konversation bei einem Mann gelandet; der Tag war verflucht.

Maja betrachtete sie nachdenklich. »Von diesem Ingo hast du nie viel erzählt. Der war seltsam, oder?«

»Schwamm drüber«, sagte Frieda missmutig. Und schwieg erneut.

»Na, in dir arbeitet es aber gerade ganz schön«, sagte Maja.

Frieda schaute sie an. Die gute Maja; nein, bösartig war sie wirklich nicht. Sie hatte bei aller Lautstärke doch ein erstaunlich feines Gespür für ihre Mitmenschen. »Weißt du, ich glaube, ich nehme jetzt doch einen Wein. Irgendwie«, sinnierte Frieda, während die rote Flüssigkeit in ihr Glas gluckerte, »habe ich das Gefühl, dass zur Zeit eine Menge alter Themen aufgerührt werden.«

»Männer?«, fragte Maja.

Frieda nickte. Sie zuckte mit den Schultern. »Und damit all die Fragen.«

»Was denn für Fragen?« Maja goss sich ebenfalls großzügig ein und lehnte sich zurück.

»Nun, was man sich eben so fragt, wenn man Single ist, nichts aufzuweisen hat als die Scherben diverser gescheiterter Beziehungen.«

»Ach das«, sagte Maja wissend.

Frieda schaute in ihren Wein. »Ich glaube nicht, dass du da mitreden kannst. Du und Tobias, ihr seid jetzt wie lange zusammen: seit der Uni.«

»Gibst du etwa dir für irgendetwas die Schuld?« Maja tätschelte ihr den Arm. »Thomas war einfach ein Fremdgänger, Steffen ein Langweiler. Und Ingo, nun ja. Das wirst du selbst am besten wissen.« Sie taxierte Frieda über ihr Glas hinweg.

»Ein Mann, der bei jeder Gelegenheit ausgerastet ist, und ich habe mir gesagt, das muss an seiner posttraumatischen Belastungsstörung liegen«, fasste Frieda fünf Jahre ihres Lebens zusammen. »Statt dafür zu sorgen, dass ich nicht traumatisiert werde.«

»Siehst du«, sagte Maja. »PTBS, es lag eindeutig an ihm.«

Frieda schüttelte den Kopf.

»Der Einzige, den ich mir erklären kann, ist Steffen. Nach Thomas' eiskaltem Abgang hab ich wohl gedacht, der ist harmlos. Der kann mir nicht wehtun.« Traurig nahm sie einen Schluck vom Wein.

»Dabei konnte er mir nur deshalb nicht gefährlich werden, weil ich nie wirklich verliebt in ihn war.«

»Ich fand auch immer, dass er von allen am allerwenigsten zu dir passte. Du bist doch viel lebendiger.« Sie überlegte. »Erik hätte ich hingegen verstanden.«

Alarmiert schaute Frieda auf. »Zu arrogant«, erklärte sie. »Der ist einfach zu sehr in sich selbst verliebt.«

»Das mag sein. Mag sein.« Maja drehte ihr Glas in der Hand und dachte offensichtlich nach. »Aber seine Bilder sind toll«, sagte sie schließlich.

»Ja«, gab Frieda zu. »Die Bilder sind toll.«

Es entstand eine Gesprächspause. Frieda schaute auf die Uhr. »Wer kommt eigentlich alles noch?« Der Tisch war wie stets geschmackvoll gedeckt, doch weit entfernt von den riesigen Tafeln, die Maja und Tobias sonst aufzufahren pflegten. Frieda zählte nur vier einsame Gedecke und erschrak. Hier sollte doch nicht etwa ein Verkupplungsversuch gestartet werden?

»Maja?«, fragte sie.

Ihre Gastgeberin lächelte. »Es wird alles gut«, sagte sie. »Ihr hattet Probleme miteinander, davon haben wir gehört.«

»Maja!«

»Und wir wollen helfen, dazu sind Freunde da.« Als sie Friedas entsetzten Blick sah, fügte sie hinzu: »Ihr gehört einfach zusammen.«

In Panik starrte Frieda auf die vier Gedecke. Sie hatten doch am Ende nicht vor, ihre Meinung über Erik Obermann und seine tollen Bilder zu verbessern?

Es klingelte an der Tür. Eilfertig wieselte Maja in den Flur.

Frieda stellte ihr Glas hart ab. »Ich verschwinde sofort!«, rief sie.

Tobias erschien in der Tür, eine heiße Kasserolle in den Händen. »Mach da mal mehr Platz«, forderte er Frieda gut gelaunt auf. »Verdammt, ist das heiß, schnell, ich lass es sonst fallen.«

Sie gehorchte notgedrungen. Aus den Augenwinkeln sah sie, dass Maja bereits den Türöffner betätigte.

»Die Garzeit ist entscheidend«, erklärte Tobias, der jetzt den Deckel abhob und eine Wolke von Dampf entließ, den er wohlig einatmete. Er zwinkerte ihr zu. »Es war übrigens Majas Idee. Nur, falls du jetzt an Mord denkst.«

»Tobias, im Ernst …«, begann Frieda. Dann trat Maja ein. Und hinter ihr, noch getragen vom Schwung des Ankommens und der Begrüßung: Yvonne.

Überrascht blieb sie stehen. Offensichtlich hatte sie Frieda hier auch nicht erwartet.

Maja eilte umher, rückte Stühle, nahm Yvonnes Mantel ab, spulte den Speiseplan herunter, bemüht, keine Pausen aufkommen zu lassen, dabei sichtlich stolz auf ihr kleines Überraschungsarrangement. Schließlich, nach einem schwindelerregenden Schwall von Geplauder, umarmte sie Yvonne betont herzlich, ergriff dann Friedas Hand und führte beide wie Kinder an ihre Plätze. »So, liebe Freunde«, sagte sie, »guter Wein, ein tolles Essen, das Tobias gezaubert hat …« Ihr Mann verstaute seine langen Beine unter dem Tisch, lehnte sich zurück und lächelte wohlwollend in die Runde. »Wenn das nicht alles wieder ins Lot bringt.«

Yvonne setzte sich steif. »Ich wüsste nicht, was nicht im Lot sein sollte.« Sie hob ihr Glas, damit Maja ihr leichter einschenken konnte, und wandte sich an Frieda, ohne ihr in die Augen zu schauen. »Und du?«

»Nein«, sagte Frieda, die noch immer stand und die Stuhllehne umklammert hielt. Einen Moment noch zögerte sie, bis ihr klar wurde, dass sie dem Fluchtimpuls nicht nachgeben würde. »Nein, wüsste ich auch nicht.« Sie sank auf ihren Stuhl.

»Also dann«, rief Maja aus und griff nach dem Servierlöffel. »Guten Appetit!«

33

Narbenschmerzen

Frieda verspürte keinen rechten Appetit. Sie hielt sich beim Essen ebenso zurück wie beim Wein und den Gesprächen. Maja hielt die Konversation dennoch gnadenlos in Fluss. Vom Essen auf ihren Tellern, einem Thema, bei dem Tobias Raum bekam, mit seinen Kochkünsten zu glänzen, ging es zum Wein, der aufgelegten Musik, zur Lebensart allgemein, von da zurück zu dem unerwartet frühsommerlichen Wetter und den Möglichkeiten, die das für die Gestaltung des Osterurlaubs bot, weiter zu Urlauben, Urlauben pauschal, Urlauben individuell, in Gruppen oder allein und schließlich zu dem von Maja als »wahnsinnig interessant« bezeichneten Projekt von Yvonnes Partnersuche.

»Ich finde es sehr gut, dass du es aktiv angehst«, sagte sie und holte sich von ihrem Mann durch einen Blick Zustimmung.

»Das tut offenbar nicht jeder«, meinte Yvonne, als Frieda stumm blieb.

»Du kennst meine Meinung dazu«, erwiderte Frieda und betrachtete das Glas, das sie zwischen ihren Fingern hin und her drehte. Luftperlen hatten sich innen abgesetzt und konnten durch kleine Erschütterungen dazu gebracht werden, sich von der Glaswand zu lösen und aufzusteigen. »Ich finde die Situation im Netz künstlich. Ich könnte damit nicht umgehen. Aber das gilt natürlich nur für mich.«

»Was meinst du mit künstlich?«, erkundigte Tobias sich und erreichte damit, dass Frieda nun tatsächlich an Mord dachte. Sie überlegte, wie sie es neutral formulieren konnte.

Yvonne kam ihr zuvor. »Sie glaubt, es wäre besser, wenn wir einander an den Achseln schnuppern würden, anstatt zu chatten und Fotos zu tauschen.«

Tobias und Maja lachten.

»Nein«, begehrte Frieda auf. »Ich meine nur, dass eine Begegnung, eine richtige Begegnung, also, da weiß man doch sofort, ob die Chemie stimmt. Im richtigen Leben genügt ein Blick.«

»Das stimmt«, rief Maja erfreut. »Das stimmt. Tobias hat sich in mich auf den ersten Blick verliebt, stimmt's? Ich kam gar nicht richtig zum Nachdenken. Es war auf einer Studentenparty. Und da stand dieser baumlange dürre Typ, den ich gar nicht kannte, und lud mich ins Kino ein. Ich meine, ich war mit den Augen noch nicht mal auf der Höhe seiner Schlüsselbeine angekommen. Ich hatte sein Gesicht noch gar nicht gesehen.«

»Aber sie hat sofort Ja gesagt«, fiel ihr Mann ein. »Es muss wohl was an den Schlüsselbeinen dran gewesen sein.«

»Ich liebe sie bis heute«, gurrte Maja und neigte sich für einen Kuss hinüber.

Yvonne verdrehte die Augen, was sie dadurch verbarg, dass sie ihr Glas vors Gesicht hob, um einen großen Schluck zu nehmen. Eine so vertraute Geste, dass Frieda ihr beinahe zugelächelt hätte. Ihre Blicke trafen einander kurz und vorsichtig.

Das glückliche Paar fuhr fort mit der Geschichte seines Kennenlernens. Frieda verfügte selbst über derartige Geschichten. Sogar über mehrere. Yvonne ebenfalls. Ihre Geschichten allerdings hatten alle mit den Trennungen, die auf sie folgten, ihre Gültigkeit verloren. Sie galten als widerlegt, waren keine Tickets mehr für den Eintritt ins lebenslange Glück. Deshalb eigneten sie sich nicht mehr zum Erzähltwerden.

»Ich stehe also vor diesem Kino«, erzählte Tobias gerade, »und es ist schon über eine halbe Stunde vergangen. Ich will gerade aufgeben und die Tickets zerreißen. Und da taucht sie plötzlich auf.«

»Plötzlich nach einer halben Stunde«, ergänzte Maja mit gespieltem schlechtem Gewissen. »Ich habe im Stau gestanden und bei jedem Meter, den es weiterging, habe ich mich nur gefragt: Wird er noch da sein? Ich meine, das war vor Facebook und Handy. Ich hatte weder seinen Nachnamen noch seine Nummer. Er hätte für immer fort sein können.«

»War ich aber nicht«, sagte Tobias und nickte.

»Warum eigentlich nicht?«, fragte Yvonne mit einer für sie ungewohnten Schärfe, die Frieda verriet, dass das zur Schau gestellte Pärchenglück sie nervte.

Tobias blinzelte hinter seiner kleinen dicken Brille. »Ich war mir eben sicher«, sagte er.

»So ist er«, sekundierte Maja und tätschelte seine Hand. »Er ist sich immer sicher.«

Frieda sah, dass Yvonne den Mund öffnete, und ergriff rasch die Initiative. »Und wie ist deine Erfahrung, Yvonne? Ich meine, wenn du deine Internetbekanntschaften dann triffst? Gibt es da Überraschungen?«

Yvonne zuckte nicht mit der Wimper. »Ich bin mir meist sehr sicher, was mich erwartet, wenn ich mich mit jemandem verabrede. Dafür sorgt der Algorithmus. Und eine kluge Fragetechnik beim Chat.« Selbstgefällig nahm sie einen Schluck Wein. »Neulich allerdings ...« Sie machte eine Pause, in der sie zur Serviette griff.

»Ja?«, fragte Frieda. Gleich kam es.

»Neulich, also da war ich mit einem Tierarzt verabredet.«

Neulich, dachte Frieda mit gesträubter Seele, neulich? Es ist doch gerade erst passiert. Sie selbst war immer noch mitgenommen von dem Zusammenstoß. Aber Yvonne wirkte völlig gelassen und mit sich im Reinen. Im Plauderton erzählte sie: »Laut seinem Profil war er Tänzer, ein geselliger Typ, ausgeglichen in jeder Lebenslage.«

Frieda dachte an den Tritt gegen den Reifen. »Ach«, sagte sie. »Ausgeglichen.«

Yvonne warf ihr einen raschen Blick zu. »Alles sah gut aus, fünfundachtzig Prozent Übereinstimmung. Aber als ich mich mit ihm verabrede, und das tue ich immer in Lokalen, die von außen gut einsehbar sind …« Diese Information galt Maja, der sie nun zunickte. »Als ich mich also dem Lokal nähere, wie immer ganz beiläufig, wie ein zufälliger Passant, da sehe ich ihn da stehen. Und es war ein Schock.«

Frieda lächelte. Das war doch genau das, was sie meinte. Kein Algorithmus und kein Chat konnten auf die Präsenz eines Menschen vorbereiten.

Aber dann sagte Yvonne: »Stellt euch vor: Er war gut zehn Jahre älter als auf dem Bild, das er eingestellt hatte. Was sage ich, fünfzehn.« Sie ergriff ihr Glas. »Nicht gerade das, was ich Fair Play nenne.«

»Würde ich auch sagen«, stimmte Tobias zu. Seine Frau schüttelte fassungslos den Kopf.

»Da hab ich dann ebenfalls die Fairness fahren lassen«, erklärte Yvonne. »Ich hab mich hinter einem Lieferwagen versteckt und ihm gesimst, dass ich noch im Büro zu tun habe und nicht kommen könne. Und hab auf dem Absatz kehrtgemacht. Er hat sich daraufhin nie wieder gemeldet.«

»Prost darauf«, stimmte Maja ihr zu.

»Saubere Lösung«, bestätigte auch Tobias. Sie schauten Frieda an.

Die war verwirrt. Sie hätte den Tierarzt nicht für einen Lügner gehalten. Ein Teil ihres Gehirns ging das Gespräch mit ihm durch. Hatte er sie ebenfalls angelogen? Falls ja, war ihr nicht das Geringste aufgefallen. Eine erschütternde Bilanz für jemanden, der bei seinen Entscheidungen auf Intuition setzte. Als sie die Blicke der anderen spürte, schob Frieda sich rasch eine Gabel in den Mund. Ein Gutes hatte die Sache, überlegte sie, während sie kaute. Yvonne hatte offenbar nichts von ihrer Anwesenheit vor dem Lokal mitbekommen. Keine weiteren Peinlichkeiten standen zwischen ihnen. Nur Erik.

Schließlich sagte sie: »Das tut mir leid. So ein Schuft.«

»Muss es nicht.« Yvonne spießte eine grüne Bohne auf. »Alle im Netz lügen. Ich weiß das. Ich kann damit umgehen.« Sie steckte das Gemüse in den Mund und kaute. Ihr Gesicht war entspannt und zeigte, zum ersten Mal an diesem Abend, den Ansatz eines echten Lächelns, das Frieda spontan erwiderte.

»Im Ernst«, fuhr Yvonne ohne die frühere Schärfe fort. »Es ist eben Arbeit: sichten, sieben, weiterscrollen.« Sie schwenkte den Rest Wein in ihrem Glas. »Man teilt aus und steckt ein. Damit werde ich fertig. Das Leben ist nun mal kein Ponyhof.« Sie fixierte Frieda über ihr Glas hinweg. »Du bist nie geritten, oder?« Sie grinste, aber es klang nicht allzu verletzend. Mehr wie die Aufforderung zu einem Spiel.

Frieda nahm die Einladung an. Mit sittsamer Mädchenstimme antwortete sie: »Ich war ein Einzelkind und hab viel gelesen.«

Tobias und Maja lachten. »Man muss gut auf sie aufpassen«, rief Maja. Nun lachten alle, auch Frieda und Yvonne.

Tobias holte den Nachtisch. Maja schenkte ein. Das Gespräch wanderte weiter. Irgendwann fragte Tobias Yvonne, ob sie auf der SüdArt etwas gekauft habe: »Ein wenig Kunst für dein Heim? Meine bescheidenen Entwürfe hast du ja verschmäht.« Maja boxte ihn neckisch in die Seite.

Yvonne schüttelte den Kopf. »Ohne Frieda kann ich mich da nicht entscheiden«, sagte sie. »Sie ist mein besseres Ich in diesen Fragen.«

Frieda neigte den Kopf und lächelte ihrer Freundin zu. Yvonne war wirklich keine Spielverderberin, dachte sie gerührt. Sie bestand nicht auf einem harten Sieg.

»Aber für das Leben«, sagte Yvonne da, »bin ich die Expertin.«

Maja, Tobias und Yvonne hoben darauf ihr Glas. Frieda stimmte mit einer Verzögerung ein, die kaum zu spüren war; der Abend verlief harmonisch, ja übermütig. Alle waren sich später einig, dass es eine wirklich gelungene Versöhnungsfeier war. Nur Frieda, die wirklich froh war, sich wieder mit Yvonne zu verstehen, fragte sich auf dem stillen Heimweg und später in ihrer noch stilleren Wohnung, ob alle Versöhnungen so schmeckten: bittersüß. Vielleicht war das ja unvermeidlich nach einem tiefen Bruch – wie Narbenschmerzen.

34

Der Duft
der Einsamkeit

Es war nicht Frieda, die Frau Singer fand. Sie lief nach unten, als sie durchs Fenster den Krankenwagen mit dem stumm rotierenden Blaulicht entdeckte, und begriff, dass die Sanitäter mit der Rolltrage in ihr Haus unterwegs waren. Frau Singers Wohnungstür stand offen; mit klopfendem Herzen trat Frieda ein. Frau Singer wurde gerade vom Sofa auf die Trage gehoben, sie war grau im Gesicht und hatte die Augen geschlossen, als sie an Frieda vorbeigeschoben wurde, hinaus auf den Flur.

»Sind Sie die Tochter?«, fragte die Notärztin, die gerade ein Formular ausfüllte.

»Nein. Ich meine, ich bin eine Nachbarin.« Dann fiel ihr ein: »Ich kann die Tochter benachrichtigen.« Sie hoffte, dass das stimmte. Frau Singer hatte ein kleines rotes Büchlein mit Telefonnummern. Darin würde sie doch wohl die Nummer der Tochter finden. »Wo bringen Sie sie hin?«

»Nordklinikum«, lautete die knappe Antwort.

»Soll ich etwas zusammenpacken?«, bot Frieda an.

»Bringen Sie es nach.« Die Ärztin war mit ihren Dokumenten fertig und stand auf. »Denken Sie an Medikamente, Brillen, Hörgeräte, solche Sachen.« Sie schaute Frieda kurz an und nickte. »Das vergessen die Leute gern.«

Frieda versprach es. Der ganze Trupp war schon beinahe weg, als es ihr einfiel zu fragen. Sie lief der Notärztin nach bis an die Wohnungstür: »Was hat sie denn?«

Die Frau drehte sich nicht einmal mehr ganz um. »Da Sie keine Angehörige sind, darf ich Ihnen das nicht sagen.«

Die Nachbarn, die sich im Flur drängten, waren weniger zurückhaltend: »Na, was wohl, in dem Alter. Schlaganfall«, meinte einer. »Oder Herzinfarkt«, bestätigte seine Frau. »Schrecklich«, fiel eine andere Nachbarin ein. »Ganz schrecklich. Aber im Grunde ja überfällig.«

Frieda schloss vor dem Gerede die Tür. Zum ersten Mal stand sie alleine in Frau Singers Wohnung. Sie bemerkte die Standuhr, die mit ihrem Ticken den Flur füllte. Durch die geöffnete Wohnzimmertür sah sie den riesigen Couchtisch mit der Steinplatte, höhenverstellbar durch einen großen Hebel, den ihres Wissens nie jemand betätigt hatte. Darauf lagen die Fernbedienung, das Stoffgedeck für Frau Singers einsame Abendmahlzeiten zu den Nachrichten und das Tablett mit dem Kreuzworträtselheft samt dem sorgfältig quer daraufgelegten Bleistift und der Lupe mit der Kordel, die Frau Singer jetzt nicht mehr um den Hals trug. Alles wirkte verwaist wie ein trocken gefallenes Aquarium.

Am Ende des dunklen Flurs, den Frieda nie entlanggegangen war, lag Frau Singers Schlafzimmer. Als Frieda vorsichtig die Tür öffnete, sah sie den Schutzengel in Öl, der die halbe Wand einnahm, darunter das wuchtige, für das Zimmer viel zu große alte Kastenbett, umstellt von schweren Möbeln. Nur eine Seite des Bettes war bezogen. Mit einem Mal fiel es Frieda schwer zu atmen. Einsamkeit war in alles eingesickert, hatte das Holz dunkeln und den Spiegel der Ankleidekommode erblinden lassen, ein schwarzer Himmel voller toter Sterne. Und dieser Geruch, der sich mit jedem Atemzug auf ihre Seele legte. Würde sie auch einmal so riechen?

Frieda unterdrückte ihren Fluchtreflex, fand das Nachthemd unter dem Kissen, den Morgenmantel hinter der Tür und auf der kleinen Ablage im Bad die wenigen Utensilien, die es einzupacken galt. So etwas wie eine Reisetasche konnte sie nirgends entdecken; Frau Singer hatte wohl keine Reisen mehr geplant. Frieda erinnerte sich an die Plastiktüten unter der Spüle. Als Verpackung musste das reichen.

In der Küche fiel ihr Blick auf das Telefon. Der altmodische Apparat hatte ein sorgsam von Hand beschriftetes Verzeichnis von Kurzwahlnummern an der Oberseite. Ob sie die Familie informieren sollte? Frieda fand sich selbst auf Platz eins, und ihr Herz zog sich zusammen. Frau Singer hatte höchstens zwei- oder dreimal im Jahr angerufen, nur in absoluten Notfällen, wie damals, als die Fernbedienung ihres Fernsehers nicht funktioniert hatte. Frieda hatte die Krise mit neuen Batterien behoben. Wenn das bedeutete, Frau Singers Nummer eins zu sein, wie oft hatte die alte Dame dann mit anderen Menschen gesprochen?

Frieda fand auf den nächsten Plätzen den Hausarzt, den Augenarzt, einen Internisten und die Apotheke, gefolgt vom Friseur, der ins Haus kam. Die nächste Rufnummer gehörte der Fußpflegerin. Die restlichen Plätze auf der Liste waren nicht belegt.

Auf einmal kam Frieda die Luft unerträglich stickig vor. Sie trat ans Fenster, um es zu öffnen. Im stillen Schatten der Araukarie schoss der Farn seine grünen Raketen. Das Unkraut zwischen den Platten spross weiter. Und auf dem äußeren Fensterbrett stand eine Dose, geöffnet und leer.

Frieda nahm sie in die Hand und schnupperte daran. Thunfisch; nicht alt. Das war seltsam, Frau Singer hatte nie über eine Katze gesprochen. Soweit sie wusste, teilte die alte Nachbarin ihren Alltag mit niemandem.

Frieda fand im linken oberen Küchenschrank noch einen ganzen Stapel der kleinen goldenen Dosen. Frau Singer hatte eindeutig für eine Katze vorgesorgt. Offenbar besaß die Schwarz-Weiße ein Zuhause. Frieda spürte unversehens einen kleinen Stich der Eifersucht.

So simpel war das also. Die Katze war keine sphinxhafte Botschafterin aus einer geheimen Welt, die allein mit ihr, Frieda, Kontakt aufzunehmen wünschte. Sie war lediglich auf der Suche nach jemandem, der ihr Thunfisch und ein Zuhause gab. Und hatte das bei Frau Singer gefunden.

Frieda warf die leere Dose in den Müll und suchte unter der Spüle nach einer Einkaufstasche. Dahinein packte sie alle Dosen bis auf eine, die sie sofort öffnete und aufs Fensterbrett stellte, ehe sie die Fensterflügel wieder schloss.

Die übrigen Dosen würde sie nach und nach von außen auf dem Fensterbrett platzieren; denn sie würde nicht mehr in die Wohnung zurückkönnen, wenn sie erst einmal die Tür ins Schloss gezogen hatte.

Als sie die gepackte Tasche eine gute halbe Stunde später im Nordklinikum abgab, erfuhr sie lediglich, dass Frau Singer auf die Intensivstation gebracht worden war und vorerst keinen Besuch empfangen konnte, da Ärzte bei ihr waren, »zur Abklärung«.

Frieda fuhr nach Hause. Sie lief in der Wohnung auf und ab. Schließlich rief sie entschlossen Yvonne an, immerhin Fachkraft für medizinische Fragen. Sie hatte sich, Versöhnung hin oder her, nicht so rasch wieder bei ihr melden wollen, aber dies war ein Notfall.

»Über neunzig? Vermutlich ein Thrombus«, sagte Yvonne. »Je nachdem, ob er im Gehirn oder im Herz auftritt, führt das zu einem Schlaganfall oder einem Infarkt.«

»So weit war die Nachbarschaft auch schon.« Frieda seufzte. »Glaubst du, sie kommt da je wieder raus?«

»Wieso?«, meinte Yvonne. »Planst du einen Umzug ins Erdgeschoss?«

»Sei nicht so zynisch«, sagte Frieda. »Ob das alles ist, was mal von uns bleibt: eine Handvoll Nippes und eine Wohnung in guter Lage?«

»Von mir bestimmt«, erwiderte Yvonne. »Eine Handvoll mit sehr hochwertigem Nippes, möchte ich meinen, und ein Haus in bester Lage. Du wohnst zur Miete.«

»Ha«, sagte Frieda, die nebenbei ihre Post sichtete und gerade einen DIN-A4-Umschlag mit schwerem Inhalt öffnete, »dafür hinterlasse ich, wie es aussieht, einen geschmackvoll gestalteten Hochglanzkatalog voller Gartengeräte.«

Sie verstummte, als sie die Karte las, die dem Belegexemplar beigefügt war: Patrik Igel bedankte sich für die gute Zusammenarbeit und erneuerte sein Angebot, sich auf einen Kaffee zu treffen. Irgendwann. Jederzeit.

Patrik Igel. Wenn sie Hase hieße, könnten sie einander ein Wettrennen liefern. Hieße er Hase, könnten sie in die Provinz ziehen und einander Gute Nacht wünschen. So oder so, es passte nicht.

»Was meinst du?«, fragte sie in den Hörer. »Sollte ich mich mit einem Mann einlassen, der sich auf handwerkliche Dinge versteht?«

»In welchem Bereich?«, fragte Yvonne.

Frieda blätterte durch den Katalog. Haus. Wald. Garten. Werkstatt. »Ich schätze, in allen«, sagte sie.

Yvonne lachte. »Lass es mich so sagen: Du wärst für ihn ein reich gedeckter Tisch.« Sie verabschiedete sich. »Und lass ihn zuerst deinen Couchtisch abschleifen. Der ist voller Wasserflecken.«

»Das sind Sternbilder, wie du weißt«, widersprach Frieda. »Aus denen lese ich täglich mein Schicksal.«

»Das erzählst du ihm besser nicht beim ersten Date. Bye.«

Auch Frieda legte auf. War das früher auch schon so gewesen mit Yvonne. So Schlag auf Schlag? Mehr Duell als Gespräch? Wo sollte sie das hinführen? Frieda starrte die Sternbilder auf ihrem Couchtisch an, doch die wollten nichts verraten.

35

Einladung zum Spiel

Das Treffen mit Patrik Igel legte Frieda nach langer Überlegung auf den Samstag in drei Wochen. Zu viel Arbeit, hatte sie ihm erklärt, um sich früher zu sehen. Eine Lüge. Aber wenigstens wäre dann die Jazznacht in der Kofferfabrik. Frieda fand, wenn er zustimmte, einen ganzen Abend lang Freejazz zu lauschen, dann hätten sie beide eine Chance. Zu spät war ihr eingefallen, dass es vielleicht keine gute Idee war, sich gleich beim ersten Mal zu einer ganzen Musik-*nacht* zu treffen statt auf ein Glas in einer Bar. Ein Glas war schnell geleert, danach durfte man nach Hause gehen. Aber wann endete eine Nacht? Und lag darin nicht schon ein ganz bestimmter Vorschlag?

»Würdest du es für ein eindeutiges Angebot halten, wenn eine Frau dich zu einer Jazznacht einlüde?«, fragte sie Bernd, als sie am Montagmorgen in seinen klapprigen Renault stieg, um zu ihrem gemeinsamen Filmtermin zu fahren. Mit der Fußspitze schob sie die alten Fast-Food-Verpackungen im Fußraum beiseite.

»Ich würde sie für einen Jazzfan halten«, meinte Bernd und half ihr, indem er ein paar der klebrigen Tüten packte und auf die Rückbank warf. Gleichzeitig blinkte er und reihte sich in den Verkehr ein. »Was mir gefallen würde.« Er grinste unter der Vogelnestfellmütze, die er immer noch und offenbar auch im Wagen trug.

»Du bist eben perfekt«, sagte Frieda und tätschelte sein Knie. Er schob eine CD ein. »Trio Elf«, sagte er. »Musst du dir mal anhören.«

Frieda lauschte und ließ ihre Gedanken schweifen. Dann also eine Nacht und warum auch nicht. Sie würden tanzen. Die Stimmung würde gut sein. Sie setzte nicht viel Hoffnung auf eine Konversation mit Patrik Igel, warum also nicht schnell zum nächtlichen Teil des Treffens schreiten. Dann hätte sie wenigstens das einmal wieder gehabt. Die warme Haut eines anderen Menschen auf ihrer. Berührungen. Küsse. Ihr Körper reagierte auf die Bilder und begann, sich seine eigenen Gedanken zu machen.

»Woran denkst du?«, fragte Bernd.

»Oh«, sagte Frieda und setzte sich aufrecht hin. »Nichts Besonderes. Autofahrgedanken.« Sie schaute aus dem Fenster. Viel flaches Land, unterbrochen von Strommasten und Zäunen. Aufblühendes Gelb von Raps. Hier und da ein Gewerbegebiet oder ein Logistikzentrum, die Laster an den Laderampen hängend wie Ferkel an der Muttersau.

»Also, ich denk beim Autofahren meistens an Essen.«

»Essen?«, fragte Frieda verblüfft. »Das erklärt zumindest die Verpackungen.« Und den komischen Geruch, dachte sie. Den seltsam grünen stechenden Duft, der ihn manchmal umgab. Vermutlich trug er alte Burger-Verpackungen in seinen Jackentaschen herum.

»Ich krieg eben Appetit beim Fahren. Ich hätte schwören können, dass du eben auch ans Essen gedacht hast.« Er blinkte, als die Ausfahrt zu einer Autobahntankstelle kam. »Du hast so hungrig ausgesehen.« Als er ihr entgeistertes Gesicht sah, meinte er: »Ist schon gut, ich lad dich ein.«

Einen Schnellrestaurantbesuch und ein Gespräch später über die Frage, warum es trotz des Namens unmöglich war, Burger mit bürgerlichem Anstand zu verzehren, waren sie schon beinahe am Ziel.

»Klar ist es ungesund, ich mache das auch nur beim Autofahren«, sagte Bernd. »Ist so ein Tick. Auto und Fast Food, das gehört für mich einfach zusammen.«

»Tut mir leid, das mit der Mayonnaise auf deiner Fußmatte.« Sie knüllte die Verpackungen zusammen und versuchte sich, so gut es ging, die Finger abzuwischen. »Wohin damit?«

Bernd warf seinen Müll fröhlich auf den Rücksitz und lobte sie, als sie es ihm nachtat.

»Du bräuchtest vielleicht einen Hund«, meinte sie mit einem halben Schulterblick nach hinten. »Der würde die Reste fressen. Oder eine Katze.«

»Allergisch gegen beides«, antwortete Bernd. »So wie gegen Meerschweinchen und Hamster. Eigentlich gegen alles außer Goldfische. Da vorne ist es, glaub ich.«

»Schildkröten?«, fragte Frieda.

»Vermutlich auch.« Er lenkte auf den Parkplatz. »Was Haut hat, hat auch Hautschuppen.«

»Spinnen?«

»Nur ästhetisch allergisch«, sagte Bernd und schaltete den Motor aus. »Hilfst du mir mit der Ausrüstung?«

Frieda folgte ihm zum Kofferraum, der im Gegensatz zur Rückbank tipptopp war, ebenso wie die vielen Alubehälter, in denen sich Bernds Filmausrüstung verbarg. Ergeben streckte sie die Arme aus und ließ sich behängen.

Es dauerte über fünf Stunden, bis sie ihr Material beisammenhatten. Nach dem Schnitt würde es drei Filme à fünf Minuten ergeben. In den ersten Stunden war ihnen, vor allem im Schatten der großen Anlagen, noch ziemlich kalt. In den letzten Stunden kamen sie ins Schwitzen, in der steigenden Sonne und im Funkenregen der Schweißanlage, den Bernd mit Engelsgeduld und immer neuen Ideen wieder und wieder einfing. Ebenso wie die Bewegung auf den Fließbändern. Er hatte wirklich ein Auge für das, was ein gutes Bild ergeben würde. Frieda schaute mehr als einmal durch den Sucher, ehe er abdrückte. Alles gewann in den von ihm gewählten Ausschnitten an Größe und Proportion. Sie ließ sich seine Belichtungsstrategien erklären. Auf dem Rückweg diskutierten sie über die Farbnachbearbeitung. Als sie sich der Stadt näherten, fragte Bernd: »Wie stehst du eigentlich zu Spieleabenden?«

»Spieleabende«, echote Frieda. »Welch überaus exotische Vorhaben.«

»Vorsicht«, mahnte Bernd. »Ich war auch nett zu deiner Jazznacht.«

»Du *magst* Jazz.« Frieda hob abwehrend die Hände. »Ich und Kartenspiele dagegen ...«

»Kein Kartenspiel. Mah-Jongg. Mit Spielsteinen auf einem Brett, wie echte Chinesen. Und du liebst chinesisches Essen.«

»Was hat chinesisches Essen damit zu tun?«, fragte Frieda lachend.

»Das gibt es dazu«, sagte Bernd und schaute kurz zu ihr rüber. »Also: Was meinst du?«

»Wann denn?«, fragte Frieda. Als er mit den Schultern zuckte, begriff sie: »Jetzt gleich?«

»Das Essen holen wir von Bao Han.«

»Im Ernst?« Das Bao Han war berühmt für seine Entengerichte. Daheim würde sie sich höchstens noch zu einem Wurstbrot aufschwingen. Und Mah-Jongg klang interessant. Interessanter, als sie es Bernd zugetraut hätte. Dem guten alten Bernd. Für einen Moment, vielleicht lag es am Licht der Ampel, vielleicht an der drohenden Jazznacht, vielleicht auch an den Nacktmullen – oder es hatte in New York ein Schmetterling mit den Flügeln geschlagen; für einen Moment jedenfalls sah sie Bernd in einem neuen Licht. Und Frieda musste schlucken. »Abgemacht«, sagte sie. Die Ampel sprang auf Gelb.

Frieda lehnte sich im Sitz zurück. Vor dem Fenster glitt die vertraute Szenerie vorbei: der Ring, die Oper, der Bahnhof, das Tunnel. Alles sah plötzlich verändert aus. Wie mit einem Bernd-Apparat gefilmt. Überlebensgroß, überlebensdeutlich, überlebensschön. Frieda musste lächeln. Sie wandte den Kopf, in dem sanfte Jazzmusik einsetzte. »Holen wir das Essen auf dem Hinweg?«, fragte sie.

Bernd schüttelte den Kopf. »Das Essen bringen die anderen mit.«

»Die anderen?«, fragte Frieda. Die Musik setzte plötzlich aus.

Bernd hatte einen Parkplatz entdeckt, blinkte und hielt. »So ein verdammtes Glück«, kommentierte er seinen Fund. Kurz schaute er Frieda an, dann in den Rückspiegel. »Mah-Jongg spielt man zu mehreren«, sagte er und schlug das Lenkrad ein. »Immer vier an einem Tisch. Oder wir bilden Paare.«

Paare. »Natürlich, klar«, sagte Frieda. »Mah-Jongg.«

36

Harry oder Sally?

Während der Woche und während sie Bernds Filme nachbearbeitete, dachte Frieda oft an diesen Abend. Das Essen war ausgezeichnet gewesen, Bernds Freunde sehr sympathisch, das Spiel wirklich amüsant; sie hatte sich wohlgefühlt in der Runde. Einstimmig war sie eingeladen worden, auch beim nächsten Turnier wieder teilzunehmen, das in der Wohnung einer Yogalehrerin stattfinden sollte, einer Frau namens Saskia, die Frieda an jenem Abend auch nach Hause gefahren hatte. Saskia erzählte Frieda von ihrem Studio in der Warägerstraße und den Kursen, die sie dort gab. »Schön, dass Bernd so eine nette Freundin hat«, sagte sie zum Abschied unvermittelt. »Er verdient es.«

Frieda hatte das Missverständnis aufklären wollen, aber nur ein skeptisches Lächeln geerntet, das sie noch immer beschäftigte. Es war, als schmeckte sie dem Gedanken nach. Er passte zu dem Licht, dem neuen Bernd-Licht, das noch immer da war, und blinkte wie ein fernes Leuchtfeuer, ein starker, warmer Lichtstrahl, der mal auftauchte, mal nicht. Ein rotierendes Leuchtfeuer, das sich um den einen Gedanken drehte: Was wäre, wenn.

Was wäre, wenn Bernd derjenige wäre, ihr guter Freund, all die Zeit. Undenkbar war es nicht. Harry und Sally hatten im Film zehn Jahre gebraucht, um zueinanderzufinden. Zehn Jahre als beste Freunde. Dann ging das Licht an, und sie heirateten. Frieda liebte diesen altmodischen Streifen aus den Achtzigern. Natürlich sollte man sein

Leben nicht nach romantischen Hollywoodkomödien ausrichten. Das wäre dumm. Dumm und unreif. Albern geradezu. Peinlich war es, ein peinlicher Gedanke. Sie musste ihn sich verbieten, schon um ihrer Selbstachtung willen. Sie würde nicht mehr an Bernd denken. Arbeit, sie hatte jede Menge zu arbeiten. Arbeiten mit Bernd. Aber das würde sie hinkriegen.

Als Bernds Mail mit der Frage kam, wie sie den Abend überstanden hätte und ob das Filmmaterial passte, zögerte sie mit der Antwort. Die Bilder waren toll. Die Anfrage rücksichtsvoll. So war Bernd nun einmal. Begabt, fürsorglich. Humorvoll. Aber schlampig, fiel ihr besseres Ich rasch ein. Ehrgeizlos, unreif, im Grunde ein großes Kind. Doch wer war sie schon, den ersten Stein zu werfen, sie, Frieda Fuchs, Seiltänzerin, Schicksalszeichensucherin, Katzenorakelbeschwörerin. War sie etwa reifer?

Noch während sie hin und her überlegte, tippten ihre Finger. Frieda spürte das Rieseln darin bis in die Spitzen. »Heute Abend«, tippte sie, »bei mir? Ich koche.« Sie drückte auf Senden und wartete. Das Rieseln setzte sich fort bis in ihre Beine. Es mochte Vorfreude sein, Erregung oder nackte Furcht. Frieda wusste es nicht, und für den Moment war es ihr egal, sie war bereit, sich einfach in die neue Empfindung hineinzuwerfen. Einen Entschluss zu fassen hatte etwas Berauschendes.

Die Antwort kam mit einem leisen, schmeichelnden *Pling*. »Prima«, las Frieda. »Dann kann ich dir meine neue Idee für die Storyline erklären. Spoiler: Wir sollten alles noch mal komplett über den Haufen werfen.«

Der gute Bernd! Frieda schaffte es gerade noch, ihm eine Uhrzeit zurückzusenden. Dann verließ sie fluchtartig den PC, ehe sie es sich anders überlegte. Sie hatte versprochen zu kochen; sie musste einkaufen gehen.

Dreimal verließ sie die Wohnung und dreimal kehrte sie nach wenigen Metern wieder um. Das erste Mal fiel ihr ein, dass sie für die Weinflaschen besser den Rucksack nehmen sollte als den Korb.

Dann hatte sie den Geldbeutel nicht dabei; er lag im Korb. Beim letzten Mal stand sie ratlos im Flur und kam nicht mehr drauf, was ihr eben noch so dringend durch den Kopf geschossen war. Kopfschüttelnd brach sie wieder auf. Auf der Treppe fiel es ihr dann wieder ein: Sie hatte die Balkontür offen gelassen. Dabei sah es nach Regen aus. Frieda stand im Eingang vor dem Torbogen, schaute nach oben und beschloss, dass das Wetter halten würde. Dies war ein Wunsch an das Universum, vorschriftsmäßig klar formuliert und Ausdruck ihrer zielgerichteten Willenskraft.

Klatschnass kehrte sie eine halbe Stunde später mit ihren Einkäufen zurück, um fluchend Handtücher auf ihrem Teppichboden auszulegen, der sich bis zum Couchtisch mit Regenwasser vollgesogen hatte. Egal, sagte sie sich, Bernd würde es sicher nicht stören. Wenn alles lief, wie sie es sich vorstellte, würde er es nicht einmal bemerken. Vom Esstisch direkt ins Bett. Der Labortest, wie Yvonne sich ausdrücken würde. Wenn alles gut lief, der Auftakt zu einem vielleicht lebenslangen Gespräch ihrer Körper und Seelen. Oder verlangte sie damit zu viel? Ach, Augen zu und durch.

Trunken von Adrenalin, begab sie sich in die Küche, um sich an dem komplizierten Rezept zu versuchen, das sie ausgewählt hatte, chinesisch natürlich, um an einen gelungenen Abend anzuknüpfen. Dabei sang sie die ganze Zeit. Wie ein Kind, das sich beim Gang durch einen nächtlichen Wald Mut macht.

Was sie nicht bemerkte, war der heimliche Gast in der Wohnung, der sich vor dem Regenschauer zu ihr geflüchtet und sich bei ihrer hastigen Rückkehr im Schlafzimmer verborgen hatte, wo wie meistens die Wäscheschublade halb offen stand, eine einladende Höhle.

37

Sprungbereitschaft

Die Katze war nicht zum ersten Mal in einer solchen Situation und weit entfernt davon, in Panik auszubrechen. Wenn sie es wollte, konnte sie sich stunden-, ja tagelang unbemerkt mit einem anderen Wesen im selben Raum aufhalten; sie konnte sein wie ein Geist. Sie spürte keine Furcht. Doch sie war bereit.

Dass sie gefangen war, wusste sie. Sie brauchte nicht erst im Wohnzimmer nachzusehen, sie spürte aus ihrem Versteck heraus, dass die Balkontür nunmehr geschlossen war, der Rückweg abgeschnitten. Die Atmosphäre, der Schall, die Qualität der Luft – alles hatte sich verändert. Die Geräusche der äußeren Welt, das Prasseln des Regens auf den Blättern, sein Rauschen auf den Dächern, das Aufheulen des Windes, all das war gefiltert und fern gerückt. Dafür hatten alle Geräusche im Inneren eine große Nähe und Lebendigkeit erhalten: das Prasseln des Fettes in der Pfanne, das Rauschen des Wassers, das das Spülbecken füllte, das Klappern der Tiegel im Badezimmer und das Flüstern der Stoffe, während Frieda Kleidungsstück um Kleidungsstück überzog und wieder verwarf, all das verwob sich zu einer eigenen Welt mit vibrierendem Puls, dem die Katze nachspürte bis in seine feinsten Rhythmen. Sie spürte Aufregung. Sie spürte Willenskraft und Furcht. Sie spürte Lust. Die Katze wusste: Es war Jagdzeit.

Sie hockte in ihrer Lade, gefangen, umgeben von den fremden Vibrationen, doch sie war nicht nervös. Alles war, wie es sein musste; es lief auf den einen entscheidenden Punkt zu. Auf den Sprung.

Die Katze duckte sich tief auf ihre vier Pfoten. So, wie sie es im Keller getan hatte, nachdem der Weg der Maus berechnet worden war. Sie verstand sich darauf, geduldig zu sein, mit der Umgebung zu verschmelzen, keine Signale zu senden und doch alle zu empfangen. Wie in einem Brennspiegel versammelte sie in ihrem Bewusstsein alle Stimmungsstrahlen der Umgebung, bündelte sie und schmeckte ihre Temperatur.

Sie lauschte auf die Schritte der Frau und auf das Singen. Etwas sagte ihr, dass Dinge bevorstanden, große Dinge, die sie voll in Anspruch nehmen würden. Und sie begann zu schnurren, nicht aus Behagen, rein aus Vorsicht, so wie ein Krieger meditiert, um sich auf den Kampf vorzubereiten, in den er in Kürze ziehen wird. Frieda mochte unsicher sein und verwirrt. Die Katze war bereit.

38

Forelle mit Mandeln

»Bernd«, rief Frieda, die im vollen Schwung ihrer Aufregung die Tür öffnete. Dann stockte sie. Ihn zu berühren war auf einmal so schwierig. Sonst hatte sie ihn umstandslos umarmt. Doch jetzt wäre das zu viel gewesen und zugleich zu wenig. Zu verräterisch am Ende – und doch zu nichtssagend. Sie hob die Hand, zögerte, legte sie dann auf seine Brust, links, über dem Herzen. So viel weniger als sonst, zugleich so viel mehr. Das musste er doch spüren?

Und er würde hoffentlich auch bemerken, dass sie keinen BH trug unter der Bluse? Es war nicht ihre bunteste, eng anliegendste Bluse, sogar ein eher schlichtes Modell, und die Knöpfe wirkten wie zufällig offen gelassen, lässig, dabei ganz beiläufig einen ebenso tiefen Einblick gewährend, wie ein auffallendes Dekolleté es getan hätte. Auch die Strumpfhose hatte sie weggelassen. Ob er ihre nackten Füße bemerken würde?

Ob sie zu wenig getan hatte? Im nächsten Moment kam sie sich halb nackt vor, peinlich entblößt und aufdringlich, sie kaschierte es durch betont schlaksige, kumpelhafte Bewegungen. »Komm doch rein.«

»Für dich.« Er hielt ihr sein Mitbringsel entgegen, einen Karton mit der Aufschrift *freilaufend*.

»Eier?«, fragte Frieda erstaunt. Bernd klappte den Karton auf und ließ sie den Inhalt sehen. »Frieda-Eier«, sagte er. »Ist doch bald Ostern.«

Frieda hob eines der zerbrechlichen Dinger heraus. Irgendwie hatte Bernd es geschafft, Fotos von ihr auf die Eischale zu bringen, als zweifarbigen Druck in Sepia und Weiß.

»Die hab ich während der Arbeit geschossen«, erläuterte er. »Hab immer mal zu dir rübergehalten, ohne dass du es gemerkt hast.«

»Bernd, die sind wunderschön. Echte kleine Wunder.«

Er grinste, zufrieden mit ihrer Reaktion. »Für Yvonne hab ich auch welche gemacht, wenn sie möchte.«

»Toll«, sagte Frieda in abflauender Begeisterung. Im ersten Moment war sie bereit gewesen, das Geschenk als etwas ganz Besonderes zu sehen. Das gesuchte Zeichen dafür, dass sie das Richtige tat. Aber offenbar war es nicht so einzigartig, wie sie dachte. Alles blieb also offen. »Ich hab im Wohnzimmer gedeckt«, sagte sie.

»Gedeckt?«, fragte er, um gleich darauf in ein »Wow« auszubrechen. Frieda flüchtete in die Küche. »Du hast deinen Schreibtisch aufgeräumt«, rief er zu ihr hinüber.

Sie hob einen Topfdeckel ab und fühlte die Hitze auf ihrem Gesicht. Der Reis war gar. »Es ist mein einziger Tisch«, rief sie zurück. Sie kam mit dem Topf und stellte ihn auf die von allen Unterlagen befreite Tischplatte. »Sonst hätten wir uns auf dem Sofa zusammenfalten müssen.«

»Neuer Teppich?«, fragte er.

»Wasserschaden.« Sie verschwand, um das gedünstete Gemüse zu holen.

»Den Couchtisch hat's auch erwischt.«

Das sind Sternzeichen, dachte Frieda. Aber sie sagte es nicht laut, Yvonnes Ermahnung eingedenk. Nicht beim ersten Date. Herrje, sie hatte tatsächlich und wahrhaftig ein Date. Mit Bernd.

Als sie zurückkam, schaute er unter das Brokattuch, das sie über ihren Computerbildschirm geworfen hatte. »Ich dachte, so fügt er sich besser in die Tischdeko«, sagte sie.

»Sieht wie ein chinesischer Schrein aus«, meinte er. »So mit den Räucherstäbchen davor.«

Sie lachte ein wenig gezwungen. »Wir können ja deine Eier dazulegen, als Opfergabe«, meinte sie. »Sind ja im Grunde Fruchtbarkeitssymbole.« Sie lachte wieder nervös. Gott, was sie für einen Unfug redete. Hoffentlich hörte er ihr nicht zu.

Aber Bernd hatte sich bereits gesetzt und inspizierte Töpfe und Schüsseln, die sie in rascher Folge auftrug. »Wir können den PC nachher anwerfen, wenn abgeräumt ist«, schlug er vor. »Wie gesagt, ich hab ein paar Ideen mitgebracht. Steht alles in der Cloud.«

»Nachher«, echote sie. Für nachher hatte sie allerdings andere Pläne. Es war wohl besser, sie ließ dieses Nachher vorerst offen. »Wein dazu?«, fragte sie.

Er hielt ihr sein Glas hin. Plötzlich musste er niesen.

»Hoppla!«, kommentierte sie freundlich und hielt die Flasche, bis es wieder möglich war, ihm einzuschenken. In seinen Händen verschwand das Glas beinahe; sie mochte diese Hände. Ihr wurde ganz anders bei dem Gedanken, was er mit diesen Händen später noch alles würde tun können.

»Du hast ja deine Kappe noch auf.« Sie schnappte sich das Tweed-Ding und nutzte die Gelegenheit, ihm wie spielerisch durch die Haare zu streichen. »Ich leg sie auf die Garderobe.« Seine Haare fühlten sich fremd an, nicht schlecht, nur ungewohnt. Fest, ein wenig strohig, schön dicht. Aus der Kappe drang dieser seltsame Geruch. Sie würde sie weit hinten auf die Ablage werfen und hoffen, dass er sie vergaß.

Als sie im Flur war, nieste er noch einmal. »Hast du neuerdings Haustiere?«, fragte er, als sie zurück ins Wohnzimmer kam.

Sie schüttelte den Kopf und setzte sich. »Da war eine Katze«, sagte sie. »Sie kam ein paarmal auf den Balkon, aber ich hab sie nie reingelassen. Sie hat bei der alten Dame im Erdgeschoss eine Heimat gefunden, glaube ich. Die hat das richtige Alter für Katzen.« Ihr Blick wanderte über den Tisch. »Die Forelle!«, rief sie und sprang wieder auf. Immer vergaß sie das Wichtigste. »Es gibt zu dem Gemüse doch Forelle mit Morcheln und Mandeln.«

»Forelle mit Morcheln und Mandeln«, wiederholte er, als sie mit der Platte aus der Küche zurückkam. »Ich glaube, ich werde alles, was du mir auftischst, komplett verspeisen.«

Na hoffentlich, dachte Frieda. Vor allem den Nachtisch.

39

Der Labortest

Während des Essens versuchte Frieda, viel zuzuhören, viel zu loben und viel zu lachen. Später konnte sie sich an kein Wort erinnern, das Bernd gesagt hatte.

Irgendwann fand sie dabei eine Gelegenheit, um einen ihrer nackten Füße auf der Kante seines Stuhls aufzusetzen, wo er unweigerlich seinen Schenkel berührte. Und sie spielte so lange mit dem Saum ihres Rockes, bis er von ihrem derart aufgestellten Knie herunterrutschte. Das Kerzenlicht spiegelte sich in ihrer frisch geduschten Haut.

»Der ist ja total kalt«, stellte er fest, als er sich ihres Fußes bewusst wurde. Seine großen warmen Hände schlossen sich um ihre Zehen.

Frieda schnappte nach Luft. Die ganze Zeit schon war sie beinahe zersprungen vor Spannung, hatte leichte Berührungen geprobt, beim Einschenken, beim Nachlegen. War erst voller Angst, dass sie zu dezent ausfallen könnten, dann wieder, dass sie zu aufdringlich wären. Und nun schien es so einfach. »Der ... der andere ist auch kalt«, sagte sie.

Und ehe er etwas erwidern konnte, hatte sie beide Füße auf seinen Schoß gelegt. Gehorsam umfasste er alle beide. »Rubbeln?«, fragte er.

Sie nickte. Was auch immer. Auch aus Rubbeln mochte sich gut eine Massage ergeben. Sie versuchte, all ihre Anspannung, all ihre erotische Energie in ihre Füße fließen zu lassen. Er musste das doch spüren, dieses scharlachrote Summen. Der Funke musste doch auf ihn überspringen.

»Die Gelenke sind auch eisig«, stellte er fest. Er schaute sich um. »Muss an dem feuchten Teppich liegen.« Seine Hände wanderten etwas höher und umfingen ihre in der Tat eiskalten Knöchel. Die Hitze strömte ihre Schenkel hinauf.

»Vielleicht.« Sie brachte das Wort kaum heraus.

Seine Hände hatten mit einer sanften Massage begonnen. Es war stiller mit einem Mal. So still, dass man die Kerzenflamme brennen hörte. Friedas ganzes Bewusstsein lauschte auf die Bewegung von Bernds Händen. Sie war völlig konzentriert auf die Frage, wie diese Bewegung sich entwickelte, ob sie höher wanderte, wanderte bis zu einem Punkt, an dem man vom Überschreiten einer Grenze sprechen konnte. Unwillkürlich rutschte sie tiefer in ihren Stuhl und ließ ihre Beine ihm quasi entgegen wachsen.

Er hob den Kopf, schaute aber an ihr vorbei. Seine Wangen waren leicht gerötet. »Es gibt da eine tolle Yogaübung«, sagte er. »Für die Durchblutung. Danach ist alles warm.« Seine Stimme klang anders als sonst, brüchiger.

»Ach ja«, fragte Frieda, tat, als suchte sie eine bequemere Sitzposition, und ließ ihre Knie leicht auseinanderklappen. Nein, sie wagte es nicht. Doch, ein paar Zentimeter wollte sie versuchen. Ihre Beine bebten. »Zeigst du sie mir?«

Er schaute sich um. »Der Boden ist nass«, stellte er fest.

Frieda nahm all ihren Mut zusammen. »Vielleicht«, sagte sie und musste sich räuspern, »willst du es mir woanders zeigen?«

Bernds Augen verirrten sich endlich in ihre, zwei scheue Tiere aufgeschreckt im Scheinwerferlicht eines Autos. Frieda war nicht bereit zu bremsen. Ihre Blicke rauschten ineinander, ein atemloser Aufprall.

»Bist du sicher?«, fragte er und blinzelte.

Statt einer Antwort stand Frieda auf und streckte die Hand aus.

Er nahm sie, wie ein Kind, stand auf. Nun waren sie so dicht beieinander, dass ein Kuss unvermeidlich wurde. Schon spürten sie die Wärme des anderen, den Atem, ahnten die fremde Haut und den schlagenden Puls darunter, tauchten ein in die andere Atmosphäre. Doch im letzten Moment wich Frieda seinem Mund aus; sie senkte den Kopf und schmiegte sich an seinen Hals. Bis du sicher, hatte er gefragt. Sie war sicher gewesen. Bis zu diesem Moment.

Über sich spürte sie seine Nase, seine Lippen, die über ihren Scheitel strichen, sich in ihr Haar wühlten. Er murmelte ihren Namen.

Frieda schloss versuchsweise die Augen. Und öffnete sie wieder. Dieser Geruch. Er stammte nicht von der Mütze, kam nicht von einem Waschmittel. Er entströmte Bernds Körper, seiner Haut, der weichen Stelle über seinem Schlüsselbein, die sie probeweise geküsst hatte. Grün und bitter. Es war der Geruch von Bernd. Bernd, der jetzt begann, die Knöpfe ihrer Bluse zu öffnen, einen nach dem anderen. Er stellte sich nicht sonderlich geschickt dabei an. Frieda drückte seine Hände weg und fasste selbst an die Knöpfe. Doch sie zögerte: öffnen oder schließen?

Bernd hatte sie derweil umschlungen und ließ seinen Mund über ihren Hals wandern, ihr guter Bernd. Mit dem sie arbeiten und herumflachsen konnte, zu Jazzkonzerten gehen und Yogaübungen machen, mit dem sie Freunde teilen und Mah-Jongg spielen konnte. Alles das fühlte sich doch gut mit ihm an. Und was machte er da gerade mit ihrem Rücken, dieses komische Kraulen? Sie war doch kein Hund!

»Lass uns ins Schlafzimmer gehen«, murmelte Bernd an ihrem Nacken.

In diesem Moment begriff Frieda, was Yvonne mit dem Labortest meinte. Alles hatte wie eine gute Idee ausgesehen. Aber es war eben nur eine Idee gewesen, bei der ersten Berührung, beim ersten Kontakt mit der Flüssigkeit im Kolben hatte der Teststreifen sich verfärbt, und das Ergebnis war klar: Es ging nicht.

Es war eine nackte Gemeinheit des Schicksals. Und nackt war sie bereits bis zur Taille. Bernd hatte es ihr gleichgetan und die Knöpfe seines Hemdes geöffnet. Halb umarmte Frieda ihn, halb hielt sie ihn auf Abstand. Ungelenk tanzten sie auf diese Weise durchs Wohnzimmer. In den Flur. Ihr Rock war hochgerutscht; er war dabei, aus seiner Hose zu steigen.

Frieda kämpfte mit sich. Sie kannte Bernd so gut. Sie hätte eine lange Liste der Dinge aufzählen können, die toll an ihm waren. Er war ihr so vertraut, sie mochte sein Lachen, seine langen Beine, die ollen Karohemden, die er immer trug. Sie kuschelte sich im Kino gern an seine Schulter. Aber das hier musste beendet werden; ihre Gefühle liefen in so gegenläufige Richtungen, dass es fast nicht zu ertragen war. Und wenn er noch einmal auf diese Weise an ihrem Hals saugte, würde sie schreien.

»Bernd!«, rief sie aus und stieß ihn weg, heftiger, als sie wollte. Einen Augenblick standen sie einander gegenüber, im Dämmer des unbeleuchteten Schlafzimmers. Nur vom Flur fiel etwas Licht herein.

»Frieda?« In seiner Stimme schwang Erstaunen und Unverständnis. Was er in ihrer gehört hatte, da konnte sie nur beten. Sie versuchte, ihren heftig gehenden Atem zu kontrollieren. »Bernd«, wiederholte sie, um einen ruhigen, freundlichen Ton bemüht. Sie streckte die Arme nach ihm aus und schickte sich an, auf ihn zuzugehen.

Er wich zurück, hob einen Arm vors Gesicht. Dann explodierte er in einem heftigen Niesen. Und noch einmal. Und noch einmal. »Hast du …?«, keuchte er und suchte mit der Hand Halt an der Kommode. »Hast du …?«

»Was ist denn nur?«, stieß sie hervor. Das schlechte Gewissen schoss in ihr auf. Hatte sie ihn mit ihrem Verhalten derart verletzt? Seine Stimme klang so seltsam. »Mein Inhalator«, brachte er heraus.

Frieda versuchte, einen klaren Kopf zu behalten. Zuerst einmal musste sie ihm helfen. »Wo?«, fragte sie.

»In meiner Hose.« Die trug er nicht mehr. Frieda tastete nach dem Lichtschalter.

Es war der Moment, auf den die Katze gewartet hatte. Mit einem Schrei stürzte sie sich aus der Schublade, raste über die Füße des verhinderten Liebespaars und verschwand in Richtung Wohnzimmer.

Verblüfft starrte Frieda ihr nach.

»Eine Katze«, keuchte Bernd. »Du hast eine Katze. Wieso sagst du das nicht!«

»Was? Aber ich habe keine Katze!«

»Und was war dann das da!« Er musste sich aufs Bett setzen. Sein Atem pfiff. Er stieß ein zischendes Röcheln aus.

»Warte!« Frieda stürmte aus dem Zimmer. »Warte, ich lass sie raus. Dann wird dir besser.« Frieda öffnete alle verfügbaren Türen und Fenster. Die Katze war nirgends zu sehen. An der Balkontür blieb sie einen Moment in der Nachtluft stehen. Auf ihre Arme legte sich eine Gänsehaut. Sie knöpfte sich die Bluse wieder zu. »Ach, verdammt«, rief sie. Verdammt, verdammt. Was für eine Katastrophe. Dann fiel ihr der Inhalator ein.

Als sie wieder im Schlafzimmer stand, hatte Bernd das Gerät bereits selbst gefunden. Zu ihrer Erleichterung war er auch schon wieder in die Hosen und das Hemd geschlüpft. Sein Atem ging noch immer rasselnd, und um seinen Mund hatten sich beängstigend rote Flecken gebildet.

»Kann ich etwas für dich tun?«, fragte sie. »Einen Tee vielleicht? Kalte Umschläge?«

»Ich muss sofort hier raus«, sagte er. Er drängte an ihr vorbei und öffnete die Wohnungstür. Vom Flur aus ließ er sich Jacke, Schuhe und Mütze ins Treppenhaus geben, wo er etwas leichter zu atmen schien.

»Tut mir wirklich leid.« Ganz benommen stand sie da und schaute ihm beim Anziehen zu. »Sie ist ein Streuner. Ich hatte ehrlich keine Ahnung, dass sie sich hier drinnen herumtreibt.« Begütigend versuchte sie, ihm über den Arm zu streichen.

Er wich zurück. Mit geröteten Augen schaute er sie an. »Wie es aussieht, können wir ja wohl froh sein, dass sie aufgetaucht ist. Oder was wolltest du mir da vorhin sagen.«

Frieda schwieg. Bernd atmete in seinen Inhalator.

»Soll ich dich fahren?«

Wild schüttelte er den Kopf.

»Aber du kannst dich doch so nicht ans Steuer setzen.«

»Das Spray wirkt gleich.« Er warf ihr einen Blick zu, unter dem sie sich innerlich krümmte. »Du hast die Haare vermutlich auch an dir.«

»Entschuldige«, wiederholte Frieda, als er aufbrach. Sie sagte es, so gefühlvoll sie konnte.

Als er schon halb die Treppe runter war, rief sie. »Ich ruf dich an.« Sie lauschte dem stolpernden Echo seiner Schritte nach. »Okay?«

Es kam keine Antwort. Frieda atmete tief durch. Armer Bernd, armer, armer Bernd. Doppelarm, weil sie sich einfach nur erleichtert fühlte, dass er fort war.

40

Und plötzlich ist es still

Am nächsten Morgen ging es Frieda zunächst ein wenig besser. Bernd und sie waren Freunde seit Jahrzehnten; sie würden es doch wohl über sich bringen, diese zugegeben quälend peinliche Situation aufzulösen. Irgendwann würden sie gemeinsam darüber lachen. Weißt du noch, der Abend, als wir glaubten, miteinander schlafen zu sollen? Größter Fehler ever. Wir sind eben Dilettanten, wir beide. Sie probte die Sätze und versuchte, das leichte Zittern ihrer Hände zu verdrängen.

Sie würde die Wohnung erst mal Wohnung sein lassen und zu Bernd fahren, jetzt gleich. Keine langen SMS-Anläufe wie bei Yvonne, keine Umwege über Cafés. Es war das Beste, sie schaffte das sofort aus der Welt. Auf der Garderobe fand sie seine Pelzmütze, die konnte sie ihm vorbeibringen.

Als sie bei Bernd klingelte, in der Hinterhofwohnung über seinem Atelier, das er gemeinsam mit seinen WG-Gefährten in einer ehemaligen Schlosserei eingerichtet hatte, war sie nicht nur wegen der raschen Fahrradfahrt ein wenig außer Atem. Ihr Herz klopfte, und sie zählte bis zehn, ehe sie klingelte. Die Kappe hielt sie wie einen Olivenzweig in den Händen und sorgsam zurechtgelegte Worte bereit. Sie öffnete den Mund, als sie das Klacken des Türschlosses hörte. Doch es öffnete nicht Bernd, sondern die Yogalehrerin, die sich neulich auf der Heimfahrt so gefreut hatte über Bernds nette neue Freundin.

»Saskia«, erinnerte Frieda sich mühsam an ihren Namen. Sie musste sich kurz sortieren. »Ich möchte gerne mit Bernd sprechen.«

»Tja, aber Bernd möchte nicht mit dir sprechen.«

Jetzt erst bemerkte Frieda, dass Saskia in dem nur knapp geöffneten Türspalt stand, einen Arm an die Fassung gelegt, als wollte sie ihr den Eintritt verwehren, sollte Frieda versuchen, zudringlich zu werden. Ihre ganze Haltung strahlte Abwehr aus. »Aber ...« Frieda schüttelte den Kopf. Das war doch der reinste Kindergarten. »Das kann er mir gerne selbst sagen«, meinte sie und schickte sich an einzutreten.

Saskia verschränkte die Arme. »Er ist nicht da.«

»Nicht da?«, echote Frieda. »Das ist doch Unfug, oder?«

Saskia antwortete nicht.

»Bernd?«, rief Frieda, über die Schulter der Frau hinweg. »Bernd, bitte, lass uns miteinander reden. Ich möchte ...«

Es kam keine Antwort. Konnte es sein, dass er dort drinnen irgendwo stand und schmollte? Ihr lieber Bernd?

»Bernd ist weggefahren«, sagte Saskia in die Stille. Ihr Ton war feindselig. Sie sah Frieda mit konzentrierter Säure im Blick an. »Wir sind zu dem Schluss gekommen, dass es für Bernd das Beste ist, wenn er Abstand bekommt.«

»Wir?«, echote Frieda.

Saskia ging darauf nicht ein, höchstens mit einem kleinen messerklingenschmalen Lächeln. »Er macht Urlaub«, sagte sie.

»Quatsch«, entfuhr es Frieda. »Wir sind doch mitten in einem Auftrag ...« Sie überschlug die Information. Bernd hatte noch nie Ferien gemacht; er sagte immer, er käme durch seine Arbeit genug herum. Saskia log sie an. Bernd log sie an.

Eine Weile stand Frieda noch kampfbereit da. Saskia hielt der Pose stand.

Schließlich drückte Frieda der anderen die Mütze vor die Brust. »Hier«, sagte sie. »Die kannst du ihm nachschicken. In seinen ›Urlaub‹. Und sag ihm ...« Aber sie unterbrach sich. Entweder Bernd war da, hinter dieser Tür, dann wusste er, dass sie mit ihm reden wollte und auch, warum. Oder er war tatsächlich nicht da, dann brauchte sie nicht darauf zu hoffen, dass seine selbst ernannte Hüterin eine Botschaft ausrichten würde. Besser, sie mailte ihm.

Sie ging die Treppe hinunter und spürte Saskias Blicke in ihrem Rücken. Das gab ihr die Kraft, sich sehr aufrecht zu halten. Frieda trat aus dem Haus, stieg aufs Rad und fuhr nach Hause, angetrieben von einer Erregung, die nur langsam wich. In ihrem Kopf haderte sie mit Saskia, diskutierte mit Bernd. Es hätte so viel zu sagen gegeben.

In ihre inneren Monologe verstrickt, bekam Frieda nichts mit von den sonnenhellen Straßen, den üppig grünen Bäumen und überquellenden Vorgärten, von den Baumarktwerbungen, die euphorisch empfahlen, jetzt seine Gartenprojekte anzugehen, den zukunftslärmenden Baustellen und dem Leben vor den Geschäften und Cafés. Wie eine schwarze Blase des Zorns trieb sie durch die grüngoldene Welt.

Bei der Überquerung des Rings begann die Energie zu verpuffen, die sie bis hierher angetrieben hatte, sie wurde langsamer und langsamer, und als sie in das stille Viertel hinter dem Bahnhof eintauchte, blieb ihr nur die Erkenntnis: Bernd hasste sie.

Die Erkenntnis traf sie mit einer Wucht, die sie beinahe hätte das Gleichgewicht verlieren lassen. Sie fuhr einige Schlangenlinien, ehe sie sich wieder im Griff hatte. Sie hatte Bernd verloren. Diese Saskia, das war nur dummes Zeug, normalerweise hätte ihr so etwas wenig ausgemacht. Aber im Moment. Im Moment war es so, dass Frieda deshalb in Tränen ausbrach. Auf offener Straße.

Auch ihre Beine wollten ihr nicht mehr so richtig gehorchen. Frieda stieg ab und schob das Fahrrad den kleinen Anstieg vor der letzten Kreuzung hoch. Sie hatte ihren besten Freund tief verletzt. Sie fühlte sich wie eine Schwerkranke.

»Ah, schöne Frau.«

Frieda zuckte regelrecht zusammen, als der Gemüsehändler sie ansprach. Rasch wandte sie den Kopf weg und wischte sich mit dem Ärmel übers Gesicht. »Herr Georgiou«, brachte sie mit Mühe hervor und rang um ein Lächeln, das ihre Gesichtsmuskeln stur verweigerten. Wenn sie sich anschickte, ihren Mund zu verziehen, käme nur ein Weinen heraus.

»Ich habe endlich die richtigen Erdbeeren für Sie. Hier, süß und saftig, direkt von Feld.« Strahlend streckte er ihr eine Pappschale entgegen. »Hier, riechen Sie. Kosten Sie.«

Frieda wollte lieber nicht näher treten. Nur schnell weg hier, fort aus dem Tageslicht in eine tiefe, dunkle Höhle. Noch einen Schlagabtausch, und sei es der allerfreundlichste, ertrüge sie jetzt nicht. »Ach«, sagte sie. »Ich glaub, ich hab meinen Geldbeutel gar nicht dabei.«

»Aber! Dummheiten!«, rief der Zypriote mit unerbittlicher Freundlichkeit. »Sie brauchen bei mir doch nicht zu bezahlen sofort.« Er drohte ihr schelmisch mit dem Finger. »Wissen Sie, was? Ich schenke Ihnen.« Schwungvoll steckte er das Pappschälchen in eine Plastiktüte und reichte sie ihr über die Auslagen hinweg. Nachdrücklich rüttelte er die Tüte noch einmal.

Es blieb Frieda nichts übrig, als zu danken und das Geschenk entgegenzunehmen. Sie wollte nichts weiter, als so schnell wie möglich unter dem schützenden Torbogen der 47a verschwinden.

»Na also!« Herr Georgiou strahlte. »Schmecken am besten mit Sahne. Manche nehmen bisschen Pfeffer. Und Orangensaft. Oder Sekt, oh, là, là. Das sind die schönen Frauen.«

»Ja«, brachte Frieda heraus. »Das sind sie.«

»Alles Gute mit dem Glücklichen!« Er winkte ihr nach.

Zwischen Frieda und der Geborgenheit lagen noch so viele Hindernisse: Sie musste das Fahrrad in den Hinterhof bringen, die Treppe hinaufsteigen, die Tür öffnen. Und der Stille in ihrer Wohnung entgegentreten, die so schnell von niemandem mehr unterbrochen werden würde.

41

Die Bernd-Grippe

Am folgenden Morgen kam Frieda nicht aus dem Bett. Sie stand nicht auf, wusch sich nicht und frühstückte nicht. Sie rollte sich einfach zusammen und versuchte zu vergessen, dass nebenan noch immer eine unaufgeräumte Küche wartete, ein Schlachtfeld von Tisch und ein halb gegessenes Essen, das sie an unschöne Dinge erinnerte. Sie fühlte sich ebenso wenig in der Lage, der Forelle mit Morcheln ins tote Auge zu blicken wie ihrem Leben.

Normalerweise hätte sie zum Telefon gegriffen und mit Yvonne geredet, geweint, gewütet, am Ende vielleicht wieder gelacht. Aber wenn sie an das letzte Telefonat mit Yvonne dachte, dann verspürte sie nicht die geringste Lust dazu. Es fühlte sich mit Yvonne nicht mehr an, wie das früher war. Sicher, sie flachsten wieder miteinander, rissen Männerwitze. Über einen Patrik Igel konnte sie nach wie vor mit Yvonne lästern.

Über Bernd konnte sie nicht mit ihr sprechen. Sie bräuchte einen liebenden Blick. Nicht die coole Lebensfachfrau, als die Yvonne sich neuerdings definiert hatte. Sie trug schon schwer genug an dem Gedanken, wie Bernd sie gerade sah. Ins Büchsenlicht von Yvonnes Meinungsstärke mochte sie nicht auch noch hinaustreten. Nicht wenn diese nicht mehr auf ihrer Seite kämpfte.

Es war vorbei, das begriff Frieda erst in diesem Moment so richtig. Es hatte über dreißig Jahre gewährt, und nun war es vorüber.

Sie hatte binnen weniger Tage die beiden Menschen verloren, die in ihrem Leben am wichtigsten gewesen waren. Nein, sie wollte nicht aufstehen.

Verzweifelt versuchte Frieda, in den Schlaf zurückzutauchen, um den kreisenden Gedanken zu entkommen, sie schaffte es jedoch nur ins Flachwasser einiger merkwürdiger Tagträume. Die üblichen Strukturen hätten ihr sicher gutgetan: Radio an, ein schönes Frühstück, ab an die Arbeit. Frieda erwog es kurz, aber sie fühlte in sich nicht die Kraft dafür. Nicht das kleinste Bisschen. Das Radio stand viel zu weit weg vom Bett. Sie hatte gar keinen Hunger. Und die Arbeit konnte sie nur mit Bernd erledigen. Bernd. Sie vergrub ihren Kopf unter dem Kissen.

Manche Ratgeber wissen zu berichten, dass in solchen Fällen Yoga hilft. Andere empfehlen Schaumbäder im Kerzenschein. Einige sogar den Kauf eines Paars Schuhe. Aber all diese Möglichkeiten waren für Frieda gerade Lichtjahre entfernt.

Bestimmt bin ich krank, sagte sie sich. Das musste es sein. Eine Grippe war im Anzug, so wie damals vor zehn Jahren, als sie mitten im Stadtbus plötzlich so schwach geworden war, dass sie es nur mit Mühe und Not nach Hause geschafft hatte. Danach hatte sie vierzehn Tage im Bett gelegen. Vierzehn Tage klang gut. Vielleicht würde es sogar länger dauern.

Frieda beschloss, dass sie eine Grippe hatte. Keine Bernd-Grippe, keine romantische Grippe, einfach eine Grippe.

Der Gedanke gab ihr immerhin genug Energie, ein paar pflegerische Maßnahmen einzuleiten. In die tröstende Bettdecke gewickelt, wankte sie zuerst ins Bad, dann setzte sie Teewasser auf und schaffte es, in der Schreibtischschublade nach Aspirin zu wühlen. Rasch nahm sie eine als Vorbeugung gegen das Chaos, das sie umgab. Zurück im Bett pustete sie so lange auf die Tasse, bis es ihr gelang, mit einigen kleinen Schlucken noch eine weitere Tablette hinunterzuspülen.

Ächzend legte Frieda sich zurück. Bald darauf bekam sie Magenschmerzen. Sie konnte förmlich fühlen, wie die ätzende braune Flüssigkeit, wie Tein und Acetylsalicylsäure, ihre ungeschützten Magenwände umspülte. In die sich womöglich bereits ein Geschwür gefressen hatte. Hätte Frieda ihre Zeichenstifte am Bett gehabt, hätte sie es gelbrot und aufgebläht gemalt wie eine Pfingstrose.

Und wenn es Krebs war?

Bestimmt hatte er schon gestreut. Frieda konnte vor ihrem inneren Künstlerauge ganz deutlich die Metastasen sehen, ein fröhlicher Haufen kleiner Piranhas, der durch ihre Blutbahnen schwirrte. Magenkrebs verlief schnell, und wenn man den Schmerz erst spürte, war es bereits zu spät, da bliebe ihr kein halbes Jahr mehr. Vielleicht wäre es das Beste.

Das Telefon klingelte.

Von fern hörte sie Yvonnes Stimme auf dem Anrufbeantworter. »Frieda? Geh ran!«

Trotzig schüttelte Frieda den Kopf. Sie war krank. Und das würde sie sich auch nicht von einer Lebensfachfrau ausreden lassen. Am Ende würde sie ihr den ganzen schönen Krebs vergällen.

Und dann bliebe wieder nur der Gedanke an Bernd. Frieda ging nicht ran.

Irgendwann raffte sie sich dazu auf, sich ins Wohnzimmer hinüberzuschleppen und wenigstens die Brokatdecke von ihrem PC zu ziehen. Was sonst so herumlag, Geschirr wie Reste, räumte sie unbesehen in die ohnehin schon überquellende Spüle. Todgeweihte hatten nicht den Nerv für Hausarbeit.

Noch immer in die Decke gewickelt, setzte sie sich in ihren Bürostuhl, der sich wunderbar vertraut und tröstlich anfühlte. Allein sich hier niederzulassen ließ sie den gewohnten Energieschub fühlen. Ihr Arbeitsplatz. Hier immerhin brachte sie etwas zustande. Wenn die Bettdecke ihr schützender Uterus war, dann bildete der Computer die Nabelschnur, die sie mit der Welt verband. Frieda schöpfte ein wenig Hoffnung und fuhr das Gerät hoch. Vielleicht hatte Bernd ja doch ein Lebenszeichen geschickt.

Auf ihrem Desktop wurde eine neue Nachricht angezeigt. Oben rechts erschien ein kleines Feld mit giftgrüner Schrift und sagte ihr, dass der Ordner »Neue Ideen« von Bernd Fürbringer soeben aus der Cloud gelöscht worden war.

Wie von einer Ohrfeige getroffen, lehnte Frieda sich zurück. Offenbar hatte er nicht mehr vor, mit ihr über Nachbesserungen an dem Gerüstbauprojekt zu diskutieren. Oder überhaupt noch mit ihr zu reden. Oder mit ihr zusammenzuarbeiten. Was würde jetzt aus dem Fotobuch werden? Den Kinoplakaten? All ihre schönen gemeinsamen Projekte. Alles, was immer so viel Spaß gemacht hatte neben der Geldarbeit. Langsam wurde Frieda bewusst, was es, über die Erinnerung an den peinlichen Vorfall von gestern hinaus, bedeutete, dass Bernd künftig in ihrem Leben fehlen würde.

Auf dem Grund ihres Mailfachs fand Frieda eine weitere Nachricht: Ihr Account bei »Herzmatch« war noch sechzig Tage gültig. Was für ein Hohn.

42

Das Leben als Pfannkuchen
an der Decke

Frieda wusste selbst nicht, wie es dazu gekommen war. Vor wenigen Tagen noch war sie ein zufriedener Single gewesen, eine anmutige Tänzerin auf dem Seil ihrer Existenz, hier und da mit Wacklern, manchmal mit dunklen Momenten, aber das Leben im Großen und Ganzen war nicht ständig hinterfragt worden. Jetzt auf einmal war das Seil gerissen. Sie fühlte sich bodenlos wie eine Schiffbrüchige auf offener See. Lustlos ruderte sie dahin.

Sie hatte keine Lust mehr, jemanden zu sehen. Oder von jemandem gesehen zu werden. Und was hätte sie auch mit den Leuten reden sollen? Es gab in ihrem Leben im Moment nur Dinge, über die sie nicht sprechen wollte.

Frieda ließ ihren Anrufbeantworter Überstunden machen. Fürs Antworten verlegte sie sich auf Mails. Beschäftigt, sorry, beschäftigt. Das war das Gute daran, eine Freiberuflerin zu sein, die von zu Hause aus arbeitete: Niemand konnte die Behauptung widerlegen. Sie war immer glaubwürdig, bei Tag, bei Nacht und an den Wochenenden.

Das Schlechte daran, eine Freiberuflerin zu sein, die von zu Hause aus arbeitete, das wurde Frieda in diesen Tagen so klar wie in all den Jahren zuvor nicht: Das war die Einsamkeit. Die Stille in der Wohnung war mit Händen zu greifen. Alles stockte. Es fühlte sich an, als bewegte sie sich durch Gelatine.

Nicht einmal das Zeichnen machte ihr Freude; schon lange hatte sie kein Bild mehr auf ihren Blog hochgeladen. Es wollte einfach nicht in Fluss kommen. Es war zum Verzweifeln: Da hatte sie endlich einmal so viel Zeit für sich wie nie, konnte ungehindert herumspielen. Und dann fiel ihr nichts ein.

Wann immer sie den Stift aufs Papier setzte, begann er zu kreisen, in kleinen, dann größer werdenden Schleifen, die sich überlagerten, dichter und dichter wurden, bis sie ein unübersichtliches Labyrinth bildeten. Sonst kam nichts dabei heraus. Ungnädig betrachtete Frieda dann das Bild, schließlich übermalte sie es, mit entschlossenen monochromen Strichen, bis nichts übrig blieb als eine schwarze Fläche, unter der alles verschwand. Am Ende fuhr die Spitze des Stiftes ins Papier und brach ab.

Frieda beschloss, dass es Zeit war, einkaufen zu gehen. Es war das Einzige, was sie noch aus dem Haus führte. Sie ging langsam, schaute selten auf. Weder winkte sie Autofahrern zu, noch machte sie jemandem hinter einem Kassentresen Komplimente.

Einzig Herr Georgiou ließ sie nicht ohne einen Plausch davonkommen. Aber es gelang ihm selten, Frieda zum Lachen zu bringen. »Sie müssen mehr essen«, sagte er. »Sie kaufen ein wie für ein Vögelchen.« Besorgt den Kopf schüttelnd, schaute er ihr nach.

Vor dem Fenster der Buchhandlung blieb Frieda nach wie vor stehen. Aber die Bände von Gregor Lenz waren aus dem Schaufenster verschwunden. Trotzdem ging sie hinein.

»Soll ich es als Geschenk einpacken?«, fragte die Buchhändlerin, als Frieda endlich einen alten Titel von Lenz gefunden hatte und an die Kasse trug. Ihre Hand griff bereits in Richtung des Geschenkpapiers.

»Es ist für mich«, sagte Frieda und sah zu, wie die Verkäuferin ihre Hand wieder von dem Papier zurückzog, das mit bunten Monden, Sternen und Einhörnern übersät war. Wieder eine verpasste Chance, geschah ihr ganz recht.

Die Hausarbeit hatte Frieda noch nie besonders gelegen. Aber seit Neuestem schien die Dingwelt ihr einen geheimen Krieg erklärt zu haben. Sie stieß sich an Tischkanten. Der Staubsauger blieb an jeder Ecke hängen. Geschirr fiel in die Spüle und zersprang. Es war, als rächte die Welt sich für den mangelnden Enthusiasmus, den Frieda ihr entgegenbrachte.

Sie versuchte es mit Tricks: Wenn das Frühstücksei genau richtig wachsweich war, wenn die Brotscheibe genau in dem Moment aus dem Toaster sprang, in dem sie wartend die Hand darüber hielt. Wenn sie es schaffte, den Pfannkuchen mit einem Schlenkern der Hand aus der Pfanne zu werfen und zu wenden, dann – ja, was dann? Dann wäre das vielleicht ein Zeichen, dass sie ihren inneren Rhythmus wiedergefunden hatte.

Doch es glückte nicht. Nicht die Eier, nicht die Toasts. Der Pfannkuchen hing zwei Tage an der Decke. Frieda wusste, dass das irgendwie komisch war. Aber da sie niemanden hatte, um es zu erzählen, konnte sie auch nicht darüber lachen. Dafür hatte sie langsam den Eindruck, als lachten die Dinge über sie.

Nur zu, sagte Frieda. Ich bin ja auch lächerlich. Ich bin allein. Ich werde einsam alt werden. Und darüber wollte sie am allerwenigsten mit jemandem reden.

Als die Verabredung mit Patrik Igel näher rückte wie ein Menetekel, wurde Frieda nervös. Sich mal wieder zurechtmachen, hinausgehen an einen lauten Ort voller Leute, Konversation machen mit einem Fremden, am Ende den Labortest vornehmen – all das erschien ihr in ihrem momentanen Zustand schwieriger, als ein Gebirge zu besteigen. Yvonne hat recht gehabt, dachte Frieda, ich bin introvertiert. Lasst mich doch alle in Ruhe.

Und wozu sollte sie die Mühe am Ende auf sich nehmen? Es war Zeit, dass sie sich mit der Realität anfreundete. Wenn die letzten Wochen eines gezeigt hatten, dachte Frieda, dann ja wohl, dass sie und die Männerwelt inkompatibel waren. Nicht »Herzmatch«-tauglich – nicht lebenstauglich. Vor Kurzem noch hätte sie heftig gegen diese Gleichung protestiert. Aber war sie nicht durch die Ereignisse widerlegt worden? Sie hatte auf spontane Begegnungen gesetzt – und es war eine einzige lange Reihe der Qual daraus geworden, von heute aus betrachtet. Frieda hatte nicht mehr das Bedürfnis, irgendjemandem zu begegnen.

Sie würde sich damit abfinden müssen, dass nie mehr jemand sie als die sah, die sie war. Besser, man sah den Tatsachen ins Auge, als dass man sich verrannte. Und Zeit vergeudete mit einem Michael, heulte wegen einem Erik. Oder gar mit Gewalt versuchte, Freundschaft in Liebe zu verwandeln, nur weil man eine Liebe so gottverdammt nötig hatte.

An dieser Stelle ihrer Überlegungen weinte Frieda ein wenig, wusste aber nicht genau, ob um Bernd oder sich. Deshalb ließ sie es wieder bleiben. Ohnehin konnte man an jeder beliebigen Stelle mit dem Weinen aufhören, wenn man wusste, dass ohnehin keiner da war, um die Tränen zu trocknen.

Am Morgen des Jazznachttages schickte Frieda eine SMS, dass sie sich leider einen hartnäckigen Magen-Darm-Infekt eingefangen habe. Sie verschob die Genesungsaussicht ins Ungewisse und verzichtete auf das höfliche »Vielleicht ein andermal«. Schluss mit den falschen Hoffnungen. Fuchs und Igel. Die trafen doch in keinem Märchen zusammen. Und in der Realität schon gar nicht. Frieda hatte keinerlei Illusionen mehr, was die Realität betraf.

43

Frau Singers
letzte Blumen

Am selben Abend saß Frieda dick in Decken gewickelt auf ihrem Sofa, schaute *Harry und Sally* auf DVD und versicherte sich, dass sie das Richtige tat und einfach nur sich selbst treu war, als das Telefon läutete. »Leider zu krank«, murmelte Frieda und reagierte nicht. Doch sie schaffte es nicht zu überhören, dass der Anrufbeantworter ansprang. Für einen Moment stellte sie den Film leiser.

»... tut mir leid«, verstand sie endlich. Das war nicht die Stimme von Patrik Igel. Nicht Eriks; nicht Bernds. »... wirklich dumm benommen ...« Das war Michael Autenrieth, der jetzt ratlos verstummte.

Frieda lauschte der folgenden Stille. Etwas in ihr begann, leise zu zittern. Es tat ihm leid.

»Tja«, sagte Michael. »Also dann, überleg's dir.«

Frieda blinzelte. Sie hatte in letzter Zeit viel zu nah am Wasser gebaut.

»Und wegen der Tasse ...« Michaels Stimme wurde lebhafter: »Vielleicht finden wir da ja noch eine Lösung.«

Mit einer endgültigen Bewegung stellte Frieda den Film wieder laut.

Es klopfte gegen die Tür. »Frau Fuchs? Ich kann den Fernseher hören.«

Seufzend stand Frieda auf. Es war die Nachbarin, diesmal ohne Klemmbrett in der Hand. »Geht es wieder um die Umfrage?«, fragte Frieda. Sie zog die Decken enger um sich.

»Haben Sie es denn noch nicht gehört? Sie waren doch so dicke mit der Frau Singer. Sie ist gestorben.«

»Wann?«, fragte Frieda und musste sich am Türrahmen festhalten.

»Vorige Nacht. Die Tochter ist vorbeigekommen wegen der Patientenverfügung.« Sie überreichte Frieda eine Liste. »Wir sammeln im Haus für einen Kranz.«

Frieda unterschrieb, schloss die Tür und ging zurück zum Sofa. Im Fernseher stritt Harry weiter mit Sally.

Frau Singer! Wie hatte sie die arme Frau so vollkommen vergessen können! Nicht eine Minute hatte Frieda während der letzten Woche an sie gedacht, so beschäftigt war sie mit ihrem Kummer gewesen. Sie nicht im Krankenhaus besucht, sich nicht um das Unkraut im Hinterhof gekümmert. Sie hatte das Alleinsein wahrhaftig verdient! Nicht einmal die Thunfischdosen hatte sie auf das Fensterbrett gestellt.

Zumindest das ließ sich noch ändern. Frieda warf die Decken ab, lief noch einmal in den Flur und fand hinter der Garderobe, halb verdeckt von den langen Wintermänteln, die Tüte mit den Dosen, genau da, wo sie sie bei ihrer Rückkehr aus Frau Singers Wohnung abgestellt hatte.

Sie holte eine heraus und huschte die Treppe hinunter. Im schwachgelben Licht des alten Hausflurs fiel ihr der Rollator auf. Er war dort geparkt wie immer, als käme seine Besitzerin zurück. Frieda streckte die Hand nach einem der Griffe aus, er war gesprungen und notdürftig mit Plastikband repariert. Sie selbst hatte das gemacht, irgendwann im letzten Jahr. Sie erinnerte sich noch gut daran, wie sie sich im Bastelgeschäft für ein rosafarbenes Tape entschieden hatte. »Weil es doch ein Mädchenfahrzeug ist, Frau Singer.«

»Was haben sie aber auch immer für Ideen, Frau Fuchs.« Die alte Dame hatte gekichert. Den Vorschlag, sich die Haare passend dazu in diesem Sorbetton zu färben, den amerikanische Rentnerinnen so lieben, hatte sie allerdings nicht befolgt. Aber Frieda hatte das Gefühl gehabt, dass es nicht ohne Bedauern geschah. Auf ihren »aufgemotzten« Rollator war Frau Singer jedenfalls immer stolz gewesen. Frieda strich über das Tape. Es war inzwischen fast völlig verblasst und rissig. Jetzt steckte kein Funke Leben mehr in Frau Singer. Frieda hatte plötzlich so eine Ahnung, wie sich das anfühlte. Das Flurlicht ging aus.

Sie wollte gerade im Dunkeln wieder zurück in ihre Wohnung huschen, als sie bemerkte, dass jemand an die Haustür trat. Durch das Glas erkannte sie eine junge Frau, die gerade eine schwere Sporttasche von ihrer Schulter hob, um sich vorzuneigen und die Klingelschilder zu studieren.

Frieda blieb stocksteif stehen. Entsetzt begriff sie, wer dort vor der Tür stand. Es war Julia, eine von Yvonnes Zwillingstöchtern. Ihr Patenkind. Was wollte die denn hier?

Frieda zog sich unwillkürlich in Richtung der Treppe zurück. Die Jogginghosen waren fleckig, die Bluse zerknittert und ihr Haar ungepflegt – wie ihre Seele. So konnte sie niemandem gegenübertreten; sie wollte es nicht. Sie fühlte sich Begegnungen, egal welcher Art, im Moment einfach nicht gewachsen. Leise setzte sie den Fuß auf die erste Stufe. Von oben hörte sie ganz von Ferne und gedämpft das Läuten ihrer Türglocke. Pech gehabt, Julia, Frieda ist nicht zu Hause.

Beinahe wäre sie entkommen, da ging über ihr eine Tür auf, und irgendein Idiot drückte auf den Flurlichtschalter. Es wurde hell im Gang.

»Tante Frieda?« Julia hatte ihr Gesicht gegen die Scheibe gedrückt. »Bist du das?«

Mit einem tiefen Seufzer gab Frieda auf. Sie öffnete die Tür.

44

Wohin will der Drache fliegen?

Frieda betrachtete Julia von hinten, den ganzen Weg die Treppe hinauf: die kunstvoll zerfetzten Jeans, den Pferdeschwanz, die Aufnäher mit Botschaften auf ihrer Tasche. Ein Hauch von Nachtluft kam mit Julia mit, Fliederkühle und Zigarettenrauch. Mein Gott, sie war so jung! So elastisch an Leib und Seele. Wie sie die Stufen nahm. Frieda schleppte sich hinterher. Reiß dich zusammen, ermahnte sie sich, während Julia oben auf dem Treppenabsatz stand und auf sie wartete, damit sie aufschlösse.

Wann hatte sie ihre Patentochter eigentlich das letzte Mal gesehen, fragte Frieda sich, während sie den Schlüssel drehte. Das musste auf einer von Yvonnes Geburtstagsparty gewesen sein, vermutlich bei der Feier ihres Fünfzigsten. Zu geringeren Anlässen ließen die Mädchen sich nicht mehr blicken. Sie waren auch damals rasch aus der Runde verschwunden, alte Schulfreunde treffen, wenn man schon mal wieder in der Stadt war. Das war interessanter, als mit den alten Leuten herumzuhängen. Frieda konnte sich kaum erinnern, fünf Sätze mit Julia gewechselt zu haben.

Julia trat ein und wuchtete ihre Tasche auf den Couchtisch. »Sag's nicht Mama«, bat sie nach einem ersten, zögernden Blickaustausch, »dass ich hier bin.«

Frieda schüttelte den Kopf. Dass sie mit Yvonne redete, war derzeit das Letzte, was zu befürchten stand.

Julia schwieg verlegen. »Hübsch hast du's hier«, meinte sie dann.

Mit einem Mal sah Frieda ihr Heim mit den Augen eines Fremden. »Ich hab viel gearbeitet in letzter Zeit«, sagte sie rasch und machte sich daran, das schmutzige Geschirr auf dem Couchtisch zusammenzuräumen. Die DVDs konnte sie einfach auf den Boden legen. Aber die Tischplatte klebte ekelhaft. Sie würde einen Lappen aus der Küche holen müssen. »Möchtest du was trinken? Tee, Wasser?«

»Ich würde einen Wein nehmen, wenn du einen dahast.«

Als Frieda mit dem Lappen und einer Flasche zurückkam, kniete das Mädchen mit dem Rücken zu ihr vor dem Bücherregal. »Du hast ja noch alle unsere alten Bilderbücher«, rief sie.

Frieda wischte, entkorkte, holte Gläser, dankbar dafür, dass Julia abgelenkt war.

»Lindgren, Krüss, Preußler – alles da«, stellte Julia befriedigt fest. »Die hier kenne ich nicht.« Sie fuhr mit der Hand über die Rücken der Gregor-Lenz-Bände.

»Die hab ich für mich gekauft«, sagte Frieda. »Eine kleine Marotte.«

Julia zog eines der Bücher heraus und studierte den Klappentext. »Ist das ein Freund von dir?« Sie hielt den aufgeklappten Band hoch und wies auf die Porträtzeichnung des Autors. »Das sieht doch genau aus wie die Sachen, die du immer machst.«

Findest du?, wollte Frieda sagen. Aber Julia hatte bereits einen weiteren Fund gemacht.

»Mensch, dass der noch da ist.« Liebevoll strich sie mit der Hand über den verfleckten Einband eines großformatigen Buches, das beinahe auseinanderfiel, so oft war es aufgeblättert worden. »Wir gehen auf Bärenjagd«, begann sie zu deklamieren, »Wir fangen einen ganz großen. Und wenn ihr mich fragt …«

Sie schaute zu Frieda hinüber.

Die stimmte mit ein. »Wir haben keine Angst in den Hosen.«

Einen Moment war es still. Dann begann Julia zu weinen.

»Aber nein. Kleines!« Frieda stellte das Weinglas hin, das sie, zum ersten Anstoßen bereit, in der Hand gehalten hatte. Sie beeilte sich, zu Julia hinüberzukommen und sie in den Arm zu nehmen. Sie wurde sofort heftig umschlungen. Sie weinte laut und mit offenem Mund.

»Na, na.« Frieda machte leise, beruhigende Geräusche, in deren Rhythmus sie sich sachte hin und her bewegte, ganz hingegeben an den Kummer des Mädchens, der ihr mehr Zärtlichkeit und Mitgefühl einflößte als ihr eigener.

Nach einer Weile ließ Julias Schluchzen nach. Sie löste sich von ihr, wischte sich über Augen, Nase und Wangen und schaute Frieda ein wenig verlegen ins Gesicht. »Du weinst ja selbst«, stellte sie erstaunt fest, als sie Friedas feuchte Augen sah.

Frieda bemühte sich um ein Lächeln. »Ich hab zurzeit nah am Wasser gebaut, weißt du, das sind die Wechseljahre.« Sie strich Julia die feuchtgeweinten Haare aus dem Gesicht. »Wieder besser?«

Julia nickte. Frieda bemerkte ein großes Pflaster an Julias Hals. »Was ist das denn?«

»Ach nichts, bei dem neuen Tattoo hat sich eine Stelle entzündet.«

»Du hast Tattoos?«, fragte Frieda erstaunt.

Ebenso unvermittelt, wie es zu weinen begonnen hatte, lächelte das Mädchen jetzt, triumphierend, herausfordernd beinahe. »Willst du mal sehen?« Ehe Frieda antworten konnte, war Julia aufgestanden, hatte sich seitlich gedreht und ihr T-Shirt hochgezogen.

Ein Tattoo kam zum Vorschein, das heißt, der Bruchteil eines grün- und blauschuppigen japanischen Drachentiers, das seinen Schwanz um Julias Hüfte ringelte und seinen Leib ihren ganzen Rücken hinaufzuwinden schien. Bis zum Hals.

»Das ist ja riesig«, wunderte Frieda sich. »Hat das nicht furchtbar wehgetan?«

Julia lachte kurz. »Nicht mehr …«, fing sie an, stockte dann und fuhr ungerührt fort: »Nicht mehr als der andere Scheiß.« Sie schaute beiseite und zog das Shirt wieder herunter. »Ehrlich gesagt, tut der Schmerz mir gut.«

Als Frieda nicht sofort reagierte, fragte sie. »Das glaubst du mir wohl nicht.«

»Das glaube ich sofort«, sagte Frieda. »Es gibt Schlimmeres als körperlichen Schmerz.«

»Da sagst du was«, meinte Julia. Sie setzte sich wieder. Langte nach ihrem Weinglas. Stellte es wieder hin. Endlich platzte sie heraus: »Also, in meinem Fall sind es Drogen.« Es klang ein klein wenig forsch, mit trotzigem Stolz. »Dope. So, jetzt ist es heraus. Außerdem hab ich aufgehört. Ich bin clean seit acht Wochen.«

»Das ist doch großartig.«

Julia starrte auf den Fußboden. »Mama mit ihrem Gesundheitsbewusstsein wird mir den Kopf abreißen.«

»Sie leitet ein medizinisches Projektlabor«, gab Frieda zu bedenken.

»Sie leitet ihr Lebensprojekt«, verbesserte Julia sie. »Mit fester Hand. Für Versager wie mich hat sie wenig Verständnis.«

»Aber wie redest du denn, Mädchen?«, sagte Frieda, die in dem Moment völlig vergaß, dass sie sich selbst seit Tagen schon mit ganz ähnlichen lieblosen Ausdrücken belegte und es nicht schaffte, mit liebenden Augen auf ihr eigenes Leben zu sehen. »Du bist doch ein tolles Mädchen. Und hast du nicht eben gesagt, dass du schon acht Wochen nichts mehr genommen hast?«

»Aber es ist wahr«, sagte ihr Patenkind düster. »Ich hab mir mit Gras fast die Birne weggeraucht, bin morgens kaum noch aus dem Bett gekommen, hab mein Studium geschmissen. Wie würdest du das nennen?«

Frieda überlegte. »Eine schwierige Phase?« Verdutzt schaute Julia sie an. Dann mussten beide lachen.

»Und wenn ich mir das ganze Leben damit versaut habe?«, fragte Julia.

Wie alt bist du jetzt?«, fragte Frieda. »Einundzwanzig? Da ist das letzte Wort bestimmt noch nicht gesprochen.« Sie selbst würde in diesem Jahr sechsundfünfzig werden. »So ein Umbruch im Leben, der kann auch mal wie ein Zusammenbruch aussehen. Aber Tatsache ist: Die Karten werden einfach nur neu gemischt.«

Julia seufzte. »Na, neu wird es wohl zwangsläufig. Ich bin exmatrikuliert. Meine WG hat mich rausgeworfen. Meinen Freund habe ich rausgeworfen.« Sie winkte ab, als Frieda die Augenbrauen hob, wollte dazu wohl nicht weiter in die Details gehen. Aber sie klang schon nicht mehr ganz so resigniert.

»Und was willst du jetzt machen?«, fragte Frieda.

»Ich muss wohl wieder zu Mama ziehen, erst einmal.« Julia schaute in ihr Weinglas. »Dann übers Geldverdienen nachdenken, natürlich.«

»Nein«, spezifizierte Frieda, »ich meinte: Was *willst* du machen?«

Julia, hinter dem Rauchvorhang, starrte sie erstaunt an. »Also, das hat mich noch keiner gefragt.«

Frieda zuckte mit den Achseln. »Aber geht es nicht genau darum?«

»Dauernd heißt es: Du musst. Du musst in den Entzug. Du musst ein Programm mitmachen. Du musst dich am Riemen reißen. Du musst dein Leben ändern.«

»Willst du es denn ändern?«, fragte Frieda.

Julia riss die Augen auf. »Unbedingt«, sagte sie spontan und mit Überzeugung. »Es ist furchtbar, wenn du für nichts Energie hast. Wenn du rumhängst und das Gefühl hast, dir rinnt dein Leben durch die Finger.« Sie hob den Kopf. »Kennst du das?«

Frieda lächelte schwach.

Julia war bereits einen Gedanken weiter. »Es gibt so viel, was ich noch tun möchte.«

Frieda überlegte, dass das wohl der Unterschied war zwischen einundzwanzig und sechsundfünfzig. Denn wenn sie jetzt darüber nachdachte, was sie gerne tun würde, dann fiel ihr nichts ein. Sie erschrak, als ihr das klar wurde. Aber gerade war da gar nichts: keine

Hoffnung, keine Tagträume. Keine freudige Erwartung, was die neu gemischten Karten wohl bringen könnten. Nur noch der Wunsch nach einem Klecks Seelenfrieden. Und Leere.

Auf keinen Fall durfte das Kind etwas davon bemerken. Sie stand auf. »Ich mach uns was zu essen«, sagte sie.

45

Das schmutzige Geheimnis

Friedas Küche gab nicht viel mehr her als Spaghetti aglio e olio.

Julia, die ihr in die Küche nachgekommen war, griff nach einer Dose und las die Aufschrift. »Wie wäre es mit Thunfisch dazu?«, fragte sie.

»Der ist für die Katze.« Frieda setzte das Nudelwasser auf.

»Du hast eine Katze? Wo ist sie?«

»Es ist mehr eine Streunerin. Ich stell ihr das Essen auf den Balkon.«

»Darf ich sie füttern?« Julia war ganz begeistert. »Wo ist ihr Napf? Ist er das?« Sie hielt ein Schälchen hoch.

Frieda, die gerade das Messer in der Hand hielt, um die letzte runzelige Knoblauchzehe zu schälen, erkannte die Teeschale, die sie mit Michael Autenrieth zusammen auf dem Flohmarkt erstanden hatte. »Wo hast du die denn her?« Zuletzt hatte sie bei Frau Singer daraus ihren Kamillentee getrunken. Es war ihr letztes Beisammensein gewesen. »Jaja, das ist er«, beeilte sie sich zu sagen. »Der Katzennapf.«

»Hübsch«, meinte Julia. »Und so passend. Wo sie doch auf Fisch steht.«

»Ja, sie ist wirklich hübsch«, sagte Frieda mit letzter Kraft und war froh, dass das Nudelwasser anfing zu kochen. In dem Dampf fielen ein paar Tränen nicht auf. »Deck doch schon mal den Tisch.«

Als sie wenig später mit einer dampfenden Schüssel Nudeln ins Wohnzimmer kam, hatte Julia den Inhalt ihrer Sporttasche auf dem Tisch ausgebreitet. Neben Kleidern, Taschenbüchern und Ladekabeln lag dort eine ganze Reihe von Tablettenblistern und Arzneifläschchen.

»Du hast ja mehr Medikamente als meine Großmutter«, meinte Frieda und suchte nach einem Platz für das Essen.

»Das meiste sind Vitamine«, meinte Julia. »Und Melatonin, weil ich krass schlafgestört bin. Hart sind nur die hier.« Sie hielt Frieda ein Fläschchen hin. »Falls das Melatonin alleine nicht wirkt. Manchmal komme ich in so Gedankenkreisel. Und dann krieg ich Panik.«

Das kam Frieda sehr vertraut vor.

»Aber eine davon, und ich falle garantiert um.«

Nachdenklich las Frieda die Aufschrift. *Tavor*, stand da. Schnell anflutende Form.

»Die fällen dich wie ein Hammer. Keine Ängste, keine Unruhe mehr, nur herrlicher Frieden.«

»Lass uns essen, bevor es kalt wird«, sagte Frieda.

Wie sich herausstellte, hatte Julia einen Riesenhunger. »Du, Tante Frieda«, fragte sie irgendwann mit vollem Mund. »Meinst du, ich kann heute hier schlafen? Nur eine Nacht«, schob sie nach, als sie Friedas Zögern bemerkte.

Dann nickte Frieda, na gut, eine Nacht. Und Julia strahlte und aß und redete und tänzelte danach ins Bad und bekam nicht mit, wie Frieda das Fläschchen mit dem Tavor öffnete und eine Handvoll der kleinen Tabletten herausschüttete. Sie betrachtete die kleinen weißen Dinger. Seelenfrieden also, für eine Nacht. Sie war gewillt, es auszuprobieren. Als die Badezimmertür klappte, ließ sie die Pillen eilig in ihre Hosentasche gleiten, verschloss das Fläschchen und stellte es zurück.

Als Frieda anderntags aufwachte, konnte sie es bestätigen: wie ein Hammer. Sie konnte sich kaum daran erinnern, den Kopf auf das

Kissen gelegt zu haben. Und wie lange hatte sie schon nicht mehr durchgeschlafen?

Aus der Küche roch es nach Kaffee. Das Radio dudelte. Julia war bereits einkaufen gewesen und hatte Semmeln und Hörnchen mitgebracht. Jemand hatte gespült. Friedas Heim wirkte mit einem Mal so bewohnt, dass ihr die Tränen kamen. Sie versteckte sich eine Weile im Bad, um wieder in Form zu kommen. Es war nicht nötig, dass sie das Mädchen mit ihrer Schwermut verschreckte.

Als sie endlich wieder herauskam, stand Julia auf dem Balkon und rief: »Schau mal, wer da ist!«

Vor dem Porzellannapf vom Flohmarkt hockte, als wäre es das Selbstverständlichste der Welt, die Katze mit der schwarz-weißen Gesichtsmaske. Sie hatte den Kopf in die kleine Schüssel gesenkt und fraß mit hastigen, ruckartigen Kopfbewegungen, während ihre grünen Augen Julia keine Sekunde aus den Augen ließen.

»Die ist so niedlich!«, rief das Mädchen entzückt und streckte die Hand aus.

»Erschreck sie nicht«, mahnte Frieda. »Sie ist sehr scheu. Sie lässt sich nicht gern anfassen.«

Der grüne Dolch des Katzenblicks traf Frieda. Ihr war, als wollte er sagen: Tatsächlich? Du musst es ja wissen. Es schwang eine Schärfe und eine untergründige Ironie darin, die sie berührten wie ein Ton, der auf dem Rand eines Weinglases erzeugt worden war.

Sie weiß es, durchfuhr es Frieda in diesem Moment. Sie weiß alles, was in mir vorgeht, dass ich die Tabletten gestohlen habe.

Das ganze schmutzige Geheimnis.

Die Katze fauchte wie zur Bestätigung.

Julia zog ihre Hand zurück. »Die ist aber empfindlich.«

Sie wusste es, o ja, sie wusste es. »Lass ihr einfach ihren Freiraum.«

Wen willst du damit täuschen? Frieda hörte die Stimme der Katze in ihrem Kopf. *Deinen Freiraum? Damit du mit den Tabletten in Ruhe das tun kannst, was du damit vorhast? Denn dir geht es doch nicht um ein bisschen Nachtschlaf, oder? Das kannst du höchstens dir selbst vor-machen. Aber zieh das Mädchen da nicht hinein, meine Liebe.*

Und Frieda wusste, dass die Katze recht hatte.

»Du hast ja Frühstück gemacht«, sagte sie ein wenig zu laut und ging hinein, um den Tisch zu bewundern. »Wie großartig!«

Julia kam hinterher. »Ich wusste aber nicht mehr, ob du Tee oder Kaffee trinkst.«

»Kaffee ist schon recht«, sagte Frieda.

Aus den Augenwinkeln sah sie, dass die Katze sich in den äußers-ten Winkel des Balkons zurückgezogen hatte, um sich einem ausgie-bigen Putzritual zu unterziehen. Sie tat es sorgsam und geduldig, als könnte nichts auf der Welt wichtiger sein. Aber Frieda wusste, dass die Katze sie im Auge hatte. Es würde ihr nichts übrig bleiben, als noch einmal ihre ganze Kraft zusammenzunehmen.

»Weiß deine Mama eigentlich, dass du kommst?«, fragte Frieda.

Julia schüttelte den Kopf, sodass der schlafzerzauste Pferdeschwanz hin und her fegte. »Und am liebsten würde ich es aufschieben.« Sie überlegte. »Könnte ich nicht bei dir wohnen?«

»In nächster Zeit passt es nicht so gut.« Frieda hob die Tasse vor ihr Gesicht. »Ich habe viel Arbeit.«

»Vielleicht könnte ich auch mit Papa reden.« Julia dachte laut nach. »Er fährt für drei Monate nach Singapur. Vielleicht könnte ich sein Loft haben.« Sie zog ihr Mobiltelefon heraus und begann zu tippen. »Topp!«, sagte sie wenig später und steckte das Gerät weg. »Ich soll gleich vorbeikommen, ehe er ins Büro muss. Also dann, Tante Frieda.«

Sie sprang auf und warf ihre Siebensachen zurück in die Sport-tasche. Mit großen Gesten raffte sie alles zusammen. Frieda wurde heftig umarmt. »Ich dank dir, du hast mir so tolle Ratschläge ge-geben.«

»Wie es sich für eine Tante gehört«, erwiderte Frieda und drückte das Mädchen ein letztes Mal an sich. »Mach's gut, Kleines.«

»Mach du es auch gut.«

Frieda schaute Julia nach, wie sie die Treppe federnd hinunterlief. So war das mit einundzwanzig, gestern Abend noch am Boden und heute schon wieder bereit für einen neuen Tag. Himmelhochjauchzend. Es tat weh, den Unterschied zu sehen. Sie wünschte ihrer Patentochter das Allerbeste, ihre ganze Kraft, all ihr Mitgefühl hatte sie für das Mädchen aufgeboten. Für sich selbst brachte sie in diesem Moment beides einfach nicht auf. Sie winkte Julia nach, bis ihre Hand nicht mehr auf dem Handlauf zu sehen war und ihre Schritte im Gang verhallten. Dann ging sie hinein.

Aus dem Schlafzimmer holte sie die restlichen Tabletten, die sie Julia gestohlen hatte. Mit ein wenig Glück würde Julia gar nicht merken, dass sie fehlten. Da war es also, das kleine schmutzige Geheimnis. Instinktiv schaute Frieda zum Balkon. Doch die Katze schien verschwunden. Umso besser. Frieda hatte keine Abschiede eingeplant.

Über dem Balkon leuchtete der Morgen in einer Pracht, die nicht wirklich erschien.

Der Himmel war wie frisch gewaschen, seidig und dicht stand das Blau über den Dächern, die allesamt aussahen, wie für ein Puppendorf entworfen. Die meisten Baumkronen in ihrer Straße standen in frischem Grün. Frieda sah das Sonnenleuchten der Buchen und die klebrig-quellenden Blattbüschel der Alleekastanien. Aus dem Blauregen an der Fassade des Klinkerbaus gegenüber strotzten die Blütenrispen, noch nicht zu vollen Wolken erblüht. Die Sonne wärmte das Ziegelgemäuer. Alles trug den Schmelz der Schönheit eines allerletzten Mals. Einen kurzen Augenblick schien es Frieda, als sollte ihr etwas leidtun. Aber sie war zu müde, um dem Gefühl nachzugehen.

Am Ende war alles nur eine Frage von praktischen Handgriffen.

Frieda verlor keine Zeit mehr. Sie holte aus der Küche einen Gefrierbeutel in passender Größe, setzte sich auf das Sofa, nahm die Tabletten, spülte sie mit dem restlichen Kaffee auf einmal hinunter, zog sich rasch die Tüte über den Kopf und wartete.

Mit ein wenig Glück würde das Medikament wirken, ehe das Luftreservoir in der Tüte aufgebraucht war.

Frieda sah noch, wie das Plastik von ihrem Atem beschlug und die Welt sich hinter einen gütigen Nebel zurückzog. Das leise Rascheln, mit dem die Tüte sich über ihrem Scheitel bei jedem Atemzug zusammenzog und wieder entfaltete, war das Letzte, was sie hörte.

Kurz war ihr noch, als streife etwas um ihren Kopf. Sie glaubte, einen Hauch von Thunfisch wahrzunehmen. Dann spürte sie nichts mehr.

II

Das Leben im Ganzen

1

Der Gang durch
die Unterwelt

Die Katze trat hinter dem Olivenbaum hervor und näherte sich mit aufrechtem, bebendem Schweif der Balkontür. Seit Tagen schon hatte sie mit Sorge betrachtet, was hier geschah.

Vor Jahren war sie einmal von einem Auto angefahren worden. Vom Straßenrand hatte sie sich mit letzter Kraft in einen Keller geschleppt und dort unter einem Regal auf einem Haufen alter Teppichfliesen zusammengerollt. Der Schmerz hatte ihren Puls überklopft. Er hatte sie ausgefüllt, ihr die Energie aus den Knochen gesaugt, und das elektrische Knistern in ihrem Fell erstarb. Jede Nacht hatte sie sich einmal aufgerafft und in den Hinterhof geschleppt, wo eine Pfütze stand, die ein Rohrbruch speiste. Erde und Blütenstaub trieben darin. Aber die Katze trank daraus. Anschließend hinkte sie in ihren Keller zurück. Zu essen brauchte sie nichts. Sie wurde mager, ihre Augen waren verklebt, das Fell staubig. Sie wusste genau, wo unter dem Kellerfenster die enge Ritze lag, die in den längst aufgegebenen, halb verfallenen Luftschutzkeller führte, genau die Art Ort, die Katzen aufsuchten, um zu sterben: unzugänglich und vergessen. Dort hätte man sie ebenso wenig gefunden wie ein eingemauertes Bauopfer. Jedes Mal wenn die Katze sich hochzwang, war die Frage gewesen: Zum Wasser? Oder in den Spalt. Sie hatte sich für das Wasser entschieden. Bis sie klapperdürr war und ein Schatten ihrer selbst. Es war ein Tag im Mai gewesen, so wie jetzt. Die Sonne hatte hoch über dem Innenhof gestanden und ein kleines Viereck von Licht auf den Hofboden gelegt. In der schwarzen Pfütze spiegelten sich Wolken. Die Schwalben zogen die Bogengirlanden ihrer Schreie. Es war das letzte, das allerletzte bisschen an Kraft, mit dem die Katze sich an diesem Tag aufrichtete. Sie schlich auf das Kellerfenster zu, auf den Spalt. Hinunter oder hinauf? Mit einer glatten Bewegung, schattenleicht, war sie hinausgeglitten, auf das Sonnenviereck zugetappt und hatte sich ins Licht gelegt. Ab da war sie genesen.

Die Frau, das war der Katze klar, hatte sich für den Spalt entschieden. Aber das hieß nicht, dass die Katze es hinnehmen würde. Ihr selbst war damals geholfen worden; ein Kind hatte ihr Milch hingestellt, ein Hund hatte nicht gebellt, als sie Futter aus seinem Napf stahl; sie brauchte ihm gar nicht die Krallen zu zeigen, er hatte nur neugierig in ihre Richtung geschnuppert und sich dann, zum Zeichen seines Einverständnisses, hingelegt und den Kopf auf seine Pfoten gebettet. Ein leises Winseln hatte sie begleitet, eher Wiegenlied als Klagelaut, und sie hatte seine Augen auf sich gespürt, während sie fraß.

Nun schnupperte sie dieses seltsame Objekt ab, die halb liegende Frau, die Füße nebeneinander auf dem Boden, den Oberkörper auf den Polstern, seltsam abgeknickt, wie es nicht gemütlich sein konnte. Sie beroch den Hals der Frau, unter dem das Blut zu spüren war und der Puls, der zuckte wie ein Vogel, der in die Enge getrieben flatternd zu entkommen suchte. Sie fuhr mit ihrer halb rosigen, halb schwarzen Nase über die Haut der Hände, Zentimeter für Zentimeter. Kaffee, Seife, Rauch, Angst, etwas Chemisches, das die Pupillen der Katze zusammenzucken ließ und eine große lastende, unnatürliche Müdigkeit. Die Katze hob die Pfoten und stieg um den Kopf herum, untersuchte Friedas Locken, eine nach der anderen, setzte eine weiße Tatze auf die seltsam widerständigen Spiralen, die aufsprangen, wenn man den Druck wieder wegnahm. Fell trog nicht; so musste die ganze Frau sein. Heftiger als die Locken bewegte sich aber diese störende zweite Haut, der künstliche Überzug, der das Gesicht der Frau verschwinden ließ. Im Inneren züchtete er eine Nebelwelt aus Atem und Tau. Aber außen war er glatt, kalt und tot.

Ohne Geruch. Die Katze mochte ihn nicht. Es störte sie auch, dass eine Ecke dieses Überzugs sich permanent bemerkbar machte, sich aufrichtete wie ein Schlangenhaupt und dann wieder zurückzog, dass es raschelte und zischte. Die Katze erwiderte die Einmischung mit einem Fauchen. Als das nichts half, schlug sie nach dem Ding. Es gab nach, aber nicht auf, leistete wenig Widerstand, hörte aber nicht auf damit, sich aufzublähen und wichtigzutun. Die Katze wurde wütend. Sie widmete der Impertinenz dieses Feindes ihre volle Aufmerksamkeit. Ihre Augen ließen ihn nicht mehr los, ihre Läufe senkten sich, federnd, sie flehmte, blutgierig bei dem Anblick. Ihr Hintern hob sich wie der eines Hundertmeterläufers beim »Auf die Plätze!«. Der Schwanz peitschte. Und wieder hob der Widersacher sein Haupt, knisterte und bläkte. Die Katze sprang. Ihre Pfoten schlugen zu. Ohne Rücksicht zerfetzten sie den Gegner, der sank zu Boden, nicht blutend, aber schlaff und still. Der Atem der Frau, ihr vertrauter Geruch drang wie ein lauer, feuchter Frühlingswind aus der zweiten Haut heraus. Er ging friedlich.

Zufrieden setzte die Katze sich hin und reinigte ihre Pfoten von dem unsichtbaren chemischen Blutgeruch des Feindes. Von Zeit zu Zeit wandte sie ihr zweifarbiges Gesicht Frieda zu. Die Frau lag jetzt im Sonnengeviert dieses Blicks. Sie würde genesen; die Katze war sich sicher. Sie wusste um diese Dinge. Nicht umsonst trug sie das Schwarz und das Weiß, die Farben von Leben und Tod, untrennbar ineinander verschlungen, auf ihrem Fell. Fell log nicht.

2

Du warst das!

Als Frieda wieder zu sich kam, lag sie halb auf dem Sofa und atmete. Nach einer Weile wurde ihr klar, warum sie das so deutlich hörte. Die Tüte war noch über ihr Gesicht gezogen.

Frieda fuhr hoch und riss sie herunter. Mit beiden Händen fuhr sie sich mehrmals über das Gesicht. Sie war ganz verschwitzt von dem Plastik. Verwundert schaute sie sich um. Sie war allein. In ihrer vertrauten Wohnung. Und sie saß hier in ihren Kleidern, auch wenn diese Tätigkeit im Moment noch wenig Sinn ergab. Warum war sie nicht tot?

Das Licht, das hereinfiel, sah abendlich aus. Aber war es der Abend desselben Tages oder der am Tag danach? Frieda fröstelte und stand auf, um sich einen Pulli zu holen. Eine Geste, die so vertraut und alltäglich war. Schon bin ich wieder in Bewegung, dachte sie. Seltsam, wie schnell das geht. Als wäre nichts gewesen.

Alles, was sie fühlte, war eine gewisse Schwäche. So, als wäre sie nach langer Krankheit und Bettlägrigkeit den ersten Tag wieder auf. Sie spürte ein gewisses Bedürfnis danach, vorsichtig zu sein und sich zu beschützen. Da niemand sonst anwesend war, würde sie das selbst erledigen müssen.

Sie würde erst einmal einen Tee kochen. Und sie verspürte einen leichten Hunger. Doch zuerst würde sie die Spuren dieses kleinen Vorfalls verschwinden lassen. Sie trat an das Sofa und griff nach der Tüte.

Als sie sie aufhob, bemerkte sie, dass eine Ecke angefressen war, voller Risse und Löcher, als hätten sich Mäusezähne darüber hergemacht. Oder eine scharfe Kralle. Probeweise blies sie die Tüte auf. Die Luft entwich ohne Widerstand. Durch diese Öffnungen also hatte sie einfach weitergeatmet, als das Tavor sie hatte ohnmächtig werden lassen. Kein Mensch wäre in dem Ding erstickt. Wie hatte sie den Schaden nur übersehen können? Hatte ihr Unterbewusstsein ihr einen Streich gespielt?

Auf dem Balkon raschelte es. Friedas Kopf fuhr hoch. Neben dem Olivenbaum saß die Katze und tat, als bemerkte sie die Anwesenheit der Frau gar nicht. Halb interessiert tatzte sie nach ein paar taumelnd umherfliegenden Hummeln, folgte mit dem Blick ihren Flugbahnen, diesen unwiderstehlichen Bewegungen, schüttelte dann den Kopf und nieste.

Frieda trat an die offene Tür. »Warst du das?«, fragte sie und hielt den zerfetzten Plastikbeutel hoch.

Endlich gab die Katze die Tändeleien auf. Sie erhob sich mit einer fließenden Bewegung, die nach wenigen Schritten in den gleitenden Schwung mündete, mit dem sie sehr sorgsam ihren Schwanz um die Pfoten schlang, als sie sich dicht vor der Türschwelle erneut niederließ. Als wollte sie sich gegen jeden Vorwurf verwahren.

»Dachte ich's mir doch«, sagte Frieda und ging in die Knie, »dass ich vor dem Einschlafen noch gespürt habe, dass da jemand über das Sofa schlich. Das warst du.«

Die Pupillen der Katze waren im Spätlicht geöffnet, und Frieda bemerkte die Strahlen von Bernstein und Grün in der Iris. Bemerkte die kurzen Wimpern, den schwarzen Lidstrich, der dem Mandelschwung der Augen folgte, die Wölbung des Schädels, das zart Durchscheinende der Ohren. Die Schnurrhaare auf der linken Seite waren weiß, das fiel ihr jetzt zum ersten Mal auf. Die auf der rechten dagegen schwarz. Irgendwo saß ein Geheimnis. Zu entdecken war nur Schönheit.

»Na, du hast wohl nicht widerstehen können«, sagte Frieda leise,

»als die Tütenecke da vor deiner Nase herumtanzte, sich aufblähte und wieder zusammenzog.«

Eine Hummel flog in der Nähe vorbei. Frieda bemerkte, wie ein Ohr der Katze sich fast unmerklich nach hinten drehte. Die schwarze Schnurrhaarphalanx zuckte. Aber der bernsteinfarbene Abendblick des Tieres hielt sie weiter fest.

»Versteh mich nicht falsch«, sagte Frieda. »Ich weiß es zu schätzen.«

In dem Moment begann die Katze zu schnurren. Als Frieda, davon ermutigt, vorsichtig die Hand nach ihr ausstreckte, sprang sie auf, flüchtete aber nicht, sondern glitt in einer lässigen Kurve, und nicht ohne Frieda dabei leise zu streifen, an ihr vorbei ins Wohnzimmer. Sie querte den Teppich, als kennte sie den Weg, verschwand kurz zwischen Tisch und Couch und sprang dann mit einem routinierten Satz auf die Polster. Hier verharrte sie für einen Moment, unschlüssig. Ihre Pfoten traten den weichen Grund. Ihre Krallen rupften.

»Links ist ein Loch«, sagte Frieda. »Da ist es ein bisschen hart. Nimm lieber eins der Kissen.«

Die Katze war bereits zu demselben Schluss gekommen. Sie lag da, mitten auf einem großen aus Brokatstoff, als hätte sie nie etwas anderes getan. Ihre weißen Pfoten hingen herunter wie gefaltet und gaben ihrer Figur etwas Ruhendes, Breites, das sie massiv und würdig aussehen ließ. So, wie sie dalag, so hatte es zu sein.

Frieda nahm neben ihr Platz.

Die Katze blinzelte träge. Unwillkürlich blinzelte Frieda zurück. Die Flanke der Katze hob und senkte sich in friedlichem Takt.

Endlich legte Frieda sacht ihre Fingerspitzen auf den Kopf der Katze, spürte das kleine, harte Schädeldach, die weichen Stellen hinter den Ohren, die sie sacht kraulte, ehe sie dem seidenglatten Schwung des Rückens folgte bis zum Schwanzansatz, wo ihre Finger ebenfalls kurz kreisend verharrten. Und dann fing das Ganze von vorne an.

Wie zur Antwort schloss die Katze die Augen. Ihre Tatzen spreizten sich, blühten auf wie weiße, innen rosige Blumen, wie krallenbewehrte Sonnen. Eine davon legte sie Frieda sacht auf den Arm, ohne sie zu kratzen.

Frieda streichelte weiter. Das Schnurren der Katze übertrug sich durch ihre Hand. Es drang Frieda bis in die Knochen und erfüllte sie wie eine Wolke aus Bienengesumm einen Sommertag. Es durchschwebte und durchbebte sie, und ihr war, als sammelte es in ihr, sammelte aus all ihren Wunden und Poren, aus jeder Ecke ihres Seins etwas ein und füllte damit die Waben, langsam und geduldig. Frieda fiel in einen zweiten honigschweren Schlaf. Als sie daraus erwachte, wohnte die Katze bei ihr.

3

Katzenstreu und
der Fluss des Lebens

Um das Wohlergehen ihrer neuen Lebensgefährtin kümmerte Frieda sich vorbildlich, besser als zuvor um ihr eigenes. Es war Schluss mit morgendlichem Liegenbleiben, ungespültem Geschirr und leerem Kühlschrank. Das Porzellanschälchen mit dem Fisch, jetzt der Fressnapf der Katze, wurde fürsorglich sauber gehalten. Und zahlreiche Einkaufsgänge sorgten dafür, dass immer genügend Thunfischdosen vorhanden waren, dazu Katzenfutter, frisches Herz, Hühnerflügel – die Liste wurde mit jedem Tag länger und einfallsreicher. Stellvertretend für die Katze begann Frieda, wieder Appetit zu entwickeln und Lust am Zubereiten einer Mahlzeit.

Frieda beschloss, eine bessere Hausfrau zu werden. Waren nicht ihr Improvisationswahn und ihre kreative Schlampigkeit zumindest mit schuld daran gewesen, dass es sie so aus der Bahn geworfen hatte? Und hatten nicht andere unter ihrer Luftigkeit gelitten? Frau Singer jedenfalls hatte vergebens darauf gewartet, dass der Hinterhof hergerichtet würde. Frieda wollte es nicht mehr darauf ankommen lassen und arbeitete von Anfang an darauf hin, ihre Beziehung zu der Katze in geordnete bürgerliche Bahnen zu lenken.

Eine ordentliche Katzentoilette musste her und nicht etwa eine umgewidmete Salatschale mit Erde aus den Blumenkästen, wie es ihr früher vielleicht eingefallen wäre. Frieda wollte richtige Streu erwerben, dazu Bürsten, Spielzeug – eben alles, was nötig war. Es wurde ihr erster größerer Ausflug. Sie trug eine Sonnenbrille und irrte eine Weile zwischen den Lagergängen des Baumarkts herum, in denen sie drohte sich sehr klein vorzukommen.

»Kann ich Ihnen helfen?«

Der junge Mann begriff die metaphysische Tiefe und Bedeutung nicht, die seine schlichte Frage für Frieda in diesem Moment besaß. Er freute sich über seine Nützlichkeit und Friedas Freude daran. Umstandslos und pragmatisch stellte er ihr ein Starterset zusammen. Empfahl biotonnengeeignete Streu und ein einfaches Toilettenmodell. »Manche Tiere haben anfangs Probleme mit der Schwingtür. Notfalls haken Sie sie einfach aus.«

»Das werde ich machen«, versprach Frieda.

»Brauchen Sie auch einen Transportkorb? Wir haben welche, die sind für Fahrräder geeignet.«

»Ja«, sagte Frieda. Ein unauffälliges Wort. Doch es fühlte sich an wie ein Dammbruch. Mit jeder Minute ging es ihr besser. Der Fluss des Lebens, in diesem Baumarkt vor dem Tierbedarfsregal wurde er wieder spürbar. »Ja, bitte.«

»Was für ein hübsches Kleid«, sagte die Frau an der Kasse. »Und es steht Ihnen so gut.«

Frieda spürte, wie der weite Rock mit den aufgedruckten Mohnblumen um ihre Beine schwang. Sie schob die Sonnenbrille in ihre Krauslocken und erwiderte das Lächeln der Frau.

Mit der Erinnerung daran und dem Berg ihrer Einkäufe radelte Frieda nach Hause. Sie war wieder sichtbar.

4

Der gute Engel
der Blogs

Die Bedürfnisse der Katze wurden zu dem roten Faden, an dem entlang Frieda sich zurück in die Welt tastete. Sie stellte ihre neue Mitbewohnerin den Nachbarn vor, traf mit dem Metzger eine Absprache über Rinderherz, das künftig für sie zurückgelegt wurde, und lernte durchs geöffnete Fenster die nette Besitzerin einer Siamkatze kennen, die hoheitsvoll auf der Fensterbank lag und die Passanten anblinzelte. Als Frieda sie ansprach, schnurrte sie.

»Das macht sie sonst nicht bei Fremden«, sagte ihr Frauchen und schenkte Frieda einen Topf mit Katzengras.

Allerdings nicht überall fanden die Katze und Frieda auf Anhieb Freunde.

Der Tierarztbesuch wurde kein Erfolg. Die Katze wollte den Transportkorb erst nicht betreten, dann nicht verlassen. Ihre Blicke durch das Gitter des Korbs hindurch vergifteten das gesamte Wartezimmer und brachten die Hunde zum Winseln.

»Alles wird gut«, flüsterte Frieda, die Tiere mit den bebenden Flanken und den unter den Bauch geklemmten Schweifen betrachtend, insgeheim stolz auf den Kampfgeist ihrer Katze. Sie wurden bald aufgerufen.

Als die Wunden der Arzthelferin mit Jod versorgt und die Scherben der Objektträger zusammengekehrt waren, war Frieda beinahe nach Lachen zumute. Drei erwachsene Menschen hatten sich vergebens bemüht, ein sich mit aller Kraft wehrendes und windendes Fellbündel festzuhalten. »Meine Güte!« Sie blies sich eine Locke aus dem erhitzten Gesicht.

Dem Arzt, das merkte sie sofort, war anders zumute. Frieda beherrschte sich und fragte sehr höflich: »Wie verbleiben wir also wegen der Impfung?«

»Dann eben nicht«, meinte sie zu Hause. Zu einem erfüllten Leben gehörten auch Menschen, die einen nicht leiden konnten. Sonst dümpelte man nur in einer ewigen Flaute vor sich hin. »Stimmt's?«, fragte Frieda die schon wieder wesentlich besser gelaunte Katze, die es sich auf ihrem Schreibtisch gemütlich gemacht hatte, genau zwischen Tastatur und Bildschirm, wo sie sich jederzeit ins rechte Licht rücken konnte, wenn es ihr nötig erschien. Im Moment wirkte sie zufrieden und blinzelte nur, als Frieda ihr die Zeichnung zeigte, die sie von dem Besuch angefertigt hatte.

Ganz oben unter der Decke, in eine Ecke gedrückt, mit allen vier Pfoten an den Wänden festgekrallt, hing die Katze wie eine riesige haarige, wütende Spinne. Ihr Blick war über die Schulter nach unten gerichtet, wo ein eher kleiner ratloser Arzt mit einer großen Spritze stand. Die Gedanken der Katze hatte Frieda in einer Sprechblase eingefangen: »Eine falsche Bewegung, Pharma-Riese, und ich mach dich fertig.«

»Nicht lustig?«, fragte Frieda und legte das Blatt beiseite, um neu anzusetzen. Was sie später als erstes Bild nach langer Zeit auf ihren Blog laden sollte, war ein schlicht mit schwarzer Kreide festgehaltener Umriss der Katze. Hinter ihr konnte man undeutlich Wolken erkennen, Hügel oder einfach Nebel. Vielleicht waren es auch Flügel.

Zufrieden lehnte Frieda sich zurück. Ein Blick auf die Uhr sagte ihr, dass Stunden vergangen waren; sie hatte es gar nicht bemerkt. Auf dem Tisch, auf dem Boden, überall lag bekritzeltes Papier, eine Eruption von Ideen hatte den Weg durch ihre Bleistiftspitze gefunden.

»Wie findest du es?« Frieda tippte, damit der Bildschirm zum Leben erwachte und die Katze ihr Konterfei auf dem Blog betrachten konnte. Das Tier musterte die Zeichnung mit schräg geneigtem Kopf, dann sprang es auf den Boden, würgte eine Weile und spie einen Schwall Schleim und Katzengras auf den Teppich.

Besorgt betrachtete Frieda ihr Bild. Nein, beschloss sie, es war *nicht* kitschig.

»Du hast einfach keinen Sinn für Romantik«, sagte sie zu der Katze und holte einen Lappen.

5

Liebevolle Empfehlung

»Wann haben wir eigentlich beschlossen, dass du in meinem Bett schläfst?«, fragte Frieda und stand ein wenig steif auf, da sie es noch immer nicht ganz heraushatte, wie sie sich nachts umdrehen konnte, ohne die Katze, die es sich in ihren Kniekehlen gemütlich zu machen pflegte, nicht allzu sehr zu inkommodieren.

Die Katze antwortete mit einem Maunzer, der allerdings auch bedeuten konnte: »Frühstück.« Frieda gewährte dem Tier eine Portion und sich selbst einen Tee und setzte sich an den Schreibtisch, um nachzusehen, wie viele Leute ihren Blog angeschaut hatten. Seit sie wieder begonnen hatte, Zeichnungen hochzuladen, unter dem Titel »My life with her«, war Leben auf ihre Website gekommen. Erfreut las Frieda die Kommentare. »Alles über dich«, sagte sie zu der Katze, die mit einem Satz dazukam und es sich neben der Maus gemütlich machte. Wenn Frieda losließ, um mit der freien Hand ihren Nacken zu streicheln, stiegen Wolken von Geschnurre sachte auf wie Luftballons.

Frieda lächelte und klickte ihr Postfach an. Sie entdeckte die Nachricht eines Freilandmuseums und hielt sie zunächst für eine Verteilernachricht mit Hinweisen auf das sommerliche Kulturprogramm, dann entdeckte sie die persönliche Anrede: »Sehr geehrte Frau Fuchs, gerne würden wir Sie für eine Mitarbeit an unserem neuen Projekt gewinnen.« Der weitere Text wurde vom Profil der Katze verdeckt.

»Rück doch mal«, murmelte Frieda, schob das intransigente Tier beiseite und las, dass man sie einlud, einen neuen Führer durch das Museum zu gestalten, in Katalogform, in Gestalt einer Reihe kleiner 2-D-Filme, mit denen die Besucher auf eine Art Zeitreise mitgenommen werden sollten, um die Bauwerke auf dem Museumsareal neu zu erleben. »Bei Interesse«, las Frieda. Mail und Telefon waren angegeben.

»Kleine Animationsfilme? Was meinst du?«, fragte Frieda, in deren Kopf die Bilder bereits zu laufen begonnen hatten.

Die Katze gähnte und zeigte dabei alle Reißzähne.

Frieda wertete das als ein Ja. Sie öffnete die Homepage des Museums und holte sich die Exponate heran: eine Apotheke, ein Badehaus, eine Mühle. Was könnte man da nicht alles zeigen. Auch die leeren Tierställe, die man füllen könnte mit Vieh und Geblök, mit Melkern und Misthaufen.

»Und mit Katzen natürlich«, bestätigte sie ihrer Mitbewohnerin, die ihren Schweif sorgsam um die Maus gelegt hielt, wo Friedas tastende Finger ihn immer wieder fanden, wenn sie etwas Neues anklicken wollte.

Frieda begriff, dass sie viel würde recherchieren müssen, all die alten Gewerke wollten richtig dargestellt sein. Sie würde lernen müssen, wie man im Mittelalter Brot gebacken, eine Glasur hergestellt und ein Bad eingeheizt hatte. So viel Leben. Und sie durfte sich hineinstürzen.

»Es gibt Momente«, sagte sie zu der Katze, »da liebe ich meine Arbeit.«

Die Katze hob eine Pfote zum Maul und reinigte sie angelegentlich, Kralle um Kralle. Freude an der Arbeit. Sie wusste genau, was Frieda meinte.

»Dann wollen wir mal unser Interesse signalisieren.« Frieda hatte die Mail an das Museum kaum abgeschickt und war aufgestanden, um sich Tee nachzugießen, da klingelte das Telefon.

Die verantwortliche Museumspädagogin hatte ihre Antwort gelesen und sich gedacht, dass man in einem Gespräch doch alles viel schneller klären könnte. »Wir haben nämlich eine Deadline, bis zu der wir die Gelder für die Filme beantragt haben müssen. Das sind EU-Töpfe.« Sie klang verzagt. »Sie haben ja keine Ahnung, wie kompliziert das ist.«

Frieda hatte in der Tat keine.

»Hätten Sie denn schon Ideen für unser Antragsexposé?«

Die wiederum hatte Frieda und kam beim Erklären rasch in Fahrt.

»Moment«, sagte die Dame, »das muss ich mitschreiben. Also das Bad, ja?«

»Ich würde auf jeden Fall das Badehaus vorstellen wollen«, bestätigte Frieda. »Da steckt so viel Leben drin: einmal die Technik, wie da geheizt wird, wo das Wasser herkommt. Dann die verschiedenen Besucher. Man könnte richtige kleine Spielszenen bauen.« Sie machte eine Pause, um sich die entsprechenden Seiten noch einmal herzuholen und mit Details untermauern zu können, was sie genau meinte. »Dann den Brennofen. Und natürlich die Mühle.« Sie führte ihre Gedanken aus.

»An den Brennofen hatten wir noch gar nicht gedacht. Das wäre ja wunderbar! Sie haben ganz recht: So viele Leute töpfern heute.«

Nach einer guten halben Stunde voller Fragen und Ideen, in der Frieda sich auf jedem verfügbaren Fetzen Papier Notizen machte, vereinbarten sie ein persönliches Treffen.

»Ich merke schon, dass Sie die Richtige dafür sind«, sagte die Dame, aus deren Stimme die anfängliche Nervosität verschwunden war. »Aber das hat Herr Hollbeck ja gleich gesagt.« Sie lachte.

»Bernd?«, entfuhr es Frieda. »Bernd Hollbeck hat mich empfohlen?« Für einen Moment musste sie nach der Katze tasten. Ihre Finger fanden in das beruhigende seidige Fell.

»Er hat all unsere Kataloge fotografiert«, bestätigte die Museumspädagogin. »Er hat gemeint, wir würden niemanden mit einem liebevolleren Blick für Details finden. Und mit mehr Engagement für eine gute Sache.«

Bernd! Friedas Herz klopfte. Bernd hatte sie empfohlen. Das hieß am Ende: Er war ihr nicht mehr böse? Oder zumindest nicht so, dass er nicht zwischen ihren Stärken und Schwächen unterscheiden konnte. Liebevoll, er hatte liebevoll gesagt.

»Wir werden etwas sehr Schönes daraus machen«, versprach Frieda, als sie ihre Stimme wieder im Griff hatte. »Bis zum Achten dann.« Sie trug sich das Datum in ihren Kalender ein und betrachtete es eine ganze Weile: das erste in einer weißen noch unberührten Woche.

Der quittengrüne Blick der Katze fand den ihren. »Weißt du«, sagte Frieda, »manchmal habe ich den Verdacht, dass hinter alldem nur du steckst.«

6

Sie ist wieder da

Der zweite Eintrag in Friedas Kalender folgte gleich am Nachmittag. Frieda war gerade unter dem Schreibtisch herumgekrabbelt und hatte nach dem Stift gesucht, den die Katze heruntergeschussert hatte, als es ihr mit all den Mails zu langweilig wurde, da plingte es über ihr.

In ihrem Postfach fand sich die Mail einer Unbekannten. Eva Herb war Kinderpsychologin und arbeitete am örtlichen Krankenhaus. »In der Pädiatrie«, schrieb sie. »Ich habe dort viel mit schwer kranken Kindern zu tun. Für meine Arbeit mit ihnen habe ich eine Figur entwickelt, eine Art Engel, wenn Sie so wollen. Er macht Mut und beantwortet Fragen, ganz praktische Fragen, aber auch philosophische. Ich weiß nicht, ob ich das hier gut erkläre.«

Frieda fand das durchaus. Sie konnte die Unbekannte förmlich reden hören. Sie war so gefesselt, dass sie nur mit einem Ohr mitbekam, wie ihr Stift wieder über die Tischkante ging.

Eva Herb stellte sich so etwas wie ein Kinderbuch vor. Ein Kinderbuch!, dachte Frieda. Wie lange wünschte sie sich schon die Chance dazu. Eva Herb fuhr fort zu erklären, dass ihr nichts Literarisches vorschwebe. Nur etwas, das sie bei ihren Gesprächen mit den Kindern aufschlagen, vorlesen und herzeigen könnte. »Die Kinder malen viel«, stand in der Mail. »Aber ich bin darin nicht so begabt.« Den Text habe sie aber schon entwickelt. Für die Bebilderung suche sie noch jemanden. »Ich weiß, dass es ein schmerzhaftes Thema ist, vor dem manche Menschen sich scheuen«, schrieb Eva Herb. »Und vielleicht empfinden Sie es als Zumutung.«

Frieda schüttelte unwillkürlich den Kopf. Ganz und gar nicht. Sie empfand es als Geschenk. Diesmal war sie es, die spontan zum Hörer griff.

»Weil man so doch alles viel schneller klären kann«, sagte sie zu Eva Herb.

»Das hätte ich nicht gedacht, dass Sie so schnell reagieren.«

Frieda war die Stimme, die ein wenig verwirrt, aber erfreut klang, auf Anhieb sympathisch. Sie schätzte, dass sie einer Frau in ihrem Alter gehörte, nicht mehr jung, ruhig, aber lebendig. »Dass Sie so schnell reagieren. Es ist ja schon ein seltsames Angebot: ein Kinderbuch über den Tod.«

»Ich finde das gar nicht seltsam«, sagte Frieda.

»Das hatte ich gehofft«, sagte Eva Herb. »Ich war mir, ehrlich gesagt, sogar beinahe sicher. Seit ich die Katze in Ihrem Blog gesehen habe.«

»Die mit den Flügeln«, vermutete Frieda.

Einen Moment schwiegen sie beide, ein angenehmes Schweigen, in das hinein ihre Vermutung wuchs, dass sie noch in einigen anderen Dingen eine derartige Übereinstimmung entwickeln würden.

»Sie hatten so lange nichts gepostet«, meinte Frau Herb. »Ich war sehr froh, als ich das neue Bild sah. Und dann gleich dieses.«

»Ich war lange weg«, bekannte Frieda. Sie war versucht hinzuzufügen: ein Todesfall in der Familie. Doch sie unterließ es. »Aber jetzt bin ich wieder da«, sagte sie stattdessen.

»Wissen Sie, das Bild, es ist in vieler Hinsicht das, was ich möchte: leicht, aber mit Tiefe. Man spürt das echte Gefühl.« Sie überdachte die Worte und fuhr dann heiterer fort: »Und den Humor.«

»Danke«, sagte Frieda schlicht. »Ich freue mich sehr auf dieses Projekt.« Sie wusste, dass Eva Herb das Bekenntnis genau so verstehen würde, wie sie es meinte.

»Fein«, meinte Frau Herb, nachdem sie noch einige Einzelheiten geklärt hatten. »Am Dienstag dann? Vielleicht in dem kleinen Café im Stadtpark? Morgens ist es da recht ruhig. Und die haben diese wunderbaren ...«

»Zimtschnecken«, ergänzte Frieda.

»Ja, genau. Ich bringe das Manuskript mit.«

Am Ende des Telefonats waren sie zwar noch beim Sie, aber sie ahnten, dass sich das bei ihrem Treffen schnell ändern würde.

»Ich freue mich«, sagte Frau Herb. »Es ist wirklich sehr schön, dass Sie wieder da sind.«

Und in diesem Moment fand Frieda das auch.

Als sie auflegte, flog ihr Stift zum dritten Mal hinunter.

»Also, weißt du«, sagte Frieda, ehe sie sich noch einmal bückte, »für einen Engel stellst du dich manchmal wirklich an.«

Eine kleine Weile saß sie einfach da. Dann brach sie in Tränen aus. An den vors Gesicht geschlagenen Händen konnte sie nach ein paar Minuten das suchende, fragende Stupsen der Katzennase spüren. Frieda lehnte sich zurück und legte den Kopf einen Moment in den Nacken, ehe sie sich wieder aufsetzte, sich die Nase wischte und mit feuchtem Gesicht lächelte. »Keine Sorge«, sagte sie. »Es ist alles in Ordnung. Manchmal gehört das einfach dazu.«

7

Sonnenblumen
und Knochen

»Blumen«, sagte Frieda, als sie vor ihrem Gemüsehändler anhielt. »Ich möchte Blumen für den Balkon.«

Die Idee hatte sie ganz plötzlich überfallen, als sie mit dem Rad vom Altglascontainer zurückgekommen war und den blühenden Stand gesehen hatte. Unternehmungslustig musterte sie das Gestell mit den Töpfen. Die Frühjahrssaison hatte sie verpasst, doch jetzt gab es dafür eine reiche Auswahl an brennend roten Geranien, gestreiften Petunien und üppigen Begonien. Unschlüssig ließ Frieda ihren Blick schweifen. »Die da«, sagte sie schließlich.

»Die werden sehr groß«, gab Herr Georgiou zu bedenken.

Frieda entschied sich dennoch für die Sonnenblumen mit ihren großen dem Licht ergebenen Gesichtern. Das satte Gelb war einfach unwiderstehlich. Außerdem nahm sie noch eine Schwarzäugige Susanne mit, die am Geländer entlangklettern konnte. Und eine Auswahl Küchenkräuter. Herr Georgiou fuhr für sie mit der Hand durch die Blätter des Salbeis und ließ sie riechen.

»Zitrone!«, rief Frieda überrascht und probierte dasselbe an einer anderen Pflanze. »Und die Minze hier duftet nach Schokolade!« Sie nahm auch diese beiden Töpfe mit.

Ihr Fahrrad sah aus wie ein grünes Schiff, als sie es durch die Straße schob. Sie plante, damit einen kleinen Urwald zu erschaffen, mit der Katze als Panthertier. Und sie selbst auf ihrer Liege wäre die rätselhafte Schöne, die wie auf dem Gemälde von Rousseau inmitten des wilden Grüns auf einem Sofa hingestreckt lag.

Erst dachte sie sich nichts, als sie an dem Container vorbeikam, den jemand neben den Torbogen der 47a gestellt hatte. Doch als sie ihr Rad in den Flur hob, sah sie die offene Haustür bei Frau Singer. Davor und daneben standen Möbel, Kisten und vielerlei Kram. Frieda hielt an und lauschte auf das Schaben, Scheppern und Ächzen, das andeutete, dass hier schwer gearbeitet wurde.

Endlich kam eine große Frau heraus, bepackt mit drei Schubladen samt Inhalt, die sie aufeinandergetürmt hatte; unter dem einen Arm klemmte ein Stapel Bilderrahmen; mit dem Fuß schob sie einen Wäschekorb vor sich her. Ihr rundes Gesicht mit den leicht hervortretenden Augen war heftig gerötet. Frieda hatte die Tochter ihrer Nachbarin nie kennengelernt; sie verband mit ihr nur die Flasche Kirschlikör und eine laute Stimme, die manchmal im Hof hörbar wurde. Frau Singer war immer so leise durch die Gänge gehuscht. Sie hatte nie Jogginganzüge getragen. Und keinesfalls hätte sie ihre Sachen so behandelt. Frieda stellte das Rad ab und fing die Rahmen auf, die unter der Achsel der Frau ins Rutschen gekommen waren.

»Mein Beileid«, sagte sie.

Schwer atmend stellte die Frau ihre Last ab. »Ist ja nicht so, dass es eine Überraschung gewesen wäre.« Ihr Blick überflog den vollgestellten Flur. »In dem Alter.«

Frieda folgte dem Blick und entdeckte den alten Vogelkäfig in einer Kiste. *Der arme Bobby ist jetzt auch schon zehn Jahre hinüber.* »Ich mochte Ihre Mutter wirklich gern.« Und da war das Kruzifix aus der Küchenecke, der Teekessel, der Untersetzer, der unbedingt immer zuerst auf den Tisch musste. Frieda erinnerte sich, wie Frau Singer aufgestanden war, um ihn zu holen. *Sie wissen ja nicht, wo er ist.* Frieda hatte es genau gewusst. »Die Frau Singer war irgendwie die Seele des Hauses.«

Als sie keine Antwort erhielt, fuhr Frieda fort: »Sie räumen die Wohnung aus?«

»Freitag kommen die Maler.« In die Frau kam wieder Leben. »Wir vermieten.«

»Ja, dann«, erwiderte Frieda und erinnerte sich der Rahmen, die sie immer noch hielt. Sie hielt der Frau den Stapel hin. Die Bilder, sah sie dabei, steckten noch darin, obenauf der Heinz in seiner Straßenbahneruniform, leicht verrutscht unter das vergilbte Passepartout. Als säße ihm die Mütze schief. Mit einer Verpflanzung in so hohem Alter hatte er wohl nicht mehr gerechnet. »Werfen Sie das alles weg?«

Die Frau hatte angefangen, den Wäschekorb in Richtung Flur zu wuchten. »Man kriegt ja nix mehr dafür.«

Also würde alles draußen in den Container wandern, was an Frau Singers Leben erinnerte. Und nichts als weiße Wände würden bleiben.

»Ach, wissen Sie«, sagte Frieda. Sie stellte die kleinen Bilder ab und trat an die Wand, um die Ecke des schweren goldfarbenen Rahmens zu streicheln, in dem der Schutzengel schwebte, der mehr als sechzig Jahre lang Frau Singers Schlaf bewacht hatte. »Am Samstag ist hier wieder Stadtteilflohmarkt.«

»Die Zeit hab ich nicht«, wehrte die Frau ab.

»Nein, ich wollte vorschlagen, dass ich das übernehme.« Frieda lächelte dem Bild vom Heinz zu. »Ich kann dafür sorgen, dass die Sachen in gute Hände kommen.«

Die Frau schaute zweifelnd auf die Hinterlassenschaften. »Sie wollen all das auf den Flohmarkt schleifen? Das ganze Gelump?«

»Vielleicht nicht alles«, gab Frieda zu. Als sie sah, dass die andere bereits wieder den Kopf schüttelte, unwillig, jetzt noch mit dem Sortieren anzufangen, bot sie an: »Wie wäre es: Ich helfe Ihnen hier. Und wenn ich etwas sehe, was auf dem Flohmarkt Chancen hätte, legen wir es beiseite.« Sie überlegte. »In den Hinterhof. Damit versuche ich dann am Samstag mein Glück.«

Die Frau schien zu überlegen. Sie hob eine der Schubladen hoch; beide schauten hinein: eine angebrochene Packung Tabletten, ein Stift und ein Taschentuch. Das war wohl eher unvermittelbar.

»Also dann«, sagte die Frau und drückte Frieda die Lade in die Hand.

Seufzend machte Frieda sich auf den Weg zum Container.

Am Ende des Tages hatte sie das Schutzengelbild, einige Kisten voll Nippes und Geschirr, den Fernseher, diverse Stehlampen, eine Persianerjacke, ein paar Kleider aus den Sechzigern, die Frau Singer in Zellophanhüllen im Schrank vergraben hatte wie in Schneewittchensärgen, und den Vogelkäfig. Auch das Bild vom Heinz schmuggelte Frieda dazu. Und einen Stapel Kreuzworträtselhefte. Und das Kruzifix. Das geschnitzte Nachttischchen. Die Standuhr. Beim Perserteppich gab sie auf.

Mit rot geschwitzten Gesichtern schüttelten sie einander schließlich die Hand.

»Also dann.« Das gemeinsame Arbeiten hatte Frau Singers Tochter weder freundlicher noch gesprächiger gemacht. Aber Frieda ließ sich die gute Laune nicht verderben; sie machte das hier für die alte Frau Singer, nicht für die junge. Bis heute hatte sie an der leeren Wohnung nicht ohne schlechtes Gewissen vorbeigehen können. Jetzt war das anders. Frieda entdeckte noch den Rollator, der einsam unter den Postkästen parkte, und stellte ihn unter den ausdruckslosen Blicken der Tochter zu den anderen Sachen. »Dann hätten wir es also«, verkündete sie. Sie fischte sich eine Spinnwebe aus dem Haar. »Möchten Sie am Samstag vielleicht vorbeikommen?«

»Das ist Ihre Sache.« Die Frau packte Besen und Kehrschaufel, die letzten verbliebenen Utensilien, ein. »Werfen Sie das Geld in den Briefkasten.«

Zurück in ihrer Wohnung duschte Frieda ausgiebig. Morgen würde sie einen Muskelkater haben, das konnte sie spüren. Aber sie freute sich auf ihren Marktstand. Endlich hatte sie einen Weg gefunden, ihren Abschied von Frau Singer würdig zu begehen. Sie würde die Gegenstände nicht weg-, sondern weitergeben, somit ein wenig Kontinuität erzeugen, eine Tradition nicht des Erbens und Bewahrens, aber des Freigebens und Findens. Vielleicht war das am Ende sogar die bessere Tradition. Wenn irgendwann einmal mit ihren Habseligkeiten dasselbe geschehen würde, dann wäre sie sehr zufrieden.

Mit einem Glas Wein in der Hand beugte sie sich aus dem Küchenfenster und warf einen Blick von oben auf die Sachen im Hinterhof. Wie ein kleines Freiluftzimmer standen sie inmitten der Farnwedel, beschirmt nur von der Araukarie. »Na, es wird schon nicht regnen«, sagte Frieda zu der Katze, die neben sie auf das Fensterbrett gesprungen war und die Aussicht inspizierte. Aber wie bekäme sie all das am Samstag auf den Marktplatz?

Die Katze verfolgte mit ihren Blicken ein Nachbarspaar, das sich für das Abendessen auf seinem Balkon zurechtsetzte.

»Du hast recht«, sagte Frieda. »Ich werde jemand um Hilfe bitten müssen.«

8

In gute Hände
abzugeben

»Wohin soll die Uhr?«, fragte Tobias, der das gute Stück ganz alleine aus den Tiefen seines Transporters gehoben hatte.

Frieda musste lächeln, weil er fast genauso groß war wie die Uhr hoch und ebenso schmal. Wie Zwillingstürme standen sie da. Sie wies ihm einen Platz nahe am Weg, wo der Boden eben war.

Den Stand selbst hatte sie unter einer großen Buche aufgeschlagen, die Schatten spendete, sodass sie keinen Sonnenschirm benötigen würde. Der alte Tapeziertisch und die Campingstühle genügten.

»Vielen Dank noch mal«, sagte sie zu Tobias, der schon wieder auf dem Weg zum Wagen war, um den Rest zu holen. »Für eure Hilfe und alles.«

»Ach was«, antwortete Maja an seiner Stelle, die bereits begonnen hatte, den Inhalt der Kisten auf dem Tisch zu dekorieren. »Wir haben uns so gefreut, als du dich gemeldet hast.« Prüfend hob sie den Vogelkäfig hoch. »Du hast lange nichts von dir hören lassen.«

»Ich weiß«, sagte Frieda und hoffte, dass niemand ihr errötendes Gesicht sähe, wenn sie sich nur dicht genug über den Korb mit der Wäsche neigte. »Ich hatte viel zu tun.«

»Interessante Arbeit?«, fragte Tobias und stellte das Nachtkästchen ab.

Frieda war froh, von dem Freilandmuseum erzählen zu können. Und von dem Buchprojekt mit Eva Herb. »Ein Kinderbuch«, sagte sie. »Wo ich Kinderbücher doch so liebe.«

»Hörst du das, Schatz?«, fragte Maja ihren Mann, während sie sich ein besticktes Geschirrtuch schnappte, um damit ein paar Porzellanfiguren auf Hochglanz zu polieren. »Wo sie doch Kinderbücher so liebt.«

»Ich höre es«, sagte Tobias. Und ging den Fernseher holen.

»Ihr habt ja keine Ahnung, wie lange ich schon davon geträumt habe, mal selbst ein Kinderbuch zu gestalten.« Frieda schob das Nachtkästchen ein wenig beiseite, um Platz für den Fernseher zu schaffen. »Warte, ich helfe dir.« Gemeinsam senkten sie das schwere Teil langsam zu Boden. »Hoffentlich nimmt ihn jemand mit«, meinte Frieda. »Noch einmal fasse ich den nicht an.«

»Frieda hat gerade gesagt«, wandte Maja sich an ihren Mann, »wie gerne sie ein Kinderbuch gestalten würde.«

Tobias nickte und ließ sich in einen Campingsessel fallen. »Ist notiert«, sagte er. »Ich hab dich schon verstanden.«

Irritiert schaute Frieda von einem zum anderen.

»Du bist ein Schatz«, sagte Maja und küsste ihn, ehe sie sich zu Frieda umwandte. »Ist er nicht ein Schatz?«

»Ja, aber …?«

»Dann gehe ich jetzt das Picknick holen.«

Tobias grinste vor sich hin, während Maja, so schnell es ihre Absätze zuließen, zum Transporter lief. Frieda setzte sich neben ihn. »Was hat sie denn mitgebracht?«

»Oh, Prosecco, denke ich, dazu eine Tarte und etwas Obst. Ich wollte uns auch ein paar Hühnerflügel braten, aber ich bin nicht dazu gekommen.«

»Meine Güte!«, rief Frieda, als Maja zurückkam und auspackte, stilecht mit Tellern und Kristall. So hatte sie einen Flohmarkt noch nie begangen. Sie stießen auf gute Verkäufe an.

Eine Weile hörte man nur das Vogelgezwitscher oben im Baum

und ferne Stimmen. Frieda verschränkte die Arme hinter dem Kopf und genoss die Sonne auf ihrem Gesicht. Sie hatte geplant, alleine hier zu sein, aber so war alles gut.

»Wie viel Dioptrien hat die denn?«, fragte eine ältliche Stimme.

Frieda öffnete die Augen und sah eine zierliche Dame, die Frau Singers Kreuzworträtselbrille in der Hand hielt. »Keine Ahnung«, sagte sie. »Setzen Sie sie doch einfach mal auf.« Eine Weile drängten sich die Kunden. Der Schutzengel fand einen Abnehmer. Tobias führte ein angeregtes Gespräch mit einem Heimwerker darüber, wie der Nachttisch am besten abzubeizen wäre. Und Maja beriet ein junges Mädchen, das erwog, die Persianerjacke zu Shorts umzuschneidern.

Für das Fotoalbum hatte sich noch keiner interessiert. Frieda griff danach und blätterte ein wenig darin herum. Schon die Farben atmeten den Geist der jeweiligen Jahrzehnte, das Schwarz-Weiß der Fünfziger, das orangestichig verblichene Bunt der Siebziger. Sie überlegte, ob sie nicht Teile der Fotos in Zeichnungen integrieren könnte. Der gute Heinz mit einem gemalten Wellensittich auf der Mütze. Erna Singers große Lieben. Ein Mädchen mit Zöpfen auf einer Bank, wohl irgendwo in Böhmen, die einer gezeichneten alten Frau mit Rollator nachschaute. Skelette, aus denen Sonnenblumen sprossen, gemalt in den Boden unter dem stolzen Fotoporträt des Hauses Voltastraße 47a. Und zwischen den Sonnenblumen eine Katze, die alles sah: die Toten in den Luftschutzkellern und die Schmetterlinge im Garten.

Wenn man sich doch das ganze Leben zurechtcollagieren könnte, dachte Frieda, während sie weiterblätterte. Mit der Schere in der Hand und gutem Mut sollte es doch gelingen, sich ein schönes Leben zu basteln aus den seltsamen, nicht zusammenpassenden Erlebnissen, die das Leben einem bot. Hier ein Sommertag, dort ein Selbstmordversuch, ein wenig hiervon, ein wenig davon, viel bunte Farben, Laubbläser, Obsthändler, ein bisschen Kummer, ein bisschen Reklame. Dazu keine Schlagzeilen, nur ein, zwei vielversprechende Silben. Alles in gutem Rhythmus, als müsste es genau so sein. War das nicht möglich, verdammt?

»Ich muss mich mal ein wenig bewegen«, sagte Frieda und stand auf.

Sie schlenderte an den Ständen entlang. War froh, eine Weile für sich zu sein, unbeobachtet, ohne feste Absichten. Sie suchte nichts und plante nichts. Was sie fand, war ihr neues Sofa. Es stand da im Verein mit einigen anderen Antiquitäten, die aussahen, als hätten sie einmal gemeinsam ein Zimmer gefüllt. Doch jetzt warteten alle auf etwas Neues, wie Menschen auf einem Bahnsteig. Das Sofa hatte Löwenfüße und eine weinrote Samtpolsterung, die sich einladend wölbte und sicher an keiner Stelle von einem untergeschobenen Stapel Lexika gestützt werden musste.

Frieda schaute sich nach dem Verkäufer um. Schließlich kam ein Mann auf sie zu, nicht größer als sie, aber zäh und muskulös, Gesicht und Arme so braun gebrannt, wie es nur bei jemandem der Fall war, der meist im Freien arbeitete. Die langen Haare hatte er hochgebunden. Seine Augen, murmelklein und tiefschwarz, musterten sie lebhaft.

Die Möbel, erklärte er, gehörten zu einem alten Haus, das er erworben habe, um es zu renovieren, einer alten Mühle. »Ich bin Gärtner und werde alles zu einem Geschäft ausbauen.« Er zuckte mit den Achseln. »Da brauche ich eine Theke, Pflanztische, Regale.«

»Warum behalten Sie die Sachen nicht für sich daheim?«, fragte Frieda. »Sie sind wunderschön.«

»Ich wohne in einem Baumhaus«, sagte der Mann. »Da braucht man keine Möbel.«

Frieda blinzelte. »Ein Baumhaus! Sie veräppeln mich jetzt nicht?«

»Ich habe Fotos, wenn es Sie interessiert.«

Während er sein Mobiltelefon aus dem Lieferwagen holte, spazierte Frieda zwischen den heimatlos gewordenen Möbeln umher. Da gab es noch ein Schachtischchen; sie war zwar keine Schachspielerin, aber die Platte besaß sehr fein gearbeitete Intarsien. Sie umrundete den Tisch und dachte gerade, wie hübsch er sich in ihrem Wohnzimmer machen würde. Dass sie allerdings keine Figuren darauf stellen dürfte; die Katze würde jede einzelne sofort hinunterkegeln. Dabei stieß sie beinahe mit einem anderen Interessenten zusammen.

»Bernd«, sagte sie überrascht, als sie aufschaute.

9

Bernd oder Baumhaus

»Frieda!« Es klang ein wenig erschreckt. Ihr alter Freund wurde rot. Er nickte zu irgendetwas Ungesagtem und wippte auf den Fußspitzen, als nähme er Anlauf. Doch er blieb stumm.

Frieda schaute sich das eine Weile an. Dann sagte sie: »Danke.« Er blinzelte überrascht.

»Für deine Empfehlung«, schob Frieda nach. »Das Museum hat sich bei mir gemeldet.«

»Oh, das«, sagte Bernd vage und nickte wieder.

»Das war sehr ... nett.« Frieda hätte ihn gerne umarmt, wie früher, wenn sie einander begegneten, aber das wagte sie nicht.

»Es war ...« Auch Bernd schien erst nach dem richtigen Wort suchen zu müssen. »... okay.«

Jetzt nickte Frieda. Verdammt, wo war die Zeit, da sie jetzt einen dummen Witz gemacht und ihn in den Arm geknufft hätte. »Bernd«, sagte sie endlich nach nochmaligem tiefem Einatmen, »bitte hör mir zu.«

Er sah nicht so aus, als wollte er das. Die leichte Entspannung verflüchtigte sich sofort. Sein Blick floh in alle Richtungen, nur er selbst blieb vor Ort, aus einem Grund, den er aber offenbar nicht aussprechen konnte.

Deshalb verstummte Frieda wieder. Eine Weile betrachteten sie gemeinsam das Möbelstück. Es schien ein zuverlässigerer, soliderer Bezugspunkt als ihre Vergangenheit. Schließlich legte Frieda den

Kopf schräg und fragte: »Meinst du, er wäre groß genug für eine Partie Mah-Jongg?«

Bernd musste husten. Frieda lächelte, dieses Lächeln lockte, und um ein Haar hätte er es beantwortet. Auf seinem Gesicht wagte es sich allerdings nicht auszubreiten, doch es sickerte ein wenig davon nach innen. Schließlich brachte er heraus: »Ich wollte dich schon lange anrufen, weißt du?«

»Ja?«, sagte Frieda. Am liebsten wäre sie ihm um den Hals gefallen, um die herbeigehoffte Versöhnung zu besiegeln. Aber sie beschloss, es wie die Katze zu machen und erst einmal nur zu blinzeln.

Bernd sagte: »Ich bin nämlich jetzt mit Saskia zusammen.«

»Ach«, sagte Frieda.

»Ja. Sie hat sich sehr um mich gekümmert in der Zeit, als ich … als ich verletzlich war.«

Frieda verkniff sich ein »Hab ich gemerkt«. Immerhin war sie die Leidtragende der pflegerischen Vehemenz gewesen, mit der Saskia sich Bernds und seiner Verletzungen angenommen hatte. Sie sah die gekreuzten Arme und die blockierte Tür noch allzu gut vor sich. Allerdings war sie auch diejenige gewesen, die ihn überhaupt erst verletzt hatte. Lieber bemühte sie sich, möglichst viel Wärme in ihre Stimme zu legen, als sie erwiderte: »Aber, Bernd, das ist doch wunderbar.«

»Ehrlich?« Er zwinkerte nervös. Ihr direkt ins Gesicht zu sehen wagte er noch nicht.

Frieda nickte bekräftigend. Wenn Saskia in der Lage war, Bernd in jeder Weise zu schätzen, dann würde sie sich für Bernd freuen. »Aber natürlich«, versicherte sie. Sie konnte sich aber nicht verkneifen hinzuzusetzen: »Ich hatte ganz stark das Gefühl, dass sie sich schon länger für dich interessiert hat.«

»Ja«, entfuhr es Bernd, jetzt froh wie ein Kind. »Ja, das hat sie tatsächlich. Woher wusstest du das?« Endlich fand sein Blick den ihren. Guter, lieber Bernd.

»Weibliche Intuition.« Frieda zuckte mit den Schultern. Eine Frau fauchte eine andere nicht so von der Tür eines Mannes fort, nur um die Emanzipationsbewegung zu verteidigen. Nach einer Pause fügte sie hinzu: »Ich wünsche euch alles Gute.«

»Danke.« Bernd sah noch nicht völlig erleichtert aus. Sein Blick schweifte erneut auf der Suche nach den richtigen Worten. »Saskia kann sehr bestimmend sein«, sagte er endlich. Sofort fuhr er fort: »Mir tut das sehr gut, glaube ich. Ich hab ein bisschen Aufsicht gebraucht. Du weißt ja, der Müll in meinem Auto und so.« Er versuchte ein Lachen.

»Deine Mütze.«

»Die hat sie als Erstes weggeworfen.«

Schade drum, dachte Frieda. Für sie hatte das gute Stück zu Bernd gehört. Aber sie machte eine vage, als generelle Zustimmung deutbare Handbewegung.

»Und sie, na ja ...«, druckste Bernd herum.

Frieda begriff. »Sie möchte nicht, dass wir uns sehen.«

»Sie hat ein kleines Problem mit dir«, gab Bernd erleichtert zu. Als er ihr unglückliches Gesicht sah, fuhr er rasch fort: »Ich bin sicher, ich kann das mit ihr klären. So nach und nach. Mit ein wenig Zeit.«

Frieda neigte ihren Kopf zur Seite.

»Vor allem, wenn du ...« Bernd guckte wieder weg. »Hast du vielleicht jemanden?«

Frieda schüttelte den Kopf. »Nein, Bernd. Ich bin allein.«

»Na ja, es wird schon werden. Mit der Zeit«, wiederholte Bernd. Die Zeit verging.

Schließlich fragte Frieda. »Können wir uns wenigstens mailen oder simsen? Oder checkt sie deine Accounts?«

»Das können wir, das können wir«, erwiderte Bernd mit aufflammender Begeisterung. Dann fiel ihm etwas ein. »Ich möchte sie nur nicht enttäuschen.«

»Ich verstehe«, sagte Frieda.

Bernd guckte sie an wie ein Welpe. »Sie steht wirklich auf mich. Sie sagt mir dreimal am Tag, dass sie mich liebt.«

Frieda spürte etwas in sich, das ein schlechtes Gewissen sein konnte. Oder Neid. Oder schlichte Traurigkeit.

Bernd bemerkte es nicht. »Sie sagt überhaupt so unglaubliche Sachen. Zum Beispiel, dass ich ein toller Fotograf bin. Dass mein Bart so schön weich ist.« Unwillkürlich strich er sich darüber.

»Das ist schön, Bernd.« Frieda musste sich räuspern. »Ich bin froh, dass du so eine nette Freundin hast. Du hast es verdient.«

Bernd strahlte. »Ich melde mich bei dir«, versprach er. »Bestimmt. Bald. Du wirst sehen. Ich krieg das hin. Wir werden uns alle prima verstehen.«

Frieda umarmte ihn, sog noch einmal den bittergrünen Duft ein. »Mach's gut, Bernd. Und sag Saskia, sie soll Alice Schwarzer von mir grüßen.«

»Was?«, fragte Bernd und wandte sich, schon im Gehen, noch einmal um.

»Oh, nichts«, sagte Frieda und winkte. »Grüß sie einfach.«

Er wird nichts dergleichen tun, dachte sie, als sie ihm ein wenig melancholisch nachsah. Und er wird sich nie wieder melden. Aber immerhin trug er ihr nichts nach.

»Wollen Sie die Bilder wirklich sehen?«

Frieda brauchte einen Moment, ehe sie sich wieder an den Gärtner erinnerte. Er war aus seinem Van geklettert und hatte sein Mobiltelefon in der Hand. »Wir können uns auch hinsetzen.«

»Gerne«, murmelte Frieda zerstreut und ließ sich auf dem Sofa nieder.

»Haben Sie vielleicht Durst?« Er wartete ihre Antwort gar nicht ab. »Ich hab noch Eistee im Wagen.«

Frieda schaute ihm nach. Sie hatte einen Freund verloren und ein Sofa gefunden. Im Geiste malte sie das Möbelstück in die Spitze eines hohen Baumes, von dem aus sie Bernd nachwinkte, eine Tasse Tee auf den Knien balancierend und im Winde schaukelnd.

»Jetzt aber«, sagte der Gärtner, reichte ihr ein Glas und setzte sich neben sie. Wie sich herausstellte, waren die Bilder unglaublich. Sein Haus war tatsächlich eine Konstruktion, die in den hohen Ästen eines Baumes schwebte, die eine große gezimmerte Plattform trugen. Sie war, wie das Haus selbst, vieleckig angelegt. Das zirkuszeltartige Dach bestand überwiegend aus Glas.

»Das Laub schützt genug vor Wind und Regen«, erklärte er. »Mir kam es auf Licht an.«

»Was ist das nur für ein riesiger Baum?«, fragte Frieda.

»Eine Rotbuche«, sagte er. »Der Stamm hat mehr als hundertfünfzig Zentimeter Durchmesser.«

»Wahnsinn!« Frieda schüttelte ihre Locken. »In einem Kinderbuch hab ich mal so was gesehen. Allerdings wohnten Baumelfen darin.«

»Alles selbst gebaut und geschreinert.« Er lächelte. »Wenn du magst, komm doch mal vorbei.«

»Erst einmal«, sagte Frieda, »kaufe ich dein Sofa.«

10

Sie heißt nicht Melusine

Der Tag endete damit, dass Tobias und Maja gemeinsam mit Frieda das neue Sofa in den zweiten Stock hochtrugen. Sie nahmen sogar das alte Möbel wieder mit hinunter.

»Wir müssen ja eh noch zum Wertstoffhof«, meinte Tobias, der Pragmatiker. »Wegen dem Fernseher.« Schnaufend hoben sie es um die letzte Ecke.

Maja versuchte, die Katze aus dem Regal zu locken, die sich vor dem ungewohnten Besuch auf eines der oberen Bretter geflüchtet hatte und sich partout nicht zeigen wollte.

»Es tut mir so leid«, sagte Frieda und meinte alles: die viele Mühe, das Geschleppe, die Unfreundlichkeit der Katze. Dass sie den beiden nicht einmal etwas anbieten konnte; und den Umstand, dass sie am Ende dieses Tages tatsächlich lieber endlich allein wäre. Sie war lange nicht mehr unter so vielen Menschen gewesen. Und dann gleich eine Begegnung mit der Vergangenheit. »Ich müsste euch eigentlich in drei Gängen bekochen«, sagte Frieda.

Die beiden winkten ab. Auf sie warteten noch Verpflichtungen. »Aber komm du bald wieder bei uns vorbei«, sagte Maja.

Frieda versprach es.

»Ich ruf dich an«, sagte Maja. Und wenn Maja das sagte, konnte man sich darauf verlassen, dass sie es tun würde.

Schon in der Tür, wandte sie sich noch einmal um. »Wie heißt sie eigentlich?«

»Wer?«, fragte Frieda verdutzt zurück, die sich innerlich bereits zu entspannen begonnen hatte.

»Na, deine Katze.« Maja warf einen letzten bedauernden Blick in Richtung des Regals. »Deinem Blog nach ist sie ja eine Schönheit.«

Frieda musste zugeben, dass die Katze keinen Namen hatte.

»Was?« Majas Augen wurden groß. »Keinen Namen? Du machst Scherze. Wie wäre es mit …?«

»Schatz!«, rief Tobias von unten. »Kommst du? Der Wertstoffhof hat nicht ewig auf.«

Maja warf Frieda eine Kusshand zu. Sie machte das Handzeichen für »Ich rufe an«. Und Frieda nickte.

»Kleopatra«, hörte sie Maja noch von der Treppe aus rufen. »Oder nein: Melusine.« Dann wieder Tobias' Stimme und dann nichts mehr.

»Endlich«, rief Frieda aus und warf sich auf das neue Sofa. Es fühlte sich anders an.

Die Katze sprang mit einem lauten *Propp* aus dem Regal und lief zu ihr.

»Da bist du ja«, meinte Frieda. Sie legte sich probeweise lang hin. »Die Seitenlehnen haben genau die richtige Höhe, um beim Lesen bequem den Kopf abzustützen.« Sie machte es vor. »Jetzt bräuchte ich nur noch ein Buch.«

Stattdessen legte sich die Katze auf ihren Brustkorb und schnurrte.

»Auch gut.« Friedas Finger fanden in ihr Fell und begannen wie von selbst mit dem Streicheln. Ihre Erschöpfung wandelte sich in wohlige Müdigkeit. Frieda schloss die Augen und schlief ein. Sie träumte von einem großen Baum, durch dessen Laub das Sonnenlicht rauschte. Oder sie war der Baum. Oder das Rauschen. So genau ließ sich das in einem Traum nicht sagen.

11

Als Verlobte grüßen ...

Mitte der Woche bekam Frieda Post. Eine große Karte aus Büttenpapier mit Goldbuchstaben verkündete die Feier von Yvonnes Verlobung. Frieda wurde aufgefordert, am 21. Mai im »Nabokovs« zu erscheinen, wo das glückliche Paar die Gäste zu einem Büfett erwartete.

Einen ganzen Nachmittag saß Frieda davor und ließ sich von einer unzufriedenen Katze piesacken, die weder pünktlich gefüttert noch mit angemessener Konzentration gestreichelt wurde. Da stand ihr Name, Frieda, mit Tinte und Schwung in den Vordruck hineingesetzt. Yvonne wünschte sich, dass ihre ehemals beste Freundin an diesem Tag anwesend wäre. Zusammen mit vermutlich etwa hundert anderen Menschen. Das »Nabokovs« hatte einen großen Festsaal und Garten. Wie lange hatten sie jetzt nichts voneinander gehört?

»Weißt du«, sagte Frieda zu der Katze, »am Ende werde ich zwischen all den Leuten gar nicht auffallen.«

Die Katze schwieg wie jemand, der weiß, wann man den Leuten ihre Illusionen lassen muss.

Anfangs sah es so aus, als könnte Friedas Plan aufgehen. Sie hatte sich für ein kleines Schwarzes entschieden, mit einem dunkelroten Seidenschal, und am Eingang ihr Billett einer Unbekannten in Kellneruniform überreicht. Vom glücklichen Paar war nichts zu sehen, auch sonst kam Frieda zunächst keines der Gesichter vertraut vor, sodass sie sich ein Glas Champagner von einem der zahlreichen herumgetragenen Tabletts nahm und sich einen Platz auf der Terrasse suchte, wo sie sich an die Steinbalustrade stellen und mit dem Rücken zum Geschehen in den Garten hinausträumen konnte.

Da hörte sie ihren Namen rufen.

Frieda wandte sich um. Der Frieden hatte nicht lange gehalten. »Hallo, Yvonne.«

Ihre Freundin trug ein cremefarbenes Kostüm, Glitzer im kunstvoll frisierten Haar und einen Gesichtsausdruck, der schwer zu deuten war. Einen Moment lang schauten sie einander an. Jetzt kommt der Moment, dachte Frieda. Ich werde ihr gratulieren. Sie wird sagen: »Lange nicht gesehen.« Und ich werde sie anlügen. Schon öffnete sie den Mund.

Aber Yvonne kam ihr zuvor. »Es tut mir leid«, sagte sie.

Friedas Mund klappte wieder zu. Yvonne nahm Haltung an wie jemand, der sich etwas vorgenommen hat und jetzt nicht bei der Ausführung gestört werden will. »Nein, wirklich, es war meine Schuld. Ich wusste doch, dass du mit Erik nichts im Sinn hattest.«

»Nein«, sagte Frieda vage. Mit gewissen Sinnen hatte sie ja durchaus auf den Mann reagiert.

»Du hast vermutlich wirklich nicht gemerkt, wie er dich an dem Abend angesehen hat. Du merkst so was ja nie.« Sie verzog den Mund zu einem kleinen, etwas traurigen Lächeln.

»Ihr wart doch völlig miteinander beschäftigt. Und ich ...« Frieda hielt inne, um das unangenehme Gefühl von damals wieder zurückzudrängen. »Praktisch unsichtbar. Das fünfte Paar am Wagen.« Rad, fiel es ihr im selben Moment ein. Es musste »Rad am Wagen« heißen.

Yvonne schien es nicht bemerkt zu haben. Sie schnaubte nur kurz durch die Nase und betrachtete die Perlen in ihrem Champagnerglas, ehe sie einen großen Schluck nahm. »Mir war schon an dem Abend klar, dass ich ihn mir quasi würde kaufen müssen.« Jetzt schaute sie ihre Freundin an. »Und das gefiel mir nicht. Ich war sauer. Nein, nein, lass mich ausreden. Deshalb habe ich so angegeben mit meinen SMS. Und deshalb auch mein Auftritt.« Sie machte eine abschließende Geste. »Und deshalb eben auch: Es tut mir leid.«

Frieda wollte das so nicht stehen lassen. »Glaub mir«, fing sie an, »wenn ich gewusst hätte, dass er dich ausnehmen will, dann ...«

»Oh, die Ausstellung hab ich schließlich finanziert«, unterbrach Yvonne sie und nahm einen weiteren Schluck. »Nach reiflicher Überlegung. Sie war übrigens ein voller Erfolg.« Auf ihrem Gesicht zeigte sich wieder dieses Lächeln. »Finanziell bin ich aus der Affäre Erik Obermann mit einem Plus herausgekommen.«

Frieda atmete durch. »Er malt wirklich tolle Bilder.« Sie wusste nicht, was sie sonst Positives dazu sagen könnte.

Eine Weile lehnten sie nebeneinander an der Brüstung und schauten auf das wohlgemähte Grün, das hier und da von blühenden Rhododendrenkuppeln unterbrochen wurde. Dann klang es so, als müsste die eine plötzlich niesen, die andere sich räuspern. Endlich platzte ihr gemeinsames Lachen heraus. Sie lachten, bis sie sich krümmten, außer Atem waren und sich die Tränen abwischen mussten.

»Aah! Meine Güte«, sagte Yvonne endlich mit dem großen Atemholen eines Tauchers, der zurück an die Oberfläche gestoßen ist. Sie umarmte Frieda und drückte ihr einen Kuss auf die Locken über dem Ohr. »Du trägst Holzohrringe«, stellte sie überrascht fest, kurz gegen die großen leuchtend roten Kirschen stippend, die sich in Friedas Kraushaar versteckt hatten.

Fragend fasste Frieda an den Schmuck, bemerkte Yvonnes Diamantstecker, dann zuckte sie mit den Schultern.

»Du ewiges Schneewittchen.« Yvonne lachte erneut und umarmte die Freundin noch einmal.

»Ich hab dich so vermisst.«

Eine Weile hielten sie einander fest.

12

Zwei Frauen,
eine Freundschaft

»Ach, Frieda«, seufzte Yvonne schließlich und lehnte sich mit dem Rücken gegen die Balustrade, um die Sonne an ihr Gesicht zu lassen, »du ahnst nicht, wie anstrengend das alles war.«

»Das Sichverloben?«, neckte Frieda.

»Diese ganzen Dates.« Yvonne warf ihrer Freundin einen Seitenblick zu. »Und sag jetzt nicht: Ich habe es ja gesagt.«

Frieda sagte nichts.

Yvonne winkte ab. »Also gut, dann sag es. Sag es, ich kann's verkraften.« Ihr Glas war mittlerweile leer, und sie hielt Ausschau nach einer weiteren Bedienung mit einem Tablett. Sie winkte jemanden heran und tauschte ihre beiden leeren Gläser gegen zwei volle.

»Weißt du, es war wie an einem riesigen Büfett: Man kann sich von allem nehmen und tut das auch. Reichlich. Bis man merkt, dass einem die meisten Sachen gar nicht wirklich schmecken, à la carte hätte man sich das meiste nie bestellt.« Sie nahm einen genießerischen Schluck. »Und man wird plötzlich satt, so was von übersatt von all der Auswahl.«

Frieda sah eine Katzenfrau, einen kleinen Männerkopf nachdenklich zwischen Essstäbchen balancierend. Vielleicht mit Sojasauce? Ihr Skizzenbuch war in der Handtasche, aber mit all dem Champagner hatte man nie die Hände frei.

»Dann«, fuhr Yvonne fort, »stehen überall angebissene Reste herum, und man geht ans große Aufräumen. Ich musste mir einen ganzen Tag nehmen, um all die anstehenden ersten und zweiten und dritten Verabredungen abzusagen, die Chats zu beenden, diese ganzen vor sich hin dümpelnden Geschichten. Manche wollten das noch diskutieren. Aber ich …«, sie ließ ihr Glas einen Halbkreis beschreiben wie den Schwung eines tödlichen Pendels, »Tabula rasa. Da war ich entschlossen.«

»Natürlich warst du das«, sagte Frieda liebevoll.

»Das, sage ich dir, war eine Erleichterung.« Doch Yvonnes Gesicht sah in diesem Augenblick nicht sehr erleichtert aus. Eher ein wenig erschöpft.

Das konnte Frieda gut verstehen. Sie war doch selbst erst vor Kurzem wieder zurück auf ihr Seil geklettert, wieder bereit, zur Musik ihrer inneren Bilder zu tanzen. Bilder, die aus den Echokammern des Lebens zu ihr aufstiegen wie aus einem Nebel, manche schön, andere schmerzhaft. Sie würde weiterbalancieren, ihren Bleistift in der Hand. Notfalls über ein wüstes Büfett hinweg. Auch dieses Bild notierte sie sich für später. Sie strich Yvonne tröstend über die Schulter.

»Aber für dich ist es doch am Ende gut ausgegangen«, sagte sie schließlich, als sie bemerkte, dass Yvonne noch immer schwieg. Frieda machte mit dem Glas eine weite einladende Bewegung, die alles einschloss: Yvonne, den Ort, den Anlass und die Mai-Sonne, die über ihnen schien. »Du hast jemanden gefunden.« Sie musste kurz überlegen, der Name war noch so neu. »Peter?«

»Aber Peter habe ich doch nicht aus dem Internet«, sagte Yvonne und lachte. »Nein«, sagte sie und schüttelte amüsiert den Kopf. »Peter kannte ich schon lange, er ist mein Tanzpartner.« Als sie Friedas ratloses Gesicht sah, schob sie nach: »Von den Tangoabenden.«

Der Rentner! Beinahe wäre es aus Frieda herausgeplatzt, sie beherrschte sich aber gerade noch. Das war nur das Wort, unter dem sie den Mann bei sich rubriziert hatte, den sie schließlich überhaupt nicht kannte.

»Ja«, gab Yvonne zu. »Und na gut, jetzt darfst du es laut sagen«, sie machte eine auffordernde Geste, und beide skandierten: »Ich habe es ja gesagt.«

Ein paar Leute drehten sich zu ihnen um, und die Freundinnen kicherten.

Etwas leiser fuhr Frieda fort: »Ich hatte ja keine Ahnung, dass ihr euch nähergekommen seid.«

Yvonne wiegte den Kopf. »Davon war auch lange keine Rede«, erklärte sie. Auch ihre Stimme wurde leiser. »Weißt du, es lag an seinem Geruch.«

Frieda schoss die Röte ins Gesicht, als sie sich an Bernd erinnerte. Sollte das Phänomen so weit verbreitet sein, dass zwei sich nicht riechen konnten?

Yvonne nickte. »Er hatte dieses Altmännerding, so einen metallischen Atem.« Sie betrachtete irgendetwas auf dem Grund ihres Glases. »Aber dann hab ich mir ein Herz gefasst und ihn darauf angesprochen, ganz sachlich, ich kenne mich ja in medizinischen Fragen aus. Und du glaubst nicht, wie gut er reagiert hat.« Jetzt stand wirklich ein Strahlen in ihrem Gesicht. »Keine falsche Scham, kein Schmollen, keine Verärgerung, keine Ausreden. Er hat mich einfach angehört, hat nachgedacht und ist zu seinem Zahnarzt gegangen. Seitdem habe ich ihn mit anderen Augen gesehen.« Sie blickte über Friedas Schulter. Und ihr Blick wurde weicher. »Da kommt er ja.«

Frieda wandte sich um. Sie sah einen sportlichen älteren Herrn mit Pilotenbrille auf sich zukommen. Der künftige Bräutigam wurde auf seinem Weg zu ihnen immer wieder angehalten, angesprochen, jemand klopfte ihm anerkennend auf die Schulter, ein anderer gab einen Kommentar ab, den er mit strahlendem Lachen erwiderte, das den ganzen Weg über anhielt. Offensichtlich hatte er einen ausgezeichneten Zahnarzt.

»Schau ihn dir an«, sagte Yvonne leise, die ihrem Blick gefolgt war. »Ich kenne ihn jetzt seit drei Jahren. Ich weiß beinahe alles über ihn, über seine Familie, seine Arbeit. Ich weiß, wie er sich benimmt, wenn er schlechte Laune hat oder Stress. Wie er wird, wenn er trinkt und sich amüsiert. Ich kenne seine Witze, seine Vorlieben.« Sie legte ihre Hand auf Friedas. »Da ist nichts im Keller, womit ich nicht fertigwürde. Ich vertraue ihm. Ich fühle mich wohl bei ihm.« Sie drückte noch rasch Friedas Hand, wie für einen Abschied und drehte sich halb um, ihrem künftigen Mann entgegen. »Außerdem«, ließ sie Frieda noch rasch geflüstert wissen, »hat er ein eigenes Haus. Wir werden zu ihm ziehen. Dann kann ich endlich damit aufhören, meinen Ex auszubezahlen, und die alte Bude verkaufen. Das Leben wird so viel entspannter sein.«

Mit den Worten »Alles klar mit euch Mädels?« gesellte Peter sich zu ihnen und legte den Arm um seine Verlobte.

»Sie erklärt mir gerade, wie gut sie es bei dir hat«, sagte Frieda.

Sein Lachen war laut, seine Wangen knitterten dabei wie trockenes Papier. Ein wenig wie die des alten Clint Eastwood. »Die beste Freundin«, sagte er. »Ein Wort, das Gewicht hat.« Er strahlte eine starke, wenn auch freundliche Selbstsicherheit aus. Offenbar wusste er, was er wollte. Und er hatte es bekommen. Sein linker Arm blieb locker um Yvonnes Schulter geschlungen, während er Friedas Hand schüttelte und dann nach einem Zigarillo in der Brusttasche seines Anzugs fischte.

»Peter ist Raucher«, informierte Yvonne sie, während sie zu ihm hoch lächelte. »Und die müssen bekanntlich draußen bleiben.« Die letzte Bemerkung krönte sie mit einem Kuss auf seine Wange.

Frieda erklärte höflich, dass das bei einem so schönen Gelände wie dem Außenbereich des »Nabokovs« ja kein Problem darstelle. Und Peter dozierte ein wenig über seinen heimischen Garten und die Änderungen, die er für Yvonne darin plante.

Frieda hatte ihn sich kleiner vorgestellt. Oder vielleicht größer. Jünger. Oder sogar hinfälliger und nicht mit so vollem schlohweißen Haar, das er zu einer Welle über der Stirn gekämmt trug. Einfach anders. Dieser Peter war wie eine Figur, die aus einem Journal ausgeschnitten und in das Bild ihres Lebens geklebt worden war.

Frieda überlegte, wie sie ihn zeichnen würde: die großen Brillengläser vermutlich spiegelnd, sodass man die Augen nicht sah, darüber die Tolle, das Lachen mit allen Zähnen. Er hielte die Katze am Genick hoch, um zu sagen: »Look, what a nice kitty.« Und der Katze sähe man an, dass gleich Blut flösse.

Yvonne zupfte sie am Arm und schlug vor, sich in der Küche etwas vom Büfett zu besorgen.

»Das kann ich doch machen«, sagte Peter, drückte seinen Zigarillo aus und machte sich auf den Weg hinein zu den Feiernden.

»Er ist so ein Gentleman«, schnurrte Yvonne und schaute ihm nach.

»Du bist glücklich«, stellte Frieda fest.

Yvonne hob ein wenig das Kinn. »Peter ist fest entschlossen, mich glücklich zu machen«, erwiderte sie. Ihre Miene wurde weicher. »Und ich bin ebenso entschlossen, es ihm zu erlauben.«

13

Der Mann
mit dem Sternentuch

Als Yvonne von anderen Gästen in Anspruch genommen wurde, ging
Frieda hinein, um zu sehen, was das Büfett zu bieten hatte, von dem
Peter noch nicht zurückgekehrt war. Dabei entdeckte sie den wip-
penden blonden Pferdeschwanz ihres Patenkinds in der Menge.
Instinktiv wollte sie zuerst ausweichen. Was, wenn Julia die feh-
lenden Tabletten bemerkt hatte und sie darauf ansprach? Nun gut,
dann würde sie sich dem eben stellen. Mit zwei Geistern der Vergangenheit war sie bereits fertiggeworden. Sie erinnerte sich an
den Moment, als Julia und sie gemeinsam aus dem Kinderbuch
zitiert hatten, dem von der Bärenjagd: »Wenn ihr uns fragt, wir
haben keine Angst in den Hosen.«

Frieda schlängelte sich zu dem jungen Mädchen durch und tippte ihm auf die Schulter: »Na«, fragte sie, »fliegt der Drache noch auf
Kurs?«

Als das Mädchen sich umdrehte, wurde Frieda klar, dass sie sich
geirrt hatte. Vor ihr stand nicht Julia, sondern ihr Zwilling Lena.
»Ihr seht euch aber auch zu ähnlich«, entschuldigte sie sich.

Lena gab ihr ein distanziertes Küsschen in Richtung Wange. »Julia
ist in Singapur, bei Papa«, erklärte sie. »Aber sag's Mama nicht.«

»Wie werd ich! An ihrem Freudentag.« Singapur, dachte sie dabei. So weit war Julia von ihrer Treppe aus gehüpft. Aber sie hatte

seit jenem Abend ja selbst einen weiten Weg zurückgelegt. Beide hatten sie sich für einen Neuanfang entschieden.

»Was immer sie an ihm findet.« Lena verzog das Gesicht, als Peter an ihnen vorbeiging, ohne sie zu bemerken. »Ich fass es nicht, dass sie an einem von so einer Gammelfleischparty hängen geblieben ist.«

»Deine Mutter kennt ihn von ihren Milongas«, sagte Frieda tadelnd. »Das ist etwas ganz anderes.« Sie strich sich über die eigene nicht mehr ganz so elastische Taille. »Und was machst du so?«, wechselte sie das Thema. Sie wurde mit einem reichen Wortschwall belohnt, dem sie lauschte, bis sich plötzlich die Menge teilte und Peter und Yvonne Hand in Hand in den Saal traten. Es wurde still in dem großen sonnendurchfluteten Raum; auch Lena verstummte. Die Zeit der Reden hatte begonnen.

Frieda war keine Rednerin. Sie zog sich hinter die große weiß bespannte Tafel zurück, auf dem das kalte Büfett aufgebaut war, hielt sich ein wenig hinter dem Schokoladenbrunnen und hoffte, dass niemand von ihr eine spontane Einlage erwartete.

Auf der anderen Seite des Brunnens stand ein Mann, der ihr vage bekannt vorkam. Ein dürrer Hals, von einem dünnen Tuch umknotet mit Sternen, Monden und Raketen darauf, zerzaust abstehendes Haar wie eine kleine Sonne und eine runde Brille in einem Gesicht so verschmitzt und warmherzig, dass es sie irgendwie an den Helden eines Kinderbuchs erinnerte; sie kam nicht darauf, an welchen. Aber irgendwo hatte sie ihn schon einmal gesehen.

Er schien derselben Ansicht zu sein und grüßte mit einem Kopfnicken zu ihr hin. Vorsichtig nickte Frieda zurück. Die SüdArt fiel ihr ein, das kurze Gespräch im Treppenhaus. War er nicht der gewesen, der ihren Blog mochte?

Doch ehe sie etwas zu ihm sagen konnte, kreischte das übersteuerte Mikrofon auf und gewann die Aufmerksamkeit noch des letzten Zuhörers in der Galerie. Ironischer Applaus kam auf und verebbte. Launige Zwischenrufe wurden hörbar. Peter dankte souverän und strahlte mit weißen Zähnen, als er rief: »Liebe Freunde!«

Yvonne überließ ihm das Reden. Sie wirkte ungewöhnlich entspannt. »Zufrieden« war das Wort gewesen, das sie benutzt hatte. Frieda musste daran denken, als sie die Freundin so sah. Ja, Zufriedenheit war sicher ein Teil der Liebe. Nicht der auslösende, aber der dauerhafte Teil vielleicht? Sie erinnerte sich an den Ausspruch ihres Professors: Zufriedenheit ist der Feind der Kunst.

Friedas Blick wanderte wie von ungefähr wieder über den Büfetttisch. Aber der seltsame Mann stand nicht mehr auf der anderen Seite. Er war verschwunden, eingetaucht in die große Schar der Gäste. An diesem Abend entdeckte Frieda ihn nicht wieder.

Einladungen
sind die Hölle, oder?

Zu Hause wartete die Katze auf sie und strich ihr zur Begrüßung um die Beine. Frieda nahm sie hoch und kraulte sie, bis sie schnurrte, warf sie sich auf dem Weg durch die Wohnung über die Schulter und setzte sie dann auf dem Küchentisch ab. Frieda öffnete eine Dose für das Tier. Das war kein so poetischer Vorgang wie das Schälen eines Apfels, aber der bebende Schwanz der Katze, das drängende Maunzen und ungeduldige Stupsen gegen ihre Hand entschädigte für vieles.

»Guten Appetit«, sagte Frieda und stellte die Futterschüssel auf den Boden. Sich selbst genehmigte sie einen Wein.

In ihrem Postfach war eine Mail von Patrik Igel: Der Herbstkatalog von Stuhmpf stand bald an. Ob sie im Juni zur Verfügung stände, wollte der Salesmanager wissen. Zu ihrer Erleichterung kein weiteres privates Wort. Aber sie hatte den Auftrag nicht verloren. Nach kurzer Überlegung sagte Frieda zu; es würde sich gut mit den Arbeiten für das Museum und am Kinderbuch vereinbaren lassen. Sie hatte schließlich Tage zu füllen. Und ein lange vernachlässigtes Bankkonto. Laubbläser, las sie, während sie begann, ihre Antwort zu tippen, würden diesen Herbst im Mittelpunkt stehen.

»Laubbläser, stell dir vor«, sagte sie wenig später am Telefon zu Maja, die endlich ihre Drohung wahr gemacht und angerufen hatte.

»Sie sind die Hölle«, stimmte Maja ihr zu. »Wo ich früher wohnte, ging jeden Morgen um sieben einer los. Der Hausmeisterdienst blies täglich noch den winzigsten Krümel fort. Schlaf galt demgegenüber offenbar als zweitrangig.«

»Außerdem töten sie Insekten«, ergänzte Frieda lästerfroh. Sie rekelte sich in ihrem Drehstuhl. So entspannt würde sie mit dem Auftrag schon fertigwerden.

»Und«, fragte Maja. »Kommst du jetzt? Es wird Hase in Rotwein geben. Tobias' Tribut an das vergangene Osterfest.«

»Ostern ist schon vorbei?«, fragte Frieda und lachte.

»Jetzt tu bloß nicht so, als würden deine Laubbläser dich so beschäftigen. Freitagabend. Ich dulde keine Widerrede.«

Frieda kapitulierte. Zwar dachte sie mit leisem Schaudern an die letzte Einladung, als die beiden versucht hatten, sie und Yvonne miteinander zu versöhnen. Tobias und Maja meinten es nun einmal furchtbar gut mit ihren Mitmenschen. Aber sie waren ihr auch eine Riesenhilfe gewesen bei der Bewältigung von Frau Singers Nachlass. Was hätte sie ohne die beiden gemacht! Kurz fielen ihr Majas ominöse Bemerkungen an jenem Tag ein: »Ein Kinderbuch, hast du das gehört, Schatz?« Tobias hatte es gehört, Frieda auch, aber sie konnte sich keinen Reim darauf machen. So war Maja nun mal; immer bildete sie sich ein, einen besser zu kennen als man selbst.

»Soll ich irgendetwas mitbringen?«, fragte sie. Wenn sie erst dort wäre, würde es ihr schon gefallen. O weh, das war auch immer so ein Spruch von ihrer Mutter gewesen. Er hatte sich nicht auf Männer bezogen wie der Spruch von wegen »einen backen«, sondern auf Kindergeburtstagseinladungen, vor denen Frieda eine Weile lang eine seltsame Scheu gehabt hatte. Hatte der Ratschlag sich eigentlich je als wahr erwiesen?

»Vielleicht hättest du das Telefonkabel durchbeißen sollen«, sagte sie zu der Katze.

Die ignorierte diesen kindischen Vorschlag mit angemessener Würde.

15

Ich komme zurecht

Am Morgen vor der Abendeinladung konnte Frieda lange nicht aufstehen. Draußen schien die Sonne, die Sonnenblumen auf ihrem Balkon leuchteten, im Wohnzimmer erfüllte das neue Sofa alles mit seinem warmen Rot, im Computer wartete gute Arbeit. Dennoch konnte sie sich nicht entschließen, den Tag zu beginnen. Sie blieb liegen, in lauem Lakenlicht, in Schlafdunst, umspült von den nachdümpelnden Bildern von Träumen, die nicht albtraumhaft gewesen waren, aber seltsam, doch zu undeutlich, um mehr greifen zu können als ein vages Gefühl. Und dann kamen die Erinnerungen.

Die Morgenrufe der Amseln verstummten, die Müllabfuhr rumpelte durch den Hof und ließ Stille zurück, die Straßenbahnen eine Querstraße weiter schickten ihr Bimmeln über die Dächer, eine nach der anderen. Was Frieda hörte, war noch einmal das Aufbrüllen des athenischen Verkehrs, als sie die Autotür aufriss, um hinauszuflüchten vor Ingos Zorn. War das Radioknistern an den ersten Abenden nach Thomas' Auszug, allein im Wohnzimmer, wo nunmehr die Hälfte der Bücher fehlte und die Stereoanlage. Wo das Radio verkündete: »Als Nächstes hören Sie Henry Purcells ›Music for the Funeral of Queen Mary‹, vorgetragen vom Blechbläserensemble des Symphonieorchesters Tallin.«

Sie hörte das Lachen der Gäste und den Applaus bei Steffens Geburtstagsfeier, für die sie sich eine unendliche Mühe gegeben hatte mit der Dekoration. Große Papierbogen an alle Regale geheftet, hatten die Umgebung eines verfallenden romantischen Gartens simuliert. Tagelang hatte sie an ihrer Kulisse gemalt. Eine Woche später hatte sie ihn verlassen.

Sie hörte das Schweigen zu dem wegbröselnden, verkrampften Lächeln im Gesicht von Michael Autenrieth auf dem Flohmarkt, als ihm klar wurde, wer sie war. Anders als er.

Sie sah Bernd, der erst in ihre Zehen biss und dann auf ihren Brustkasten sprang, um ihr mit energischer Raspelzunge die Nasenspitze zu säubern, bis sie aufgab, die Augen öffnete und auf den unnachgiebigen Blick traf, der sagte: Tageslicht. Zuwendung. Frühstück.

Wenig später stand Frieda in der Küche, mit beiden Beinen auf dem Linoleumboden des Lebens, das Wetter in ihr hatte sich beruhigt, und alles ging seinen gewohnten Gang.

In der Mittagspause trat sie auf den Balkon. Die Wärme legte sich wohltuend auf ihre Schultern. Für einen Moment schloss sie noch einmal die Augen. Ihr Nachbar zur Rechten, ein Stockwerk weiter unten, lag wie eh und je in der Sonne, braun wie ein Stück Holz, und synthetisierte mit jeder Hautzelle seines Körpers Vitamin D, inzwischen ohne Mütze und sockenlos, aber mit Sandalen an den großen knochigen Füßen. Die Nachbarschaft hatte, wie es schien, resigniert und sich seiner Neigung zum Nudismus ergeben. Jedenfalls waren keine Kommentare zu hören. Nur im Erdgeschoss gab es Bewegung.

Ein Umzugswagen hatte vor der Tür geparkt, Männer in Blaumännern trugen Möbel herein, die verdächtig denen ähnelten, die sie vor Kurzem gemeinsam mit Frau Singers Tochter hinausgeschleppt hatte. Frieda glaubte sogar, auf einem Gemälde unter dem Schutz aus Blisterfolie die Umrisse eines Schutzengels zu erkennen.

Die alte Dame, der all das gehörte und die mit rundem Rücken über ihren Rollator gebeugt über den gepflasterten Weg auf die Haustür zuschlich, sah Frau Singer zum Verwechseln ähnlich. Nur dass sie keinen geblümten Polyesterkittelschurz trug, sondern ein puderfarbenes Twinset und Perlenkette. Geriatrische Gentrifizierung, dachte Frieda. Dann fiel ihr ein, dass eines Tages auch sie selbst dort unten stehen könnte, in ihrem Blumenkleid über einen Stock geneigt. Reif für das Erdgeschoss. Sie verfolgte das Geschehen genauer.

Ein Mann in Friedas Alter bemühte sich um die alte Dame und redete sanft auf sie ein, während sie hineingingen. Seine Frau war am Torbogen stehen geblieben und rauchte. Als der Mann zurückkam, diskutierten sie unterdrückt.

»Ein Pflegeheim wäre besser gewesen«, hörte Frieda die Frau sagen.

Der Mann tuschelte zurück. »... will man machen ...«, hörte Frieda, »... stur ...«, und schließlich: »Sie wird hier schon zurechtkommen.«

Wie auf Kommando wandte das Pärchen sich dem Haus zu und ließ einen kritischen Blick die Fassade hinaufwandern. Frieda wich zurück hinter ihre Sonnenblumen. Sie waren wirklich groß geworden. Auch die Schwarzäugige Susanne hatte Fuß gefasst und ließ ihre Ranken klettern und kriechen. Überhaupt blühte es, das Neue wie das Vorjährige und auch das Unkraut, das Frieda hatte stehen lassen. Nichts Lebendiges sollte ausgerupft werden, solange es gut zurechtkam.

Vor ihrem geistigen Auge sah Frieda eine Petunie mit Rollator. »Ich bin sechsundfünfzig«, sagte Frieda leise und fügte, zur Probe hinzu: »Ich komme zurecht, die nächsten vierzig Jahre.« Dann ging sie wieder hinein an die Arbeit.

16

Das Wissen
um den Moment

Die Katze lag auf dem Sofa und starrte auf Friedas Rücken. Es war ein gutes Möbel; sie hatte es ausgiebig beschnuppert, nachdem es geliefert worden war und der Aufruhr der Gerüche und Geräusche in der Wohnung sich beruhigt hatte. Sie hatte auf einen ruhigen Moment gewartet, dann war sie herangeschlichen, hatte sich erst die Holzbeine des neuen Wohntieres vorgenommen, dann die verborgene Unterseite, wo Holzwolle quoll und viele Schichten unsichtbaren Lebens darauf warteten, von ihren feinen Nerven wahrgenommen und bewertet zu werden. Die Katze hatte Staub gerochen und Wachs, eine ferne Spur von Maus, die ihre Schwanzspitze in erregte Zuckungen versetzt hatte. Die Umrisse eines Zimmers waren sichtbar geworden, mit Laken über allen Möbeln, zerfallenden Nachtfaltern, die vergebens gegen Scheiben gesirrt waren, und einem toten Wespennest. Mehl hatte sie gerochen, Sonntagskleider und das aufgeregte Schwitzen von Kinderhaut. An einer Stelle das vielfache, wiederholte Streichen einer Hand, die dabei alt geworden war. Geduld hatte sie gerochen, längst vertrocknete Weihnachtsbäume, Vorfreude und die Langeweile unendlicher Sonntage. Eine Spur von Blut – in allem fand sich Blut, wenn man nur sorgsam genug suchte –, das aber nicht nach Tod duftete, sondern rätselhaft nach Leben. Die Katze war zufrieden gewesen und hatte ihren Stammplatz ausgesucht auf dem Möbelstück, ein wenig rechts der Mitte, dort, wo das Sonnenlicht gerade noch hinfiel und sie einen guten Einblick hatte in das, was die Frau tat, wenn sie vor dem blauen Schirm auf Mäusejagd war.

Die Katze hatte ihren Platz unmittelbar davor aufgegeben; es war nicht mehr nötig, die Frau so eng zu überwachen; die Krisis war überstanden.

Das Klicken, das Tippen, das Vorneigen und sich Zurücklehnen, das Zurseitegreifen nach einem Stift, der dann übers Papier tanzte – die Katze kannte inzwischen alle Bewegungen, hatte begriffen, dass es sich dabei um dieselbe Art von Suche, Nachspüren, Anspannung und schließlich Zuschlagen handelte, die auch sie in die Keller und vor die Mauerritzen trieb. Sie konnte die Aufregung fühlen, das instinktive Sichausrichten, den Moment kurz vor dem Moment, in dem es geschehen würde, und – ja – das Zuschlagen. Die tiefe Befriedigung danach. Das Herumspielen mit der Beute. Die Frau schnurrte nicht, wenn sie betrachtete, was sie geschaffen hatte. Aber sie summte manchmal leise vor sich hin. Manchmal auch stand sie auf und machte ein paar Tanzschritte. Manchmal murmelte sie sogar: »Gut. Das ist gut.« Meist jedoch geschah nichts, für ein Menschenauge.

Die Katze hingegen nahm die feinste Verästelung von Friedas Nervensystem wahr, sie fühlte alles. Und sie war zufrieden, die meiste Zeit. Da gab es die Jagd, dort das Dösen in der Sonne, das Sichputzen, die Nahrungsaufnahme und die Blicke vom Balkon in die Welt, die man ohne Aufregung im Auge behalten musste. Alles, wie es sein musste.

Aber das Dösen der Frau fand nicht ausschließlich in der Gegenwart statt, wie es bei Katzen zu sein pflegte. Sie fiel zuweilen in Löcher in der Zeit, in die die Katze ihr nicht folgen wollte; wie ein Eisfischer blieb sie am Rand dieser Löcher und versuchte mit der Pfote die Frau wieder herauszuangeln, ehe ihr dort etwas zustieß.

Und auch der Blick der Frau in die Welt hatte noch nicht die volle Kraft erreicht, die sichere Balance des Raubtiers zwischen Anspannung und Interesselosigkeit, zwischen höchster Konzentration und höchster Gelassenheit schwebend. Bis der Moment kam und es so weit war. Konnte es sein, dass die Frau nicht wusste, wann es so weit war?

Die Katze, die dieses Wissen in jeder Zelle ihres Körpers gespeichert hatte und es so sicher besaß, dass es ihr Mühe bereitete, den Gedanken überhaupt getrennt von ihrem Sein zu erfassen, beunruhigte das. Manchmal, wenn die Sorge sie deshalb juckte wie eine Zecke, sprang sie auf, wie gebissen, raste zu der Frau und hieb ihr ohne Vorwarnung die Krallen in die Wade oder die Zähne. Die Katze wusste selbst nicht genau, was sie überkam in diesen Augenblicken, nach denen sie kurz taumelte, auf einen erhöhten Platz sprang und der Frau einen bösen Blick zuwarf dafür, dass sie sie zwang, so zu handeln. Die Menschen besaßen schon eine seltsame, manchmal beunruhigende Natur.

Die Katze öffnete ihr Maul mit den Dolchzähnen und gähnte. Diese Momente gingen vorüber. Manchmal schrie die Frau auf. Meist gab es danach Futter. Das Band zwischen ihnen blieb solide. Die Katze wunderte das nicht. Diese Frau brauchte sie.

17

Der siebte Gast

»Danke für die Einladung. Mal wieder«, sagte Frieda und stellte die teure Flasche Rotwein auf den Tisch, die sie im italienischen Supermarkt ausgewählt hatte, um ihre kleine Zeichnung zusammengerollt daran zu binden. Am Wein sollte man wirklich nicht sparen. »Und danke noch mal für eure Hilfe. Ich weiß es zu schätzen.«

Des schönen Wetters wegen war die Einladung für den begrünten Innenhof ausgesprochen worden. Dort war es selbst jetzt am Abend noch warm; die Ziegelmauern ringsum hatten das Sonnenlicht gespeichert. Im Abendrot glühten sie so intensiv, dass sie beinahe flirrten. Der Himmel wirkte trotz der einsetzenden Dämmerung noch hell, von unwirklichen Streifen Apricot und Türkis durchzogen. Selbst unter den Flügeln der Schwalben leuchtete dieses rosafarbene Licht. Mit hohen lebensfrohen Schreien sichelten sie ein letztes Mal durch die Luft; bald würden sie von den stillen Fledermäusen abgelöst werden. Maja hatte Lampions in den alten Birnbaum gehängt.

»Wunderschön«, sagte Frieda und musterte die Tafel. Sogar die Zahl der Gedecke war beruhigend. Nicht zu wenige, nicht zu viel. »Wer kommt denn noch alles?«

Maja hatte einen Korb am Arm mit Kerzen, Kerzenhaltern und Besteck. Klirrend stellte sie ihn auf den Tisch. Frieda ging ihr beim Verteilen zur Hand. Bei der gemeinsamen Arbeit zählte Maja auf: »Hanne und Pia kennst du.«

Frieda nickte. Die beiden waren Übersetzerinnen, ein Pärchen und seit einigen Jahren miteinander verheiratet. Sie saßen stets dicht beieinander.

»Dann Herwarth. Das ist Tobias' alter Professor von der Kunsthochschule. Du hast nie bei ihm studiert, oder?«

Frieda schüttelte den Kopf. Aber sie kannte ihn. Er pflegte entweder schweigend zu trinken oder lange Monologe zu halten.

»Deinen Wein sollten wir gleich öffnen. Dann kann er atmen.« Sie schaute sich nach einem Dekantierer um.

»Da hängt noch ein Bild dran«, sagte Frieda.

»Herwarth bringt übrigens noch jemanden mit«, fuhr Maja fort. »Einen Freund. Einen Schriftsteller. Wir haben ihn erst kürzlich bei ihm kennengelernt. Er ist ...« Doch ehe sie fortfahren konnte, erschien der erste Gast.

»Bin ich hier richtig?«, fragte ein Mann, der eben den Hinterhof betrat und eine Geschenktrage mit mehreren Flaschen Wein hielt, die er einladend hochhob.

»Mein Lieblings-Primitivo; das wäre doch nicht nötig gewesen!« Maja trat auf ihn zu und hauchte ein angedeutetes Küsschen auf seine Wange, ehe sie ihm die Trage abnahm und ihm zum Tisch voranging. »Frieda, das ist Gregor, ein Freund von Herwarth. Gregor, das ist meine Freundin Frieda.« In ihrer Stimme lag viel Zufriedenheit.

Frieda hatte keine Zeit, besorgt zu sein: dieses abstehende Haar, das immer gleiche Halstuch, die runde Brille. Vor allem der wache, spottlustige Blick, das alles hatte sie bereits gesehen.

»Wir kennen uns«, sagte der Vorgestellte.

»Stimmt«, sagte Frieda. »Wir sind uns vor Kurzem auf Yvonnes Verlobung begegnet.« Sie verstummte und dachte an den Blick, den sie über den Tisch hinweg getauscht hatten, so, als gingen sie einander etwas an und wüssten nur nicht genau, was.

»Wunderbar«, zwitscherte Maja. »Darüber müsst ihr uns später alles erzählen; wir waren ja an dem Wochenende auf Capri.« Doch statt auch nur eine Antwort abzuwarten, verschwand sie in Richtung Treppenhaus.

Für einen Moment fragte Frieda sich in leiser Panik, ob ihre Freundin je wieder auftauchen würde. Vielleicht waren die fünf anderen Teller ja nur eine Kulisse.

Dieser Gregor hingegen schien keinen Grund zur Beunruhigung zu spüren. Er trat an den Tisch und fragte: »Darf ich?«, ehe er sich Frieda gegenübersetzte. Und noch einmal »Darf ich?«, als er sein Rauchzeug zückte.

Frieda nickte beide Male vorsichtig. Sie schaute zu, wie er in aller Ruhe seine Zigarette drehte, anzündete und sich dann entspannt zurücklehnte. Sein Blick durch den aufsteigenden Rauch war aufmerksam, aber nicht unangenehm. Er schien es nicht eilig zu haben, ein Gespräch zu beginnen.

»Kennen Sie Yvonne auch?«, fragte sie nach einer Weile, um etwas zu sagen. »Oder sind Sie ein Bekannter von Peter?«

Er schüttelte den Kopf. »Weder noch. Es war reiner Zufall, dass ich in die Veranstaltung gestolpert bin. Ich wollte nur das ›Nabokovs‹ besichtigen, ein Gefühl für den Ort bekommen.« Er zog an seiner Zigarette. »Herwarth und ich planen dort eine gemeinsame Veranstaltung. Der Betrieb hat mich dann doch überrascht. Und dann hab ich dich gesehen. Entschuldigung. Wollen wir uns duzen?«

»Frieda«, sagte Frieda. Es fühlte sich seltsam richtig an.

»Gregor.« Er nickte, betrachtete sie weiter mit zusammengekniffenen Augen durch den Rauch.

Er hat mich gesehen. Der Gedanke hallte in Frieda nach.

Ringsum wurde es allmählich dunkler. Sie fühlte den samtenen Flug der ersten Fledermaus mehr, als dass sie ihn sah.

»Wir sind uns auch früher schon mal begegnet, oder?«, fragte sie.

Er nickte nachdrücklich. Asche fiel von seiner Zigarette auf den Tisch und auf das zusammengerollte Bild, das Maja nach dem Öffnen der Flasche dort hatte liegen lassen. »Oh, tut mir leid«, sagte Gregor und nahm es in die Hand, um die Asche herunterzublasen.

»Ach, das ist nur … ein kleines Mitbringsel von mir.« Frieda streckte die Hand danach aus. »Maja hat wohl vergessen, es mitzunehmen.«

»Hast du das gemacht?« Er hatte seine Zigarette beiseitegelegt und es vorsichtig entrollt. Aufmerksam studierte er die kleine Zeichnung.

»Wer redet da schlecht von mir?«, fragte Maja, die eben mit einem Sektkühler zurückkam. »Ich habe doch meinen Namen gehört.«

»Das ist gut«, sagte Gregor und griff wieder zu seiner Zigarette, um einen vergnügten Zug zu nehmen.

Maja schaute ihm über die Schulter. Sie runzelte die Stirn. »Aber was soll das Skelett da zwischen den Blumen? Manchmal hast du echt einen Hang zum Morbiden, Frieda.«

»Das sind meine Sonnenblumen. Und die Knochen: Das sind vielleicht die Toten in den alten Luftschutzkellern unter unserem Haus. Jede Stadt ist doch auf so viel Geschichte gebaut. Oder es ist die alte Frau Singer, keine Ahnung.« Es widerstrebte Frieda, alles erklären zu müssen. »Ich finde jedenfalls, es ist ein fröhliches Bild.«

»Ist es auch«, sagte Gregor. »Die Lebensfreude, der Tod, das gehört doch zusammen.« Er schaute auf. »Ich mag es sehr.«

»Es ist eigentlich kein Einzelbild«, sagte Frieda. »Eher der Auftakt zu einer Geschichte. Ich weiß bloß noch nicht so genau, zu welcher.« Da hielt sie inne. »Jetzt weiß ich es wieder. Woher ich dich kenne.«

Er schaute sie durch den Schleier seiner Rauchwolken hindurch an. Seine Brillengläser blitzten im Kerzenlicht.

»Auf der SüdArt«, sagte sie. »Im Treppenhaus von Tobias' Atelier.« Und errötend fügte sie hinzu: »Du sagtest, du magst meinen Blog.«

Er lächelte. »Das sagte ich.«

Maja studierte noch immer das Bild. »Du hast sogar die Wurzeln und Würmer und Käfer abgebildet, alles, was unter der Erde ist.«

Frieda konnte sich nicht aus Gregors Blick lösen. Halb an Maja, halb an ihn gewandt erklärte sie: »Das hab ich als Kind schon gerne gemacht, Bilder gemalt von über und unter der Erde gleichzeitig, oben Baum, unten Wurzeln und Mäusegänge und Maulwürfe. Und Teiche hab ich als eine Art blaue Socke gemalt, voller Fische und Wasserpflanzen.« Sie verstummte. Noch bekam sie nicht zu fassen, worauf sie hinauswollte. Aber irgendwo darin steckte eine Idee.

»Immer die ganze Fülle, niemals die Oberfläche«, sagte Gregor.

Frieda blinzelte ihn erstaunt an.

In die Stille hinein nahm Maja Gregor das Bild ab. »Ich denke, ich werde es schlicht schwarz rahmen.«

Gregor schaute sie an. »Was meinst du, Frieda?«

Für einen so schlanken Mann hatte er eine ungewöhnlich tiefe Stimme.

Die Ankunft der anderen Gäste enthob sie einer Antwort.

18

Tintenpatronen
und Hamster

»Schade, dass Yvonne nicht da ist«, sagte Tobias, als alle da waren und er den ersten Gang auftrug. »Sie liebt Spargelsuppe. Und das ist der letzte Spargel.«

Maja lächelte in die Runde. »Peter und sie sind ja offenbar völlig beschäftigt mit der Vorbereitung für ihre Hochzeitsfeier. Und dann die Reise.« Sie faltete die schwere Stoffserviette auseinander und legte sie auf ihre Knie. »Wo wollten sie gleich wieder hin, Frieda?«

»Nach Venedig«, sagte sie.

»Venedig«, schwärmte Maja.

Frieda zuckte mit den Schultern. »Das ist wohl seine Idee gewesen.«

»Wir waren in Vegas«, warf Pia ein und drückte die Hand ihrer Ehegattin neben dem Teller. »Natürlich ironisch.«

Herwarth, der Professor, schien dazu nichts beitragen zu wollen. Er äußerte sich grundsätzlich nur zu Themen, die ihn interessierten. Löffel um Löffel schaufelte er die Suppe in sich hinein. Auch Gregor schwieg. Aber er betrachtete Frieda, als wüsste er, was in ihrem Kopf vorging.

Maja schaute ihren Mann an. »Als Tobias und ich geheiratet haben, wollten wir auch nach Venedig. Wir waren noch Studenten damals. Kein Auto, kein Geld. Aber wir haben alles zusammengekratzt und sind los per Anhalter. Eine Odyssee war das; wir sind nie angekommen. Aber wir haben eine großartige Zeit in einem Kaff an der Piave verbracht.« Sie lachte ihr Zarah-Leander-Lachen.

»Und deshalb habt ihr auch etwas *erlebt*«, entfuhr es Frieda.

»Und das sollte Peter und Yvonne nicht gelingen, bloß weil sie besser geplant haben?«, fragte Maja. Sie zwinkerte ihrem Mann zu. »Und im Danieli logieren?«

»Genau das meine ich«, sagte Frieda. »Das Danieli, der Dogenpalast, abends eine Gondel und dann noch die Rundfahrt nach Murano zu der Glasbläserei mit dem besten Preis-Leistungs-Verhältnis.« Sie hob hilflos die Hände. »Ich will ja kein Snob sein. Aber man wiederholt da nur, was andere schon tausendmal getan haben.«

»Und die Straßenhändler«, warf Pia ein. »Die gibt es in Italien inzwischen überall. Wir waren mal in Florenz: kein Durchkommen zu den Uffizien. Und irgendwann ertappt man sich dabei, dass man mit ihnen um den Preis einer gefälschten Gucci-Tasche feilscht.«

»Sie war als Geschenk gedacht«, warf Hanne rasch ein, »für unsere Nichte.«

Maja fixierte Frieda. »Ist es denkbar«, fragte sie, »dass du Yvonnes Peter einfach nicht magst?«

Frieda fühlte sich ertappt und wurde rot.

»Gregor«, sagte Maja. »Was meinst du: Ist Venedig ein gutes Ziel für eine Hochzeitsreise oder nicht?«

Er ließ sich Zeit mit der Antwort. Schließlich sagte er: »Ich finde, es ist da ein bisschen voll für so etwas Persönliches wie einen Liebesurlaub, oder? Viel zu viele Menschen.«

»Intimität«, fiel Herwarth überraschend ein, »ist ein essenzieller Bestandteil jeder echten Erfahrung, gerade in der Kunst.« Und er setzte zum ersten Vortrag des Abends an.

Maja neigte sich vor, um Pia und Hanne davon zu erzählen, dass sie und Tobias damals praktisch gar nicht aus dem Schlafsack herausgekommen waren, trotz der schönen Landschaft. Überhaupt, Landschaft. Herwarth ventilierte die Frage, ob Intimität eine rein zwischenmenschliche Kategorie sei, oder ob sie ebenso möglich sei mit der Dingwelt, mit Landschaft, mit – Überraschung – der Kunst.

Frieda schaute Gregor an, der nichts mehr gesagt hatte. »Maja hat erzählt, du bist Schriftsteller?«, fragte sie und nickte in Richtung seiner Hände. »Dann sind das wohl Tintenflecken.«

Gregor hielt die Hände hoch und betrachtete sie, als sähe er sie zum ersten Mal. Sie waren sehr lang und schmal mit langen Fingern, an langen Armen sitzend. Alles an ihm sah so aus, linienhaft gezeichnet, die langen Beine gefühlt zweimal umeinandergeschlagen. Ein Jugendstilmann, von dessen Zigarette Jugendstilrauchkringel aufstiegen.

»Füller«, sagte er dann. »Ich hab das von der Schule her behalten.«

»Geha oder Pelikan?«, fragte Frieda. Sie erinnerte sich: Auch ihre Finger waren immer blau gewesen, trotz des Linkshändermodells, das ihr von dem Schreibwarenhändler mit beinahe zeremoniellem Ernst überreicht worden war. Dann fiel ihr noch etwas ein: »Hast du auch die kleinen Kügelchen aus den Patronen gesammelt? Man hat sie mit dem Zirkel aus der leeren Patrone gebohrt, und wenn man sie abgespült hat, war immer das ganze Waschbecken blau, so viel Farbe überall, sie blühte umso mehr auf, je mehr Wasser man dazuschüttete. Ich glaube, deshalb habe ich später angefangen, erst mal mit Tinten zu arbeiten. Sie fließen so … Ach, entschuldige.«

»Was genau?«, fragte er mit seinem verschmitzten Lächeln. »Die Tintenflecken im Waschbecken oder das regelwidrige Hantieren mit dem Zirkel?«

Sie lachte. »Offenbar komme ich ins nostalgische Alter.«

Er betrachtete sie, als wollte er höflich widersprechen, ehe er stattdessen sagte: »Mein Kügelchenschatz wohnte in einer Zigarrenhülle aus Metall, die ich meinem Großvater geklaut habe. Wenn ich sie geschüttelt habe, hat sie geprasselt wie Regen.«

»Ein Zeppelin«, sagte sie entzückt und neigte sich vor. »Ein Regenzeppelin. Ein Agentenversteck.«

Auch er neigte sich nach vorne, klopfte Asche in den Aschenbecher und blieb mit dem Ellenbogen auf den Tisch gestützt: »Für mich war sie eine Zeitreisemaschine. Eine Geheimwaffe.« Er runzelte nachdenklich die Stirn. »Die Kapsel müsste noch irgendwo sein. Vielleicht in einem Umzugskarton«, fuhr er fort, »zusammen mit den Karl-May-Bänden. Und vermutlich der Mumie meines Hamsters.«

»Meiner«, rief sie aus, »hat auch bei meinen Eltern sein Gnadenbrot gefunden.« Sie schüttelte ungläubig den Kopf. »Ich glaube, er wurde fünf, was ein unglaubliches Alter ist für Hamster.«

Sie lachten beide. Dann, für einen guten Moment, verstummten sie. Die Stille hielt an.

»Du erinnerst dich tatsächlich nicht, oder?«, fragte er endlich.

Tobias stand auf: »Und jetzt, meine Herrschaften, kommt der Hauptgang des heutigen Abends.«

19

Das Postamt
in der Mondscheingasse

Der Hase erwies sich als tückisches Mahl – voller Schrotkugeln –, das Friedas ganze Aufmerksamkeit forderte. Außerdem wurde Gregor jetzt von dem Professor mit Beschlag belegt, der begann, sich über ihr geplantes gemeinsames Projekt zu unterhalten, neue Texte von Gregor offenbar und dazu – natürlich viel wichtiger – seine Bilder, die im »Nabokovs« präsentiert werden sollten. Es gelang Frieda einfach nicht, mit dem Mann wieder ins Gespräch zu kommen und vielleicht zu erfahren, woran sie sich denn hätte erinnern sollen. Diese Frage und die Schrotkugeln beschäftigten sie so intensiv, dass Majas nächste an sie gerichtete Bemerkung sie mit voller Breitseite erwischte:

»Eigentlich ist Gregor ja Kinderbuchautor«, sagte sie, unnötig laut und mit diesem Ton in der Stimme.

Und Frieda wurde alles klar. *Kinderbücher, hörst du, Schatz?* Jetzt hatte sie es auch gehört.

»Ach«, schaffte sie herauszubringen.

»Ja, und zwar ein ganz berühmter.«

Gregor hob die Hände, um das Lob abzuwehren.

»Jetzt sei nicht so bescheiden«, sagte Herwarth, »du hast letztes Jahr den goldenen Bremer Stadtmusikanten bekommen.«

Im selben Moment begriff Frieda, dass alles noch viel schlimmer war. »Doch nicht etwa Gregor Lenz«, rief sie. Er hatte diesen Preis erhalten; der Aufkleber war auf dem letzten Buch von ihm gewesen, das sie gekauft hatte.

Maja schnurrte beinahe vor Zufriedenheit. »Du kennst seine Bücher?«

Frieda wusste nicht, was sie sagen sollte. Alles, nur nicht an diesem offensichtlichen Komplott mitwirken, dachte sie. Wenn sie jetzt zugab, wie sehr sie seine Bücher mochte, würde Maja als Nächstes damit herausplatzen, dass Frieda ja schon immer mal ein Kinderbuch hätte illustrieren wollen, das Ganze würde dann wie ein Plan von ihr aussehen, eine sorgsam gestellte Falle. Es war einfach zu peinlich.

Nein, es war zum Aus-der-Haut-fahren. Da saß er endlich, leibhaftig ihr gegenüber. Und sie mochte ihn! Sie verstanden sich besser, als sie je zu hoffen gewagt hatte, wenn sie sich ihre Begegnung in einer seiner Lesungen ausgemalt hatte, wo sie sich für die Signierrunde in die Reihe seiner Fans hätte einreihen müssen und eine halbe Minute gehabt hätte, um irgendetwas zu sagen, was ihn aufschauen ließe. Und jetzt kam Maja daher mit ihren Manövern! Oh, sie würde mit dem Mann nie wieder ein Wort sprechen können. Stumm vor Entsetzen schaute sie Gregor Lenz an.

»Ich habe mich irgendwann auf Kinderliteratur verlegt«, sagte der. »Vermutlich weil ich so ein unbelehrbarer Kindskopf bin. Der die Kügelchen von Tintenpatronen sammelt.« Er legte einen Hasenknochen beiseite und schob ihn an den Tellerrand. Sein Blick suchte den ihren. Und er lächelte.

»Du hast diese Tiergedichte geschrieben«, sagte Frieda leise. »›Die Räuberluzie‹. ›Onkel Fedja‹.«

Er nickte.

»›Die Reise des Staubsaugers zum Mond‹, ›Der Traum der Schildkröte‹.« Sie hielt kurz inne. »›Die Liebe laut und leise‹.«

»Gregor ist zweifellos einer der renommiertesten Kinderbuchautoren der Gegenwart«, konstatierte der Professor. »Und meine Arbeiten ...«

»Du kennst ja beinahe alle meine Bücher«, sagte er zu Frieda. Er sah überrascht und ehrlich erfreut aus.

Sie nickte. »Ich wollte …«, begann sie und überlegte. Wann war das gewesen: vor zwei Monaten? Vor zwei Leben? »Ich wollte auf deine letzte Lesung. Aber ich hab sie verpasst.«

»Ein Glück, dass wir uns auch so begegnet sind«, sagte er.

Frieda errötete ein wenig und nahm rasch einen Schluck Wein.

Und da kam es: »Frieda würde ja sooo gerne einmal ein Kinderbuch machen.« Maja sah sehr zufrieden mit sich aus.

»Da habe ich aber Glück«, sagte Gregor Lenz gelassen. »Denn ich suche gerade nach jemandem, der mir bei einer Sache helfen könnte. Nichts für dich«, fuhr er schnell fort, als Herwarth den Mund öffnete. »Es ist wieder ein Kinderprojekt. Oder, na ja, genau weiß ich es noch nicht.« Er wandte sich wieder Frieda zu. »Es heißt vorläufig: Das Postamt in der Mondscheingasse.«

Als ob er spürte, dass Frieda im Moment nicht in der Lage war, etwas zu sagen, lenkte er die Aufmerksamkeit auf sich und erklärte den anderen, dass es die Mondscheingasse seit dem Krieg nicht mehr gäbe; sie war den Bomben zum Opfer gefallen. »Die Häuser sind weg, auch das Postamt, aber ihre Geister sind noch da. Und natürlich die Keller, all die geheimen Erinnerungen im Boden.«

»Die Knochen«, flüsterte Frieda.

Er nickte ihr zu. »Die ganz Fülle. Nie nur die Oberfläche. Ich stelle es mir tatsächlich sehr ähnlich wie deine Zeichnung vor.«

»Aber«, wandte Frieda ein, in der all seine Worte bereits arbeiteten, »freie Illustration, das ist etwas völlig Neues für mich. Ich hab bisher nur … Andererseits … Ehrlich gesagt, hab ich da eine Idee, aber …« O Gott.

»Na also«, sagte Maja, im Ton eines Pfarrers, der eine Predigt beendet. »Sie hat eine Idee.«

»Sie hat eine Idee«, bestätigten die Frauen lachend. Der Professor hatte etwas gefunden, was er in seinen Zahnzwischenräumen gesucht hatte, und legte es auf den Tellerrand.

Tobias schenkte allen nach.

Frieda schaute Hilfe suchend zu Gregor.

»Wie wäre es mit Donnerstag?«, fragte er.

20

Frieda erinnert sich endlich

»Donnerstag geht leider nicht«, sagte Frieda anderntags am Telefon.

Sie hatte erst nach langem Zögern die Nummer gewählt, die Gregor Lenz ihr am Ende des Abendessens gegeben hatte. Lieber hätte sie sich die Zunge abgebissen, als gleich zum Auftakt ihrer Bekanntschaft mit einer Absage zu kommen. Aber es ging einfach nicht anders. »Da muss ich auf eine Beerdigung.«

Eben hatte die Nachbarin bei ihr geklingelt, die schon für den Kranz gesammelt hatte, um mitzuteilen, dass die Urne mit der Asche von Frau Singer endlich beim Bestatter um die Ecke eingetroffen sei und nun auf dem Zentralfriedhof beigesetzt werden könnte. Die Tochter hatte die Hausgemeinschaft freundlicherweise eingeladen teilzunehmen. Am Donnerstag. Ein Leichenschmaus sei aber nicht vorgesehen.

Entgegen seinem Namen war der Friedhof weder schön noch berühmt. Nur sehr groß. Das kleine Häufchen Angehörige und Nachbarn würde sich dort leicht verlieren. Der eine Kranz vom Haus. Und dann die Tochter. Damit konnte sie doch Frau Singer nicht alleine lassen.

»Ich muss da teilnehmen«, sagte Frieda in den Hörer. »Nein«, verbesserte sie sich dann, »ich möchte es.«

»Dann komme ich mit.«

Frieda glaubte, sich verhört zu haben. Es war eine Beerdigung, eine Angelegenheit, vor der man sich normalerweise drückte, wenn man nicht eng verwandt war oder leicht pervers. Und sie glaubte Gregor Lenz immerhin gut genug zu kennen, um zu wissen, dass beides nicht zutraf. Aber eigentlich kannte sie ihn ja gar nicht; sie waren doch nicht mehr als flüchtige Bekannte. Trotzdem wollte er sie begleiten. Zu einer Beisetzung! »Aber ...«, sagte sie hilflos, »sie war nur eine Nachbarin.«

»Mit dem Tod ist nie zu spaßen«, sagte Gregor, »auch wenn es nur die Nachbarschaft trifft. Die Nachbarschaft ist schließlich gleich nebenan.«

»Aber, aber ...« Frieda versuchte, ihrer wachsenden Panik Herr zu werden. Was war das nur, was bahnte sich da an? Sie sagte: »Ich werde vielleicht weinen.«

»Wäre das so verwunderlich auf einer Beerdigung?«, fragte er.

»Aber ...« Sie konnte nichts gegen all die Aber tun, die aus ihr quollen. Sie wusste ja selbst nicht, warum sie weinen würde um eine Frau, mit der sie wenig mehr verband als einige Momente in einem brüchigen Alltag, weit auseinanderliegend wie die Maschen in einem zerrissenen Netz, in dem sich nie ein gemeinsames Leben gefangen hatte. Warum sie sich Frau Singer dennoch verbunden fühlte, warum sie sich vor Gregors Freundlichkeit fast so fürchtete wie davor, ihn wieder aus den Augen zu verlieren, warum alles zugleich richtig und falsch war.

»Ich finde, du solltest auf einer Beerdigung nicht alleine sein«, sagte er. »Das ist alles.«

Als sie schwieg, fügte er hinzu: »Ich habe Taschentücher.«

»Es würde dir wirklich nichts ausmachen?«

Seine Stimme war ungewöhnlich tief. Lag es daran, dass alles, was er sagte, so klang, als wäre es gewiss? »Ich würde es sehr gerne tun.«

Als sie auflegte, begann sie, wie zur Übung, hemmungslos zu weinen. Sie wusste selbst nicht, warum.

Bei der Beerdigung dann blieben ihre Augen trocken. Gefasst stand sie am Grab, einem kleinen Loch in einer anonymen Bestattungswiese, und es schien ihr ganz selbstverständlich, dass Gregor sie untergehakt hielt. Sie schaufelte Erde zu Erde und kondolierte der Tochter, die neben der Grube stand und etwas in ihr Mobiltelefon tippte. Frieda warf Frau Singer die ausgebleichten Rosen von ihrem Rollator mit ins Grab, der immer noch im Hof stand, wo Tobias und sie ihn beim Einladen für den Flohmarkt vergessen hatten. Der Wein, der an der Hauswand wuchs, hatte bereits begonnen, die ersten Ranken nach ihm auszustrecken, und Frieda hoffte, dass es ihm gelingen würde, das Gefährt verschwinden und mit dem Haus verschmelzen zu lassen, ehe jemand auf die Idee käme, es zu entsorgen. Auf diese Weise würde Frau Singer ein Teil der Voltastraße 47a bleiben.

Sie erklärte Gregor das mit den Rosen nicht, und er fragte nicht nach. Sie hatte das Gefühl, dass er das nicht brauchte, weil er alles sehr gut verstand. Das war ein angenehmes Gefühl. Sie behielt seinen Arm, als sie über die geharkten Wege zum Ausgang gingen.

»Kein Leichenschmaus?«, fragte Gregor, als sie an der Straßenbahnhaltestelle standen. »Kein Besäufnis?«

»Du hast die Tochter gesehen«, meinte Frieda. »Sie fand am Tod ihrer Mutter nichts Bemerkenswertes.« *In dem Alter.*

»Wollen *wir* dann etwas trinken gehen?«, schlug er vor. »Um nicht so quer in der Welt herumzustehen? Du könntest mir von der alten Dame erzählen. Alte Damen stecken immer voller Geschichten.«

»Und du könntest vom *Postamt* erzählen«, bot Frieda an. »Deinem Buch.«

Das Café gegenüber dem Friedhof war kein Ort, den sie für ein erstes Treffen ausgewählt hätten, eine Bäckerei mit Selbstbedienungslokal und dem Charme von Bahnhofsgastronomie. Es war laut, und die große Glasfront ging auf die vierspurige Durchgangsstraße. Immerhin sah man auf der anderen Straßenseite die alte Sandsteinmauer des Friedhofs, sein wie aus der Zeit gefallenes Eingangstor und die Wipfel der hohen Bäume dahinter. Rechts und links des Tores beherbergte die Mauer Geschäfte.

»Ich mochte diesen Friedhofsblumenladen immer«, sagte Frieda und betrachtete das sattrote Leuchten der Geranien, »weil er in der Mauer wohnt. Wie in einem Geheimfach.«

Sie betrachteten beide den Strom der Passanten und redeten eine Weile weder von Frau Singer noch von Buchprojekten.

»Ich mag Friedhöfe überhaupt«, sagte Gregor schließlich. »Ich gehe gern dort spazieren. Wegen der Eichhörnchen. Und wegen der Namen auf den Grabsteinen.«

»Benutzt du sie für die Figuren in deinen Büchern?«, erkundigte Frieda sich.

»Manchmal. Ich benutze sie sogar für mich selbst.« Er neigte sich vor. »In Wirklichkeit heiße ich nämlich gar nicht Lenz.«

Frieda riss die Augen auf. »Sondern?«

Er machte eine Pause. »Müller«, sagte er dann.

Frieda nickte. »Verstehe«, sagte sie. »Einhörner heißen nicht Müller.« Als sie seinen überraschten Blick sah, fuhr sie rasch fort: »Einhörner. Wie auf dem Cover von deinem letzten Buch.«

Er nickte. »Ach so.«

»Es war auch auf dem Plakat. Für die Lesung. Und auf der Eintrittskarte.«

Er nickte wieder. Sie atmete auf.

Er rührte in seinem Kaffee. »Das Schicksal greift manchmal eben daneben.«

Das Schicksal. Dazu sagte sie am allerbesten gar nichts. Sie antwortete mit einem Schnauben, das sich irgendwie verschluckte.

»Taschentuch?«, fragte Gregor alarmiert.

Sie schüttelte erst den Kopf, dann nickte sie. Jetzt, dachte sie, während sie nicht anders konnte, als weiter zu schniefen und zu schnauben, jetzt wird er sich vermutlich überlegen, wie er am besten einen schnellen Abgang hinbekommt. Aber sie blieben beide. Und aßen schweigend ihren Himbeerkuchen, der gefährlich elektrisch leuchtete und nach nichts schmeckte. Im Gegensatz zu der Stille zwischen ihnen.

Irgendwann sagte Frieda: »Du hast beim Essen neulich gefragt, ob ich mich nicht erinnern würde. Woran erinnern?« Noch während sie es sagte, kam ihr der Gedanke, dass sich das Zusammensitzen mit ihm tatsächlich auf eine verquere Art vertraut anfühlte, so als kennten sie sich bereits viel länger. Obwohl das nicht möglich war, es sei denn, sie wäre an jenem verhängnisvollen Abend nur mit der Oberfläche ihres vermeintlich wachen Selbst auf »Herzmatch« hängen geblieben, während ihr wahres Selbst schlafwandlergleich doch die Lesung besucht hätte, ihren tiefsten Wünschen entsprechend, ohne am nächsten Morgen davon zu wissen.

»Wir kennen uns tatsächlich von früher«, sagte er.

Frieda konnte nur eine Geste der Hilflosigkeit bieten.

»Die Rahmenhandlung Schrüfer«, half Gregor ihr. Draußen hielt eine neue Straßenbahn, Menschen stiegen ein, Menschen aus. Stauten sich an den Ampeln. Fluteten über die Straße.

Frieda schaute Gregor an. Schrüfer – der Name war ihr so vertraut, doch er kam auch von weit, weit her. Damals hatte sie sich hinter ihrem Zeichenblock versteckt und eingeschüchtert das Leben angestaunt, bis Yvonne sie dahinter hervorgezogen hatte. All die Künstler, die dort ein und aus gingen, manche bereits so erfolgreich, wie sie es sich nur ganz insgeheim zu träumen erlaubte. Der labyrinthische, wunderbare Laden vom alten Schrüfer, ihr erster Blick auf die Möglichkeit einer ganz anderen Welt.

»Das muss mehr als ein Vierteljahrhundert her sein.« Sie kapitulierte mit einem Lachen vor der Zahl.

»Zweiunddreißig Jahre«, sagte Gregor, seine langen Finger ineinander faltend, um die Hände dann sorgsam auf den Tisch zu legen wie einen Zahlenbeweis. Noch immer schaute er sie mit dieser ruhigen Erwartung an.

Frieda starrte zurück, musterte ihn, versuchte, die Zeit von seinen Händen abzuziehen, von diesem Gesicht. »Du warst auch da?«, fragte sie.

21

Ein Echo
in die Zukunft

Er entfaltete seine Hände wieder und nahm die Brille ab. »Wir haben uns dort mal unterhalten. Ich erzählte dir, dass ich Schriftsteller werden wollte.«

Mit einem Mal erinnerte sie sich: »Du hast mir eine Geschichte erzählt, an der du damals gesessen hast!« Die Wucht dieser Erkenntnis ließ Frieda auf ihrem Stuhl zusammenzucken. »Dieser Junge ... Das warst du?« Sie bemerkte, dass sie laut geworden war, und wiederholte die Frage gedämpfter. »Das warst wirklich du?«

»Ich bin wohl ein bisschen älter geworden.«

Ja, sie erinnerte sich an das junge, glatte, von strahlender Gewissheit erfüllte Gesicht. Vollkommen offen und zuversichtlich hatte er von sich erzählt. Dass er eben sein Studium geschmissen habe, jobbe, ganz allein lebe, aber fest davon überzeugt sei, bald etwas Großes zu veröffentlichen.

»Du sagtest«, suchte Frieda ihre Erinnerungen zusammen, »es ginge darin um einen Mann, der sein Kind verloren hat. Seine Frau gab die Sachen des Kindes in die Kleiderspende. Und er reiste bis in ein Kriegsflüchtlingscamp auf dem Balkan, um sie wiederzufinden. Dort entdeckte er sie an einem fremden Kind. Er ging vor ihm in die Knie, umarmte es und weinte, zum ersten Mal.«

»Das weißt du noch?«, fragte er.

Frieda nickte. Sie wusste es noch. Weil die Geschichte sie ungemein beeindruckt hatte. Selbst noch so jung, hatte sie gestaunt über die Fülle an gelebtem Leben, die der Junge da hervorgezaubert hatte. Da gab es Kriege, Ehen und Kinder, Tode, Scheidungen und Verluste – all das, womit sie noch nicht einmal angefangen hatte. Das Leben lag noch so unentfaltet vor ihr, bestand nur aus Kindheit und Kunstfragen. Und er war doch nicht älter als sie. Wo hatte er all das hergeholt?

Inzwischen hatte das Leben zugeschlagen, sie hatte selbst genug erlebt für ganze Geschichtenbände. »Ist sie fertig geworden?«, fragte Frieda. »Die Erzählung?«

Er schüttelte den Kopf. »Ich weiß ehrlich gesagt gar nicht, was aus ihr geworden ist. Bis eben hatte ich sie völlig vergessen. Aber an dich erinnere ich mich gut.«

Zum ersten Mal sah Frieda ihn ein wenig in Verlegenheit. Er schaute beiseite und trank einen Schluck Kaffee. »Hab über die Jahre immer mal verfolgt, was du so machst.« Er stellte die Tasse ab. »Im Internet und so.«

Frieda staunte. Sie erinnerte sich immer besser an das Leuchten in dem Jungen, an seine Lebenszuversicht, die so verschieden gewesen war von der flatternden Furcht vor dem Ungenügen, die sie selbst damals beherrscht hatte. Anziehend hatte das auf sie gewirkt, sehr anziehend, aber zugleich auch fremd und beinahe beängstigend. Sie hatte dieser Selbstgewissheit damals nichts Gleichwertiges entgegenzusetzen gehabt. Ihre eigenen Träume lagen noch so fest verschnürt und beschwiegen in ihr, und niemals hätte sie es gewagt, jemand Fremdem etwas davon zu gestehen, wie er es getan hatte. Und nicht im Traum wäre ihr eingefallen, sich zu fragen, warum er gerade *ihr* von der Geschichte erzählt hatte.

»Du hast mich vermutlich für einen Angeber gehalten.«

»Nein, nein«, sagte sie. Das traf es ganz und gar nicht. Sie war nur zu beschäftigt gewesen mit ihren eigenen Unzulänglichkeiten.

»Vermutlich wollte ich dich einfach ein wenig beeindrucken.« Er zuckte mit den Schultern und versuchte, zu seinem alten, verschmitzten Lächeln zurückzufinden. »Das hat wohl nicht besonders geklappt.«

Sie betrachtete ihn: Von dem Jugendschmelz war auf seinem Gesicht nichts mehr zu sehen; er wirkte eher stärker gealtert als nur dreißig Jahre. Dafür fielen seine Augen auf; sie hatte damals gar nicht bemerkt, dass er so schöne Augen hatte. Und es waren immer noch die eines Jungen. Faltig war er heute und dünn, wo sie ihn doch beinahe ein wenig stämmig in Erinnerung hatte. Der Kinderspeck war von der Seele geschmolzen, das Leben schien bei ihm zu irgendeiner Zeit eine Hungerkur angesetzt zu haben, von der sie noch nichts wusste. Vielleicht würde er ihr irgendwann einmal davon erzählen. Aber was es auch war, es hatte ihn nicht vertrocknet und nicht bitter gemacht. Das Licht von damals war immer noch erkennbar, nicht schwächer, eher gereift.

Frieda schüttelte ihren Kopf. Das mit dem Beeindrucken hatte vielleicht nicht auf Anhieb geklappt. Aber er hatte es gründlich nachgeholt.

»Ich dachte damals …«, setzte sie noch einmal an, ließ es dann endgültig bleiben, es ihm erklären zu wollen. Und was hätte sie ihm sagen sollen: Damals hast du mir ein bisschen Angst gemacht, mich aber letztlich kaltgelassen; heute ist es genau andersherum? Dass sie sich heute seiner Lebensfreude gewachsen fühlte? Und auch dem Kummer, den sie da irgendwo ahnte?

»Du hattest die Haare sehr kurz«, sagte sie. »Und du hast so ein nordisches Fischerhemd getragen.« Sie lächelte ihn mit neuer Wärme an. »Das warst tatsächlich du.«

Er hob seine Tasse. »Auf die lange Zeit, die wir uns kennen.«

22

Die Frage der Sphinx

Die Katze wusste lange nicht, was es zu bedeuten hatte, dass die Frau so unruhig war. Den halben Morgen schon war sie herumgelaufen und hatte Sachen aufgehoben und an einen anderen Platz gelegt. Die Katze kam gar nicht hinterher damit, all diesen Veränderungen nachzuspüren. Viele ihrer vertrauten Verstecke waren belegt worden durch abgestellte Dinge, Lücken im Regal, durch die sie gerne schlüpfte, waren verstopft, angenehme Knäuel aus Stoffen aufgelöst oder ersetzt durch sterile Stapel, und wohlige Höhlen waren mit einem Mal unangenehm gelüftet.

Wollte sie eine dieser Veränderungen vorsichtig erforschen, wurde sie schon aus dem Weg geschoben, um einer neuen Platz zu machen. Der Furor steigerte sich noch, als jenes brüllende Schlauchgerät hervorgeholt wurde, dass immer so viel Lärm machte und die Laune der Frau zuverlässig verschlechterte, wann immer sie es hinter sich herzog und gegen die Möbel rumsen ließ. Die Katze hatte nie verstanden, warum diesem gemeinsamen Feind der Verbleib im Territorium gestattet wurde. Als auch noch ein Eimer mit Wasser auf der Bildfläche erschien, floh die Katze über die Balkone auf dem vertrauten Weg über den sonnenwarmen Schoß des Nachbarn, der vergeblich hinter ihr herbrüllte.

Als die Katze wiederkam, musste sie sich durch eine vollkommen neue Geruchslandschaft tasten. Und auch die emotionalen Landmarken hatten sich fremdartig verschoben. Sie wurde hochgehoben und überfallartig gekrault, dann ohne Vorwarnung wieder abgesetzt und ignoriert. Ihr beleidigtes Blinzeln blieb unbemerkt. Die Frau werkelte weiter.

Sie gab dabei seltsame Laute von sich, die zu produzieren sie normalerweise einem ihrer Kästen überließ. Schließlich hüpfte und zuckte sie herum wie ein epileptisches Jungtier. Die Katze flüchtete sich auf einen Schrank und überlegte. Sollte all ihre Arbeit vergebens gewesen sein?

Andererseits spürte sie unter der sinnlosen Hektik etwas Altvertrautes, Pochendes, so beunruhigend und verführerisch wie der Puls eines Beutetiers hinter der Wand, so unwiderstehlich wie der Ruf eines Artgenossen in der Abendstille über den Dächern. Und doch war es beides nicht.

Jetzt war die Frau im Bad und putzte sich. Sie brauchte lange dafür, wechselte mehrfach ihr Fell. Mit energischen Bürstenstrichen rupfte sie durch ihr Kopfhaar. Die Katze konnte die Funken sprühen fühlen. Die ganze Frau knisterte. In ihren Hüften lag eine Bewegung, die, in einen Schweif verlängert gedacht, verdächtig schlängelte und zuckte. Und doch glich sie nicht der Kätzin auf der Mauerkrone, eher der Sphinx am Wegrand, die ihre Ruhe aufgab für die entscheidende Frage, mit der sie töten würde oder stürzen.

Diesmal war es anders. Die Katze begriff. Etwas drohte ihrer beider ganze Welt auf den Kopf zu stellen. Etwas würde kommen. Und auch das spürte die Katze in der Frau: Furcht. Daneben Freude. Unruhe und dazu die Stille der Tiefe, die unter allem ruht. Doch davon nur eine Ahnung, in den Augenblicken, in denen sie innehielt und vor sich hin schaute auf etwas, das sich noch nicht enthüllt hatte.

Die Frau war nicht auf der Jagd. Sie war die Kämpferin auf dem Weg ins Duell. Eine jener Auseinandersetzungen, bei der man einander schlicht gegenübertrat, sich nicht bewegte, nicht schrie, nicht drohte. Es entschied sich alles schon in der Vorbereitung, in der Position, die man einnahm, entschied sich durch das, was man war.

Lange konnte das währen, ein zeitenthobener Moment, die Gegner verbunden nur durch den Blick. Und dann enthüllte sich alles. In einem einzigen Augenblick. Manchmal brauchte es dabei weder einen Schrei noch einen Schlag. Ein Augenaufschlag konnte genügen. Manchmal geschah es lautlos. Es floss auch kein Blut. Der Verlierer schlich wimmernd davon.

Diesmal schien die Frau es vor ihr begriffen zu haben. Es zählte nur der Moment. Aber würde sie standhalten? Rechtzeitig mit dem Herumzappeln aufhören?

Die Katze auf dem Schrank peitschte mit dem Schwanz. Was immer durch diese Tür kam; sie würde ihm zu begegnen wissen.

23

Echos aus der Zukunft

Frieda sagte sich vor, dass es ein rein berufliches Treffen war. Gregor würde sein Manuskript dabeihaben; das ›Postamt in der Mondscheingasse‹. Sie würden alles gemeinsam durchgehen. Sie hatte ihrerseits ihre Skizzen parat, ihre Gedanken geordnet. Tee gekocht. Eine Schüssel Erdbeeren bereitgestellt. Es war noch immer Erdbeersaison, ihr Obsthändler hatte es ihr versichert. Nichts war unschuldiger als Erdbeeren um diese Jahreszeit.

Den Hausputz hatte es gebraucht. Sie war mit den ersten Entwürfen für das Engel-Buch von Eva Herb fertig geworden – auch etwas, das sie Gregor gerne zeigen wollte. Solche Zäsuren verlangten nach einem Ausdruck. Ein Auftrag ging, ein anderer kam, dazwischen schaffte sie Ordnung, das half ihr bei der Kreativität. Was hatte sie vergessen? Frieda schaute sich in ihrem Wohnzimmer um. Sollte sie doch lieber Hosen tragen?

Das Telefon klingelte. Yvonne. »Na, vor der Hochzeit kalte Füße bekommen?«, neckte Frieda sie.

»Sei nicht albern.« Yvonne verstand den Scherz nicht. Eine Hochzeit war eine ernste Angelegenheit, voller Arbeit und Planung. Nur ein Haus zu bauen oder ein Kind zu kriegen war anspruchsvoller. »Erinnere mich daran, dass ich das kein drittes Mal tun werde.«

Frieda versprach es, folgte dem weiteren Gespräch aber nur noch oberflächlich. Die Zeiger der Uhr auf ihrem Regal rückten immer weiter vor. Um 16 Uhr wollte er hier sein. Sie musste dauernd an die bevorstehende Begegnung denken und an die seltsame Zweiheit der Gefühle, die sie in ihr auslöste. Sie war aufgeregt und ruhig zugleich, seltsam, dass so etwas möglich war. Aber bei aller Zappeligkeit fühlte sie doch diese Gewissheit, dass alles sich unausweichlich vollziehen würde, Schritt für Schritt. Nur sollte sie jetzt langsam die Erdbeeren aus der Kühlung nehmen.

Gregor war ihr zur selben Zeit fremd und vertraut, obwohl das völlig verrückt war. So, wie er es darstellte, kannten sie einander bereits mehr als zweiunddreißig Jahre, eine halbe Ewigkeit, so, als wären sie alte Freunde.

Aber wenn sie ihre Begegnungen zusammenzählte, kam sie auf eine Nettosumme von nur wenigen Stunden: eine halbe Stunde auf der Beerdigung, aber gut, danach im Café war die Zeit irgendwie wie im Flug vergangen; sie hatten bestimmt zwei Stunden dort gesessen, hatten im Anschluss noch in eine Kneipe in der Innenstadt gewechselt, hatten sich irgendwie gar nicht trennen können. Frieda musste lächeln, als sie daran dachte. Dann vier Stunden am Tisch bei Maja und Tobias; geredet hatten sie da aber höchstens eine halbe miteinander. Auf der Verlobung von Yvonne: eine halbe Minute. Dasselbe auf der SüdArt, vielleicht weniger.

Und damals in der Rahmenhandlung? Sie hatte gar kein Gespür dafür, wie lange sie sich da miteinander unterhalten hatten. War es überhaupt während der Arbeit gewesen oder erst danach? Hatten sie hinter dem Ladentisch gestanden oder im Hinterzimmer, auf dem mit Sägespänen übersäten Boden der Werkstatt? Sie bekam das Bild nicht in den Kopf; da war kein Drumherum, keine Geräusche und Gerüche, keine anderen Gespräche als nur dieses eine. Sie mussten einander dort doch mehrfach begegnet sein?

»Weißt du eigentlich, was aus dem alten Schrüfer geworden ist?«, fragte sie unvermittelt und erfuhr von Yvonne, dass er vor zehn Jahren an Kehlkopfkrebs gestorben war.

»Wieso willst du das jetzt wissen?«

Alles, was Frieda wusste, war, dass sie damals in der Rahmenhandlung den Moment dieses Gesprächs geteilt hatten. Dass da dieser Junge in seiner jugendlichen Zuversicht vor ihr gestanden hatte. Oder hatte er gesessen, auf der Ecke einer Tischplatte? Sie meinte, sich an eine vorgeneigte lässige Haltung zu erinnern. Aber auch das war nur Teil des Moments. Eines Moments, von dem sie jahrzehntelang nichts mehr gewusst hatte. Bis er sich zu ihrer Überraschung erhoben hatte, aus ihrer Erinnerung, wie ein versunkener Kontinent aus dem Meer.

»Was? Ja, Venedig wird sicher toll.«

Es musste aber doch mehr als ein Moment gewesen sein, wenn er ihr dabei die gesamte Handlung seiner Geschichte erzählt hatte? Frieda berechnete im Kopf eine halbe Stunde dafür und musste sich gestehen, dass sie diesen Gregor Lenz somit netto kaum einen Tag lang kannte. Ein Tag – das war doch im Grunde bedeutungslos. Ein Tag, zwei Minuten und zweiunddreißig Jahre.

»Für die Hochzeitsfotos habe ich Bernd engagiert«, sagte Yvonne gerade. »Kommt ihr übrigens zusammen auf die Hochzeit?«

»Nein«, erwiderte Frieda. Für einen Moment war sie aus ihren Betrachtungen gerissen. Sie sah sich in ihrer aufgeräumten, seltsam sauberen Wohnung stehen. Und ihr Herz klopfte.

Schon fuhr die Achterbahn in die nächste Gedankenschleife. Ein einziger gemeinsamer Tag! Aber wenn das die Wahrheit war, warum fühlte die Begegnung mit Gregor sich dann so ungemein bedeutungsvoll an? War es etwa nicht kindisch, dieser früheren Begegnung so viel Gewicht zuzumessen?

Frieda glaubte irgendwie, mehr von ihm zu begreifen also von anderen Menschen, weil sie durch die plötzliche Wiedererinnerung diese Chance bekommen hatte, sein junges Ich gegen sein altes zu halten. Mühelos erkannte sie das eine im anderen wieder; beide gehörten zusammen, spiegelten sich ineinander, vertieften das Bild von ihm. Die heutige Zurückhaltung und Bescheidenheit, gegen das damalige zukunftsfrohe Lodern gehalten, offenbarte keinen Widerspruch; nein, alles befand sich in guter Balance. Er wirkte so klar, gelassen und lebendig. Nein, sie würde bei dem Rock bleiben. Aber vielleicht eine andere Bluse?

»Nein, Yvonne, ich bin nicht böse, dass Maja die Trauzeugin wird.«

Aber warum, wenn das alles nichts bedeutete, hatte sie dann diese seltsam gespaltenen Empfindungen? Einerseits war da diese Aufregung, diese aufkeimende – nein, sie wollte das nicht in Worte fassen. Sie hatte mit den romantischen Sehnsüchten gerade erst abgeschlossen, für eine Phase der dringend benötigten Rekonvaleszenz. Eine überhastete Romanze war sicher nicht das, was der Arzt empfehlen würde. Das kam erschwerend hinzu.

Und was für eine innere Sicherheit war das überhaupt, die unter und neben all der Aufregung existierte und diese dabei nicht im Mindesten dämpfte? Auf welchen zwei Ebenen spielten sich diese Dinge bitte schön ab?

»Ich muss jetzt aufhören«, sagte sie. »Ich erwarte einen neuen Kunden.«

Yvonne wünschte ihr Glück. Frieda legte auf. Jetzt war es endgültig und unausweichlich still in der Wohnung. Sie stellte sich vor den Spiegel im Flur. Schicksal.

Gregor hatte das Wort ganz unbefangen in den Mund genommen, abends in der Kneipe, nach Frau Singers Beerdigung. »Dann ist es wohl Schicksal?«, murmelte sie ihrem Spiegelbild zu.

Da klingelte es an der Tür.

24

Komm doch herein

Frieda betätigte den Öffner. Die nächsten Momente waren vor Aufregung hell wie Mittagslicht. Seine Schritte auf der Treppe, ein ganz neuer Klang. Dann stand er vor ihr, schon erschreckend vertraut. Ein Hauch von Rauch und, als er auf sie zutrat, noch etwas anderes, Angenehmes. Sie zögerten eine Weile, wollten einander umarmen, konnten sich nicht auf die Richtung einigen, schließlich gelang es, sehr leicht und flüchtig. Sie spürte überdeutlich die Berührung an ihrem Haar.

»Komm doch herein.«

Sie konnte kaum etwas erkennen, während sie vor ihm her in die Wohnung ging, sah zugleich alles sehr scharf. Irgendjemand bewegte ihren Körper durch den Raum, den sie kaum spürte, den sie bis in die letzte Faser spürte.

Jemand redete mit ihrer Stimme, bat Gregor, Platz zu nehmen, zeigte ihm das Wohnzimmer, fragte nach den Getränkewünschen, redete von dem Sofa. Dieser Jemand machte seine Sache sehr gut, er klang herzlich und ruhig.

Gregor ließ sich ohne Umstände auf dem Sofa nieder. Dann schaute er sich um. »Wo ist denn deine Katze?«

»Es kann eine Weile dauern, bis sie sich blicken lässt. Sie ist Besuchern gegenüber ein bisschen scheu«, sagte Frieda und floh in die Küche.

Als sie wiederkam, mit einem vollen Tablett mit Geschirr, Tassen,

Erdbeeren, einem strahlenden Schneeberg geschlagener Sahne und einem hoffnungsfrohen Lächeln im Gesicht, stand Gregor an ihrem Schreibtisch. Der Bildschirm war aus dem Schlafmodus aufgewacht und zeigte an, dass ihr »Herzmatch«-Abo nur noch wenige Tage gültig war.

Frieda stellte das Tablett hin. »Oh, das«, sagte sie. Und ihr Lächeln verlor sich. »Das war eine Idee meiner Freundin Yvonne. Sie hat mich einfach angemeldet.« Sie setzte sich und hoffte inständig, dass er sich zu ihr umdrehen würde. So ruhig sie konnte, verteilte sie die Schälchen, Tassen, Löffel und Gabeln auf dem Tisch. Am Ende sollte es nicht sein, nicht sein. Nicht sein. »Ich hab mein Profil nie ausgefüllt.« Sie machte eine Pause. »Und jetzt nerven sie mich mit ihren Remindern.«

Er lachte. »Onlinedating«, rief er. »Ich erinnere mich an deine Zeichnung im Blog. Die zwei verzweifelten Katzen auf der Wäscheleine.«

»Das war ein Exorzismus«, gestand Frieda. »Yvonne hat dann an meiner statt die schlimmen Erfahrungen im Netz gemacht.«

Er setzte sich und griff nach den Erdbeeren. »Jetzt heiratet sie aber.«

»Ja, aber den Kerl, den sie schon ewig kannte«, sagte Frieda. Verstummte. Und wurde schlagartig rot.

»Manche brauchen etwas länger«, sagte Gregor Lenz vergnügt und biss in eine Beere.

Abrupt stand Frieda auf. »Ich hab den Zucker vergessen.«

Als sie das nächste Mal aus der Küche kam, saß Gregor Lenz entspannt in der Ecke des Sofas, die Katze auf dem Schoß. Als wäre es nie anders gewesen. Frieda betrachtete staunend das Bild: Seine langen Hände lagen beide auf dem Rücken des Tiers und hatten sich locker kraulend in das Fell versenkt. Die Katze lag lässig und aufgeräumt da, die Pfoten baumelten über Gregors Knie herab wie kleine weiße Glöckchen. Als könnte sie kein Wässerchen trüben, blickte sie Frieda von ihrem Sitz entgegen. Und wie sie schnurrte, ungewöhnlich laut, beinahe scheppernd, wie ein fröhliches kaputtes Blechspielzeug. Als wäre es zu viel, was da alles auf einmal aus ihr herauswollte.

»Wie heißt sie denn?«, fragte er.

»Sie hat noch keinen Namen«, sagte Frieda. Manche brauchten eben etwas länger.

»Ich finde ja, dass es sich um eine Luzie handelt«, sagte er.

»Wie deine Räuberluzie!« Sie stellte die Zuckerdose ab und hob den Stapel mit seinen Büchern, den sie schon neben dem Sofa bereitgestellt hatte, auf den Tisch. Obenauf lag, aus welcher Intuition heraus auch immer, die Erzählung von dem Räubermädchen Luzie. Frieda nahm den Band in die Hand. »Das war immer mein Lieblingsbuch«, sagte sie. »Wegen dem Mädchen. Sie ist so …«

»Halb schwarz, halb weiß«, bestätigte er. »Halb Engel, halb Teufel. Luzifer eben. Genau wie diese Schönheit hier.« Er fasste das Tier unterm Kinn, und es floss förmlich in seine Bewegung.

Luzie, dachte Frieda, natürlich. Halb Schatten, halb Licht. Und aus den Schatten hatte die Katze sie wahrhaftig geholt. Fell log nicht.

In diesem Moment gab Frieda das Zögern und Zweifeln auf. Sie ließ sich neben dem Sofa auf dem Boden nieder, im Schneidersitz, wie sie es gerne tat, schenkte ein und plauderte mit ihrem Gast, kreuzte Luzies Bernsteinblick, kraulte die Katze ihrerseits, schaute manchmal zu Gregor hoch, widersprach ihm und lachte, zeichnete etwas für ihn, lauschte seinen Ideen, während der Rauch seiner Zigarette aufstieg, und es war das Natürlichste von der Welt, dass seine Hand irgendwann zu ihrem Haar weiterwanderte und darüber strich. Darin verharrte, ihre Finger umfasste, als sie hochlangte und nach seinen griff.

Gleich würde sie sich umdrehen und ihr Gesicht zu seinem neigen. Frieda schloss die Augen. Ihr Herz flatterte nur einen Moment, ehe es ruhig und gelassen weiterschlug. Aller Nebel hatte sich zu einem Bild geklärt.

Sie war daheim.

25

Das Ende der langen Nacht

Als die Katze am folgenden Morgen nach Hause kam, war die Sonne gerade erst aufgegangen und stand noch nicht über den Dächern des Viertels. In den Ecken lauerte noch graue Dämmerung, die Luft war kühl und das Licht farblos. Aber die Ahnung von kommender Wärme, von Gold, sie war überall.

Der Lärm des beginnenden Tages schien gerade erst Atem zu holen, vereinzelte Laubbläser, ein ferner Müllwagen, die unermüdlich rumpelnde Straßenbahn, Stimmen aus offenen Fenstern, Radiomusik. Die Mauersegler stimmten ihre Kehlen mit vereinzelten Schreien.

Nichts davon weckte Frieda und Gregor, die eng umschlungen im Bett lagen, ihr Rücken an seinen Bauch geschmiegt, die Beine im selben Winkel angezogen, sein Arm über ihrer Schulter, ihre Hand hatte sich um seinen Daumen geschlossen wie die eines Kindes.

Die Katze legte ihre Beute ab, überlegte kurz und verstaute dann den noch warmen Körper der Maus in Gregors linkem Schuh. So war das Geschenk eindeutig zugeordnet und ihre Großzügigkeit unzweifelhaft.

Eine Weile betrachtete die Katze die neue Anordnung der Körper. Dann sprang sie mit einem sanften Parabelsprung auf das Bett und fand zwischen all den Armen und Beinen für sich die passende Mulde. Sie rollte sich zusammen. Ihr Schnurren drang in die Träume der beiden, verwob sie miteinander und verebbte nach und nach, als sie selbst in Schlaf versank.

Es war eine lange, harte Nacht gewesen.

Leseprobe

336 Seiten / Auch als E-Book

1

»Schwester, ich muss mal!«

»Herr Schürer, Sie wissen doch, dass ich keine Schwester bin.« Franziska ist eben erst in den Speiseraum des Altersheims gekommen. Hat ihren eisgrauen Zopf hochgesteckt, ist in die Schuhe mit den leisen Sohlen geschlüpft, hat sich vorgenommen, dass es heute keinen Ärger geben soll. Sie braucht den Job.

Herr Schürer rollt erwartungsvoll näher. Seine fleckigen, spinnendürren Hände drehen die Räder nur mit Mühe. Er ist eine empfindsame Seele, die abends vor dem Einschlafen für alle auf der Station betet. Als Soldat, sagt er, habe er Dinge gesehen, die niemand sehen sollte. Manchmal sieht er sie noch immer: einen Fluss und Menschen, die an seinem Ufer aufgereiht und dann hineingestoßen werden. Franziska weiß nicht, ob Herr Schürer unter denen war, die gestoßen wurden, oder unter denen, die stießen, vielleicht stoßen mussten. Herrn Schürers Akte ist leer, Besuch erhält er nie.

»Ach, Schwester«, wiederholt er noch einmal. »Es ist wirklich dringend.« Dabei schwimmen seine durchsichtig blauen Augen in Tränen. »Es darf doch nichts in die Hose gehen.«

»Natürlich, Herr Schürer. Aber ich hab es Ihnen ja erklärt: Ich darf das nicht.« Franziska ist Betreuungshelferin, ein neu geschaffener Beruf in der Altenpflege, ein Auffangbecken für Existenzen wie sie, deren Lebenslauf, wie ihre Freundin Nora es formuliert, einem Personalchef die Tränen in die Augen treiben würde. Wer sich als Schriftstellerin durchs Leben schlagen will, muss Kompromisse machen, vor allem, wenn sie die sechzig überschritten hat. Franziska hat schon viele berufliche Rollen gespielt und sich immer gesagt, dass es genau das im Grunde ist, ein Spiel, nicht mehr. Sie muss es allerdings nach den Regeln spielen.

Sie darf Gesangsrunden leiten, Sprichwörter-Raten veranstalten und die vielen Glastüren der Station mit Bastelarbeiten schmücken. »Pflegerische Handlungen vornehmen« darf sie nicht. Und Herrn Schürer die Urinflasche reichen, ist eine davon. Aber Herr Schürer muss auf die Toilette.

Franziska schaut sich um. Von den Pflegerinnen ist keine zu sehen. Alle sind unter Zeitdruck damit beschäftigt, die Bettlägerigen zu füttern. Das ist wie ein D-Zug, der durch die Station fährt. Gnade dem Ahnungslosen, der versucht, ihn anzuhalten.

Sie läuft zum Flur und reckt den Hals. Die Bahn scheint frei. Sie winkt Herrn Schürer, der neben sie rollt. »Wissen Sie was«, flüstert sie, »wir machen das jetzt einfach.« Entschlossen packt sie die Holme seines Rollstuhls. »Wir sind in geheimer Mission unterwegs.« Man muss die Abenteuer nehmen, wie sie kommen.

»Ach Gott, ach Gott, Schwester.«

Sie küsst ihn beschwichtigend auf seine Glatze mit den fünf Haaren. Er tut, als sei ihm so viel Überschwang lästig, wedelt mit der Hand und lächelt in sich hinein.

Beinahe wären Franziska und Herr Schürer den wachsamen Augen des Systems entkommen. Doch das Schicksal lässt Svetlana die Schreckliche aus Zimmer 302 treten, Gesundheitsschuhe an den Füßen, Bitterkeit in den Mundwinkeln, latexbehandschuhte Hände wie ein Serienmörder. »Was macht ihr da?«, verlangt sie zu wissen. Schwester Svetlana duzt jeden, Kollegen wie Bewohner. Dank ihr hat Franziska das »Sie« neu schätzen gelernt.

Betont würdevoll beginnt sie: »Herr Schürer benötigt Hilfe beim Wasserlassen ...«

Svetlana lässt sie nicht ausreden. Sie greift nach dem Rollstuhl und schiebt ihn den ganzen Weg zurück in den Speisesaal, stellt ihn ruppig an den Tisch und arretiert die Bremsen. »Der pisst, wenn ich es sage.« Mit energischen Schritten ist sie schon wieder an der

Tür, nimmt eine der Zeitschriften von der Ablage und wirft sie ihnen zu, dass sie vor dem Rentner auf den Tisch klatscht. »Da, lenk ihn damit ab.« Sie rauscht hinaus.

Franziska spürt die Röte in ihrem Gesicht pochen. »Kommen Sie!« Entschlossen schiebt sie den Rollstuhl ein zweites Mal über den Flur, sich nach rechts und links umschauend wie eine Verschwörerin.

»Aber dürfen wir das denn?«, fragt Herr Schürer besorgt, als sie sein Zimmer mit dem Bad erreichen. Franziska sucht und findet die Bettflasche, das seltsame Ding, aber sie darf jetzt nicht kneifen. »Nein, dürfen tun wir das nicht, Herr Schürer. Wir machen jetzt etwas komplett Illegales.« Sie lächelt ihn grimmig an.

Besorgt lächelt er zurück. »Und können Sie das auch?«

»Es ist nicht der Erste, den ich in Händen halte«, versucht sie sich und ihm Mut zu machen. In seine sonst wachsgelben Wangen schießt ein klein wenig Röte.

»Ach herrje.« Er jammert vor sich hin, halb verlegen und halb geschmeichelt von ihrer Zweideutigkeit, während Franziska sich bemüht, nicht zu schwitzen und ihre Entscheidung nicht zu bereuen. Es ist gar nicht so einfach, unter all den Stoffschichten das kleine Objekt zu finden und in Kontakt mit dem Flaschenhals zu bringen. Doch endlich ist es geschafft. Herr Schürer schließt die Augen und entspannt sich.

Nach der Aufregung will er sich hinlegen. Leise zieht sie die Zimmertür hinter sich zu. Sie steht einen Moment da. Jetzt wäre es Zeit, mit dem Rollwagen die Zimmer abzuklappern, Würfelspiele, Vorlesekapitel oder Duftölmassagen anzubieten, manchmal einfach nur ein Gespräch, bei dem sie den immer gleichen Erinnerungen lauscht. Aber Franziska, die auf der Suche nach der Kraft dafür all ihre Seelenschubladen durchstöbert, findet selbst im letzten Winkel nur ein widerspenstiges, entschiedenes »Nein«.

Im Flur ist niemand, der ihre Schritte auf dem Linoleum hören könnte, als sie Tasche und Jacke aus dem Aufenthaltsraum holt und zum Aufzug geht. Ungeduldig drückt sie auf den Aufzugknopf. Sie löst den Zopf und schüttelt ihr Haar aus, das wie ein schwerer Vorhang über ihren Rücken fällt, ihr Banner des Protests gegen die Welt. Sie hat sich getäuscht: Demütigung perlt nicht an der Haut der Rolle ab. Die Haut ist in ihrem Alter zu dünn dazu.

Gegenüber der Lifttür steht eine rote Plüschottomane. Sie hätte ein gemütliches Plätzchen für die Bewohner sein können, ist aber komplett belegt von Schaufensterpuppen in altmodischer Kleidung, die starr Seite an Seite sitzend an den Besuchern und aneinander vorbeiglotzen. Franziska hat schon immer gefunden, dass die Ungeschicklichkeit, mit der hier Leben simuliert wird, Bände spricht.

Heute spürt sie die toten Augen der Puppen kalt in ihrem Rücken: Alter, Verfall, Starrheit und Stumpfsinn sitzen da und warten auf sie. Der Aufzug kommt mit munterem Pling. Mit einer raschen Bewegung schubst Franziska die nächstgelegene Puppe an, dann tritt sie in den Lift und drückt auf »E«. Durch den sich schließenden Türspalt sieht sie die Puppen in Zeitlupe eine nach der anderen vom Sofa sinken. Für dieses Mal ist sie entkommen.

Eine Gedichtzeile schießt ihr durch den Kopf, warum gerade diese? »Ich hab mit dem Tod in der eigenen Brust den sterbenden Fechter gespielt.«

Franziska ist 64 Jahre alt. Und sie fragt sich. Sie fragt sich so vieles.

2

Zurück zu Hause, vier Treppen hoch in einem Altbau ohne Lift, muss Franziska die Beantwortung ihrer Fragen erst einmal verschieben. Sie legt ein neues Brikett in den Ofen und stellt die Lüftungsschlitze weiter, damit es gut anbrennt. Mehr als lauwarm wird die Wohnung nie.

Sie lebt alleine. Nach ihrer Scheidung und nachdem ihr Sohn sich früh dafür entschieden hatte, beim Vater zu bleiben, hat sie nie wieder den Wunsch verspürt, sich auf das Abenteuer eines Zusammenlebens einzulassen. Sie hat ihre Bücher, Tausende, die alle Lücken füllen. Daneben, dazwischen: Muscheln, Steine, Poster, bunte Tücher, Ansichtskarten, alte Eintrittbillets – die Sedimente zahlreicher Erlebnisse. So viele Spuren von Leben in allen Zimmern. Aber alle Spuren stammen von Franziska selbst.

In der Küche wartet ein Stapel schmutzigen Geschirrs. Franziska stellt heißes Wasser an und wartet auf das Klacken, mit dem der alte Boiler im Bad anspringt. Sie schaut hinaus auf ihren von Tauben verschmutzten Balkon. Sonne und Regen haben alle Farbe aus den Windrädchen gezogen.

Wo ist die Hinterhofromantik geblieben? Wann war ihr die Lust ausgegangen, Pflanzen für die schmiedeeiserne Brüstung zu kaufen? Sie betrachtet die lachenden Gesichter auf den Sonne-Mond-und-Sterne-Laternen, mit denen sie ihre Schlafnische beleuchtet, und sieht nur den Staub. Ihre bunten Halsketten, als Wandschmuck an Haken über den Flur verteilt, sehen plötzlich billig aus. Nichts davon würde mit ihr in ein Pflegeheim umziehen, wenn es so weit wäre, da gibt es keinen Platz für Spielereien, nur für fünf Bücher, vier Fotos, drei Blumenvasen auf dem Fensterbrett. Mehr passt dort nicht in ein Leben. Und jemand anderes wird über ihr Ausscheidungsverhalten bestimmen. »Ich bin zu alt für das Boheme-Leben«, sagt sie zu sich selbst im Spiegel.

Sie ist fast eins achtzig groß, schlank bis zur Knochigkeit und hält sich sehr gerade für ihre 64 Jahre. Man hat sie schon des Öfteren für eine gealterte Ballerina gehalten, obwohl sie mit den eher unspektakulären blaugrauen Augen und der zu großen Nase keine Schönheit ist. Die strenge Ausstrahlung wird durch ihre farbige Kleidung und ihre Neigung zu großen, archaisch wirkenden Schmuckstücken gemildert. Franziska kann wie eine Respektsperson aussehen. Doch das wollte sie nie. So wenig, wie sie je einen bürgerlichen Beruf angestrebt hat. Ein Fehler?

»Ich bin zu alt für das Boheme-Leben«, sagt sie eine halbe Stunde später am Telefon zu Annabel, einer ihrer besten Freundinnen. »Noch zwei, drei Jahre, und sie kassieren mich, wenn ich in meinen Flohmarktklamotten auf die Straße gehe, und stecken mich in eine Anstalt. Sein Alter zu ignorieren, ist auch ein Realitätsverlust.«

»Ich fand deine Kleidung immer schon ein wenig zu schrill«, sagt Annabel. »Vor meinen Klassen hätte ich das nie anziehen dürfen. Schon gar nicht als Blondine. Als Blondine bist du sofort das Sexualobjekt.«

Annabel ist pensionierte Lehrerin, und, ja, blond war sie einmal, ein Umstand, der trotz ihrer Befürchtungen nicht verhindert hat, dass sie es ohne Zwischenfälle zur Studiendirektorin brachte. Darüber hinaus war sie Zeit ihres Lebens Single und, soweit Franziska weiß, eher selten das Subjekt oder Objekt von Sex. Annabel schützt sich durch möglichst intellektuelle Brillen, einen – mittlerweile silbernen – Pagenkopf, der so exakt geschnitten ist, dass es fast wehtut, und eine dezidiert lehrerinnenhafte Kleidung, bestehend aus Bleistiftrock, Twinset und Pumps, die sie auch nach ihrer Pensionierung nicht abgelegt hat. Sie trägt die Schuhe selbst im Haus.

»Außerdem«, fügt Annabel der Ordnung halber hinzu, denn sie ist sehr ordentlich, »ist man noch kein Bohemien, nur weil man nicht Staub wischt.«

»Staub wischen? Bist du verrückt, die meisten tödlichen Unfälle passieren im Haushalt.« Franziska lehnt sich in ihrem alten Sessel zurück. Sie streckt die langen Beine und lässt die Glöckchen an ihrer Fußkette klimpern. Langsam geht es ihr wieder besser. Sie weiß, dass Annabel es nicht böse meint. Als Studentin war sie lockerer. Wann hat das bei Annabel mit den Ängsten und den Verschwörungstheorien angefangen? War es im Referendariat? Franziska selbst hat sich dieser Veranstaltung des Bayerischen Bildungsministeriums zur Brechung von Seelen erfolgreich entzogen und nach dem Studium nie mehr eine Schule betreten. Lange Jahre hat sie sich zu dieser Entscheidung gratuliert, vor allem wenn sie Annabel betrachtet, die heute eine Stunde damit verbringen kann, vor dem Aufbruch zu einer Einkaufsfahrt sicherzustellen, dass ihr Herd aus ist.

Andererseits kann Annabel sich einen modernen Induktionsherd leisten, ein eigenes Auto, ein Appartement mit Garten und einen sündteuren Friseur. Franziska ihrerseits hat Post von ihrem Verleger erhalten, der ihr mitteilt, dass ihr Anteil am Verkauf ihres aktuellen Romans für das gesamte letzte Jahr 87 Euro 93 beträgt. Auch das kann auf Dauer zu Zwangsvorstellungen führen.

»Sitzen bleiben, Marlon«, hört Franziska die Freundin sagen.

Sie fragt: »Hast du eine neue Katze?«

»Das ist ein Nachhilfeschüler«, erklärt Annabel. »Er brütet gerade über *Nathan der Weise.*«

»Mein Gott, ja, die Ringparabel.« Franziska lacht auf. »Weißt du noch, unser Theaterbesuch?«

»Wo sie den Kreuzritter nackt haben auftreten lassen?« Auch Annabel klingt jetzt heiterer. »Und dann wälzte er sich in all den Federn. Haben nur noch der Teer und der Ku-Klux-Klan gefehlt.«

»Oder eine Hüpfburg mit silbernen Bällen«, schlägt Franziska vor. »Ah, wir hätten Regietheater machen sollen.«

»Ach nee«, gibt Annabel zurück, »immer die langen schwarzen Ledermäntel und die Anspielungen auf das Dritte Reich. Meine These als Historikerin ist ja …«

»Du, was *ich* dir sagen wollte …«, unterbricht Franziska sie rasch, die Annabels historische Thesen fürchten gelernt hat. »Weil, ich hab nachgedacht …«

»Du weißt schon, dass der Satzbau ein Anglizismus und streng genommen grammatikalisch falsch ist«, gibt Annabel zu bedenken.

»Lass mich doch mal ausreden. Ich hab nachgedacht, weißt du noch, unser Projekt?«

Im Hörer ist es still. Liegt es an Franziskas Ton oder am Thema? An diesem Wort, »Projekt«, das gar nicht spezifiziert zu werden braucht? Es steht außer Frage, welches Projekt gemeint ist. Während ihrer langen Freundschaft gab es viele Ideen und Initiativen, aber nur ein »Projekt«.

Das »Projekt« ist etwas, das ihre Freundschaft seit den Anfängen begleitet. Eine gemeinsame Idee, zu der jede von ihnen etwas beigetragen hat, Annabel, Franziska, Nora und Luise. Schon an der Universität war es eines ihrer Lieblingsthemen gewesen, wenn sie abends, mit Rotwein aus dem Tetrapak, zu philosophischen Debatten und Liebeskummer beisammensaßen, vier Mädchen aus der Provinz, die Großes vorhatten.

Das Projekt war gewachsen und gewuchert, hatte über Jahre geruht, vornehmlich dann, wenn eine von ihnen mal wieder einen Mann ins Zentrum ihres Lebens gestellt hatte, und war so zuverlässig wieder aufgetaucht, wie die Männer verschwanden, nur, um mit noch mehr Hingabe weitergesponnen zu werden. All die Jahre war das Leben nie ganz über die Idee hinweggegangen.

Annabel nimmt, was Franziska nicht sehen kann, ihre Brille ab. Leise sagt sie: »Du meinst unsere Künstler-WG?«

»Ich meine unsere Alters-WG.« Franziska versucht, die Dinge beim Namen zu nennen. So war es auch immer geplant. Wenn sie alle alt wären, so hatten sie sich das ausgedacht als Studentinnen, die von der Zukunft keine Ahnung hatten und sich die irgendwie als ein Mehr vorstellten, ein Mehr von allem: den schönen Dingen, die zu erleben sie vorhatten, ein Mehr an Liebe, an Erfolg, an Bedeutung, an Selbstverwirklichung. Was gab es sonst im Leben?

Wenn sie alt wären und all das erreicht wäre, wollten sie zusammenziehen, um über das Erlebte zu plaudern und zu lachen. Um ein freies Leben zu führen voller Wein und Lektüre und Pläne und interessanter Freunde und Fremder, die zu Besuch kämen. Unsympathische Menschen wären gar nicht erst erlaubt, die ganze böse Welt bliebe draußen aus ihrem Märchenreich, in dem sie alleine herrschen würden, in Freundschaft und Harmonie. Bis dass der Tod sie schied. Was davor käme, das Altsein und Noch-älter-Werden, das hatten sie sich nicht weiter ausgemalt. Es war nur als ein weiteres begleitendes Mehr erschienen, ein Mehr an Jahren.

Oh, sie hatten sich durchaus auch Gedanken um praktische Fragen gemacht, etwa: War Gin in der Hausbar akzeptabel, oder kam nur Whiskey infrage? Durften Männer über Nacht bleiben? Vor allem aber: Wie sollten sie all ihre Bücher, deren Zahl in die Zehntausende ging, in einer gemeinsamen Bibliothek zusammenführen? War die alphabetische Ordnung nach Autorennamen die beste Lösung, oder sollten sie Themenabteilungen bilden? Nach Nationalsprachen trennen? Chronologisch vorgehen nach Geburtsjahr des Verfassers? Oder nach den Farben der Einbände, vorausgesetzt, dass das keine reine Barbarei darstellte, sondern eine ganzheitliche mnemotechnische Strategie? Ja, darüber redeten sie sich die Köpfe heiß. Nicht jedoch über Arthrose und Fersensporn, über Schwerhörigkeit, die einen freiwillig von Opernbesuchen Abstand nehmen ließ, über chronische Verstopfung und darüber, dass ihnen, wenn sie lachen mussten, die Unterhosen nass wurden.

All das weiß Franziska jetzt, die im Altersheim viel dazugelernt hat. Ihr ist mittlerweile klar, dass es auch um Treppenlifte gehen muss und darum, ob man noch alleine in die Dusche kommt. Um gute Beleuchtung, Telefone mit großen Tasten und Hausnotruf und um Platz für Rollatoren. Um all das, was in ihren Plänen bislang außen vor geblieben war. Sie fürchtet, dass Annabel sich an dasselbe erinnert wie sie, wenn sie an das Projekt denkt: an Mädchenträume mit wenig Substanz. Sie will die Freundin so gerne davon überzeugen, dass der alte Zauber mit neuem Pragmatismus unterfüttert werden kann. Gleichzeitig hofft sie, dass er hält, dieser Zauber. Denn sonst hat sie nichts anzubieten. Franziskas Stimme ist unwillkürlich höher geworden.

»Ich hab, wie du weißt, kein Kapital einzubringen. Aber da ist mein Elternhaus in Birkenbach. Seit fünf Jahren überlege ich, was ich mit der alten Wirtschaft anstellen soll. Kein Mensch wird sie mehr pachten. Sie ist praktisch nichts wert. Aber sie wäre ein solides Heim. Dreihundert Jahre alte Mauern eben. Es müsste umgebaut werden, aber es böte Platz für uns alle. Dazu die Scheunen, der Garten, nicht zu groß, aber man könnte mal raus.« Sie macht eine Pause. Annabel liebt diesen Garten, das weiß sie. »Die alte Gaststube könnte unser Wohnzimmer werden. Wir müssten die Theke gar nicht abbauen, das gäbe eine nette Hausbar für Nora.«

»Und die alte Jukebox«, fällt es Annabel ein. »Die mit den Schlagern aus den Fünfzigern.« Sie war ein- oder zweimal mit Franziska bei deren Eltern gewesen, in den Semesterferien. »Sommerfrische« genießen und der Freundin beistehen, damit sie im Laufe des langen Augusts vom Mief des zurückgelassenen Lebens nicht überwältigt würde und den Weg zurück an die Universität auch sicher wiederfände. Ein wenig hatten sie alle noch Angst in den ersten Jahren, ihre große Flucht aus dem Kleinbürgertum der Provinz könnte scheitern, schon allein, weil die Geisteswissenschaften eine so wackelige Rettungsleiter abgaben.

»Genau.« Franziska atmet auf. Das klingt besser, als sie erwartet hat. »Im ersten Stock gibt es fünf Zimmer, wenn man den Anbau dazunimmt. Der Aufgang ist bestimmt breit genug für einen Treppenlift. Und die Scheune ergäbe eine tolle Bibliothek mit behindertengerecht ebenerdigem Zugang.«

»Ach, weißt du, die Bibliothek …« Annabels Stimme verklingt. Ihr verschwommener Blick gleitet zu den Regalen, die sich als vage bunte Schatten abzeichnen. Seit sie keine Klassenlektüren mehr aussuchen muss, hat sie nicht mehr so oft darin gestöbert. Es strengt ihre Augen an, all die Wörter auf den Buchrücken zu entziffern. Die Zeiten änderten sich. Schwer zu sagen, wie. Nein, korrigiert sie sich, nur schwer, es auszusprechen. Unwillkürlich räuspert sie sich.

Franziska wartet darauf, dass etwas kommt. Als ihre Freundin schweigt, fährt sie fort, ihre Ideen auszumalen. Den Umbau, den Nora als Redakteurin eines TV-Magazins über Bauen, Wohnen und Lifestyle in die Hand nehmen könnte. »Ich habe die Immobilie, Nora das Know-how …«

»… und ich das Geld«, fällt Annabel ein.

»Na ja«, meint Franziska und hält den Atem an. Sie waren schnell beim Thema gelandet, dem kritischen Thema in ihrem Leben: den Finanzen. Franziska war die letzten vierzig Jahre nie über ein studentisches Verdienstlevel hinausgekommen. Die erste Pfändungsandrohung hatte sie noch in Panik versetzt; allmählich dann gewöhnte sie sich daran, dass ihr Konto ab Mitte des Monats überzogen war, obwohl sie nie woanders als bei Aldi oder Norma einkaufte. Kismet, sagte sie sich meist, ein kleiner Preis für ihre Freiheit. Aber auch der Grund, warum sie nie zu Klassentreffen ging.

Sie sagt: »Nora hat auch eine Menge gespart, falls sie nicht alles in Schuhen und Schals angelegt hat.«

»Und Luise?«, will Annabel wissen.

»Tja, Luise.« Sie schweigen beide. Luise ist die Einzige von ihnen, die geheiratet, ein Haus gebaut und dort Kinder großgezogen hat. Jahre waren vergangen, in denen sie am Telefon auf die Frage, wie es ihr gehe, stets antwortete: »Gut, du weißt ja.« Meist gab es nichts Neues. Nur die Fortschritte oder Rückschläge der Kinder in der Schule, dann an der Uni und schließlich im Beruf. Sie waren das Einzige, was sich in der Familie weiterzuentwickeln schien. Luises ruhiges Leben änderte sich wenig. Sie sah mit dreißig aus wie mit vierzig und mit vierzig ganz ähnlich wie mit fünfzig, ohne sich je daran zu stören und auch ohne sich in ihrem ruhigen, verträumten Wesenskern zu verändern. Sah man genau hin, dann hatte ihr rundes Apfelbäckchengesicht unter den mausgrauen Locken sogar die wenigsten Falten von allen.

Zu jedem Treffen der Freundinnen allerdings, zu jedem gemeinsamen Kurzurlaub erschien sie zuverlässig, eine gute Zuhörerin und ab dem dritten Glas unerwartet witzig und trocken in ihren Kommentaren. So war Luise eine der ihren geblieben. Sie hatten sich deshalb angewöhnt, über Luises so ganz anders geartetes Leben nicht groß nachzudenken; es spielte keine Rolle für sie. Bei der Planung einer Frauen-WG war ein Ehemann allerdings eine Größe, die nicht vernachlässigt werden konnte.

»Luise hat Wolfgang«, sagt Franziska schließlich. Auf Luise würden sie verzichten müssen.

Diese Erkenntnis wirkt ernüchternd auf sie. Mit einem Mal scheint ihr alles, was sie sich in den letzten Stunden überlegt hat und was ihr so real und vernünftig vorkam, nur doch wieder eine Neuauflage der alten Seifenblase zu sein. Es würde keine Alters-WG geben, natürlich nicht. Sie haben alle ihr Leben, das sie führen müssen. Es ist Unfug, zu glauben, die anderen würden das ihre auf den Kopf stellen, nur weil sie, Franziska, sich einsam fühlt und Trübsal bläst. Sie würde sich zusammenreißen, sich drei Tage krankschreiben lassen und dann in ihr Pflegeheim zurückkehren. Oder wieder als Verkäuferin in einer Beck-Filiale anfangen. Und eben von einer Brücke springen, ehe sie in die Fänge des Pflegesystems geriete. Um sich bis dahin besser zu fühlen, könnte sie ja einen weiteren Roman verfassen. Den keiner lesen würde. Wie gehabt.

»Weißt du«, hört sie Annabel sagen, »das ist gar keine dumme Idee. Ich könnte das Appartement verkaufen. Der Immobilienmarkt hier ist ja geradezu am Durchdrehen. Vermutlich bekäme ich nie mehr dafür als gerade jetzt. Es wäre der richtige Zeitpunkt.«

Franziska kann es kaum glauben. »Du würdest …?«

»Absolut«, sagt Annabel. »Ich meine, ich denke darüber nach. Aber ja, ich glaube, ja. Entschuldige, mein Schüler.« Es tutet aus dem Hörer.

Franziska legt ihrerseits auf. »Wahnsinn«, flüstert sie. Zum ersten Mal seit Langem fühlt es sich an, als hätte etwas Neues begonnen. Wirklich begonnen.

3

Auch Annabel sitzt einfach da.

»Hallo?«, meldet sich ihr Schüler irgendwann.

Sie wendet ihm das Gesicht zu, ohne die Brille wieder aufzusetzen. Ihre ungewöhnlich großen blauen Augen sind noch immer schön, das weiß sie. Aber die Welt, die sie damit betrachtet, ist unscharf geworden, an den Rändern verschwimmt sie in ein graustichiges Sepia, in dem die weiße Designereinrichtung, die Aquarelle und die Glastüren ihres geliebten Heimes einfach verschwinden. Diese Ränder wachsen langsam aufeinander zu. Sie setzt die Brille wieder auf. Das Unscharfe verschwindet nicht ganz. Eine neue Brille würde das beheben, aber nur kurz. Die Unschärfe wird zurückkehren, wird bleiben, sich verdichten wie Nebel, die Ränder werden weiterwachsen, auf einen engen Punkt zu, in dessen Mitte Annabel ihr eigenes, zu einem Schreien verzogenes Gesicht gespiegelt sieht. Irreversible Sehnervdegeneration. Sie weiß, was das heißt. Hase und Igel. Ein Rennen, das man sicher verliert. Schicksal, welch unterschätztes Wort heutzutage.

»Was ist?«, fragt sie ihren Schüler, dessen Gesicht sie nicht genau erkennen kann. Sieht es gelangweilt, verärgert, ängstlich aus?

»Ich versteh das alles nicht.« Marlons Stimme klingt anklagend und monoton. Alles, gar nichts, krass, geil – mehr kann er nicht zum Ausdruck bringen. Der Text, der Sinn des Textes, den er lesen soll, scheint für ihn genau wie seine eigenen Gefühle unter demselben schmutzigen Milchglas verborgen wie für Annabel die Welt des Sichtbaren. Daran würde ihr Unterricht ebenso wenig ändern wie eine Brille an ihrem Sehvermögen.

Den Nathan kann sie auswendig. Sie hat die Figur des alten Juden immer geliebt. Er hatte ihr die Hoffnung gegeben, dass das Leben im Grunde ganz einfach sein könnte. Weil es nur auf den einzelnen Menschen ankam und was er daraus machte.

»Was gibt es da nicht zu verstehen?« Sie schiebt die eine Seite ihres Haars hinter das Ohr zurück, von wo der Saum in einer scharfen Spitze nach vorne fällt. Unter ihren Schülern ein gefürchteter Anblick, der Moment der Attacke. »Es ist eine Parabel, ein Gleichnis. Über die Relativität von Wahrheit.«

»Gleichnis? Ja, aber wenn man jetzt gar nicht mehr erkennen kann, welcher Ring echt ist und welcher falsch, dann ist das doch scheiße.«

Annabel schließt die Augen. Sie wird blind sein. Wie ihr Vater. Doch der hatte zeit seines Lebens immerhin ihre Mutter gehabt, die ihn pflegte. Voll inniger Abneigung, aber umso zuverlässiger. Sie hat niemanden.

Was hat sie als junges Mädchen Angst davor gehabt, in einer Ehe zu enden wie die ihrer Eltern. Ein hassliebendes Ineinanderverstricktsein, eine Dauerfrustrationsmaschine; jeden Tag gab man einander eine sorgsam bemessene Dosis Gift ein. Nein, das hat sie nie gewollt. Sie hatte es deshalb als junges Mädchen locker angehen lassen, unverbindlich. Es hatte Partyflirts gegeben, auch mal eine Nacht. Aber nie hatte sie eine Begegnung sich weiterentwickeln lassen. Vielleicht war es ja Pech gewesen, vielleicht hatte einfach keine das Zeug dazu gehabt, der Anfang zu sein, dem ein Zauber innewohnt. Vielleicht lag es aber auch an ihr. An der zu schwer zu überwindenden Angst vor dem, womit sie aufgewachsen war: Zweisamkeit, eingelegt in Bitterkeit, die alles durchdrang wie Konservierungsflüssigkeit ein anatomisches Objekt. Sie hatte doch nur dem Unglück entgehen wollen. Ihm entflattern, wie Franziska ihm schon ihr Leben lang so erfolgreich davonflatterte. Nur, dass ihr das Zeug zum Schmetterling fehlte.

Deshalb war sie noch lang keine »Nutte« gewesen. Ulf hatte ihr das Wort trotzdem ins Ohr geflüstert vor über vierzig Jahren. Während er es ihr heimzahlte, wie er es nannte.

Annabel sitzt ganz reglos da. Es ist alles gut, der Herd ist aus, die Tür verschlossen. Offenbar hatte sie Ulf damals sehr verletzt, als sie ihn abservierte. Er hatte bei ihr geklingelt und sich auf ein letztes Bier eingeladen: »Das bist du mir zumindest schuldig.« Dann hatte er sie verletzt. Eine Vergewaltigung konnte man das nicht nennen, oder doch?

Sie war nicht zur Polizei gegangen, nicht einmal zum Arzt. Sie hatte die Wohnung ganz allein wieder in Ordnung gebracht und nie wieder Unordnung in ihr zugelassen. Und niemandem gegenüber je ein Wort darüber verloren. Hatte es unter Fehler verbucht. Ihr Fehler. Danach hatte sie sich gewissenhaft darum bemüht, keinen weiteren zu machen. Sich ganz auf das anstehende Referendariat konzentriert. Sie hatte ja ohnehin nie heiraten wollen.

Allerdings heißt das jetzt für sie, dass es auf ein Pflegeheim hinauslaufen könnte, vielleicht schon in ein paar Jahren. Ihr künftiges Leben würde dann zwar nicht in den Händen eines Mannes wie Ulf liegen, aber in den Händen von Menschen wie ihrem Schüler. Es wären Menschen um sie, die Annabel nicht mehr sehen würde und die im Gegenzug sie, Annabel, nicht kennen würden. Die nichts von dem wissen würden, was sie geprägt hat und ausmacht. Und die Lessings Ringparabel scheiße fanden.